はじまりの漱石

『文学論』と初期創作の生成

服部徹也

新曜社

表紙・カバー写真：1900 年頃の東京帝国大学文科大学の風景
写真帖『東京帝國大學』（東京大学総合図書館所蔵）を改変

はじまりの漱石——『文学論』と初期創作の生成＊目次

第一〇章　「文学の科学」への欲望
——成仿吾の漱石『文学論』受容における〈微分〉……352

凡例

・以下、文献の巻数、刊行年などは、『定本 漱石全集』（一四、岩波書店、二〇一七）などのように表記する。
・『文学論』の引用に際しては、初版本以来の諸版本に誤植や異同の問題が多いため、『定本 漱石全集』（一四、岩波書店、二〇一七）に拠った。
・漱石の小説の引用に際しては、『漱石復刻全集』（山下浩監修、ゆまに書房、一九九九－二〇〇二）にもとづき、原資料の頁数を記した。
・漱石の自筆資料などについては、『定本 漱石全集』（岩波書店）に拠った。ただし、本稿執筆段階で未刊行の巻は一九九三年版の『漱石全集』（岩波書店）に拠った。引用に際し、読みやすさのため、カタカナ文はすべてひらがな文に置き換え、句読点、濁音などを適宜補った。
・資料翻刻は断りのないかぎり、筆者による。引用に際し、前項と同様に適宜表記を改めた。
・資料翻訳は断りのないかぎり、筆者による。また既訳がある場合は基本的にこれを用い、適宜訳文を変更した。
・引用者による注記は〔 〕で示し、引用文の誤記訂正は「誤〔→正〕」の形で示した。
・中国語文献を表記する簡体字・繁体字の別は底本に拠った。
・出典としたウェブサイトの最終閲覧日はすべて二〇一九年八月一四日である。

装幀——服部徹也
新曜社デザイン室

はじめに

小説を読んでいるうちに、物語の世界のなかに引き込まれてしまい、夜を徹して読み耽ったことはあるだろうか。私はある、と夏目漱石（本名金之助、一八六七—一九一六）はいう。若き日の漱石は、ウォルター・スコットの小説『アイヴァンホー』のとある場面に出くわした。主人公の騎士アイヴァンホーは負傷し、宿敵フロン・ド・ブーフの城の一室に伏せっている。窓の外から見下ろす城門付近では、友軍が攻城戦を展開している。彼はその戦況を見たくても、起き上がることができない。共に囚われの身でありながら彼の看病をしていたレベッカは、アイヴァンホーのため我が身を危険にさらし、窓から戦況をのぞき見て報告する。

「こんなにしずまりかえったのは、みなのものが城壁の持場にいて、いまにもはじまる攻撃をまっているというだけのことじゃ。いままで聞こえていたのは、ほんの嵐の遠鳴にすぎなかった、もうじきに、はげしく吹きすさんでくるのじゃ。ああ、あの窓までゆけさえしたらのう」

「そのようなことをなさるとおからだに障りますだけでございます」と、付きそっていたレベッカは答えたものの、アイヴァンホーがやきもきするはげしさをみて、果断につけたした。

「わたくしあの窓の格子のところに立ちまして、外の様子をできるだけ、おつたえ申しましょう」

「そんなことをしては相ならぬ。——拙者が許し申さぬ。どの格子窓も、どのすきまも、たちまち弓の手もののの的に相なろう。流れ矢でも——」

「それは望むところでございます」

と、レベッカはつぶやいた。そして、しっかりした足どりで、二人が今問題にしていた窓に通じている階段を二三歩あがっていた。

「レベッカ——いとしいレベッカ」

と、アイヴァンホーはさけんだ。

（略）

レベッカは大きな古い楯を利用した。それを窓の下半分のところにおいて、まずは身の安全をたもって、城外のでき事の一部分を見ることができ、攻撃軍が襲撃の準備をどんな風にしているか、アイヴァンホーに報告することができた。

（略）

「どうだ、何が見えるかのう、レベッカ」と、傷ついた武士はまた聞いた。

「眼もくらみ、射ている人も見えませせぬほどにいっぱいとんでまいります矢の雲のほかは、なにも見えませぬ」

（略）

「ひるんではおりませせぬ——ひるんではおりませぬ。あ、見えます。あの武士は一隊の人数をひきいて、外壁の外側の垣のすぐそばまでまいります。ものどもは杭や柵をひき倒しております。斧で垣を切り倒しております。あの武士の黒い烏毛が高だかとみなの者の頭の上になびいております、まるで死人のむらがる戦場の上に飛ぶ大がらすのようでございます。垣に破れ目をつくりました——なだれこみました——あ、押しかえされます！　フロン・ド・ブーフが防ぎ手の先に立ってすすんで参ります。あの巨きなからだがひしめく人びとの上に見えております。またまた寄せ手が垣の破れ目に押しかけます。その通り口を、手と手、人と人とで争っております。（略）フロン・ド・ブーフと黒装束の武士とが、柵の破れ目のところで一騎打の勝負でございます。まわりにはこの勝負の行方を見まもる両方の従者たちが、大きな声でわめいております。神さま、いじめられておりますもの、囚われの身のもののためにおねがいいたします」

といったかと思うと、レベッカは大きく金切声を立て、そして叫んだ。

「あ、仆《たお》れました――仆れました！」

「誰が仆れた。どっちが仆れたのか、いっておくれ」

「黒装束の武士です」

レベッカの声は力がなかった。がすぐにまたうれしげに力をこめて叫んだ。

「でも、いえ――いえ。神さまありがとうございます。また立ちあがりました。まるで片腕に二十人力があるように戦っております。あ、刀が折れました――供の者から斧をひったくるようにとりました――一撃、また一撃、フロン・ド・ブーフを押しつけてゆきます。大男は前こごみになりました、木樵の斧の下に仆れる樫の木のようによろよろめきます――たおれます――たおれます」

「フロン・ド・ブーフがか(1)」

若き日の漱石にとって、小説とは一つの驚きであり、謎めいた力をもつものだった。英文学研究の険しい道のりを経て東京帝国大学文科大学英文学科講師となった漱石は、「文学論」講義（General Conception of Literature）のなかでこの場面を取り上げた。読者が作者という媒介者（隔たり）を忘れて、レベッカ自身から聞いている感

（1）　ウォルター・スコット『アイヴァンホー（下）』（菊池武一訳、岩波文庫、一九七四）、一一八―一二五頁。

覚をもつことを「間隔的幻惑」と呼び、その仕組みを説いた。講義をもとに纏めた『文学論』（大倉書店、一九〇七）は、この「幻惑」（illusion）を解明し、使いこなそうとした試行錯誤の記録といえる。

本書は、可能な限り多くの資料にあたることで、漱石の英国留学期における初発の研究構想から講義を経て『文学論』出版へ至るまでの変容過程を「生成」として捉えることを試みる。すなわち、刊本『文学論』という到達点に向かって成長していくというイメージに限定せず、さまざまなアイディアが拾われたり取りこぼされたり切り詰められたり軌道修正をくりかえしたりする、そうした可能性のざわめきを記述したいということだ。

一　漱石対金之助

漱石研究に一大画期をなした研究誌『漱石研究』（小森陽一・石原千秋編、翰林書房、一九九三年創刊、二〇〇五年終刊）創刊の翌年、小森陽一は次のように述べ、小説家かつ理論家としての「漱石夏目金之助」に魅力的な輪郭を与えた。

『文学論』を軸にして形成された、夏目金之助における理論的な営みと、夏目漱石における小説を中心とした創造的営みは、一人の人間の言語表現をめぐる実践として、その根幹において密接不可分にかかわりあっている。

理論家夏目金之助は、常に創造的な言語表現の力を明らかにしようとしながら、文学的表現に対する美事といえるほど的確な批評眼を発揮しつづけた。また小説家夏目漱石は、自らの小説の題材・構成・文体といったすべての領域において、常に原理的に同時代の歴史的・社会的・文化的状況への批判を試みようとしつづけ、一貫して理論的であったといえよう。（略）理論家と創作家に分裂しつつ、同時にその両方であろう

とした夏目金之助／漱石の特異なスタンスは、『文学論』の「序」の末尾の一節に体現されている。(2)

これはいわば、夏目漱石のなかに二つの人格の競い合いをみるような発想といっていい。おそらく、「理論家と創作家に分裂しつつ、同時にその両方であろうとした」というアンビヴァレンスへの小森の洞察は、「全作品が『文学論』に忠実です」「漱石はつねに『文学論』に則って書いていたと思います」（『漱石激読』河出書房新社、二〇一七、順に序章における小森陽一、石原千秋の発言）という予定調和的な見立てには回収しつくすことのできない可能性を有していたはずである。今その可能性を引き出すとすれば、「一貫して理論的であった」ことと、「『文学論』に忠実」ということとの落差、すなわち理念としての漱石的「理論」と、実体としての刊本『文学論』本文との落差に注意を向ける必要がある。そのために、『漱石研究』終刊後に相次いで発見された数々の受講ノートに光を当てたい。本書は、帝大講師夏目金之助の講義を記録した学生たちの受講ノートを横断的に調査し、留学期の構想とも出版された本文とも異なる講義内容の実態を明らかにする初めての研究である。

さらに、そこに創作との関係を読み込んでいく。大学で講義を行なう傍ら『吾輩は猫である』（『ホトゝギス』八・四、一九〇五・一）で小説家として鮮烈なデビューを遂げ、やがて教職を辞して専業作家の道へ進むに至る漱石夏目金之助のなかで、理論の探究と創作とはどのように関わっていたのだろうか。この問題を「理論にもとづいて創作した」という一方向の図式で捉えるのではなく、双方向的に捉えたい。いかにして理論が創作に影響を与え、創作が理論に影響を与えたのか。いつ、どの点では理論が創作を追い越し、あるいは創作が理論を追い抜いていたのか。『漱石研究』終刊後、研究動向の多様化と細分化に伴い「漱石研究」の現在を語ることが困難

（2）小森陽一「文学論」（『国文学　解釈と教材の研究』三九・二、學燈社、一九九四・一、臨時増刊号）初出、小森陽一『漱石論――21世紀を生き抜くために』（岩波書店、二〇一〇）、三一一－三一二頁。

になりつつあるなかで本書が提示したいのは、『文学論』の生成と初期創作との相互作用、いわば漱石 対 金之助という、互いに影響を及ぼし合うライバル間の競争の成果を記述することだ。

二　『文学論』の生成

『文学論』の生成について基礎的な情報と、本書で扱う資料を整理しておく。夏目漱石は文部省の給費留学生としてロンドンへ留学（一九〇〇年九月出発―一九〇三年三月帰国）した。大学での講義の聴講は早々に切り上げ、シェイクスピア学者ウィリアム・クレイグの個人教授に通ったほかは、文学・心理学・社会学などの洋書を買い込んで独学した。一九〇二年三月一五日に義父中根重一に宛てた次のような書翰で知られるとおり、著述の構想を膨らませ、膨大なノート、通称「文学論ノート」を書きためていった（図1–①〔二七頁〕）。

> 当地着後（去年八九月頃より）より一《ママ》著述を思ひ立ち、目下日夜読書とノートをとると自己の考を少し宛《ずつ》かくのとを商売に致候。同じ書を著はすなら西洋人の糟粕では詰らない、人に見せても一通《ひととおり》はづかしからぬ者を、と存じ励精致居候。然し問題が如何にも大問題故、わるくすると流れるかと存候。よし首尾よく出来上り候とも、二年や三年ではとても成就仕る間敷かと存候。出来上らぬ今日わが著書抔《など》事々敷吹聴致候は、生れぬ赤子に名前をつけて騒ぐ様なものに候へども、序故《ついでゆえ》一応申上候。先づ小生の考にては「世界を如何に観るべきやと云ふ論より始め、夫より人生を如何に解釈すべきやの問題に移り、夫より人生の意義、目的、及び其活力の変化を論じ、次に開化の如何なる者なるやを論じ、開化を構造する諸原素を解剖し、其聯合して発展する方向よりして文芸の開化に及す影響及其何者なるかを論ず」る積りに候。[3]

帰国後、小泉八雲の後任として東京帝国大学英文学科講師に迎えられた漱石は、留学期の成果のうち「文学」に関係する話題に限定して、講義を開始する。

漱石が帝大在職中に行なった講義は、大きく分けて二系統に分かれる。一つは概論の系統で、「文学論」講義（図1―③―⑤）と、その後を継いだ「一八世紀文学」講義（図1―⑱）である。もう一つが作品講読の系統で、そちらには他学科の学生も多く参加したらしい。それぞれ、内容と時期を概説しておく(4)。

「文学論」講義（General Conception of Literature）は二部構成からなる。第一部「形式論」（図1―③―④）は一九〇三年四月二〇日の初授業から五月二六日までの一カ月間。第二部「内容論」（図1―⑤）は同年九月二一日すなわち新学年の初授業から一九〇五年六月六日まで(5)二カ年度にわたる。講義草稿（図1―②）は失われてしまったが、序論（図1―③）にあたる一枚と「内容論」第五編終わり近くの一枚が写真掲載の形で伝わっている(6)。続いて一九〇五年九月から「一八世紀文学」講義（図1―⑱）が始まり、二年度目の途中一九〇七年三月二一日が最終講義日となった。こちらの講義も草稿が残されていない（図1―⑰）。

作品講読については、一九〇三年四月二三日より『サイラス・マーナー』の訳読を始め、同年九月二九日から『マクベス』評釈、一九〇四年二月二三日から『リア王』評釈、一九〇四年一二月五日から『ハムレット』評釈、一九〇五年九月頃（推定）から『テンペスト』評釈、続く『オセロー』評釈が一九〇六年一〇月一八日まで、一九〇六年一〇月二三日から翌年二月二八日まで『ヴェニスの商人』評釈(7)、三月五日から『ロミオとジュリエッ

（3）中根重一宛書簡、一九〇二年三月一五日。『漱石全集』（二二、岩波書店、一九九六）、二五二―二五四頁。句読点を補った。

（4）以下、「文学論」講義の日程は断わりのないかぎり金子三郎編『川渡り餅やい餅やい　金子健二日記抄』（私家版［国会図書館所蔵］一九九八）上巻（以下『金子日記抄』と略称）による。

（5）終了日については金子三郎編『記録　東京帝大一学生の聴講ノート』（リーブ企画、二〇〇二）、四七八頁により推定。

ト』評釈に入るが、幾度か休講し退職する。

「文学論」講義のうち、第一部「形式論」講義は漱石没後、皆川正禧《まさき》が四名の受講ノート（図1-⑥）を編纂し『英文学形式論』（岩波書店、一九二四）（図1-⑯）と題して刊行する。

「文学論」講義の第二部「内容論」のみを教え子の中川芳太郎が原稿にまとめ（図1-⑫-⑬）、漱石が赤インクで加除訂正、差し替え原稿（図1-⑭）を加えて成ったのが『文学論』（大倉書店、一九〇七）（図1-⑮）である。中川のノートはごく一部のみ現存する（図1-⑪）。

「一八世紀文学」講義については森田草平が中心となり講義草稿（図1-⑰）にもとづいて原稿をまとめ（図1-⑳）、漱石の加筆を経て『文学評論』（春陽堂、一九〇九）（図1-㉑）として刊行された。

書簡類によって『文学論』の刊行準備の時系列を確認しておく。書肆の求めを受け、中川芳太郎に助力を頼んだ日時は詳らかでないが、一九〇六年五月一九日中川宛書簡に、「御願の文学論はいそぐ必要なし。面倒ならばやめてもよし。僕は是非出版したい希望もない。通読の際変なことあらば御注意を乞ふ」とある。八月五日中川宛書簡には「おとつさんが御病気で血を吐かれたさうな無御心配の事であろ」云々とあるきりで、『文学論』について言及があるのは同年一〇月一九日野間真綱宛書簡で「今少しすると文学論が出来る」とあるのを待たねばならない。

一九〇六年一〇月二九日薄井秀一宛書簡に、「小生近刊の文学論に序を認め候」といい、一一月四日の『読売新聞』日曜付録に「文学論序」が掲載される。「文学論の序は文章を見てもらふのでも何でもない。あの通りの事を読んでヘエーと云つてもらへばいゝ。読売へのせる必要もなかつた。何かくれといふからやつた」とは同月六日森田草平宛書簡での言だ。同月一一日高浜虚子宛書簡では、「今日は早朝から文学論の原稿を見てゐます。中川といふ人に依頼した処先生頗る名文をかくものだから、少々降参をして愚痴たら〴〵読んでいます。今四十枚ばかり見た所」と初めて中川芳太郎の文体に言及する。この時期のことを回想した野間真綱「文学論前後」

（『漱石全集』月報第九号、岩波書店、一九二八）には「中川氏が骨を折つてあの講義を整理して来られたとき「中川の文は荘重で文学論には持つて来いの文体だよ」といかにも機嫌がよかつた」とあるが、記憶のなかで反語のニュアンスが抜け落ちたとも疑われる。

一九〇六年一一月二九日片上伸宛書簡では、「ホト、ギスの方も漸の事で十二月二十日〔迄〕待つて貰ひました。夫から学校の試験をして文学論の校正をして大晦日迄働く積りであります」という。一二月一九日中川宛書簡で「文学論の校正が舞ひ込んで来た。是は君の所へ行くのを間違つて僕の所へ来たのだらう」とあり、組み上がった版から校正刷りにかけていたのだろう。年があけて一九〇七年二月一六日松根東洋城宛書簡に「僕は文学論で困却の体である」、同月二一日坂本雪鳥宛書簡に「只今ある仕事に追はれ其方を一日も早く片づけねばならぬ」といい、三月二八日に京都旅行に発つまでに終えたものと思われる。

刊行経緯について述べた中川芳太郎による「序」の末尾には一九〇七年三月と記載されている。中川の序文を引いておく（引用文中傍線は引用者による）。

（6）　普及版『漱石全集』第一一巻に附属した「月報第九号」（岩波書店、一九二八）に写真掲載。『漱石全集』（二六、第二次刊行、岩波書店、二〇〇四）であらたに翻刻掲載された。一枚目は本書第三章、二枚目は本書第七章で取り上げる。一九二八年三月刊行の「漱石全集月報第一号」所載「現存せる原稿」中に「文学論講義草稿」「文学論」両者が載っており、山下浩による新資料紹介によれば、一九三五年版（いわゆる決定版）『漱石全集』の岩波側の全集編集の中心を担った長田幹雄ら数人が交互につけた「日記」（分厚い大学ノート〔一六〇×二〇〇ミリ〕）五冊が現存し、一九三六年三月一七日に「文学論ノート二冊、同草稿一包　夏目家から借りて来る」と記録があり、このいずれかが講義草稿だったと考えられる（山下浩HP、http://www008.upp.so-net.ne.jp/hybiblio/10_01.htm、http://www008.upp.so-net.ne.jp/hybiblio/11_02.htm 参照）。

（7）　終了日は『志賀直哉全集』（一一、岩波書店、一九九九、一六九頁）による。本書第四章注24参照。講義草稿の存在が確認できる最後の記述だろうか。

始め此著は昨年内を限りとして出版の予定なりしも幾多の事情のため其期を過ぐること三月にして今漸くこれを公にするを得たり。遅延の主因としては左のことあり。

原稿整理の嘱をうけし余に日々の業務ありて時間の全部を以て、これに当る能はざりしこと、

原稿は整理の成るに随つて先生の校閲を乞ひしも、改訂を要する節頗る夥しく殊に最後の一篇の如き全部先生の起稿を煩すに至り而して此間先生は創作に忙はしくして、これに用ゆべき日子の極めて得難かりしこと、

これを印刷に附するに方りても原稿の全部を挙げて托すること能はざりしを以て勢ひ其進捗遅々として督促其効を致さゞりしこと。

（略）最初一二篇は字句の修正にのみ限られしも、中頃、整理の際省略に過ぎ論旨の貫徹を欠く節多かりしを以て、先生の筆を添ふること漸く密に、遂に第四篇の終り二章及び第五篇の全部に至りては悉く先生により稿を新にせざるべからざりしなり。（略）全部の訂正を終り、先生更に遡つて、初めに簡なりし部分を改むるの意ありしと雖も、参考すべき前半は既に印刷を了へたるものなりしを以て、また如何ともなす能はざりしなり。

この中川の「序」によれば、中川から原稿を「整理の成るに随つて」受け取った漱石は、初めは簡単な修正で済ませていたが、やがて「省略に過ぎ論旨の貫徹を欠く節多かりし」ために自ら新稿を書き下ろし、校了直前になってそれまで「字句の修正」にとどめていた前半部分にも加筆する希望を持ったということだ。

現存する「『文学論』原稿」（図1―⑫―⑭）に徴して明らかなとおり、第四編第六章から漱石は膨大な加筆を行ない、第四編第七章以降は差し替え原稿といってよい（第五編は全体が差し替え原稿）。

右のように、漱石は巻末まで直し終わった後、前半部に遡って書き直すことを望んだが、すでに印刷に回って

いて果たせなかったという。つまり現在私たちが手にする『文学論』の本文は、半ばアクシデントとして切り出された生成過程の一断面といえる。だが、このことは従来の漱石研究、『文学論』研究では顧みられてこなかった。

三　講師夏目金之助

刊本『文学論』の本文を絶対視するのは問題がある。しかし、余りに抽象的で断片的な「文学論ノート」から過度に意味を引き出そうとすれば、論者の裁量でほとんど何でも言えてしまう。「文学論ノート」から『文学論』までの五年以上の試行錯誤の歳月のなかに生成する漱石の理論的営みを捉えていくためには、学生の眼差しに晒されながら、概論講義に毎週三時間（作品講読にも三時間）を宛てるという制約の下で、英国留学以来の構想を具体的な講義に落とし込まねばならなかった東京帝国大学英文学科「講師」としての有限性を視座にするのが有効だ。

しかし、二〇〇〇年代に相次いで発見[8]された学生たちの受講ノート（図1―⑥―⑪・⑲）は『文学論』研究に活かされず[9]、専ら漱石の旧蔵書に遡る材源研究が盛んに行なわれてきた[10]。受講ノートが注目を集めてこなかった要

（8）たとえば、梶井重明「夏目漱石の東大最初の講義録岸重次のハーン講義受講ノートの中より発見」（『こだま　金沢大学附属図書館報』金沢大学附属図書館、二〇〇〇・一〇）。金子健二の受講ノート（注5）が公刊されたのも二〇〇二年。詳細は本書第二章参照。

（9）『漱石全集』（一四、岩波書店、第二次刊行、二〇〇三）、『定本　漱石全集』（一四、岩波書店、二〇一七）では、亀井俊介により注解に受講ノート調査が一部反映されている。後者のページ数を示せば、五九七、六〇三、六〇九、六五六―六五七、六八七、七〇八頁。

因には、受講ノートの所在が分散していたこと、学生による筆記の判読に時間を要することなど、アクセスの問題があっただろう。だが、より大きな要因は、漱石の意図を重視して自筆資料を特権化するという研究の枠組みではなかったか[11]。受講ノートは他人の筆によるもの、かつ漱石の目を経ていないものであるから下位に置かれ、『文学論』本文の解釈、自筆である「文学論ノート」や蔵書書き入れの調査の方が優先課題と見なされたとしても不思議はない[12]。

しかし、一人の受講ノートだけでは誤解や書き落としなどのリスクが高くても、複数を比較することで一定水準までは漱石の講義内容を推定できる。とくに金子健二のノート（図1-⑩）は「形式論」講義と「内容論」講義全体を含む唯一の受講ノートであるから、これを軸にして他のノートを比較できる。また金子は克明な日記を残しているため、授業で述べられた余談や講義日程が把握できる。同じく、木下利玄による「一八世紀文学」受講ノート（図1-⑲）と当時の日記も、講義の後半からの受講とはいえ、帝大辞職直前を記録した貴重な資料だ。本来ならば、漱石が講義草稿（図1-②・⑰）に何をどこまで書いていたか、講義においてその場の判断でどの程度忠実に声に出して読み上げたか（図1-③-⑤・⑱）、学生が受講ノートに書き落としたり要約したりしたのか、多角的に講義内容の実態を検証できることが理想である。しかし、講義草稿が現存せず、箇所によっては一人の受講ノートしかなく、当然ながら漱石の声の録音や速記も残されていない。講義に対する本書のアプローチはあくまで仮説と解釈を多分に含むものとならざるをえなかった。さらなる資料発見を俟ちたい。

小説家漱石と理論家金之助という図式を先に見たが、講義では両者がせめぎ合っている様子も伺える。学生の受講ノートや日記を見てみると、『二百十日』への反響が講義に反映し、講義で述べたことを雑誌の談話や『野分』に直接盛り込んだことがわかる。「一八世紀文学」講義終盤では自作『吾輩は猫である』や『草枕』、『薤露行』に具体的に言及して理論的解説を行なっている点も興味深い。尾崎紅葉や泉鏡花など同時代の作家への言及も含め、講義中に小説家漱石が顔を出すような発言は、書籍化にあたって削られてしまった。そのような加工を経た書物が、とりわけ漱石没後に広く受容されるなかで、ストイックに自説を述べる「理論家漱石」像が形作られていくことになる。

四　本書の構成

本書は三部構成、全一〇章からなる。以下、各部各章の梗概を示す。

第一部「東京帝国大学英文学科という環境」（第一章―第三章）では、漱石の「文学論」講義が行なわれた環境について考察する。

第一章では、漱石が英国留学した時代をイギリスの近代文学研究の草創期として概観した上で、英文学科の前任者小泉八雲の講義を論じる。

---

(10) 二〇〇〇年代からの材源研究として、飛ヶ谷美穂子『漱石の源泉――創造への階梯』（慶應義塾大学出版会、二〇〇二）、小倉脩三『漱石の教養』（翰林書房、二〇一〇）や、木戸浦豊和「夏目漱石における〈感情〉の文学論――C・T・ウィンチェスター『文芸批評論』とレオ・トルストイ『芸術とはなにか』を視座として」（『比較文学』五七、日本比較文学会、二〇一四）などの成果がある。

(11) 自筆原稿を重視する一九九三年版『漱石全集』の本文校訂方針に批判を加えた山下浩「拝啓岩波書店殿――新『漱石全集』の問題点について」（『國文學』七一、関西大学、一九九四・六）を併せて想起されたい。

(12) 「文学論ノート」には「文学」に止まらない幅広い芸術や文明についての考察が見られる。伊藤節子「初期漱石における「科学」の様相――「文学論ノート」をめぐって」（『三田國文』五七、三田國文の会、二〇一三・六）、柴田勝二「見出される「東洋」――ロンドンでの苦闘と『文学論ノート』」（同『夏目漱石――「われ」の行方』世界思想社、二〇一五）、佐々木英昭「夏目漱石『ノート』の洞察――開化ハ suggestion ナリ」（『比較文学』五九、日本比較文学会、二〇一六）などを参照。

第二章では、漱石の講義を受講した学生たち（若月保治、岸重次、森巻吉、金子健二、中川芳太郎、木下利玄）の受講ノートについて調査し、彼らの受講していた時間割を再現するなど、帝大生たちに注目する。

第三章では、漱石帰国後初の講義「形式論」に留学期の構想と講義との接合部をなす「序論」が存在したことを論証し、その序論を含めて漱石の学問的姿勢を論じる。また講義計画の変更により放棄されたテーマの存在を示す。以上により、第一部では刊本『文学論』の初版本を到達点とする発展史的な把握に替えて、さまざまな別の発展可能性への視座を拓く。

第二部「「文学論」講義と初期創作」（第四章―第七章）では、漱石の講義、創作、『文学論』出版にむけた加筆修正作業の間の相互作用を考察する。また第二部を通して、漱石が演劇、絵画、演説などのジャンルを跨いで文学理論を形成していったことを示したい。

第四章では、漱石の「文学論」講義がシェイクスピア講読講義と連動していたことに注目する。とくに、漱石の論文「マクベスの幽霊に就て」（『帝国文学』一九〇四・一）が問う観劇慣習《コンヴェンション》の問題が、漱石の文学理論形成の一環であることを示すため、「内容論」講義の受講ノートから刊本『文学論』に収録されなかった演劇論を取り上げ、演劇のアナロジーを用いて漱石が文学理論を構成しつつあったことを論じる。また『倫敦塔』（『帝国文学』一九〇五・一）に用いられた虚構のための「虚偽」の作用や、劇場空間の隠喩を読み解く。

第五章では、『文学論』出版に際しての描写論の理論的変更点と、『草枕』（『新小説』一九〇六・九）との関係を論じる。とくに講義の段階では、読者の視覚に訴える演劇や絵画と、視覚に訴えることが難しい文学作品との芸術形式上の差異に無頓着であった漱石が、『文学論』加筆の段階では小説独自の視覚の（疑似的）再現の可能性をさぐっていたことを明らかにする。

第六章では、作品を書いたことで鮮明化した表現者としての意識が『文学論』加筆にフィードバックした事例として、『野分』（『ホト、ギス』一九〇七・一）脱稿後に加筆されたと思われる説明不足の概念、「批評的作物」

「哲理的間隔論」に着目する。さらに『野分』の演説会の場面などが、読者を幻惑する空間として構築された「間隔的幻惑」の装置といえることを示す。

第七章では、『二百十日』（『中央公論』一九〇六・一〇）において、社会変革を引き起こす目に見えない変化が火山活動として表象されている点に着目する。個人や社会の急激な変革を、意識できない変化の積み重ねとその伝染の結果として漱石が理解していたことを彼の読んだ心理学書などから跡づける。

第三部「『文学論』成立後の諸相」（第八章―第一〇章）では、「理論家」という漱石像が形成される過程を明らかにするため、『文学論』諸版本のあり方、とりわけ没後受容の問題を扱う。同時代の文学概論書の裾野の広がりや教養主義との関わり、中国での翻訳と変容までを視野に、『文学論』が「文学理論」とみなされていった歴史を繙く。

第八章では、夥しい誤植のため著者漱石に初版千部を庭で焼きたいとまで言わしめた『文学論』初版単行本について、中川芳太郎による原稿作成と校正の実態を調査する。また、漱石没後出版も含めた諸版本について本文に関わる基礎的な情報を整理する。さらに、『文学論』が読まれた状況をさぐるため、より広く読まれた厨川白村《くりやかわはくそん》（本名辰夫）や小泉八雲の講義録や科学啓蒙書に注目し、一般社会への知の普及をめざす「通俗科学」（ポピュラー・サイエンス）の裾野の広がりのなかで文学概論書を捉えることを試みたい。

第九章では、張我軍《ちょうがぐん》による中国語全訳『文学論』（上海：神州国光社、一九三一）の翻訳底本が漱石没後の本文変更を伴う縮刷本と『漱石全集』版の混用である可能性を示す。その際、『文学論』の諸版本の本文異同調査を行なうとともに、『文学論』の本文が漱石本人の「声」でも「文体」でもないという混成性・複数性を明らかにする。また、一九三〇年代の北京・上海という訳者と出版社がおかれていた状況下で、日本語を介して学術・理論を受容することの政治性について考える緒を探りたい。

第一〇章では、上海で活動した批評家成仿吾《せいほうご》の「「残春」の批評」（『創造季刊』一九二三・二）、「詩の防御戦」

(『創造週報』一九二三・五)が『文学論』の概念(F+f)と数学の〈微分〉とを組み合わせ、数式やグラフを用いて議論を行なったことに注目する。成仿吾の日本留学期の岩波書店は、文学・科学・哲学を跨いだ思考を志す読書文化をリードしていた。後に戸坂潤が「岩波文化」「漱石文化」と批判的に名づけた状況との関係において成仿吾の〈微分〉を用いた文学批評を捉え、言語や学問や国の境界を越えて或るテクストが「文学理論」と見なされる過程で「文学の科学」を求める欲望の現われが見られること、漱石自身もまた「文学の科学」への欲望を吐露していたことを示し、言説編成の産物としての「文学理論」という視座から『文学論』を捉え返す意義を提示したい。

以上の三部構成によって、本書は『文学論』から見た小説家夏目漱石のはじまりと、没後に本格化する「文学理論家」としての夏目漱石像のはじまりとを明らかにする。

⑩　金子健二ノート(形式論、内容論を記録。金子三郎編『記録　東京帝大一学生の聴講ノート』2002年、リーブ企画刊)
⑪　中川芳太郎ノート(内容論第一編第二章の途中まで現存。県立神奈川近代文学館蔵)
⑫　『文学論』原稿:中川芳太郎筆・漱石加筆部分(県立神奈川近代文学館蔵)
⑬　『文学論』原稿:第五編中川芳太郎筆草稿(不使用となったもの。県立神奈川近代文学館蔵)
⑭　『文学論』原稿:第五編漱石筆差し替え原稿(⑫と一体となって製本されている。県立神奈川近代文学館蔵)
⑮　『文学論』(1907年5月7日初版、大倉書店刊)
⑯　『英文学形式論』(1924年9月15日初版、岩波書店刊、皆川正禧編)
⑰　「18世紀文学」講義草稿(現存せず)
⑱　「18世紀文学」講義(1905年9月—1907年3月21日)
⑲　木下利玄ノート(「18世紀文学」講義第五編の途中から最終講義までを記録。県立神奈川近代文学館蔵)
⑳　『文学評論』原稿:森田草平ら筆・漱石加筆原稿(一部のみ現存。県立神奈川近代文学館蔵)
㉑　『文学評論』(1909年3月16日初版、春陽堂刊)

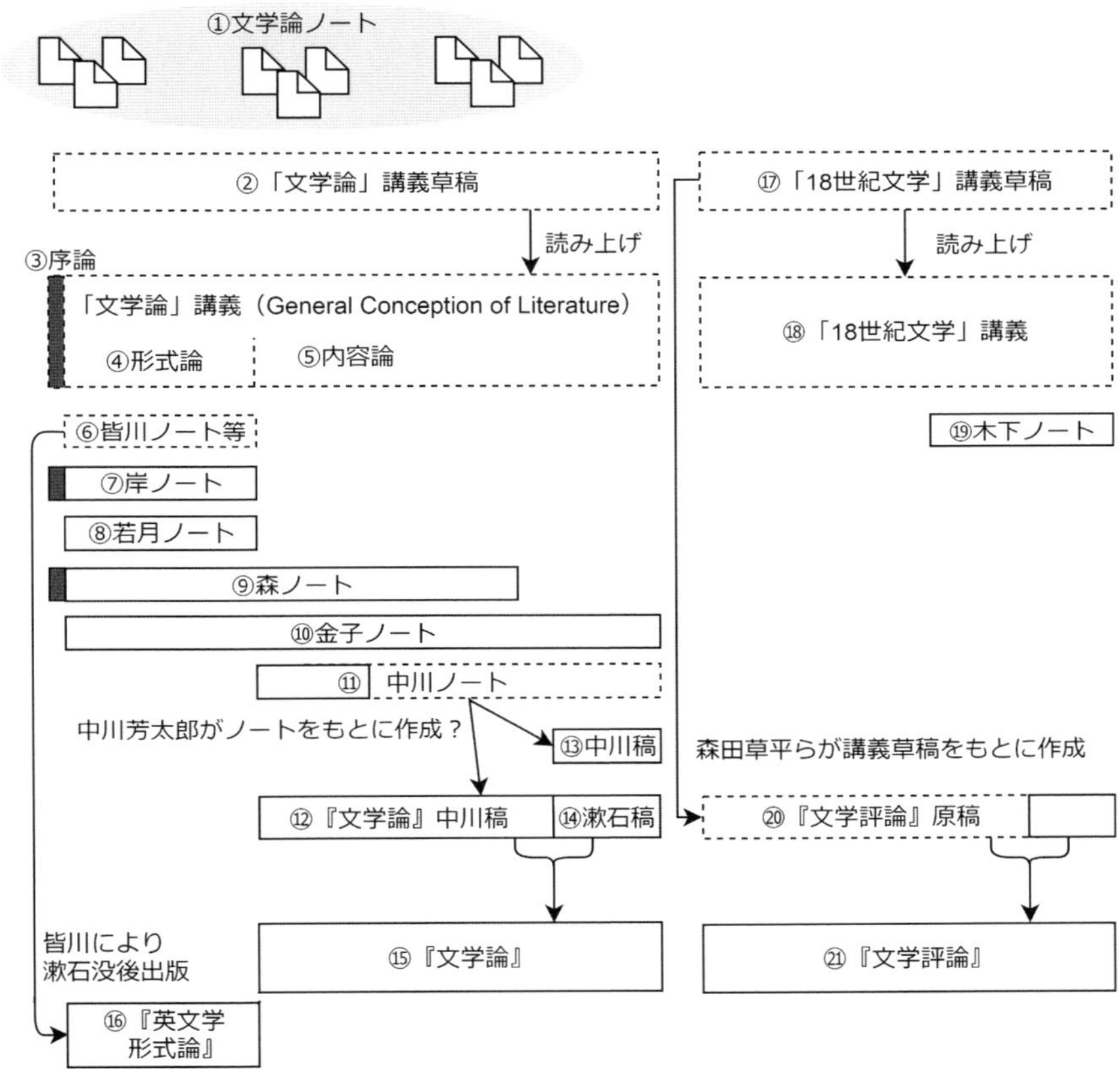

図１　『文学論』関係資料マップ

実線で囲った資料は現存、点線で囲った資料は散逸。図中の番号は以下の資料解説に対応している。

①　文学論ノート（1900年９月―1903年３月の留学中、および帰国後に記す。東北大学附属図書館漱石文庫蔵）

②「文学論」講義草稿（現存せず。写真２枚が普及版『漱石全集』月報９号に掲載）

③「文学論」講義：序論（1903年４月20日か）

④「文学論」講義：形式論（1903年４月―1903年５月26日）

⑤「文学論」講義：内容論（1903年９月21日―1905年６月６日）

⑥　皆川正禧・小松武治・吉松武通・野間真綱ノート（形式論講義を記録。現存せず）

⑦　岸重次ノート（形式論講義を記録。冒頭に序論に相当する走り書きあり。金沢大学附属図書館岸文庫蔵）

⑧　若月保治（紫蘭）ノート（形式論講義を記録。山口大学図書館若月紫蘭文庫蔵）

⑨　森巻吉ノート（序論、形式論、内容論第四編第二章の終わる寸前までを記録。東京大学大学院総合文化研究科・教養学部駒場博物館蔵）

第一部　東京帝国大学文科大学英文学科という環境

第一章　新帰朝者夏目金之助——ロンドン留学と前任者小泉八雲の影

夏目漱石が教壇に立つ前の東京帝国大学英文学科と、英文学研究の状況はどのようなものだったのだろうか。本章では英文学研究の草創期という広い視野のなかに東京帝国大学英文学科と漱石のロンドン留学を置き、漱石の前任者小泉八雲（一八五〇―一九〇四）の英文学講義とその受講生について概観したい。

一　近代文学研究の草創期

一八八七年、東京帝国大学文科大学に従来の哲学科、和文学科、漢文学科、博言学科[1]に加えて史学科、英文学科、独逸文学科が設置された。磯山甚一によれば、「日本と植民地インドとは、大学に学科が置かれて英文学研究が本国に先んじて始まった点で共通している。圧倒的な力をそなえた地域（イングランド）の言語文化＝文学の研究が、本家本元よりも別の地域で時期的に早く始まるという、世界史的な共通性が見出される」という[2]。

この英文学科に青年夏目金之助は一八九〇年九月入学、一八九三年七月に大学院に進学する。一八九五年四月に愛媛県尋常中学校に赴任、一八九六年四月に熊本県第五高等学校に移り、一九〇〇年六月、「英語研究ノ為満二年間英国へ留学ヲ命ス」（六月一二日付、「文部大臣伯爵樺山資紀」名の辞令書）を課題として文部省の第一回給費留学生に任じられた。その際、文部省の専門学務局長上田萬年《かずとし》に口頭で「英文学研究」を行なうことを妨げるものではないことを確認したことも、留学した先でロンドン大学ユニバーシティ・カレッジの講義に授業料の値打ちがないと失望したことも知られている。

文部省へ提出した書類、英国留学「申報書」の写しには、一九〇一年一月から七月までの報告として「クレイグ氏 W. J. Craig に就き近世英文学を研究す」、一九〇二年八月から一二月までの報告としては「英語研究の外、文芸の起原発達及其理論等を研究す　但し自修」とあり、「留学始末書」の写しにはユニバーシティ・カレッジでは「近代英文学史」を、クレイグには「英文学一般」の指導を受けたと記している。[3] 高宮利行は漱石留学当時の講義リストを挙げたうえで、「そもそも英文学という学問が英国に誕生してまもないこの頃、3人の専任教員の専門分野は、予想通り中世英文学と英語学であった」という。[4]

漱石は留学中に「文芸の起原発達及其理論」、すなわち科学的に体系的に文学を研究する構想を抱いた。時あたかも、作品解釈に深く立ち入らない文献学からも、批評者の価値観に頼らざるをえない印象批評からも独立した「学問」としての体系を近代文学研究が獲得するための試みが、同時多発的に各国で萌芽しつつあった。漱石をその一人として捉えるためにも、まずは英国における英文学研究の成立前史を概観しておく。

テリー・イーグルトンによれば一九世紀後半、科学的発見と社会変化により「社会的に激しく動揺している階級社会をひとつに溶接することができる情動的価値観や基盤となる神話体系などが、供給停止の事態になると、

（1）「博言学」とは加藤弘之による philology（言語学・文献学）の訳語で、ここでは「言語学科」の意。

（2）磯山甚一『イギリス・英国・小説――『ロビンソン・クルーソー』、『ジェイン・エア』、『インドへの道』講義』（立教大学出版事業部、二〇一〇）、二二頁。

（3）『定本　漱石全集』（二六、岩波書店、二〇一九）、二八四―二九〇頁。

（4）高宮利行「ユニヴァーシティ学寮の講義と漱石」（『英語青年』一二九・五、研究社、一九八三・八）。高宮「漱石と三人の中世英文学者」（『慶応義塾大学言語文化研究所紀要』一四、慶応義塾大学言語文化研究所、一九八二・一二）も併せて参照せよ。

「英語英文学《イングリッシュ》」が、それまで宗教が担っていたイデオロギー的使命を肩代わりするような学科《サブジェクト》・科目として構築された」。さらにイーグルトンは次のようにいう。

英語英文学は女性・労働者・および公務員――現地人をうらやましがらせようとする人間――にふさわしい科目であったが、それでもオックスフォード、ケンブリッジ大学という支配階級の権力の牙城に侵入するまでにはかなり時間がかかった。なにしろ、アカデミックな学問としての英語英文学は、成り上がりものの素人くさい学問だったから、他の厳格な人文系科目《グレーツ》、あるいは古典的文献学的言語学に対抗して、地歩を築くことは至難のわざであった。それに、イギリス紳士なら暇な時間に文学を読むことができるのだから、なにもわざわざ体系的に研究する必要などあろうかということにもなった。(5)

イーグルトンのいう「公務員――現地人をうらやましがらせようとする人間」とは植民地経営に携わる者のことを指すが、「インドが十九世紀においてイギリスの植民地として成立していく過程、それが英文学研究の成立には重要であった」として磯山甚一は次のようにいう。

植民地インドを統治するためにインドの住民に英語を教育する学校の設立の方針が決定され、さらにインドの公用語がペルシャ語から英語に変更された。やがて、インドの行政を受け持つ官吏を募集して選考するのに際して、「インド文官職（India Civil Service）」の公開採用試験制度が本国イギリスにおいて導入が決まった。その決定が一八五三年五月であり、実際にロンドンでその試験が実施されたのが一八五五年であった。(6)その試験において、「英文学（English literature）」が試験科目になった。(7)ところがその当時、いまだに「英文学研究」と正当に名づけることができる学問があるのかどうか、だれも知らなかったのである。（略）その試験を受験するのはオックスフォード、ケンブリッジなどの学生であり、エリート階級中のエリートであっただろうが、試験が実施された当初はそれらの大学に「英文学」という科目はなかった。スコットランドやアイルランドのケルト文化圏、植民地インドや、わが日本では、これより以前に、あるいはほぼ同時期に、「英文学研究」が制度として成立しつつあった。（略）イギリス〔日本からみた総体としての英国〕ではない本来のイングランド内では、十九世紀後半から二十世紀前半にかけて、国民国家形成期のナショナリズムの枠組みのなかで、英文学を学問として創設し、「英文学研究」として制度化した学者たちの仕事があったといわれる。いわゆる黄金の三角形といわれる、オックスフォード、ケンブリッジ、ロンドンを結ぶ三角地帯がその現場である。国民国家として「イギリス＝連合王国」を成り立たせるために、言語の統合がひとつの有力な手段となったものであろう。[8]

こうした時代的な要請が、大学のなかでの英文学「教授職」を制度化していくのにはもう少し時間がかかる。またそれが近代文学を対象にし、理論的アプローチに舵を切るのはさらに後のことである。再び磯山を引用する。

（5）テリー・イーグルトン『文学とは何か』（大橋洋一訳、上、岩波文庫、二〇一四）、七一―八五頁。

（6）（原注）本田毅彦『インド植民地官僚』（講談社選書メチエ、二〇〇一）、二三頁。

（7）（原注）Gauri Viswanathan, *Masks of Conquest: Literary study and British rule in India* (Columbia University Press, 1989), p. 2; Chris Baldick, *The Social Mission of English Criticism 1848-1932* (Oxford University Press,1983), p. 61. 浜渦哲雄『イギリス東インド会社――軍隊・官僚・総督』（中央公論新社、二〇〇九）、一五五頁。浜渦氏は次のように述べる、「試験の狙いは、イングリッシュ・ジェントルマンの根幹を形成する科目の習得度をテストすることにあった。試験科目は大学の試験をモデルにして作られ、古典（ギリシャ、ラテン）、数学、英文学、英国史に高い点数が配分された。古典への高い配点はジェントルマンである大学生を有利にする狙いを持っていたが、結果的にはほとんど関係がなかった」（一五五頁）。

（8）磯山甚一（前掲）、一九―二二頁。

オックスフォード大学に英文学教授職（chair of English Literature）が最初に設置されたのが一八九三年であった。ただし、その教授職は空席であった。一九〇四年になって、ウォルター・A・ローリーがそのオックスフォード大学で最初の英文学教授職についた。彼自身は母方がスコットランド系で、オックスフォードに着任する以前は、スコットランドのグラスゴー大学ですでに一九〇〇年から英文学の教授であった。また彼は、さかのぼること一八八五年から、インドのアリーガルの大学で英文学教授職に就いて二年間を過ごした経歴があった。本国に先んじてスコットランド、インドに英文学の教授がいて、英文学の教育研究が成立していたのである。彼がサーの称号を得たのはオックスフォードで教授職を得たあとの一九一一年である。もう一方のケンブリッジ大学では、一九一一年に英文学教授職が置かれ、一九一二年にサー・アーサー・クゥイラークーチが最初の英文学教授職についたが、英文学科設立は一九一七年であった。このように本国で学問としての英文学研究の本格的な成立は二〇世紀になってからだったのである。

英文学教授職の設置以前、一八七三年からケンブリッジでは大学拡張講座を実施し、正規学生以外の成人、労働者や女性など、社会へ大学の知を開放することが目指された。このなかには「英文学」講座が含まれていた。(9)このうち、一八七四年に採用された講師にリチャード・グリーン・モールトン（Richard Green Moulton, 1849-1924）がいたことは特筆すべきであろう。モールトンは一八九四年にシカゴ大学の英文学教授に招聘されて渡米、一九〇一年に彼のポストは「文学理論・解釈講座教授」（Professor of Literary Theory and Interpretation）に改称された。モールトンの帰納的、形式論的、内在的批評は、作家の伝記的情報を根拠にしたり、社会状況の反映を読みとったりして作品を解釈することを戒め、作品そのものの構成や意味連関を読みとっていくことを重視したという意味で、後の新《ニュー》・批評《クリティシズム》などを先取りしていたと評価する声もある。(10)アレクサンドラ・ローリーによれば、モールトンは大学拡張講座でさまざまな教育歴をもつ受講生を相手にしたため、彼の帰納的批評がうってつけだった。作者や作品、文学史などの前提知識の習得に苦しんでいた受講生にとって、自らの知識や価値観ではなく作品本文に密着した議論を求める帰納的批評は渡りに船であった。帰納的批評にとって、作者や作家に関する外的知識は純粋に本文そのものと向き合うことを妨げるものとみなしうるのだ(11)。

モールトンを早くから重視していた日本の文学者といえば、第一に坪内逍遙を想起すべきであろう。戯文による批評論「梓神子《あずさみこ》」（第一〇回、『読売新聞』一八九四・六・一七）で翁に「批評は須《すべか》らく其の作の本旨の所在を発揮することをもて専《せん》とすべし。（略）褒貶優劣はせずもあれ。近ごろモールトンが唱ふる科学的批評の旨も此《この》意《こころ》の外《ほか》ならず。演繹的専断批評の世は逝かんとす。帰納的批評の代、近づけり。就中《なかんづく》没理想の詩即《すなは》ちドラマを評するには没理想の評即ち帰納評判を正当とす」と語らせる。五カ月後の一八九一年一〇月からおよそ二年にわたり鷗外との間に繰り広げられた「没理想論争」の理論的根拠はすでにここに示されていた。のちに逍遙自身が「「梓神子」に見えたる翁は、其の実、逍遙に非ずしてテーン、ドウデン、モールトンなどいふ、尤も多く我れを動かし、新批評家を代表せる、仮作的人物にして、逍遙は単に戯文を草したる作者なりき」という(12)。また逍遙は小泉八雲が帝大辞職後、早稲田大学に赴任した一九〇三年四月から彼と交流を持ち、書簡のやりとりのなかで日

（9）香川正弘「ヴィクトリア朝における大学拡張講師職」（『UEJジャーナル』一二、全日本大学開放推進機構、二〇一三・七）。
（10）Eugene Williamson, "R. G. Moulton and Modern Criticism," *Journal of English and Germanic Philology*, Vol. LXX No. 4, Urbana, IL: University of Illinois Press, 1971.
（11）Alexandra Lawrie, *The Beginnings of University English: Exramural Study, 1885–1910*, New York: Palgrave Macmillan, 2014, p. 94.
（12）坪内逍遙「没理想の由来」（『早稲田文学』一八九二・四）。

本演劇を図表にまとめて送っているが、その図表はR. G. Moulton, *Shakespeare as a Dramatic Artist*, Oxford: Clarendon Press, 1885中の"Tabular Digest of the Principal Topics in Dramatic Science"と題された表を応用したものだという。(13) 本書第四章で詳論するとおり、漱石も講義および刊本『文学論』で帰国後に購入したモールトンの著書から引用を行ない、それを乗り越えんとする形で自説を述べていた。また、談話「批評家の立場」(『新潮』二・六、一九〇五・五・一五) 末尾でも「モルトンといふ人が沙翁の作をアナライズして科学的にやらうとした (略) 余り機械的に流るゝ気味があつた、しかしそれでも幾分か僕の批評家に対する要求を満して居る」と言及している。日本におけるモールトン受容が本格化するのは、邦訳が出始める一九二〇年代後半であろう。講師時代の漱石は、「綜合と抽象」を目指すアメリカの研究動向に目を配ろうとしていた。(14)

二　ロンドンの夏目金之助

ロンドン留学について、帰国後の「文学論序」(『読売新聞』一九〇六・一一・四、日曜附録。引用は初出による) で漱石は次のように回想している。

大学の聴講は三四ケ月にして已《や》めたり。予期の興味も知識をも得る能はざりしが為めなり。私宅教師の方へは約一年程通ひたりと記憶す。此間余は文学に関する書籍を手に任せて読破せり。(略) かくして一年余を経過したる後、余が読了せる書冊の数を点検するに、吾が未だ読了せざる書冊の数に比例して、其甚だ僅少なるに驚ろき、残る一年を挙げて、同じき意味に費やすの頗《すこぶ》る迂闊《うかつ》なるを悟れり。(略) 余は下宿に立て籠《こも》りたり。一切の文学書を行李《かうり》の底に収めたり。文学書を読んで文学の如何なるものなるかを知らんとするは血を以て血を洗ふが如き手段たるを信じたればなり。余は心理的に文学は如何なる必要あつて、此世に生れ、発達し、頽廃するかを極めんと誓へり。余は社会的に文学は如何なる必要あつて、存在し、隆興し、衰滅するかを究《きは》めんと誓へり。

研究のために買い集めた蔵書については岡三郎、飛ヶ谷美穂子が購入リストを翻刻し、その傾向の変化を論じている。(15) また漱石が集中的に精読した文献については小倉脩三が概観しており、詳細な読書メモについては藤尾健剛らが翻刻が行ない、メモと蔵書書込みをもとにどのように漱石がそれらの蔵書の議論を吟味していたかを論じた。(16) 漱石はロンドンより義父中根重一宛に認めた一九〇二年三月一五日付書簡のなかで、研究構想を次のように述べている。

先づ小生の考にては「世界を如何に観るべきやと云ふ論より始め、夫より人生を如何に解釈すべきやの問題に移り、夫より人生の意義目的及び其活力の変化を論じ、次に開化の如何なる者なるやを論じ、開化を構造する諸原素を解剖し、其聯合して発展する方向よりして文芸の開化に及す影響及其何者なるかを論ず」る積

(13) 佐藤勇夫「坪内逍遙と小泉八雲――両者の交流とその意義」(『英学史研究』二四、日本英学史学会、一九九二)。
(14) C・T・ウィンチェスターの邦訳書に寄せた序文参照。『定本 漱石全集』(一六、岩波書店、二〇一九)、六三四―六三六頁。
(15) 岡三郎『夏目漱石研究 第一巻 意識と材源』(国文社、一九八一)、飛ヶ谷美穂子『漱石の源泉――創造の階梯』(慶應義塾大学出版会、二〇〇二)。
(16) 小倉脩三『漱石の教養』(翰林書房、二〇一〇)、藤尾健剛「夏目漱石「ギディングス・ノート」翻刻」(『日本文学研究』三六、大東文化大学、一九九七・二)、藤尾健剛「夏目漱石「ボールドウィン・ノート」――翻刻と解題」(『文芸と批評』八・五、文芸と批評の会、一九九七・五)、藤尾健剛・永野宏志「夏目漱石「リボー『感情』ノート」――翻刻と解題」(『文芸と批評』八・八、文芸と批評の会、一九九八・一一)、藤尾健剛『漱石の近代日本』(勉誠出版、二〇一一)など。

この留学の所産を中心とした草稿群、いわゆる「文学論ノート」は東北大学附属図書館漱石文庫に保存されており、いまなお研究者の関心を惹いてやまない。(17)留学期の構想が東西文明間の問題、文明開化における文学の役割などにも広がるものであったことは、村岡勇編『漱石資料――文学論ノート』(岩波書店、一九七六)による翻刻刊行以来、広く知られるようになった。(18)

「文学論ノート」という諸断片は「立派に建設されないうちに地震で倒された未成市街の廃墟」(「私の個人主義」(19))といった刊本『文学論』への漱石自身によるネガティヴな発言と結びつき、失われた構想へのロマンを掻き立てもした。その典型は、吉本隆明・佐藤泰正『漱石的主題』(春秋社、一九八六)である。佐藤は「文学論ノート」を〈ウル文学論〉、その後の漱石のすべての源泉として位置づける。それを受けて吉本は、初発の構想が蔵した可能性を切り捨て狭めたのが『文学論』で、「帰ってから死ぬまでの漱石のたどった道は、ぜんぶ一種の挫折の道というか、失敗の道を突きつめていっちゃった」として、初発の「統一的ななにか」を復元するために『文学論』から小説作品までをも包括的に分析していくことが必要であるという。

「文学論ノート」の総合的な研究は、漱石研究にとって依然重要な課題であり続けるだろう。しかしながら、一〇年以上にわたる作家的キャリアすべてを読み解く鍵を「文学論ノート」に求めることは、その後の思索の変遷、あるいは〈書くこと〉を通してはじめて見いだされたものを度外視し、すべてを〈起源〉から意味づけてしまいかねない。また「文学論ノート」はあまりに断片的であるため、恣意的な繋ぎ合わせによる立論を警戒することが必要である。そのため、本書では「文学論ノート」を起点とするアプローチは採用せず、講義と原稿、刊本『文学論』などとの一連の生成過程のなかで適宜参照するに留めたい。

ところで、義父宛に研究構想を書き送った二カ月後の一九〇二年一〇月一〇日頃、同じくロンドンに留学していた藤代禎輔は、文部省から岡倉由三郎を通じて電報で漱石を連れて帰国するよう指示を受ける。〈夏目狂せり〉との噂が留学生の間で広まり、文部省の耳にも届いたことで、夏目金之助を保護して帰朝するよう藤代に指示が下ったとされる。[20] ただし、佐々木英昭は次のように述べている。

英国留学中の金之助を一種の〝引きこもり〟状態にあったかのように語る伝記的記述がさかんになされてきたが、そのほとんどが事実と異なることを言っておかなくてはならない。この書簡〔一九〇一年二月九日付、狩野亨吉・大塚保治・菅虎雄・山川信次郎宛書簡〕にいう「下宿籠城主義」や、『文学論』「序」の「余は下宿に立て籠りたり」云々、また三五〔一九〇二年〕年秋に文部省から在英の某に打電されたという「夏目狂セリ」（実際には岡倉由三郎への「夏目、精神に異状あり」との電報）など、人目を引く言葉からこの風

(17) 伊藤節子「初期漱石における「科学」の様相――「文学論ノート」をめぐって」（『三田國文』五七、三田國文の会、二〇一三・六）、柴田勝二「見出される「東洋」――ロンドンでの苦闘と『文学論ノート』」（『夏目漱石――「われ」の行方』世界思想社、二〇一五）など。

(18) 村岡勇編『漱石資料――文学論ノート』は、翻刻に際してページ順を誤っており、漱石が書き継いでいった流れにそってノートを読めないという深刻な不備、その他断わりなく採録を省略した箇所があるなどの問題点が小倉脩三によって指摘されており、参照に適さない。『漱石全集』（二一、岩波書店、一九九七）以降の版を用いる必要がある。小倉脩三「東北大学所蔵『文学論』関係資料について」（『漱石研究』三、翰林書房、一九九四）参照。

(19) 漱石「私の個人主義」（『孤蝶馬場勝弥氏立候補後援現代文集』実業之世界社、一九一五）。

(20) 末延芳晴『夏目金之助、ロンドンに狂せり』（青土社、二〇〇四）第一八章に述べられているとおり、漱石自身とその言を真に受けた鏡子夫人とは、土井晩翠が文部省に打電したものと推測しているが、これには晩翠自身による反論が行なわれた。末延は「同じころ、ベルリンに留学していた日本人が発狂して下宿屋に放火したという事件が起こっており、芳賀〔矢一〕としては万が一を慮って、文部省に通報したということは十分考えられることである」と推定している。

説が神話化し、本を買うために食費を惜しんでいるというような記述が金之助本人の書簡にも見られるために、「これ以上切り詰めようのない、切り詰めた生活をして」いたというようなことを小宮豊隆までが書く始末だ〔『夏目漱石』岩波書店、一九三八〕。

だが、現実の食生活は「夏目君は、江戸子そだちで、口がこえてゐたせいもあつて、留学生仲間では破天荒の一週三十五シル〔シリング〕の豪華（?）な生活をして〔おいで〕であつた」し〔岡倉由三郎「朋に異邦に遇ふ」昭和一一年〕、転々とした下宿にはたいてい数人以上の日本人もいて、話し相手には事欠かなかったのである。(21)

その意味でも、「文学論序」に用いられたレトリックには注意深くあらねばならない。また、漱石が帰国後の妻鏡子らとの確執や創作への目覚めを素材とした自伝的小説『道草』(22)（一九一五）に「狂気」と「神経衰弱」をめぐるレトリックを張り巡らせたことを思い起こしてもいいだろう。ここでは「文学論序」のレトリックを読み解いてみたい。

東北大学附属図書館漱石文庫には、漱石がこの序文を執筆する前月すなわち一九〇六年一〇月頃のものとされる構想メモと草稿が残されている。(23)これと序文を比較してみると、構想メモに箇条書きした内容をほぼ網羅的になぞりながら、新たな内容を追加してあることがわかる。それがまさに「神経衰弱」と「狂気」についての記述である。他方、草稿にはあったが削られてしまったモチーフもある。先に後者を確認しておこう。草稿の記述は学者の虚栄心に触れている。

人の自ら名を成す能はざるや大家の後塵に附して竜門に登らんとす。西人の Dante を論じ Goethe を論じ若くは Shakespeare を論ずる少なくとも三分の一は此徒なり。是等の文学者は是等の寄生虫の為に臓腑を揚せられ胃脾を抉られ手足分放完膚なき迄に（ママ）されぬ。仏は法を売り祖師は仏を売るが習ひなれば是等の徒はDante を売り Shakespeare を売り Goethe を売って名に饑えたるる（ママ）慾を充たさんとするなり[24]

ここには、留学期の「学者」と題したノートの次のような記述が、そのまま引き継がれているとみてよい。

権門の犬たることを好んで自立の紙屑買を恥づ。人の情なり。如何に人間の interest の為に支配せらる、かを見よ、(selfish) power, fame, money の為に動くかを見よ。徒に沙翁、ゲーテ、段帝《ダンテ》を説くは権門の犬となるが如し。名門の下に隠れて自己の有せざる持成《もちなし》を受けんが為なり。拙くとも自らの見識を立つる者は自立の紙屑買の如し[25]。

ただし留学期のノート「学者」が悲憤慷慨に貫かれているのとは異なり、草稿は「西洋人の賞める者を賞め西洋人のくさす者をくさして夫にてよしと思へり今より思へば稚気多くして慚（原）愧の至なること多し」と自戒を込め

---

(21) 佐々木英昭『夏目漱石——人間は電車ぢやありませんから』(ミネルヴァ書房、二〇一六)、二〇五頁。
(22) 漱石『道草』は『東京朝日新聞』『大阪朝日新聞』ともに一九一五年六月三日から九月一四日まで、全一〇二回にわたり連載。単行本『道草』(岩波書店、一九一五)。
(23) 東北大学附属図書館ウェブデータベース「漱石文庫」で画像閲覧可能。翻刻は『定本 漱石全集』(二六、岩波書店、二〇一九)、七五一—八〇頁参照。
(24) 同上、七九—八〇頁。
(25) 「学者」(『定本 漱石全集』二一、岩波書店、二〇一八)、六七四—六八一頁。ただし表記を改めた。村岡(注18)は池田菊苗との議論に触発されたのではないかという。

て述べる形になっている。この学者の欺瞞的な虚栄心への批判と自戒のモチーフは「文学論序」からは消えてしまうが、ほぼそのまま後年の講演「私の個人主義」に活かされることになる。

こうして「文学論序」は草稿にあった「学者」像を後景に押しやった一方、代わりに「心身の健康」の問題を前景化させた。「心身の健康」について一方ではそれが原因で『文学論』執筆が進まなかったと自ら述べ、もう一方では「神経衰弱にして兼狂人のよしなり」などと徹底的に他人の評価として留保し、「賢明なる人々の言ふ所には偽りなかるべし」、「親戚のものすら、之を是認する以上は本人たる余の弁解を費やす余地なきを知る」と真偽をはぐらかすこの言述には、序文全体に漂う反語めいた響きの共鳴が感じられる。

心身の健康を害したという自覚と、「神経衰弱」「狂人」という診断を与えられることと(26)の差異を敏感に感じ取りながら、漱石はそのレッテルを引き取り、別の意味合いを含み込ませて概念を変容させる操作を行なっているようにみえる。「文学論序」は次のように結ばれる。

> たゞ神経衰弱にして狂人なるが為め、「猫」を草し、「漾虚集」を出し、又「鶉籠」を公けにするを得たりと思へば、余は此神経衰弱と狂気とに対して深く感謝の意を表するの至当なるを信ず。
>
> 余が身辺の状況にして変化せざる限りは、余の神経衰弱と狂気とは命のあらん程永続すべし。永続する以上は幾多の「猫」と、幾多の「漾虚集」と、幾多の「鶉籠」を出版するの希望を有するが為めに、余は長《とこ》しへに此神経衰弱と狂気の余を見棄てざるを祈念す。
>
> たゞ此神経衰弱と狂気とは否応なく余を駆つて創作の方面に向はしむるが故に、向後此「文学論」の如き学術的閑文字《かんもんじ》を弄するの余裕を与へざるに至るやも計りがたし。果して然らば此一篇は余が此種の著作に指を染めたる唯一の紀念として、価値の乏しきにも関せず、著作者たる余に取つては、活版屋を煩はすに足る仕事なるべし。併せて其由を附記す。

明治三十九年十一月　夏目金之助

すなわち、「神経衰弱」や「狂人」と他人が呼ぶ当のものによってこそ、私は創作を行なっているのだから、私はそれに感謝すらしてみせよう、というのだ。

だが、実際に帰国後の漱石の学問と創作の関係を検討するならば、学問を捨てて創作を取ったという単純な理解は成り立たない。本書が詳細に明らかにするとおり、留学期以来の研究構想、帰国後の講義の進行、創作、そして書物としての『文学論』の成立は、互いに密接に関わり、影響を及ぼし合っていた。その過程に注目するには、帰国後の講義を可能な限り実態に即して検討する必要がある。

三　小泉八雲と夏目金之助

夏目漱石の東京帝国大学英文学科での講義を考えるにあたって、前任者小泉八雲の存在を避けて通ることはできない。

ラフカディオ・ハーン（Patrick Lafcadio Hearn）は一八五〇年、イギリス領レフカダ島（後にギリシャに編入。「ラフカディオ」の由来）に生まれる。カトリック教育を受けるが宗教への反感しか抱かず、文学を読み耽る。イ

（26）漱石は呉秀三に頼んだ神経衰弱の診断書を利用して一九〇三年三月三一日第五高等学校を退職したが、同年六月神経衰弱を悪化させ、七月末か八月初め、呉の診断を受けたという。『道草』でいう御住を実家へ帰す頃のことである。佐々木英昭『夏目漱石――人間は電車ぢやありませんから』（ミネルヴァ書房、二〇一六）参照。

ギリスのダラム市郊外のアショーにあるセント・カスバート・カレッジを中退後渡米し、シンシナティで週刊誌や新聞に寄稿、ニューオーリーンズに移ってからも健筆を振るい、一八八一年一二月には『タイムズ・デモクラット』紙の文芸部長となる。一八九〇年にはハーパー社の通信員として来日し、同社との契約を破棄して島根県松江の尋常中学校および師範学校の英語教師となる。その後も熊本、神戸を経て上京、一八九六年に帰化して「小泉八雲」と改名、東京帝国大学英文学科講師に着任した（外山正一による招聘）。一九〇三年に解雇通知（井上哲次郎による）を受け、同三月に受講生たちの留任運動も功を奏さず退職。翌年三月より早稲田大学に講師として出講するが、同年九月に心臓発作で亡くなる。

八雲の後任となることについて、漱石は妻鏡子に「小泉先生は英文学の泰斗でもあり、又文豪として世界に響いたえらい方であるのに、自分のような駆け出しの書生上がりのものが、その後釜に据わったところで、到底立派な講義が出来るわけのものでもない。又学生が満足してくれる道理もない」と不満を漏らしていたという。[27] 八雲の死後四年経って、漱石は第五高等学校（熊本）から東京帝大への進学のため上京した小川三四郎を主人公とする小説『三四郎』（『東京朝日新聞』、一九〇八年連載）に次のように八雲の姿を描いた。

赤門を這入つて、二人で池の周囲《まはり》を散歩した。其時ポンチ画の男は、死んだ小泉八雲先生は教員控室へ這入るのが嫌《きらひ》で講義が済むといつでも此周囲をぐる〳〵廻《まは》つてあるいたんだと、恰《あたか》も小泉先生に教はつた様な事を云つた。何故控室へ這入らなかつたのだらうかと三四郎が尋ねたら、

「そりや当り前ださ。第一彼等の講義を聞いても解るぢやないか。話せるものは一人もゐやしない」と手痛《ひど》い事を平気で云つたには三四郎も驚いた。[28]

八雲の帝大講義の受講生であった安藤勝一郎は、次のように講義中の教室風景を描いていた。

講義は静かに緩やかな速度で始められる。思ふに、先生は松江中学、熊本高校に於て教鞭を執られた長い経験で、日本の学生の語学力の程度限界を能く知悉されてゐたと考へられる。決してそのため許りではないであらうが、先生は常に平明な表現同時に流暢な調子で学生が充分書き取りうる程度のテムポで講演の口述を進められる。絶対に必要なき限り異常な難解な語句表現は避けられた。然るにその講義のノートを後に読み返して見ると、盤上に珠を転ばすやうな名文となつてゐるのに感歎する、否先生の講義の書き取りに夢中になつてゐる間にも、先生の名文の名調子は我々の耳朶を打つてその快い楽音に我々を陶酔させるのであつた。（略）講義が蔗境《しやきよう》に入れば、先生の声に熱を帯び調子も自然に高められテムポが速まつて来る。筆記のペンの音のみが、先生の緩やかな發音に和して聞ゆる瞬間である。（略）先生は「メモ」を持参される（略）それは極めて小さい精々二三寸のもので、之を参照されるのは、講義中に現れる詩人・作家等の生没年を書取らせるため稀に用ゐられる。其時は近眼の右目を揉み込むやうに眼スレ〳〵に近寄せて看られるが、その間でも講義の進行は妨げられることはない。初《ママ》て出る題目とか特に難解と思はれる語句引用文・書目・人名以外は黒板に書かれない。口授講述の際、散文は問題ないが、詩にはそれ〴〵何か或る形式が存するから、原詩の行間の排列の形式に凹凸出入ある場合は、「一字引込める」とか「二字凹（くぼ）めて」とか書写上の注意が与へられる、又は「行を改めて」とか其他、文の終止、挿入句の括弧、引用符等迄、叮嚀懇切に細かく口授しながら、而かも講述中の本筋の文章そのものは、何の淀みもこだわりも停頓も渋滞もなく、水の流れるようにすら〳〵と講義は継続されて行く。（略）我々学生はうつとり夢心地の中に懸命になつて筆記の

（27）夏目鏡子述、松岡譲筆録『漱石の思い出』（改造社、一九三四）。
（28）『三四郎』（三の三［第一七回］、『東京朝日新聞』一九〇八・九・一七）。

ペンを走らせ続けた。何か特別に注釈的説明を加へられる場合以外、大抵は講義そのものに追ひ掛けられてゐたからである。授業終了のベルの音が聞こえて、一同は緊張の夢から醒めてほつとする。そして書取つた講義に就て、文字通りのコムペア・ノーツ〔情報交換、ここではノートの見せ合い〕が始められるのであつた。[29]

厨川白村《くりやがわはくそん》は八雲講義を次のように回想する。

先生の講義は毎週九時間であつた。英文学概論が三時間、作品講読が三時間の外に、詩歌小説戯曲などに関する色々の題目に就いて、断片的の講義がまた三時間あつた。先生の豊かな天分と、断じて他の模倣を許さないその独創性《オリヂナリテ》が遺憾なく発揮せられ、またその特有の趣味鑑識に基づける批判が十分に聴講学生の前に披瀝せられたのは、主として此断片的講義の三時間であつた。幸ひなるかな、このたび世に公にせられたものは即ち講義の此部分のみである。[30]

ただし、田部隆次『小泉八雲』〔早稲田大学出版部、一九一四〕によれば、授業時間数については週に一二時間であったらしい。[31] 染村絢子によればその内訳は、「①テキストを使用した詩の講読（5時間）②テキストなしの英文学史（3時間）③同じくテキストなしの特殊講義（4時間）」であるという。[32] 田部『小泉八雲』付録「講義の題目」には、「〔明治〕二十九年の一年生であつた我々の講義筆記から〔八雲退任時の受講生〕石川〔林四郎〕、落合〔貞三郎〕の諸君のものまでにある題目」〔田部らが一年生当時の二、三年生向けの講義は含まず〕が列挙されている。しかしそれぞれの講義題目の年次は明記されておらず、現時点で一部の題目のみ講義時期が判明しているが、[33] 今回は講義時期の推定には立ち入らないことにする。

八雲帝大講義の受講ノートについては、染村絢子が下記のとおり田部隆次ら七名のノートを参照して基礎研究

を行なっている。(34)

（一）茨木清次郎　一八九九年（明治三二）七月卒業　（茨木家蔵）
（二）田部隆次　卒業年同上　（染村蔵）
（三）栗原基　一九〇一年（明治三四）七月卒業　（栗原家蔵）
（四）小日向定次郎　卒業年同上　（染村蔵のコピーより）
（五）藤村作　卒業年同上　（お茶の水女子大学英文科研究室蔵）
（六）岸重次　一九〇三年（明治三六）七月卒業　（金沢大学附属図書館蔵）
（七）筆記者不詳　（天理大学附属天理図書館蔵）
（八）森巻吉　一九〇四年（明治三七）七月卒業

(29) 安藤勝一郎「Lafcadio Hearn 先生の追憶――東大を去られた当時の真相」（『東山論叢』一、京都女子大学、一九四九・一〇）、九一―九二頁。
(30) 厨川白村『小泉先生そのほか』（積善館、一九一九）。
(31) 田部隆次『小泉八雲』（早稲田大学出版部、一九一四）、一九〇頁。
(32) 染村絢子「小泉八雲と岸文庫について」（『こだま　金沢大学附属図書館報』一〇〇、金沢大学附属図書館、一九九七）。
(33) 銭本健二・小泉凡共編「ラフカディオ・ハーン年譜」（『ラフカディオ・ハーン著作集』一五、恒文社、一九八八）、七二六―七二七頁。
(34) 染村絢子『ラフカディオ・ハーンと六人の日本人』（能登印刷出版部、二〇一七）、五七頁。より詳しくは「東大講義」（『へるん』二六、八雲会、一九八九）、「東大講義メモ帳と浮世絵展覧会」（『へるん』二七、八雲会、一九九〇）、「小泉八雲と周囲の人々」（『金沢大学資料館紀要』二、金沢大学資料館、二〇〇一・三）。また小林清一「ラフカディオ・ハーンの講義」（『Mimesis』五、帝塚山学院大学英米文学会、一九七三）も参照せよ。

（九）金子健二　一九〇五年（明治三八）七月卒業

（東京大学〔大学院総合文化研究科・〕教養学部〔駒場博物館〕蔵）

（金子家蔵）

（一部が金子三郎編『記録　東京帝大一学生の聴講ノート』〔リーブ企画、二〇〇二〕に掲載）

（一〇）野間真綱　一九〇三年（明治三六）七月卒業

（神奈川近代文学館蔵）

染村が言及していないノートについては、若月紫蘭（若月保治）のノート（山口大学図書館若月紫蘭文庫蔵）や、吉松武通のノート（神奈川近代文学館蔵）がある。また筆者未見であるが、近藤哲は皆川正禧の八雲講義受講ノート一〇冊（いずれも二二・五×一六・五センチ、いずれも日付記載なし）を報告している。(35)

白村によれば講義録出版の際には「一通りパラフレイズで本文の説明を終り、難解の語句を釈し」た部分が「大抵省略されてゐる」（前掲）が、言わば「書き言葉」を書き取らせた八雲講義は、受講ノート間の筆記がほとんど一致すると思われる。八雲側の資料としては、年号などの基本的事項を書き留めた東大講義のための覚書き（天理大学所蔵）が天理図書館善本叢書洋書之部編集委員会編『Lafcadio Hearn : mss. & letters.』（天理大学出版部、一九七四）六巻中の第四巻に影印版として収録されている。

また、八雲と漱石に教えを受けた金子健二は、後年その克明な日記をもとにやや脚色をまじえた回想録(36)『人間漱石』（いちろ社、一九四八）を著した。同じ英文学者としての『文学論』批判や、講師夏目金之助の姿をいきいきと描く筆致は読み応えがある。同書で金子は入学当初（一九〇二年九月、つまり八雲の帝大最終年度の初め）の八雲講義を次のように回想している。

ヘルン先生は私達が初めて英文科に入学した時「諸君は文学を創作する為に私の講義を聴いてくれなければならない。又仮令創作家にならないとしても文学を鑑賞し、且つこれを愛好するだけの用意を持つてほしい。

若し諸君が卒業後中学校や高等学校の英語の先生になるといふ目的で私の英文学の講義を聴かうとするならば、必ず諸君は失望するであらう。私は決して諸君の為に職業を与へる為の英語は授けないのであるから……故にこのやうな職業意識を持つて英文科に入学した者があるならば速かに他の学校か又は法科に学籍を移す事を忠告する」といつたやうな申渡しがあつた。私達はかねて噂に聴いてゐた此の大文豪の、しかもその荘重な又神秘的な言葉を目前で肉声を通して聴かされたのであるから皆大いに感激すると共に、各自は既に一かどの創作家にでもなつたやうな自負と法悦とに小さな胸を躍らせたのである。(37)

ただし、解任が決まった後(一九〇三年三月頃か)の様子を安藤の同級生、岸重次は次のように率直に記している。

先生が去られることがきまってからは、講義も調子がかわり、非常に速くなり、発音もはっきりせず、筆記に困難となりました。最後の講義はNote on Whittierであったが、これを完全に筆記し得たものはぼくぐらいなものだった。後年昭和9(一九三四)年9月北星堂で先生の講義を出版するとき、はるばる金沢にいるぼくのところまで、ノートを借りにきたほどでした。(38)

(35) 近藤哲『夏目漱石と門下生・皆川正禧』(歴史春秋社、二〇〇九)、二四―二七頁。
(36) 鈴木良昭『文科大学講師夏目金之助』(冬至書房、二〇一〇)は金子健二の『人間漱石』における「日記の引用」と日記実物の記述とを比較し、脚色があることを指摘し、『人間漱石』は「日記ではなく日記文学のようなもの」と捉えること、日記実物との照合なしに『人間漱石』を伝記資料として扱わないことを勧めている。
(37) 金子健二『人間漱石』(いちろ社、一九四八)、四二頁。
(38) 岸重次「ラフカディオ・ハーン先生の追憶」(『北国文化』六一、北国新聞社、一九五一・一)。

なお、こうした文脈のなかで小泉八雲留任運動が起こるのだが、金子健二は先の引用のあとこう続けている。

このやうな自己陶酔の夢に満たされてゐた時代に、そしてこの陶酔の夢は純乎たる芸術愛好への手引きとなつて、その横にひろがつた多方面の趣味は少なくとも私達の一生涯にとりて非常に大きな幸福と成つた事を私は今でも感謝してゐるが……そのやうな主情主義の高潮に達してゐた時代に突如として漱石先生の如き理知の人、叡智の人、批評的の人、鋭いメスを手にして文学の手術台に現はれて来た外科医の先生が教壇に現はれて来たので当時の「坊ちやん」や「三四郎」が驚異の目を以て漱石先生を見上げたのは当然である。（略）特に漱石先生の講義は、その研究のシステムが文学それ自身を鑑賞する時に必要と考へられる批評学の一端を分析的に取り扱はふとする所に重点が措いてあつた為に、ヘルン先生の如く立派な芸術は理くつぬきにして直覚的に鑑賞すべきものであるといふ立場とは、既に根本的に異つてゐたのであるから、多年此の空気の中に育てられて来た「坊ちやん」と「三四郎」はヘルン先生をありがたく思つてゐた事は当然である。加之、ヘルン先生の名は海外の文壇で宣伝されてゐたのに反して、漱石先生の名は僅にこの頃の『ホトトギス』で其の道の人達の間にしか識られてゐなかつたのであるから、漱石先生は誠に不利の立場に在つた。(39)

『人間漱石』によれば、一九〇三年三月二日、留任運動の議長は三年生安藤勝一郎（田部隆次によれば石川林四郎、落合貞三郎も代表者であった(40)）に決まる。二年生は西川巌、森巻吉が総退学決行論者であるのに対し、厨川辰夫（白村）は反対派であった。急先鋒となったのは当時一年生の小山内薫、川田順。総退学を辞さぬ強硬路線が優勢であったが八雲留任は実現せず、春休みが明けると新講師が赴任した。五月四日には小山内薫、川田順らが受講拒否、卒業の近づいた三年生は神妙に出席。二年生は厨川だけが熱心に聞いており、「他の諸君は出席だけはしてゐるが、心の中ではさう興味を寄せてゐないのだ」と同郷の森巻吉が後輩金子健二に話したという。高田力の伝えるところによれば、川田順にいたっては「ヘルン先生のいない文科で学ぶことはない」といって法科へ転科した。後年その事実関係を問われて事実であることを認めたうえで、川田は「夏目なんて、あんなもん問題になりゃしない」と述べたという。(41) では八雲の講義とはどのようなものだったのだろうか。

四　スペンサー主義者小泉八雲

小泉八雲の招聘に尽力した当時の東京帝国大学文科大学学長外山正一（一八四八―一九〇〇）は、ハーバート・スペンサー（Herbert Spencer, 1820-1903）の進化論哲学の普及に貢献したことでも知られる。また外山との間を取り持ったバジル・ホール・チェンバレンと八雲はスペンサーについて書簡で議論を交わしており（一九八五年三―四月）、招聘の意を伝える外山正一の手紙（一八九五年一二月一三日付）は「英文学を進化論の原理によって、情緒的歴史的に教えること」を求め、ハーンはこれに応じた（なお、外山に八雲を推薦したのは神田乃武《ないぶ》であったという）。(42) 青年夏目金之助もスペンサーを熱心に読んだことが知られるが、留学期の研究はむしろ社会進化論の批判に重きを置いていたことはこれまで多々論じられてきた通りである。(43)

(39) 金子健二『人間漱石』（前掲）、四二―四三頁。
(40) 田部隆次（前掲）、二二七―二二八頁。
(41) 高田力『小泉八雲の横顔』（北星堂書店、一九三四）。
(42) 田部隆次（前掲）、二〇一頁。
(43) 北川芙生子『漱石の文法』（水声社、二〇一二）、第四章、佐々木英昭「漱石・子規の共鳴と乖離――千代女、スペンサー、Rhetoric, 気節」（『比較文学研究』一〇三、東京大学比較文学会、二〇一七・九）などを参照。

本章では、八雲の「英文学史」講義ではなく、より特色の現われやすい自由テーマのオムニバス講義から「創作論」「読書論」「文学と輿論」を取り上げ、その文学教育の基底にある構図を取り出したい。なお、これらの三編の選択の根拠は、八雲没後の田部隆次による伝記『小泉八雲』（早稲田大学出版部、一九一四）の附録として抄訳掲載された三編であり、その後の八雲講義録出版・講義録日本語訳出版において中核をなす三編であることに拠る[44]（なお、八雲の講義録出版の問題については本書第八章で論じる）。

八雲の「読書論」と「創作論」には共通する図式がある。「知識」を身につけることの必要性とその不可逆性をいうと同時に、「知識」によって簡単に損なわれてしまう「子供」のように新鮮な感性こそが芸術の命であるという撞着語法的論理が、文学研究者・批評家と大衆との関係のなかで説かれている。

「読書論」においては、娯楽目的で表面的に「筋」を追う「大衆」（common person / the average public）に対し、「自分の持っているすべての知識、学識、経験にもかかわらず、子供がお伽噺を読むのと同じように〔徹底的に、飽きることなく、注意力と想像力を悉く注ぎ込んで〕、本を読む」、「自然で同時に学究的な読み方」と「忍耐」を兼ね備えた「プロの読者」を対比して後者の意義を説いたうえで、初めの「大衆」とはまた異なる意味合いでもう一度「大衆」の語を持ち出している。

最終的には最も偉大な批評家は大衆（the public）である――一日とか一世代の大衆という意味ではなく、数世紀を経てきた大衆、時というすさまじい試練を経てきた本についての国民的、あるいは人類の意見の一致という意味での大衆である。名声は批評家によって作られるものではなく、数百年にわたる人類の意見の集積によって得られる。[45]

ではその場合、「プロの読者」としての批評家の発言と、「人類の意見の集積」はどのような関係にあるのか。

しかし、この問題について、「読書論」は不朽の名作、何度でも読みたくなる古い作品を読めというに止まってしまう。そこで「創作論」に目を転じる。

八雲は創作とは「感情の表現」であり、そのための一つの方法が「他の人たちの描写とは驚くほど異なっている」自分自身の言葉で「ものの特質」を捉えて描写することであるという。そして創作と文学研究との関係について、再び撞着語法的な論理を用いる。

子供の本能的な知識、何百万もの過去の生命から受けつがれてきた知識は、教育や個人的体験の数かぎりない影響の重みに鈍らされることなく、いまだに新鮮である。（略）これと同じような本能的な力が、芸術家の真の力であり、それがたんなる文章と文学との相違を生じさせるものである。（略）ほとんどの場合、知識は、ある非常に貴重な天性の能力を犠牲にしてのみ手に入れることができる。すべての知識を吸収しているにもかかわらず、精神と心が子供のように新鮮なままでいられる人こそ、文学において偉大な仕事をなし

(44)「創作論」「読書論」の二編については、国語教科書に掲載された「教材」という観点から西田谷洋「小学校・中学校国語教科書の中の小泉八雲・序説」（『ヘルン研究』二、富山大学ヘルン研究会、二〇一七・三）が取り上げ、「感情の普遍性は現在の分析者の価値観を特権化する。なぜなら、それは古典への評価が大衆のものではなく、階層集団の文化、教育の効果、伝統の発明に由来するという観点がないからである」と批判している。この批判は、教科書に単独で部分的に採録された八雲評論を教育の場で扱う際のみならず、講義録の各章を通読する際に得られる八雲の文学観に対しても有効である。他方で、講義録という形態で通読すると、〈大衆の言葉で語りかける文学〉というモチーフに八雲が階層集団の文化を跨ぐコミュニケーションを期待していたことも読み取れることを本章では取り上げたい。

(45)「読書論」（安吉逸季訳、『ラフカディオ・ハーン著作集』九、恒文社、一九八八）、一四頁。本章におけるハーン講義録の原文底本としては田部隆次・落合貞三郎・西崎一郎校訂 Lafcadio Hearn, *Complete Lectures on Art, Literature and Philosophy*, Revised Edition, Tokyo: The Hokuseido Press, 1941 を参照した（以下同じ）。

とげると思われる。(46)

文学研究により知識を身につけつつも、精神と心を「子供のように新鮮なまま」で保ち、自分自身の（つまり手垢のついていない）言葉で感情の描写を行なうことが必要であるという。そして創作のもう一つの方法は、モーパッサンのように「いっさい描写をせずに、あらゆる表情や行動が暗示されるように、述べること」だという。このように二つの方法による創作論を述べたあとで、八雲は学生たちに呼びかけるように、次のようにいう。

日本文学は多くの点でいまだ古典的な状態にあり、過ぎ去った世紀の慣習から解放されておらず、言語の十分な能力が近代の作品の中に表現されていないと思う。母国語で書くのに、日常会話や民衆の言葉（the every day speech of conversation and of the people）はいまだ卑俗だと考えられている。諸君がいつか、それらの慣習に大胆に戦いを挑むことを望むと、あえて私は言わなければならない。（略）どの国においても、教育を受けた階級は、大きな全体のほんのわずかな部分を代表するにすぎない。彼らは教師でなければならない。しかし、学士院の言語では教えることができない。（略）日本には、確かに新しい大衆文学（a new popular literature）が必要とされるだろう。（略）それは、すすんで大衆（the masses）に母国語で話し、何百万もの人の心に触れようとする学者か、少なくとも文芸を解する人によって供給されねばならない。これが、いずれの国においても、文学の真の目的である。（略）一億人の人びとに話しかけることのできる人は、王より力がある。しかし、彼は学士院の言葉で話してはならないのである。(47)

このように「創作論」の末尾で、専門的な知識を身につける「プロの読者」たる学生たちに、「教師」として「新しい大衆文学」を通して一億人の人びとに話しかけるという創作者の使命を八雲は期待する。創作を通して大衆に語りかけ教化するならば、「人類の意見の集積」に対して批評家はただ手を拱《こまね》くだけではなく、働きかけることができるだろう。同様の見解は、トルストイ『芸術とはなにか』（一八九七）を評した講義でも繰り返される。

この主題（実地の生活になじんでいることこそ、美や力に関するあらゆる知識の奥義を授けてくれるということ）は、私がしばしば主張してきたことが真実であると確証してくれる。それは、やがて日本の作家たちは普通の人びとの話し言葉で書くようになるだろうが、それが早ければ早いほど、日本文学にとっても、近代知識の一般への普及にとっても有益であるという主張であった。(48)

エリート知識人であると同時に子供のように読み・描写する者が、「新しい大衆文学」によって「近代知識」を普及させる。それにより、時の試練という最大の批評行為が優れた文学を後世に伝えていく。このように整理していくと、八雲の文学論の根底には美化された社会ダーウィニズムが横たわっているように思われる。八雲が記者時代にスペンサー進化論を応用した評論を書いていたことは知られているところであり、(49)文学批評の方法を論じた数少ない講義「イギリスの近代批評、および英仏文学の同時代の関係について」には次のようにある。

サント゠ブーヴの最大の弟子は、歴史家のテーヌであった。（略）しかし、テーヌはサント゠ブーヴほど博

(46)「創作論」（田中一生訳、『ラフカディオ・ハーン著作集』九、恒文社、一九八八）、五八―六〇頁。
(47)「創作論」（同上）、七五―七六頁。
(48)「トルストイの芸術論」（浜田泉訳、『ラフカディオ・ハーン著作集』九、恒文社、一九八八）、三二一頁。
(49)斎藤正二「解説」（『ラフカディオ・ハーン著作集』五、恒文社、一九八八）。

識でもなければ、俊敏でもなく、魅する力が弱い。彼はやや一方に片寄った方法を用いる傾向があった――これはその方法の欠陥ではなく、困難さを示している。（略）サント＝ブーヴの方法は将来、たぶんほかの大人物によってさらに完璧なものとされるだろう。その最も有力な理由もある――すなわち、それが進化論哲学と完全に一致している点である。サント＝ブーヴが若かったころ、進化論哲学は存在しなかったが、ある面でそれを予想していたと言えるだろう。今日、進化論哲学に従っている批評家たち――私は、文学上のすべての歴史を幾世紀も越えてその始原にさかのぼり、その事物がどのように成育し、発芽し、花咲いたかを描く人びとを指しているのだが――彼らの大部分はハーバート・スペンサーの弟子ではなく、サント＝ブーヴの模倣者たちなのである。(50)

つまり、ここでサント＝ブーヴの名を借りて語られているのは、「どのように成育し、発芽し、花咲いたか」という予定調和的な進歩史観ということになる。これまで初期評論や日本論(51)に指摘されてきたスペンサー進化論の影響は、隠微な形で八雲の帝大講義の基底を形作っていたのではないか。

その先に八雲は何を見ていたのだろうか。八雲の言葉遣い、とりわけ「新しい大衆文学」と「近代知識」という言葉には注意が必要だ。「新しい大衆文学」は私たちの今日イメージする「大衆文学」とはまた別のものであろう（従来の意味での「大衆文学」は、筋を楽しむ読書として「読書論」冒頭で斥けられている）。このことは、「文学と輿論」を見てみるとよりはっきりする。

西欧諸国は日本について何を知っているのであろうか？ ほとんど皆無である。（略）世論は、おおむね感情の問題であって、思想の問題ではないからである。国民感情とは、頭脳を通して伝達され得るものではなく、心情を通して伝達されねばならないものなのである。しかも、それが可能なのは、ただある一つの階層の人々――日本の文学者――のみである。（略）一人の偉大な小説家、一人の偉大な詩人がいさえすれば、彼らはたった一人でこれを首尾よくやりとげるであろう。血のつながりもなく、言葉も異なる人々には、どんな手段によろうと、これをなし得るものではない。それは、日本人によって考えられ、日本人によって書かれ、また外国流の思考や感覚によってまったく影響されていない日本文学によってのみ、なし得るのである。（略）単なる旅行記とか随筆とか、また西欧人の感情とは何ら共通点をもたない文学の翻訳とかによっては、大衆の心を動かすことはできない。もっと人間的な文学、すなわち創作や詩歌、小説や物語によってのみ、人々の心を感動させることができるのである。（略）すべての偏見は、無知によるのである。無知は、より崇高な感情に訴えかけることによって、最もよく解消され得る。そして崇高な感情は、純粋な文学によって最もよく鼓吹されるのである。(52)

このように外国に日本を知らしめるために必要な文学を、八雲は唱える。「人は一冊の書物を著すことによっ

(50)「イギリスの近代批評、および英仏文学の同時代の関係について」（浜田泉訳、『ラフカディオ・ハーン著作集』九、恒文社、一九八八）、九七頁。
(51) ジェームズ・バスキンド「ラフカディオ・ハーンの仏教観――十九世紀科学思想との一致論を中心として」（『日本研究』三七、国際日本文化研究センター、二〇〇八・三）、鬼山暁生「ラフカディオ・ハーンの社会進化論的家族国家観――*Glimpses of Unfamiliar Japan* の日本表象における「母」「父」「虫」」（『文学研究論集』四六、明治大学大学院、二〇一六）など。
(52)「文学と世論」（池田雅文訳、『ラフカディオ・ハーン著作集』六、恒文社、一九八〇）、四八一―四八三頁。一部訳文を改めた。なお本文中のタイトル「Literature and Political Opinion」の訳語としては、佐藤卓己『輿論と世論――日本的民意の系譜学』（新潮選書、二〇〇八）の「輿論：Public opinion／世論：popular sentiments」という区別にならい前者を採った。ただし本文にみえるとおり、講義中では「輿論」を形成する感情が焦点となっている。

て、戦争で勝利を収めるのと同様に、大いに自国に報いることができるのである。（略）このような人間こそ、その国にとっては、王よりも確かに価値があるのである。諸君がこのことを記憶にとどめておくなら、私のしてきたこの講義は、将来いつかよい結果を生むだろうと信ずる」[53]という講義の結びは、そのまま「創作論」と共通の論理を有している。そこで「新しい大衆文学」と呼ばれていたものが、ここでいう「日本人によって考えられ、日本人によって書かれ、また外国流の思考や感覚によってまったく影響されていない」「より崇高な感情に訴えかける」現代日本文学にあたると考えてよいだろう。それが「新しい大衆文学」であるというのは、大衆に向けて語りかける文学だからである。では大衆にむけて、「近代知識」を伝えるとはどういうことだろうか。ここでいう「近代知識」は自然科学や理論的知などではないように思われる。ここにも、「文学と輿論」でいう「崇高な感情」に「心情」を通じてふれることによる理解が関わっているだろう。「読書論」には次のようにある。

読むに値する本はすべて、科学書と同じように読むべきである――たんに娯楽を目的としてはならない。また、読むに値する本にはすべて、価値の種類は違っているかもしれないが、科学書と同量の価値がある。と言うのは、小説であれ、ロマンス小説であれ、詩であれ、良書は結局、科学的な作品であるからだ。それは複数の科学に通じる最高の原則に従って、とくに人間性に関する知識という人生の崇高な科学的原則（the principles of the great science of life, the knowledge of human nature）に従って作られているからである。[54]

ここでいう「人間性に関する知識という人生の崇高な科学的原則」こそが、八雲の講義の最終目標にあるものではなかったか。芸術は「言葉、音楽、色彩または形を手段として、情緒を伝える能力」であり「感覚によって人に真実や美を感じさせる諸手段」であるという（「トルストイの芸術論」三一四頁）。母国語で書いた文学を通して、大衆の心に訴え、「人間性に関する知識という人生の崇高な科学的原則」を広めること、その先に外国からの日本理解が広まり、諸国間の偏見は解かれていく。

多くの学生たちが魅了されたのは八雲の平易な語り口とそのまなざしの向かう先にあったのかもしれない。普遍的な知への志向性のもとに、世界が大いなる調和を迎えるこのヴィジョンのなかには先進国と日本があるのみで、たとえば植民地は予め議論の枠の外にあるように思われる。八雲自身のマイノリティ性やクレオールへの関心についての研究が進んだ現在から見れば余りに素朴に思えるほどに、八雲の英文学講義は美化された社会ダーウィニズムという理論的基盤に忠実である。近代的な英文学研究の成立前に、アカデミックな訓練を受けずして教壇に立った八雲個人についてはさまざまな制約を考慮して論じる必要もあろう。しかし、あまりにも無防備に恍惚とした体験を語る八雲講義の受講者共同体、あるいは読者共同体とでも呼ぶべき英文学者たちの問題として考えるならば、「帝大講師小泉八雲」を特異な一挿話として捉えるのではなく、感性を重んじる文学教育への憧憬として変奏・再話されていく根強い物語として戦前・戦後の文学研究を考える一視角とできるはずである。

以上、本章では漱石が留学し、帰国後教壇に立つ頃の学問の状況が英文学研究の草創期にあたること、学生たちが英文学科に求めたものが創作者的感性を満足させることにあり、それに火をつけたのが小泉八雲の講義であることを概観した。次章では、より具体的に漱石の受講生たちの姿に迫りたい。

---

(53)「文学と世論」(前掲)、四八四頁。
(54)「読書論」(前掲)、九頁。

第二章　帝大生と「文学論」講義——受講ノートと時間割

本章では帝国大学で講師夏目金之助の授業を受けた学生たちのノートを手がかりに、当時の講義の様子や彼らの授業態度を素描する。また、学生の日記から時間割の復元を試みた。作家の草稿や書簡類に比べ、とかく軽視されがちな資料体である「受講ノート」を読み解いてみたい(1)。

一　大学生と講義の〈間〉にあるもの

新聞連載当時の『三四郎』読者には知る由もないことだが、三四郎が初めて受けた授業のなかには、夏目漱石の「文学論」講義のうち第一部「形式論」講義の本論冒頭の風景が描き込まれていた(2)。

> 其次には文学論の講義に出た。此先生は教室に這入つて、一寸黒板《ちよつとボールド》を眺めてゐたが、黒板《ボールド》の上に書いてある、Geschehen《ゲシェーヘン》と云ふ字とNachbild《ナハビルド》と云ふ字を見て、はあ独逸語かと云つて、笑ひながらさつさと消して仕舞つた。三四郎は之が為めに独逸語に対する敬意を少し失つた様に感じた。先生は、それから古来文学者が文学に対して下した定義を凡そ二十許り列《なら》べた。三四郎は是も大事に手帳に筆記して置いた。（略）さつきポンチ画をかいた男が来て、
> 「大学の講義は詰らんなあ」と云つた。三四郎は好加減な返事をした。実は詰るか詰らないか三四郎には

些とも判断が出来ないのである。(3)

晩食後筆記を繰り返して読んで見たが、別に愉快にも不愉快にもならなかつた。(4)

この「古来文学者が文学に対して下した定義を凡そ二十許り列《なら》べた」講義の場面が漱石の講義とよく似ていることが公けに確認可能になるのは漱石没後、皆川正禧《まさき》編『英文学形式論』（岩波書店、一九二四）が公刊されて以降のことである。(5) ただしこの箇所は着任早々の講義（一九〇三年四月）であったから、日露戦争後という物語の時代設定と食い違う。いわば「カメオ出演」といえる。

その教室で、「詰るか詰らないか」もわからぬままノートを取りつづける勤勉な三四郎にしても、ポンチ画を描き続けた与次郎にしても、授業に「参加」している。週に四〇時間の授業に出てうんざりし、それを半分に減らした三四郎は、図書館で本を読んでいるうち、本の見返しに鉛筆で書かれた檄文を目にする。

（1）日本近代文学に関係する受講ノート調査としては、佐藤成編著『宮沢賢治――地人への道』（川島印刷、一九八四）における伊藤清一ノートを通しての考察や、庄司達也・野呂芳信「芥川龍之介の聴講ノート「欧州最近文芸史 大塚教授 VOL. I」翻刻」（上下、『研究紀要』一二・一三、東京成徳大学、二〇〇五・二〇〇六）、吉田直子・井上康彦「翻刻『森鷗外氏講義　美学』――元保義太郎筆記ノート（於東京美術学校）」（一―三、『カリスタ』一四・一五・一六、美学・藝術論研究会、二〇〇七・二〇〇八・二〇〇九）、篠崎美生子・田中靖彦・楊志輝・林姵君・庄司達也「芥川龍之介聴講ノート「支那戯曲講義塩谷温助教授」翻刻」（『恵泉女学園大学紀要』二九、二〇一七）などが挙げられよう。

（2）『定本　漱石全集』（一三、岩波書店、二〇一八）、一九七―二〇五頁に相当。

（3）『三四郎』（三の二［第一六回］、『東京朝日新聞』一九〇八・九・一六）。

（4）『三四郎』（三の三［第一七回］、『東京朝日新聞』一九〇八・九・一七）。

（5）皆川正禧については、近藤哲『夏目漱石と門下生・皆川正禧』（歴史春秋社、二〇〇九）に詳しい。

「ヘーゲルの講義を聞かんとして、四方より伯林《ベルリン》に集まれる学生は、此講義を衣食の資に利用せんとの野心を以て集まれるにあらず。唯哲人ヘーゲルなるものありて、講壇の上に、無上普遍の真を伝ふると聞いて、向上求道の念に切なるがため、壇下に、わが不穏底の疑義を解釈せんと欲したる清浄心の発現に外ならず。（略）のつぺらぽうに講義を聴いて、のつぺらぽうに卒業し去る公等《こうら》日本の大学生と同じ事と思ふは、天下の己惚《うぬぼれ》なり。公等はタイプ、ライターに過ぎず。しかも欲張つたるタイプ、ライターなり。公等のなす所、思ふ所、云ふ所、遂に切実なる社会の活気運に関せず。死に至る迄のつぺらぽうなるかな。死に至る迄のつぺらぽうなるかな(6)」

この漱石による一高・帝大エートスのパスティーシュは笑みを誘うものでもあるが、竹内洋が「旧制高校文化は実利や名利を軽蔑していたから、旧制高校生を教養主義の使徒のようにみせたのである。旧制高校生は帝国大学をつうじての出世コースがみえていたからこそ、実利や名利を否定する姿勢をとることができた。実利や名利を否定する姿勢が実利や出世につながるという迂回戦略による利潤の増殖メカニズムが隠蔽されていた(7)」と論ずる事情を映し出してもいる。「衣食の資」のためではない動機で、「切実なる社会の活気運」に関与しなければならない。そうした思考と実践を文科大学に求めながら、それを与えられず、また自身でそれをつかみ取ろうとすることもできない学生自身の自己批判の裏返しが、この宛先のない檄文であろう。「欲張つたるタイプ、ライター」とは、より多く授業を受けさえすれば、幅広い〈教養〉を得られると考える信念を批判するものである。授業を聴いて筆記し試験で再び吐き出すということは、教員が読み上げている原稿を複写しているにすぎない。その反復性は、機械性、自我の不在状態を思わせるというのだ。

一八九〇年九月に帝国大学に入学、三学期を迎えた翌年四月二〇日、正岡子規宛の漱石書簡は「狂なるかな狂なるかな僕狂にくみせん」との書き出しで子規の詩文に受けた衝撃を述べたことで知られるが、当時自身もひそかに小説を書いていた（一九〇六年二月一五日森田草平宛書簡）漱石が、子規に対比して自己を戯画化していたことをここで思い起こしておきたい。

嗚呼狂なる哉狂なるかな、僕狂にくみせん。僕既に狂なる能はず。甘んじて蓄音器となり、来る廿二日午前九時より文科大学哲学教場に於て団十郎の仮色《こわいろ》、おつと陳腐漢の囈語《うわごと》を吐き出さんとす。蓄音器となる事今が始めてにあらず、又是が終りにてもあるまじけれど、五尺にあまる大丈夫が情けなや、何の果報ぞ自ら好んでかゝる器械となりはてたる事よ。行く先きも案じられ、年来の望みも烟りとなりぬ。梓弓張りつめし心の弦絶えて功名の的射らんとも思はざれば、馬鹿よ白痴と呼ばれて一世を過し、蓄音器となつて紅毛の士に弄ばるゝも亦一興ぞかし。

両者の激烈な表現に共通するのは、学べば学ぶほど落ち込む〈教養〉の罠ともいうべきものへの直観であろう。清水真木は〈教養〉を「職場での役割、家庭での役割、政治の場面での役割の他にもう一つ、家庭内での立場からも独立した、政治的な主張からも独立した、職場での地位からも独立した、つまり、いつ、どこで何をしているときにも変化することのない「自分らしさ」なるものを見つけ出すということ」と定義した。[8] 学ぼうとすればするほど、その願いと裏腹に自我が霧散していく感覚に襲われるとすれば、それは清水のいう〈教養〉からは程

（6）『三四郎』（三の六［第二〇回］、『東京朝日新聞』一九〇八・九・二〇）。
（7）竹内洋『学歴貴族の栄光と挫折』（講談社学術文庫、二〇一一）、二七六頁。
（8）清水真木『これが「教養」だ』（新潮新書、二〇一〇）、四一―四二頁。

遠い事態といえる。
では、ノートをとらなければこの葛藤から自由になれるのだろうか。そもそも、当時の帝大文科生にとって、授業中にノートを取ること以外の活動が求められただろうか。おそらく、〈講義《フォアレーズング》〉（Vorlesung）、すなわち学生たちの「前で」（Vor）、原稿を「読みあげる」（lesung）という教授方式が前提とされていた以上、「タイプ、ライター」の苦しみは避けて通れないものであった。とはいえ、そうした苦労の末に漱石の授業を書き取った学生たちのノートのいくつかは革製本され、背に金文字でタイトルを刻印して今も保存されている（こうした慣習は漱石講義にかぎったことではない）。そこで、今に伝わる「受講ノート」の声に、耳を傾けてみることとする。

二　大学ノートと授業風景

いわゆる「大学ノート」が日本で最初に製造販売されたのは、佐藤秀夫によれば一八八四年東京大学赤門前の文具・洋書店松屋が、洋行帰りの大学教授にすすめられてのことであったという。以下、佐藤の論述を要約する。当初のことは詳らかでないが、一八九七年頃イギリスからフールス・キャップ紙（イギリスで作られたタテ一三インチ・ヨコ八インチの洋紙の判型をいい、やがてその判型の上質筆記洋紙、両面ペン書き可能な、化学パルプから作られたクリーム色地の筆記用紙をさす、普通名詞と化す）が輸入されはじめ、のちに松屋製ノートもフールス・キャップ紙を用いて作られた。丸善も同様の商品を取り扱ったが、「大学ノート」の呼称が確認されるのは『学鐙』の一九一九年四月号が最初である。こうした呼称がなされる前から「マルゼン　ノートブック（学生用）」が割安で販売されていた。(9)

漱石自身が大学生のときのノート断片「美学の起原」（東北大学附属図書館漱石文庫蔵）を見てみると、これも洋罫紙のノートから切り離したものらしい。屋名池《やないけ》誠によれば「「審美学」は当時の帝国大学文科大学英文学科で三年次の必修科目だったから、このノートは明治二五〔一八九二〕年度のものと考えられる」という。(10)漱石の帝大での教え子たちが使っていたのも多くは罫線の入った仮綴じノート、あるいは書いたあとに綴じるためのバラ売り洋紙であった。『三四郎』を再び引いてみる。

号鐘《ベル》が鳴つて、講師は教室から出て行つた。三四郎は印気《いんき》の着いた洋筆《ペン》を振つて、帳面《ノート》を伏せ様とした。するとと隣りにゐた与次郎が声を掛けた。

「おい一寸《ちよつと》借せ。書き落した所がある」

与次郎は三四郎の帳面《ノート》を引き寄せて上から覗き込んだ。Stray Sheep《ストレイシープ》といふ字が無暗にかいてある。(11)

漱石の授業は日本語での講述に術語として英語を鏤《ちりば》め、引用文は英語で読み上げ書き取らせていた（作品講読の場合は、学生たちも書籍を購入して持参した）。初出誌不詳であるが、一九〇三年一〇月に選科の学生、布施知足が自身の主宰する雑誌に「漱石先生の沙翁講義振り」という一文を掲載していた(12)（同記事を再録した『英語青年』には、続篇的な記事「教壇の夏目先生」〔一九一七年一月一五日〕も掲載されている）。そこで紹介される『マクベス』講義は一九〇三年九月二九日開始であり、リアルタイムの紹介である。なぜなら文中で触れてあるシェイクスピア名義で漱石宛に届いた「六道の辻からの手紙」という悪戯のことが、金子日記の一〇月二七日に講義で「つい過日」読み上げられたとあるからだ。布施は次のように漱石の口調を模写している。

（9）佐藤秀夫『ノートや鉛筆が学校を変えた』（平凡社、一九八八）。
（10）屋名池誠『横書き登場――日本語表記の近代』（岩波新書、二〇〇三）、八一―八二頁。同書で屋名池は日本語書記体系における「横書き」の成立を論じる過程で漱石文庫所蔵の資料を博捜し、とりわけ罫線入りの大学ノートに注目している。
（11）『三四郎』（六の一〔第五六回〕、『東京朝日新聞』一九〇八・一〇・二七）。

此の中で silver skin だとか golden blood だといふのは拙い metaphor ですね、こんな事を言つて印象を強くする処が、却つて感興を壊してしまふ、metaphor を使ふのならもつと適切なものを選んで用ゐなければ啻《ただ》に労して効なし処ぢやありません、寧ろ害がある位のもので、例へば月並流の俳句といふと大抵そんな面白くもない隠喩を並べて得々としてゐる。私共が月並風の俳句を斥けるのも一つはこの処もあるのです[13]。

この口調は漱石の講義草稿（図４〔八七頁〕）に符合する。また、中勘助は次のように回想する。

先生の講義は十八世紀の英文学の評論とてむぺすとであつた。前者の最初の部分は評論をする時の態度といふやうなことであつた。私は筆記の必要を感じなかつたので、屡《しばしば》先生のすぐ前に席を占めながらつひぞぺんをとつたことがなかつた。先生は一寸それを気にするやうにみえた。そしてとう〳〵私と名ざしてはいはなかつたが、「書かなくちやいけない」といふ意味のことをいつた。（略）先生は平気で講義しているやうにみえながら学生の一人が一寸首をかしげるのにさへよく気がつくのだといふことを確めた。その時分には私は前とちがつてかなり後ろの方へ席をしめる習慣になつてゐたにかゝはらず、同様に先生は私が先生の引証する英文の中に出てくる言葉の綴りがわからないでつかへてゐると、必ず綴りをいつてくれた。そして一度なぞは、「この位の字を知らなくちやいけませんよ」なぞといつた。私はいゝ先生だと思つた[14]。

ディクテーションにつっかえる中勘助にとって「いゝ先生」であっても、そうでない学生にとっては長々と引用文を筆記させられる苦痛を感じたに違いない。序論部分から書き取りを指示していることからも、漱石がノート筆記を重視していたことがわかる。ただし、着任当初はそうもいかなかったらしい。そのことは帝大での最初期の教え子皆川正禧が語っている。漱石の没後、皆川が自身を含む四名分の受講ノートを校合し刊行した『英文学形式論』（岩波書店、一九二四）の「はしがき」をみてみよう（なお同書のもととなった四名のノートのうち、皆川正禧ノートは皆川遺族の許にも現存しないことを近藤哲氏よりご教示いただいた。残りの三名、小松武治[15]・吉松武通・野間真綱のノートも管見の限り現存が確認されていない）。

> 此抄録が僅かに先生の講義の形骸を収めたに止まる、極めて不完全のものであることを自認する。（略）記憶する。夏目講師が、ラフカヂオ、ハーン氏に代つて、不必要な文学のみを語つて語学を教へないと云ふ理由で、大学を逐はれた（少くも吾々は当時左様思ひ込んで居た）小泉八雲先生に代つて英文科の教壇に立たれた時、好感を以て迎へた学生は決して多数ではなかつたことを。教室内見渡す所、或者は頬杖をしたまゝ

---

(12)『東京帝国大学一覧　明治三六―三七年』の「学生生徒姓名」中、文化大学選科英文学科の項目に「布施知足　和歌山」とあり、翌年度の名簿の選科英文学科の欄から一九〇三年入学とわかる。三年間在学し、卒業後記者となる。小林信行「イギリスにおける平田禿木(1)」（『英学史研究』三九、二〇〇六の注4を参照）によれば、「布施は、山縣五十雄の紹介で上田屋（英語世界社）が発行する『英語世界』の編集をした。この雑誌廃刊後、山縣が創刊した *East and West* に携わり、Charles Wagner（1852-1918）の *Simple Life*（簡易生活）を翻訳した（明治三九〔一九〇六〕年二月、東西社刊）。上海同文書院に勤務後、山縣に呼ばれ *Seoul Press* の記者を続けた」。なお、小林氏に問い合わせ、右の記述の典拠を以下の通りご教示いただいた。福原麟太郎編・喜安璡太郎著『湖畔通信・鵠沼通信』（研究社、一九七二）、三〇頁、七九頁。

(13) 布施知足「漱石先生の沙翁講義振り」（『定本　漱石全集』別巻、岩波書店、二〇一八）。

(14) 中勘助「漱石先生と私」（『漱石全集』別巻、前掲）。

(15) チャールス・ラム『沙翁物語集』（日高有隣堂、一九〇四）の訳者。同書は上田敏が序文を寄せ、漱石が翻訳に助言を与え、書き送った「子羊物語に題す十句」もまた序文として掲載された。宮本盛太郎・関静雄『夏目漱石――思想の比較と未知の探求』（ミネルヴァ書房、二〇〇〇）、Ⅲの6「夏目漱石と小松武治」参照。

に新しい講義者の講義を聞き流さうとした、或者はペンを執ることさへなくて居眠りに最初の幾時間を過した。（略）これ等の馴らされない尨犬《むくいぬ》等に最初から忠実なるノート取りの骨折を望まれない理由はある。それとハーン先生の草稿無しの口授を筆記するに忙殺された学生には日本語の講義が解り過ぎてノートにするには反つて小面倒であつたであらう。斯くして自分及び三君のノートが同じ程度に粗略で同じ程度に解りにく、、同じ程度に誤字脱句の多かつたのは当然である。[16]

この光景について亀井俊介は「『東大英文学会会員名簿』で数えると、漱石就任当時の英文科は一年生が十五名、二年生が十名、三年生が十六名いたようですので、欠席者を除けば、だいたい三十数名の聴講生がいたのではないでしょうか。それが、多くは不機嫌な顔をして坐っていたと思われます」という。[17]

なお小泉八雲講義の受講ノートについていえば、野間真綱のノート（県立神奈川近代文学館蔵）は非常に丹念に筆記されており、目次や索引まで作成したうえで製本されている。岸重次のノート（金沢大学附属図書館岸文庫蔵）や、若月保治（紫蘭）のノート（山口大学図書館若月紫蘭文庫蔵）も製本した形で現存する。小泉八雲は生前、自身の校訂による講義録出版を希望し学生の受講ノートを入手しようと試みたこともあったが、果たさずに亡くなったという。[18]だがその後、かつての受講生たちの尽力により多くの講義録が出版された。出版事業として見れば当時、受講ノートは講義録出版の元手となる価値を有していたともいえようか。[19]

三　漱石講義の帝大生受講ノート

金子健二によって筆記された小泉八雲、夏目漱石講義の受講ノートを翻刻出版した金子三郎は、その大変な労作『記録　東京帝大一学生の聴講ノート』（リーブ企画、二〇〇二）のまえがきで次のように述べている。

内容体裁ともに整っているこれらの文献〔八雲や漱石の出版された講義録〕に比べて本稿は一学生のノートであって、教室から下宿に持ち帰ったままの姿に近い。誤字も欠落もある。それをあえてここに活字化したのは、例えば小泉講師の"On English Poetry"中の詩のパラフレイズや、夏目講師の講義にあるいくつかの引用文など、教室でとったノートにしか見られないと思われる記述があるからである。そうした記述はもはや埋没しかけているのではあるまいか。教室における実際の講義の記録、出版に際して省かれてしまった記述の記録があってよいのではないか。そう思ったからである。できれば、聴講生の数だけあるはずの当時の聴講ノートの同期会同窓会を実現させ、互いに補完し合う機会を得たいと思っている。[20]

漱石の講義を伝える学生の受講ノートは、近年の発見も含め、複数現存している。ここにその「聴講ノートの同期会同窓会」の招待名簿程度の覚え書きを認めておきたいと思う。

(16)『定本　漱石全集』(一三、岩波書店、二〇一八)、七三五―七三九頁。
(17)亀井俊介『英文学者　夏目漱石』(松柏社、二〇一一)、一一五―一一六頁。
(18)染村絢子「小泉八雲と岸文庫について」(『こだま　金沢大学附属図書館報』一〇〇、金沢大学附属図書館、一九九七)。
(19)講義録が果たした教育学史的役割については天野郁夫「講義録と私立大学――知識伝達の日本的形態」(『教育と近代化――日本の経験』玉川大学出版会、一九九七)に詳しい。なお、八雲の熊本第五高等中学校での英語講義受講ノートは翻刻出版されている(平川祐弘監修『ラフカディオ・ハーンの英語教育――《友枝高彦・高田力・中土義敬のノートから》』弦書房、二〇一三など)。
(20)金子三郎編『記録　東京帝大一学生の聴講ノート』(リーブ企画、二〇〇二)巻頭の編者付記より。なお凡例によれば編者は誤脱を補訂し、文学作品の引用文はあたう限り原典にあたって訂正を施したという。漱石のほか八雲講義(A History of English Literature と English Poetry)を収める。

管見のかぎりで確認できた漱石講義受講ノートについて、講義内容の対応表を作成した（表1）。以下、学年順に簡単な紹介を行なうこととする。

まず、「形式論」講義のノートを残した若月保治（紫蘭）について。若月は、のちに『英文学形式論』編纂を担う皆川や、次に紹介する岸重次、八雲留任運動の議長をつとめた安藤勝一郎らと同学年である。岸と若月は八雲の教えをほぼ三年間にわたって受け[21]、最終年度の最後の一カ月間漱石の講義を受けた世代である。若月はのちにメーテルリンクから直接翻訳権を得て『青い鳥』を訳したことで知られ、劇作、演劇研究に従事。戦災により家を焼失し、一九四五年郷里山口へ帰り、高等学校に勤めたのち、一九五〇年より山口大学文理学部講師として国文学を講じた[22]。山口県が一九四七年四月に若月の蔵書を一括購入し山口大学農学部に寄贈し、一九五〇年より山口大学附属図書館に若月紫蘭文庫として整理されるようになった[23]。このうち、『English literature.

表1　受講ノート記録箇所対応表

※名前の上に付した数字は各受講ノート筆記時の学年。

文学論：形式論（一九〇三年四－五月）	文学論：内容論（一九〇三年九月－一九〇五年六月）	一八世紀文学（一九〇五年九月－一九〇七年三月）
3　若月保治（序論なし） 3　岸重次（序論断片あり） 2　森巻吉（序論あり） 1　金子健二（序論なし）	3　森巻吉（第四編第二章の終わる寸前まで） 2・3　金子健二（第五編の終わりまで。補遺の暗示論や成功論なし） 1　中川芳太郎（第一編第二章の途中まで）	1　木下利玄（一九〇六年九月入学、第五編の途中から最終講義まで）

Miscellaneous lectures』と題された一巻の製本済みノート中に漱石講義が収められている（他にカール・アドルフ・フローレンツ［Karl Adolf Florenz］による語学講義『Phonetics and roman and teutonic comparative grammar』ノート一巻、小泉八雲受講ノート一〇巻を所蔵）。「寄贈　昭和28〔一九五三〕年9月8日　防府市若月保治」と記されたこの『Miscellaneous Lectures』を開くと、目次には「Miscellaneous Lectures」（黒インクで筆記。筆者翻刻、以下同じ）との題のもとに「1. 夏目―文学論　2. ヘルン―テニスン研究（の注釈）　3. ヘルン―ロセッチ研究（〃）　4　上田敏―チヨーサー研究　4　ロイド―沙翁研究a（キング・ジヨン）b（リチヤード二世）」（青鉛筆で筆記）とあり、「別立の項目で目録に入レルガヨカラン」（黒鉛筆で筆記）と添えられている。英語目次もあり、「I Conception of Literature by K. Natsume」（黒インク）以下同様である。いずれも上田敏は青鉛筆で取り消されている（実際には三頁だけ上田敏講義も収録されている）。本文は黒インク筆記の上に主に赤インク（ときおり黒鉛筆）で加筆修正が行なわれている。青鉛筆は講義タイトルなど、閲覧の便に供する部分に使われていることから、製本あるいは寄贈に際して書き込まれたものかもしれない。いずれにしても、講義筆記本文の黒・赤インクはすべて受講から製本に出すまでのものとひとまず考えてよいだろう。なお『山口県立大学附属郷土文学資料センターだより』（七、二〇〇六・五・二）によれば、二〇〇六年三月一〇日から四月二日まで防府市地域交流センター「アスピラート」において開催された「七人の文豪展」でこのノートが展示され、約一五〇〇人が訪れたという。しかし所蔵元の山口大学図書館によれば、それ以来筆者が調査に訪れた二〇一五年一二月

(21) 佐護恭一「田部隆次とラフカディオ・ヘルン」（『英学史研究』一七、日本英学史学会、一九八四）が紹介する田部の主導による講義録出版に際して、岸のノートが借りられている。のちに岸自身も *Lafcadio Hearn's Lectures on Tennyson*（北星堂、一九四一）を出版したが、テキストを用いた講義についてはこれが唯一のものだと述べた。

(22) 出来成訓「若月保治（紫蘭）と英文学」（『英学史研究』四、日本英学史学会、一九七二・四）。

(23) 奥田唯輔「序」（『山口大学附属図書館所蔵　若月紫蘭文庫目録』山口大学附属図書館、一九六一）。

二一日に至るまで閲覧・複製の申請記録はなかった。本書が取り上げるまで再び忘れ去られかけていた資料といえる。[24] 若月ノートにおける九七頁にわたる漱石講義の記録範囲は、われわれが日常的に用いる文学の概念が曖昧であることの指摘から始まる刊本『英文学形式論』と同じ範囲をカバーしている。ここでは最終頁の最終文に注目してみよう。刊本では「最後に音《サウンド》に付いて述べた。」とある最終文は、若月ノートでは「之より Contents に進みて inductively に literature の何たるを解することを得んか。」と終わっているのだ。この点は他のノートとあわせて少し後に述べる。

　続いて若月と同学年の岸重次について。岸のノートは梶井重明により発見された（金沢大学附属図書館岸文庫蔵）。先述した岸の八雲受講ノート各巻の最終部に漱石、上田敏、アーサー・ロイド各講師の受講ノートが残されていたのだ。梶井は岸の筆跡を比較して、「生徒がノートしやすいように、ゆっくりとした口調で、改行箇所やパンクチュエーションを指示した、八雲に対し、漱石は早口であったらしく、岸先生の漱石講義筆記は、流麗に筆記された八雲講義の部分とは打って変わってとても解読しづらい」という。[25]「形式論」ノートの記録範囲は二頁目からが刊本『英文学形式論』と合致する。ただし、最初の一頁だけは断片的な走り書きになっており、『英文学形式論』にみられない記述がある。「外国文学の輸入は artificial creation（introduction）なり」とはじまるこの頁は序論部分にあたるとみられる（図5〔一〇二頁〕）。全体として梶井のいう通り判読が難しいが、刊本『英文学形式論』や他のノートと照合することでほぼ解読できる。にもかかわらず、岸重次ノートもまた現在まで長らく放置されてきた資料である（次章で再論する）。

　さて、若月ノートについて刊本と最終文が異なることを指摘したが、岸ノートの最終文は「以下に content を論ずるに implicitly に此を知らしめんつもりなりき。」となっている。後に紹介する当時一年生の金子健二のノートではこの部分は「次に内容を述べんか（読者に趣味を起こさしむるは内容外容の如何にあり。外容に付ては上に述べぬ。即ち上述の form を有するものは少なくとも読者に趣味を惹起せしむるものならざる可らず）。」とある。実は「形式論」は講義冒頭で予告した三本柱（意義を伝える語の配列、音の結合を生ずる語の配列、文字形状の結合を生ずる語の配列）のうち第一の「意義を伝える語の配列」ばかりを講じて、「音」は一瞥、「文字形状」は論じずに終わっている。この途絶に関して、刊本のみによっては不明だったものの、これら三点のノートを合わせ見ることで「形式論」講義最終日には言外にこれ以上「音」や「文字形状」からみた形式について論じないことを断わったのだとわかる。なお『英文学形式論』刊行から四年後、野間真綱が「文学論前後」（『漱石全集』月報第九号、岩波書店、一九二八）で次のように回想しているのは愛惜ゆえの記憶違いといえようか。

六月の末になつても講義はまだ結末に近か《ママ》なかつた。吾等は残惜しい心を持つて卒業してしまつた。九月になつたら形式論の後半を講義されることと思つて居つたのに直ちに内容論にかゝられて形式論はそのまゝになつたのみか其原稿も何処へか廃棄してしまはれた処を見ると形式論の方は先生の意に満たぬ処が多かつたのであらう。然るにその半分丈けの講義が形式論として出版されたのは先生の意志に反した企であつたことと思ふ。

次に、若月、岸、皆川、野間らより一学年下の森巻吉について。森については次章でも扱うため、詳しく紹介する。森巻吉は一八七七年五月三日、福井生まれである。岐阜尋常中学校、大阪高等英学校、東京専門学校、郁文館中学校、第四高等学校を経て一九〇一年九月に東京帝国大学文科大学英文学科に入学。同学年に厨川白村が

(24) 同資料の存在について栗原悠氏にご教示いただいたことをここに謝します。
(25) 梶井重明「夏目漱石の東大最初の講義録——岸重次のハーン講義受講ノートの中より発見」（『こだま』六・七、金沢大学附属図書館、二〇〇〇）。

いる。さらに一つ下の金子健二は同じく四高出身の後輩である。金子が一九〇三年五月五日の日記に書き留めたところによれば、着任当初の漱石は授業で「語尾を呑むくせありて筆記し難し。森氏其まねをなし衆を笑はす」ということがあった(26)。森はのちに漱石宅に出入りし、「馬奇」という雅号を授かるなど長きにわたって親交を深めることになる。父親は岐阜聖公会訓盲院の創設（一八九四年）で知られる森巻耳《けんじ》で、同院の新校舎建設に際し漱石の呼びかけで東京・虎ノ門にて建築費募集のための慈善演芸会が催され話題を集めた(27)。森巻吉は父親譲りの高い英語力を持っていたらしく(28)、帝大卒業後は英語教員として一高嘱託講師ほかを歴任、一九二二年から翌年にかけて英語英文学および語学教授法研究のためイギリス、ドイツ、アメリカへ留学。のちに一高の名物校長（一九二九－一九三七年在任）として知られるようになる(29)。一九三九年七月一二日、胃癌により死去した。

森の漱石受講ノートは森家に保存されていたものが寄託され、現在は東京大学大学院総合文化研究科・教養学部駒場博物館に一高資料の一部として所蔵されている(30)。筆者は『文学論（下）』（岩波文庫、二〇〇七）の巻末解説で亀井俊介が「金子ノートや一年上の学生だった森巻吉の聴講ノート（未刊、東京大学駒場博物館蔵）を見ると、講義では非常に多く英語を用いていたらしい」と言及したのを読んでこのノートの存在を知ったが、筆者の問い合わせに対する同館一高資料担当者からの回答（二〇一五年一二月一八日付）によれば、同氏のこの言及のほかに同資料への言及は確認できなかったという。しかしながら亀井は森ノートの内容に踏み込んでいない。そこで以下に概要を述べ、より詳しくは次章で再論する。

森ノートの記録範囲は「形式論」すべてと「内容論」の第四編第二章の終わる寸前まで、『文学論』（『定本　漱石全集』一四、岩波書店、二〇一七）でいえば二八〇頁のJeremy Taylor引用の手前までである。ちょうど金子健二のノートに学年終わりと記されている箇所までだ。この境目は、時間割票（一九〇四年九月から一一月末）の裏に書かれた講義計画とおぼしきメモの、左右頁の分け目に一致する（図2〔七六頁〕）。

森ノートの最も特筆すべき点は、刊本『英文学形式論』にも他の受講生のノートにも見られない、「On the

Dif[ficul]ty of the Study of a Foreign Language（An Introductory Remark）」と題された序論が記録されている点である。彼の英語力の高さはこの序論部分を含め、ノート序盤が英語で筆記されていることからも窺える。なお本論に入ったあとも（つまり刊本『英文学形式論』との重複範囲にさしかかっても）しばらくのあいだ英語で筆記が行なわれている。速記法創案で知られる中根正親に日本語講義を英語で筆記した逸話が残っているが、森の場合もそうだったのではないか。この序論の内容については、先述した「形式論」講義途絶の問題も含め、次章で詳しく述べる。全体として丹念に筆記されたノートで英文・日本文ともに読みやすく、他のノートや刊本にない記述や引用文が見つかる有用な資料である。たとえば西洋の作家が美人描写のため力を入れるのは当然だが、いたずらに言葉を連ねると全体の印象がぼやけてしまうと講じたところに、括弧書きで「（紅葉稍此熱に陥る）」（二二九頁）とあるのは興味深い。

森巻吉の一学年下、金子健二は一九〇七年にカリフォルニア大学バークレー校大学院へ留学、帰国後は広島高等師範学校教授ほかを歴任し、のち昭和女子大学初代学長を務めた英文学者である。在学時は卒業を控えて教員

（26）金子三郎編『川渡り餅やい餅やい――金子健二日記抄』（私家版、国会図書館蔵、上巻、一九九八）。本章で引用する金子日記はすべて上巻。

（27）詳しくは東海良興『森巻耳と支援者たち――岐阜訓盲院創立のころ』（岐阜県立岐阜盲学校創立一二〇周年記念事業実行委員会、二〇一〇）参照。

（28）森巻耳は英会話にも秀でていたという。今井一良「英学二代　森巻耳（岐阜訓盲院長）とその子巻吉（旧制一高校長）のこと」（『北陸英学史研究』第七輯、日本英学史学会北陸支部、一九九五・一〇）は巻耳、巻吉の生涯を概観するのに有益。

（29）岡本拓司「第一高等学校校長　森巻吉の生涯――やりゃあやれるんだ」（東京大学教養学部編『高校生のための東大授業ライブ　熱血編』東京大学出版会、二〇一〇）。

（30）他に日記や後年の資料も所蔵されている。日記については斉藤静枝「漱石と森巻吉日記抄」（『文学』五二、岩波書店、一九八四・五）参照。

用紙の右半分	対応する刊本『文学論』の章立て
1. Consciousness	第一編第一章　文学的内容の形式
2. Evaluatuon of the Elements of L.〔Literature〕	第一編第三章　文学的内容の分類及び其価値的等級
3. taste, smell. touch etc. fear, angry etc.	第一編第二章　文学的内容の基本成分
4. Reducing L. E.〔Elements〕to a formula（F+f）	第一編第一章・第二編第一章　Fの変化・同第二章 f の変化
5. 4 kinds of（F+f）	第一編第三章　文学的内容の分類及び其価値的等級
6. Their characteristics	第一編第三章　文学的内容の分類及び其価値的等級
7. Their Relations	第一編第三章　文学的内容の分類及び其価値的等級
8. The difference of Direct & Indirect Experience —— Elimination daily indirect experience	第二編第三章　ｆに伴ふ幻惑
9. Why do we like tragedy?	第二編第四章　悲劇に対する場合
10. F of men literary temperament Comparison of Scientific + Literary men as regards their attitudes toward men + things	第三編第一章　文学的Fと科学的Fとの比較一汎
11. Artistic + Scientific Truth	第三編第二章　文芸上の真と科学上の間
12. Means resorted to it convey about the artistic truth	第四編　文学的内容の相互関係
13. Projective language	第四編第一章　投出語法
14. Injective language	第四編第二章　投入語法

用紙の左半分	対応する刊本『文学論』の章立て
3 sensuous + sensuous	第四編第三章　自己と隔離せる聯想
4 succession of superficial looks（※）	第四編第四章　滑稽的聯想
5 Hamony	第四編第五章　調和法
6 Contrast　C. of Relief	第四編第六章　対置法　第一節　緩勢法
Intensive	第四編第六章　対置法　第二節　強勢法
quasi-contrast	第四編第六章　対置法　第三節　仮対法
Incongruous	第四編第六章　対置法　第四節　不対法
7 Realistic	第四編第七章　写実法
8 The Shortening stand & time	第四編第八章　間隔論

※翻刻者注　この行は行間に書き足されたもの。以下ナンバリングを一つずつ繰り下げた形跡があるが訂正結果のみ翻刻した。

図2　《翻刻》東京大学講師時代の時間割の裏に書かれた断片（東北大学附属図書館漱石文庫蔵）

宅を訪問し御機嫌伺いをする学友たちに同調せず（一九〇五年五月二五日の日記より。以下、『金子日記抄』[31]と呼ぶ）、漱石と親しく交流するには至らなかった。金子健二は「形式論」と「内容論」からなる「文学論」講義（General Conception of Literature）の全体を聞いて緻密に筆記していた。没後、孫の金子三郎により翻刻出版が行なわれたノート・日記を照らし合わせることで授業の進み具合や余談の内容がわかる。たとえば『金子日記抄』一九〇五年五月一六日にはこうある。

> 講義の折談たまたま批評家の上に及ぶや熱心に其持論を述べて曰く今日の批評家は見識頗る狭く度量余りに小なり、例へば彼等の或者は他人の小説を評して曰くか丶る作中のカラクターは実際の世の中にあり得べからず、故に不自然なりと。安《いずく》んぞ知らんや文学的作品は定木《じょうぎ》に由て常に律すべきものにあらざるを、又或者は曰くか丶る主人公はか丶る境遇に会ふてか丶るカラクターに変ずべき理なし、故に此の作は実際を穿てるものにあらず、従て見るべき価値なしと。（略）現今の評家は狭き自己の経験的知識を以て宏大無限の文学的要素を律せんと抑《そ》も抑も過《あやま》れるの甚しと言ふべし云々。

受講ノートでは、嫌っていた人を突然愛するようになる現象は一見説明が付きづらいが文学的材料として効果

（31）金子三郎編『川渡り餅やい餅やい――金子健二日記抄』（私家版、国会図書館蔵、上中下巻、一九九八）。金子は一八九〇年（一〇歳）から日記をつけはじめ一九六一年半ば、病に伏すまで続けたが、途中焼失したものがあるため「通算六四年分に近い日記が残った」（まえがき）。収録期間は一八九五―一九六一年の六七年間、すなわち高田中学校・第四高等学校時代から東京帝国大学英文学科を経て、教員となり、死没の前年までにわたる克明な記録である。井田好治「〈資料紹介〉金子三郎編『川渡り餅やい餅やい――金子健二日記抄』：明治三六年――東大英文科におけるハーン退職・漱石着任のころ――私抄」（『英学史研究』三二、英学史学会、一九九九）によれば、「金子三郎により私家版として限定配布」。

があるとして、「或る評家の如く、自ら一つの性格を設けて之に由て総べてを律せんとするは too prosaic なり」という。そこではウィリアム・ジェイムズの「subconscious incubation」（四六五頁）という説明などを挙げて解説している。この口吻は『新潮』（一九〇五年五月一五日）に掲載された談話筆記「批評家の立場」と論旨が大きく重なっている。雑誌発行日と金子日記の日付は一日しか違わないから、記者の訪問を受けた興奮冷めやらぬまま、その数日後に授業でも同じ気焔を吐いたのかもしれない（本書第七章で再論する）。

なお、金子健二の著作『人間漱石』（いちろ社、一九四八）について、伊狩章は『金子日記抄』と比較して「かなりの食い違いのあることに気付かされた」としている。[32] これを承けて詳細な比較を行なった鈴木良昭は次のようにいう。

〔『人間漱石』は〕形式・体裁は「日記」だが、「事実の記録」を旨とする日記と見るわけにはいかない。（略）事実の記録である『日記』〔『金子日記抄』の対応箇所本文〕の何倍もの分量の加筆がなされ、事実と異なる記載があったりする。（略）日記ではなく日記文学のようなもの、と解すればいいのだ。（略）『人間漱石』が掲げる日記を「日記」と解して漱石の調査研究等の資料に用いることには余程慎重でなければならない。少なくとも『日記』との照合を経ずに用いることは避けるべきである。[33]

金子の一学年下の中川芳太郎については節を改めることとして、一九〇六年六月中川が卒業し、同年九月入れ替わりに入学した木下利玄について簡単に述べておく。木下利玄は佐佐木信綱門下の歌人としても『白樺』同人としても知られる。帝国大学文科大学国文学科の学生として利玄は、同級の志賀直哉（英文学科）とともに漱石の授業を受けたという（以下、利玄資料はすべて県立神奈川近代文学館蔵）。利玄はボール紙表紙の「Kinoeya」製ノートを用いている。表紙に「夏目講師十八世紀の文学　I」と書かれたノート第一冊の記録範囲は『定本　漱石全集』（一五、岩波書店、二〇一八）で三六〇頁（第五編ポープ論の中途）から、四一九頁（ポープ論終り）で、末尾に「1906　9月27日開講　12月6日閉講　18世紀英文学　Alexander Pope」とある。一九〇六年九月入学の利玄、直哉は、前年度からの連続講義を途中から聞くことになったのだ。表紙に「夏目漱石十八世紀の文学Ⅱ」と書かれたノート第二冊は、全集四二〇頁から四七五頁（第六編デフォー論全体）にあたる。利玄の日記からはシェイクスピア講義も受けていたことや、漱石退職の報を誤りであってほしいと願い、遂に学内に掲示が出た日には「死ぬ筈だつた病人が愈《いよいよ》死んだ様な心持がする。今迄は一縷の望もあつたが今は休した」（一九〇七年四月二三日）とまで惜しんだことがわかる。利玄のノートと日記から窺える「一八世紀文学」講義の最終盤の時期は、ちょうど『文学論』出版のための加筆が本格化する時期に重なる。これらの資料から何が見えてくるのかは、本書第七章で再論することとする。

四　中川芳太郎受講ノートの整理と分析

中川芳太郎は森田草平と同級である。草平いわく「三高（現京都大学吉田南構内）からは中川芳太郎といって、すばらしい秀才が英文科へ入ってきた。それは高等学校を三年間首席で通したばかりでなく、沙翁のごときは、その間に全部読破してしまったという評判である[34]」という。卒業に際し漱石がイギリスで買ったフロックコートを贈るなど、非常に買われていたが、『文学論』出版の原稿作成を担った結果これが難航し、刊行後は漱石と疎

(32)　伊狩章『鷗外・漱石と近代の文苑――付 整・譲・八一等の回想』（翰林書房、二〇〇一）。
(33)　鈴木良昭『文科大学講師夏目金之助』（冬至書房、二〇一〇）。
(34)　森田草平『夏目漱石（二）』（講談社学術文庫、一九七九）、一〇三頁、三一三－三一四頁。初刊は『続夏目漱石』（甲鳥書林、一九四三）。

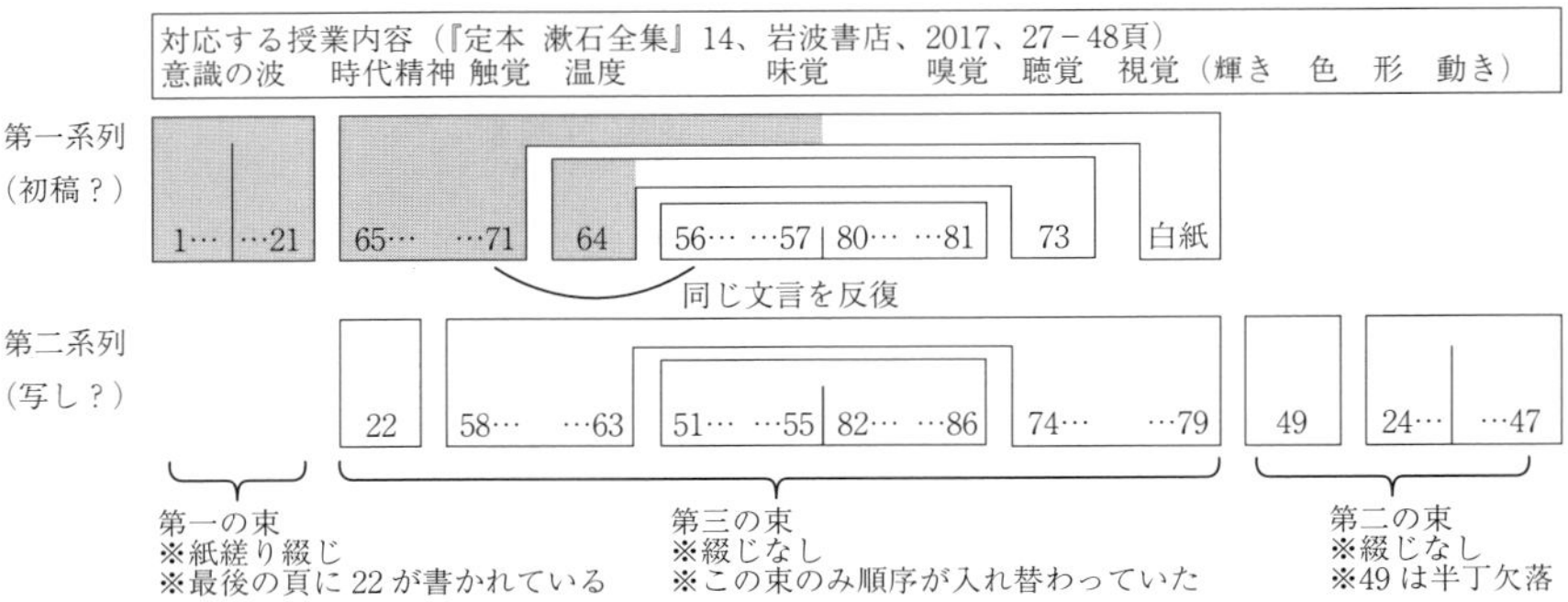

図3 中川芳太郎筆「内容論」講義受講ノートの整理（県立神奈川近代文学館蔵）

※各数字は保存時の状態の順序で撮影されたデータベース用画像のコマ数にもとづく。
※洋紙を二つ折りで重ねていくと、順序が揃った束となる。下記は二つ折りにしたページの俯瞰図。
※筆跡から受ける印象がやや異なる部分（1-21、65-71、64 の大部分）には表を灰色で塗って区別した。
※71と56にはキーツの同じ詩を挙げ同じ評をする文言が重複している。56の位置にあるべき記述。

遠になっていった。英文学者として『英文学風物誌』（研究社、一九三三）などの著作があり、同書関係の洋書約二〇〇点が大阪府立大学図書館中川文庫に所蔵されている。

『文学論』の原稿は中川が作成した原稿に漱石が朱筆で加除訂正を行ない、後半部を漱石書き下ろし原稿に差し替えて一冊の『文学論』を構成している（県立神奈川近代文学館蔵）。このうち不用となった第五編の中川筆原稿「第五編　集合Ｆの差異」が夏目房之助氏によって発見され、現在は県立神奈川近代文学館に所蔵されている（この原稿については本書第八章で詳論する）。また漱石講義の受講ノートも一部であるが同館に所蔵され、「夏目漱石デジタル文学館」（館内端末およびオンラインデータベース）として公開されている。ところでこのデジタル文学館に採録された中川の受講ノートを読んでいくうちに、筆跡が途中で変わったり、文脈がまったく繋がらなかったり、同じことを繰り返したりしていることに気づいた。そこで同館資料課長北村陽子氏の許可のもと、ノートの現物をもって不審点をただす機会を得た。本節はその報告である。

北村氏によると、デジタル文学館における同資料写真の配列順序は、ノートが保存されていた状態にもとづいて撮影した順序によるという。ノートは三つの束に分かれている。用紙はすべて同じ罫の入ったフールス・キャップ紙で、それぞれ一〇枚程度を重ねて二つ折りにし、未製本または仮綴じの形で用いてある。見開きのうち右頁のみに筆記が行なわれている。

一つ目の束は紙縒《こよ》りで綴じてあり、はじめの頁に「Ⅱ」という表題があり、「(1) art and literature contents は in most cases (F＋f) なるを要す」と続いている。[35]「Ⅰ」が「形式論」で、「Ⅱ」は「内容論」の始まりを意味する。「(1)」というのは授業初回を意味するようで、度々こうした表記が見られる。この束は内容が完全に連続しており、順序の入れ替わりはない。ただし、最後の頁だけ図があるべきところに図がなく、筆跡から受ける印象もそれまでの斜体風の細字とは異なり、丸みを帯びた柔らかい字で記されている。

二つ目の束は綴じられておらず、半丁欠落した一枚をはじめにもってくれば、束の中での順序の狂いはなくなる。

三つ目の束も綴じられていないが、この束のみ枚数が多く、文章が繋がらず意味をなさない箇所が何度も現われ、内容にも反復が見られた。また筆跡も前述の斜体風と丸文字風が入り交じっていた。

そこで、第三の束を文章の連続性、筆跡の類似性から分類し順序を入れ替えていった結果、この第三の束は同じ講義範囲について記した二つの系列のノートが入り交じっていたことがわかった。また、刊本『文学論』の講述順との対応から、第一、第三、第二という束の順で読み進むことが正しいことがわかった。整理の結果を図にまとめた（図３）。

この図で示した順に洋紙を入れ替えていくと、文章に切れ目がなく読むことができる。なおこの図で「64」と

(35) この箇所の「(F＋f)」が「(y＋f)」にも見える。人によって筆記体の「F」と「y」が似てしまうことはあるが、ノートには「y」と書いてあるように見える「F」が複数ある。なお森はすべて「F」と書いている。念のため不審点としてあげておく。

ある頁は、「(2) Temperature」までが斜体風、それ以降が丸文字風と筆跡が変わっている。文章のつながりを優先して整理すると第一系列と第二系列に分かれたが、ちょうど筆跡についても図で色分けしたとおりはっきりと分かれた。第一系列と第二系列は表現が細部まで酷似しており、一部の誤記を訂正しているほかは「Wund」(正しくはWundt)、「Wynchester」(正しくはWinchester)と著名な学者の名前をいずれも綴り間違えている。筆跡の印象こそ違えど、二つとも中川芳太郎の筆跡と考えてよいのではないだろうか。なお丸文字風の筆跡は、『文学論』用原稿の中川の筆跡とより似ている。図中に濃色で塗った箇所がはじめに書かれていた部分で、白色の部分があとから書き足したり、写したりしたものではないかと筆者は考えている。とくに「71」と「56」でキーツ『聖アグネスの前夜』を引用し「是固より複雑なる景物を捕へて寒さを形容せる者なれば」云々と解説するくだりがそのまま反復されている。論述内容を考えれば「56」の箇所に位置するよう修正するべきで、そうした修正を反映してあるのが第二系列のノートのように思われる。第一系列を書いたのが別人である可能性も排除はできないが、明確な根拠を欠くため断言は控える。(36) 識者の批正を乞いたい。

こうして順序を整えた結果、全体としては『文学論』の冒頭から第一編第二章の途中、刊本四八頁に相当する箇所までが残されていることがわかった。

五　金子健二・木下利玄の時間割

鈴木良昭は荒正人・小田切秀雄『増補改訂　漱石研究年表』における漱石の授業時間割の誤りを指摘し、『金子日記抄』などをもとに漱石の時間割を再現している。だが金子の日記をもとに、他の教員の授業も含めて復元してみると、当時の雰囲気がより立体的に浮かび上がってくるように思われる。

漱石の時間割については、鈴木が参照しているとおり、東北大学附属図書館漱石文庫所蔵の断片「東京大学講師時代の時間割」から裏づけられる(なお、先述の通り、時間割の裏には講義計画と思われるメモがある)。

時間割では、月曜一〇時―一二時「シエクスピア講義(King Lear)」。火曜九時―一〇時同講義、続いて一〇時―一一時「文学論」。木曜九時―一一時「文学論」。このように一日二時間を週三日、概論講義と作品講読を三時間ずつ行なっていたのである。これがいつの時間割であるかは、『リア王』講義が月曜に二時間続きになっているいることがヒントになる。『リア王』講義期間(一九〇四年二月一八日―一一月二九日)中の出席時刻や講義内容についての記述を『金子日記抄』から拾うと、一九〇四年六月の年度納めまでの月曜日は『文学論』講義が二時間続きとわかる。夏休み明けの一九〇四年九月二〇日(火)開始の新年度では、月曜日が二時間続きの『リア王』講義に替わる。同一一月二九日に『リア王』を終え、『ハムレット』に移る。

つまり、この時間割が当てはまるのは一九〇四年九月から一一月末である。このことから、裏に書かれたメモ(図2〔七六頁〕)もこの時期に前後するものと推定できる。この一九〇四年七月、漱石は坂本四方太に愚痴をこぼし、俳体詩に「来年の講義を一人苦しがり/パナマの帽を鳥渡うらやむ」と詠んだという。[37] おそらく夏休み中に考えた新年度の構成を、既に講じた項目(「第四編第二章　投入語法」まで)とこれから講じる項目(「第四編第三章　自己と隔離せる聯想」から)とに分けて一覧化したメモなのであろう。この推論を裏づけるのは、『金子ノート』に「(二年級終り)」「(前学年の続き)」(三九二頁)とある境目が、刊本「第四編第二章　投入語法」の最

(36) 中川でなく、漱石の筆跡に関しては先行研究がある。岡三郎「東京大学教養学部図書館に発見された漱石の書き入れ本」(『夏目漱石研究　第一巻　意識と材源』国文社、一九八一)を代表として、他に渡部江里子「漱石の自筆原稿『坊っちやん』における虚子の手入れ箇所の推定、ならびに考察」(『漱石雑誌小説復刻全集』第三巻、ゆまに書房、二〇〇一)、石崎等「原稿用紙――筆跡とテクストの諸問題」(浦野聡、深津行徳編著『人文資料科学の現在I』立教大学人文叢書、春風社、二〇〇六)などを参照。

(37) 高浜虚子「俳話(六)」(『ホトヽギス』一九〇四・八)。

表２－１　金子健二の時間割（推定による復元）

1903年４月～1903年６月　金子健二（英文学科一年生）						
	月	火	水	木	金	土
7:00		Beuf, Jean Baptiste フランス語		Beuf, Jean Baptiste フランス語		Beuf, Jean Baptiste フランス語
8:00		Heck, Emile ラテン語		Heck, Emile ラテン語		
9:00	Swift, John Trumbull 英語（随）	Koeber, Raphael von 哲学史		Koeber, Raphael von 哲学史	Heck, Emile ラテン語	Florenz, Karl Adolf ドイツ語
10:00		夏目金之助 サイラスマーナー		夏目金之助 サイラスマーナー		上田敏 チョーサー（随）
11:00			Swift, John Trumbull 英語（随）	夏目金之助 サイラスマーナー		
12:00						
13:00	夏目金之助 文学論		Lloyd, Arthur 英文学史	Lloyd, Arthur 英文学史		
14:00	夏目金之助 文学論	夏目金之助 文学論		Lloyd, Arthur 講読		
15:00	上田整次 ドイツ語	上田敏 チョーサー（随）			上田整次 ドイツ語	

1903年９月～1904年６月　金子健二（英文学科二年生）						
	月	火	水	木	金	土
7:00	Beuf, Jean Baptiste フランス語		Beuf, Jean Baptiste フランス語		Beuf, Jean Baptiste フランス語	
8:00	Swift, John Trumbull 英語（随）		Heck, Emile ラテン語		上田敏 スウィンバーン他（随）	
9:00		夏目金之助 シェイクスピア講読		Heck, Emile ラテン語	Koeber, Raphael von 独逸詩学	
10:00	夏目金之助 文学論	夏目金之助 文学論		夏目金之助 シェイクスピア講読		
11:00	夏目金之助 文学論			夏目金之助 シェイクスピア講読		上田敏 アーサー王伝説（随）
12:00						
13:00	Lloyd, Arthur 講読		Lloyd, Arthur 講読	Lloyd, Arthur 英文学史		
14:00	Lloyd, Arthur 講読		Lloyd, Arthur 英文学史	Lloyd, Arthur 講読	上田整次 ドイツ文学	
15:00	井上哲次郎 東洋哲学	上田敏 チョーサー他（随）		井上哲次郎 東洋哲学		

※１　表中の「（随）」は必須科目ではなく随意科目として履修したことを示す。

表２－２　金子健二・木下利玄の時間割（推定による復元）

1904年９月～1905年６月　金子健二（英文学科三年生）						
	月	火	水	木	金	土
7:00		Beuf, Jean Baptiste フランス語（随）		Beuf, Jean Baptiste フランス語（随）		
8:00	藤岡作太郎 日本近代小説史				藤岡作太郎 日本近代小説史	
9:00		夏目金之助 シェイクスピア講読		夏目金之助 文学論	藤岡作太郎 日本近代小説史	
10:00	夏目金之助 シェイクスピア講読	夏目金之助 文学論	上田萬年 文学概論	夏目金之助 文学論		上田敏 『ロミオとジュリエット』他
11:00	夏目金之助 シェイクスピア講読					上田敏 『ロミオとジュリエット』他
12:00						
13:00						
14:00						
15:00						
16:00	上田萬年 文学概論		松本亦太郎 普通心理学		松本亦太郎 普通心理学	
17:00	Lloyd, Arthur 講読		大塚保治 美学概論		松本亦太郎 普通心理学	
18:00		大塚保治 美学概論	大塚保治 美学概論			

1906年９月～1907年３月　木下利玄（国文学科一年生）						
	月	火	水	木	金	土
7:00						
8:00						
9:00		夏目金之助 シェイクスピア講読				佐佐木信綱 和歌歴史
10:00	夏目金之助 18世紀文学	夏目金之助 シェイクスピア講読		夏目金之助 18世紀文学		上田敏 英文学
11:00	夏目金之助 18世紀文学	佐佐木信綱 和歌歴史（※２）		夏目金之助 シェイクスピア講読		上田敏 英文学
12:00						
13:00				藤岡勝二 言語学	関根正直 国文学	桑原隲蔵 漢文学
14:00	上田整次 ドイツ語		葉山萬次郎 ドイツ語	藤岡勝二 言語学	上田整次 ドイツ語	日下寛 漢文学
15:00	上田整次 ドイツ語		葉山萬次郎 ドイツ語	元良勇次郎 普通心理学	上田整次 ドイツ語	
16:00	芳賀矢一 文学概論		大塚保治 美学各論	元良勇次郎 普通心理学	関根正直 国文学	
17:00	芳賀矢一 文学概論		大塚保治 美学各論		桑原隲蔵 漢文学	
18:00		元良勇次郎 普通心理学				

※２　途中から大塚保治「西欧最近文芸史」に出席するようになる。

終盤（二八〇頁）に相当すること、また一学年上の森巻吉の受講ノート（東京大学駒場博物館蔵）が同じ箇所で終わっていることである。なおこのメモには「第五編　集合的F」にあたる項目は書き記されていない。講義で第五編が始まるのは、年度はじめの一九〇四年九月から数えて半年以上先の一九〇五年四月二〇日である。

金子健二の日記から復元した時間割に加え、参考のため、漱石の在任期間最終年度に国文学科に入学した木下利玄についても、日記から時間割を復元しておく（表2―1・表2―2〔前頁〕）。一部不確実な推定もあるが、当時の学生の一週間を窺う参考となるだろう。[38]

以上、本書第一章、第二章をあわせて漱石が講義を行なった東京帝国大学英文学科という環境を素描した。それでは、留学から大量の蔵書と研究ノートを持ち帰った彼は、教壇に立っていかなる講義を行なったのだろうか。次章では「形式論」講義に注目する。

（38）外国人教師の名前については武内博『来日西洋人名事典』（日外アソシエーツ、一九八三）を参照した。木下の時間割については日記のほか志賀直哉の時間割（『志賀直哉全集』補巻五、岩波書店、二〇〇二、八〇頁、九二頁）を参考にし、早期で受講を辞めたものは除外した。

図４　「文学論」講義草稿の終盤

漱石が教室で読み上げげたと考えられる草稿。本書「はじめに」注６（19頁）参照。

第三章　「形式論」講義にみる文学理論の構想——「自己本位」の原点

漱石は『文学論』を自ら評して「立派に建設されないうちに地震で倒された未成市街の廃墟」（「私の個人主義」[1]）と表現した。漱石はこの演説で自身の半生を語り、自らの学問を『文学論』に代表させたといえる。しかし、『文学論』は漱石の学問の一断面を示すものに過ぎない。とくにこうした自己物語化からぽっかりと抜け落ちているのが、本章で扱う「形式論」講義なのである。

英国留学（一九〇〇年九月—一九〇三年三月）を機に作り上げた壮大な構想は、「文学論ノート」と呼ばれる草稿群として断片的に残っている。その構想のうち一部分を講義に落とし込んだものが「文学論」（General Conception of Literature）講義である[2]。二年と一カ月間にわたる「文学論」講義は二部から成る。東京帝国大学文科大学英文学科講師・夏目金之助の初授業は一九〇三年四月二〇日、それから五月二六日までの一ヶ月間が「形式論」講義と名付けられた[3]。新学年が始まる同年九月二一日から丸々二年度を充てた「内容論」講義（刊本『文学論』に相当）は、一九〇五年六月八日までである[4]。この間の理論と創作の相互作用を考えるうえで、帰朝直後の「形式論」講義、その学生受講ノートをもとに漱石没後刊行された皆川正禧《まさき》編『英文学形式論』（岩波書店、一九二四・九）は見過ごせない重要な位置を占めている[5]。

本章の目的は「形式論」講義に注目することで、漱石の学問的姿勢とその文学理論の構想をさぐることである。まずは刊本『英文学形式論』を疑うことから始めたい。そこで、当時の学生の受講ノートとの比較を行ない、同書編集過程での操作を浮き彫りにする。とくに、実際の講義には刊本に記録されていない「序論」があったこと

を明らかにする。留学と講義の接合点にあるこの「序論」を含めて講義を再解釈すれば、後年「自己本位」とし

(1) 夏目漱石「私の個人主義」(『孤蝶馬場勝弥氏立候補後援現代文集』実業之世界社、一九一五)。玉井敬之「天理図書館蔵「私の個人主義」をめぐって」(同『漱石研究への道』桜楓社、二〇〇〇)によれば、当初は無題の講演(学習院輔仁会、一九一四・一一・二五)。

(2) 漱石担当講義の学制上の題目を『東京帝国大学一覧』から推定すれば、一九〇三年度は「英語」(東北大学附属図書館漱石文庫蔵「明治三六年六月文科大学学年試験日割表」から裏づけられる)、必修科目が再編された一九〇四年度からは「英吉利文学」か。必修科目再編により、英文学科生は英吉利語学・英吉利文学(五単位)、文学概論(一単位)などの単位が卒業に必要になる。この制度上の「文学概論」は、漱石講義の通称である「文学論」あるいは「文学概論」とは区別されねばならない。金子健二『人間漱石』(いちろ社、一九四八・一一)には一九〇四年九月一九日の日記として、「午後四時から「文学概論」の講義が国文専門の上田万年先生に依つて法科の大教室六角堂で文科学生全部への合同講義として開かれた。私達英文科三年生は夏目先生から「文学概説」を聴いてゐるのだから、何故に又上田万年先生の文学論を聴かなくてはならないのだらう」、「午後四時から法科の大教室で松本亦太郎先生の「心理学」の講義を聴いた。これも大塚保治先生の「美学概論」や上田万年先生の「文学概論」等々と同様に私達英文科三年生がどうあつても履修しなければならない課目なのだ。是等の課目を修めなければ明年卒業させないといふのだから驚く。しかも是等の所謂「大衆向き」の講義は学生の押すな押すなの席の奪ひ合ひで、恰うど寄席へでも行つたやうである。しかし、それにしても是等の沢山のお客は講義に引きつけられて集つて来るのではなくて、是等の課目をユニットとして修めなければ後日卒業試験を受ける資格がなくなるからである」(一〇五―一〇八頁)と不満が記されている。ただし、金子三郎編『川渡り餅やい餅やい——金子健二日記抄』(私家版、国会図書館蔵、一九九八、上巻。以下『金子日記抄』)には同様の記述なし。漱石自身は「General Conception of Literature」や「文学論」と呼んだ。鈴木良昭『文科大学講師夏目金之助』(冬至書房、二〇一〇)、七六―九〇頁も参照されたい。

(3) 以下、本章における漱石講義の日付は『金子日記抄』(前掲)、『人間漱石』(前掲)にもとづく。また、「文学論」講義と並行して作品講読の授業(『サイラス・マーナー』やシェイクスピア作品)も行なったが本章では割愛する。

(4) 金子三郎編『記録 東京帝大一学生の聴講ノート』(リーブ企画、二〇〇二)、四六八頁の記述にもとづく。この後を承けて「一八世紀文学」講義が始まる。

て語られる学問的姿勢の「原点」が見えてくるはずである。

一　刊本から講義へ遡る意義

『英文学形式論』はなぜこれまで研究されてこなかったのだろうか。漱石没後に四名の受講ノートをもとにして編まれたという出版経緯や本文校訂の不透明さの他に、そもそも当の「形式論」講義自体が途中で予告の半分程度で切り上げられてしまったことも関係しているだろう。[6] しかしそれ以上に、漱石自身の言葉に左右されてきた結果なのではないか。それは、「文学論序」（『読売新聞』一九〇六・一一・四）と「私の個人主義」（学習院輔仁会講演、一九一四・一一）の二つである。「文学論序」は、以下のように「十年計画」を準備不足のまま切り詰めたという『文学論』の成り立ちを説明している。

> 不幸にして余の文学論は十年計画にて企てられたる大事業の上、重《おも》に心理学、社会学の方面より根本的に文学の活動力を論ずるが主意なれば、学生諸子に向つて講ずべき程体《たい》を具せず。（略）但《たゞし》十年の計画を二年につゞめたる為め、又純文学学生の所期に応ぜんとして、本来の組織を変じたる為め、今に至つて未成品にして、又未完品なるを免かれず。（略）神経衰弱と狂気とは否応なく余を駆つて創作の方面に向はしむるが故に、向後此「文学論」の如き学術的閑文字《かんもんじ》を弄するの余裕を与へざるに至るやも計りがたし。

このように「未定稿」「未完品」「学術的閑文字」（単行本では「学理的閑文字」）と否定的表現をつらね、学者から作家へと踏み出す意志を表明して閉じる「文学論序」は、レトリカルなパフォーマンス性を持った文章である。「文学論の序は文章を見てもらふのでも何でもない。あの通りの事を読んでへエーと云つてもらへばい〻。読売へのせる必要もなかつた。何かくれといふからやつた」(一九〇六年一一月六日付森田草平宛書簡)とする漱石の言に反し、注意深く読まねばならない。

そもそも小宮豊隆も指摘するとおり、この「文学論序」は『文学論』刊行のために依頼した中川芳太郎による草稿にまだ目を通さないうちに、いわば先取りして漱石が書いたと考えられる。(7) その後中川による草稿が省略的すぎて論旨の貫徹を欠くことから、第四編第七章から漱石自身による差し替え原稿が作成されることとなった。(8) その際、第四編第八章「間隔論」などに増補・理論的変更を加えて、初版『文学論』は成立した。(9) 以上をふまえると、「文学論序」が否定的に評している対象は、漱石による加筆増補を経た刊本『文学論』でもなければ、中川による草稿でもなく、自身の留学期の構想を「純文学学生の所期に応ぜんとして、本来の組織を変じた」帝大講義の記憶とその延長線上に予期された、まだ見ぬ原稿のイメージだったといえる。

しかし、そのように読んでもなお、落とし穴がある。二部構成の第一部たる「形式論」講義が『文学論』に収録されていないことに、生前漱石は決して触れようとしなかったのだ。多くの漱石研究者は、この無視を追認してきたといえよう。

(5) 先駆的な研究として、佐伯彰一「『英文学形式論』――「先駆者」漱石への不満」(『英語青年』一一二・七、英語青年社、一九六六・七)、永野宏志「文学それ自身の/からの迂回――夏目漱石『英文学形式論』と形式のレトリック」(正・続、『文藝と批評』七・七、七・八、文藝と批評同人、一九九三・五、一九九三・一〇)、川本皓嗣「中味と形式――漱石の文学論講義」(『文学』一三・三、岩波書店、二〇一二・五)がある。
(6) 飛ヶ谷美穂子「英文学形式論」(『漱石辞典』翰林書房、二〇一七、五八六頁)参照。
(7) 小宮豊隆「文学論」(『漱石の藝術』岩波書店、一九四二)。日付は一九三六・四・一九)。
(8) 『文学論』第四編第六章もほとんどが朱筆により書き下ろされている(県立神奈川近代文学館蔵『文学論』原稿は同館の館内端末およびウェブサイト「夏目漱石デジタル文学館」で参照できる)。詳しくは本書第八章を参照。
(9) 増補箇所による理論的変更点と、同時期の創作実践との連動については、本書第二部で詳論する。

さらに影響力が強いのは、次のような「私の個人主義」における「自己本位」という語の用い方であろう。

私はそれから文芸に対する自己の立脚地を堅めるため、堅めるといふより新らしく建設する為に、文芸とは全く縁のない書物を読み始めました。一口でいふと、自己本位といふ四字を漸く考へて、其自己本位を立証する為に、科学的な研究やら哲学的の思索に耽り出したのであります。（略）色々の事情で、私は私の企てた事業を半途で中止してしまひました。私の著はした文学論はその記念といふよりも寧ろ失敗の亡骸です。（略）然しながら自己本位といふ其時得た私の考は依然としてつゞいてゐます。否年を経るに従つて段々強くなります。著作的事業としては、失敗に終りましたけれども、其時確かに握つた自己が主で、他は賓であるといふ信念は、今日の私に非常の自信と安心を与へて呉れました。私は其引続きとして、今日猶生きてゐられるやうな心持がします。

ここで注目したいのは、「自己本位」の意味内容ではない(10)。「自己本位」という言葉を留学から一九一四年時点までを貫くキーワードとして用い、自己の〈連続性〉を表象していることである。むろん、ここには飛躍がある。この〈連続性〉からは、「形式論」講義がひそかに排除されているからだ。

そこで本章では「文学論序」と「私の個人主義」によって事後的に形成された価値づけを一旦括弧にいれ、「文学論」講義が開講当初、どのような構想の下にあったのかを問うてみたい。構想された理念と、捗《はかど》らぬ講義の実態とを両面から把握することこそが、漱石の学問的姿勢を測ることに繋がるのではないだろうか。刊本への無批判な依拠から距離を取り、講義へと遡る意義はそこにある。

二　受講ノートとの比較

『英文学形式論』では何が問われていたのか。大浦康介はそれを的確に取り出している。

「英文学形式論」は大まかにいって一種の文体論である（漱石自身「文体」という言葉を何度も使っている）。（略）文体の種類とその歴史的変遷が英文学を例にとって論じられているのである。人は（たとえば英作家は）なにに基づいてある種の文体を選ぶのか。知的満足度のためか、もっと複雑な理由によるのか、一種の習慣からか。それとも言葉の意味ではなく音のひびきに重きをおくためか（とくに詩の場合）——これらがここで漱石が提起した問いである。[11]

大浦は「文学研究を科学たらしめんとする漱石の努力は、（略）漱石が創作というオルタナティヴを傍らにかかえつつ時間との苛烈な闘いのなかでなした、まさにぎりぎりの努力であった。こうした〈状況〉の影を押さえないで講義の「成果」だけを問題にすることにはあまり意味がない。少なくとも漱石の講義はそういうタイプのディスクールである。それが呈するいびつさがその本質と無関係ではないようなそうしたディスクールなのである」と先見の明を示したが、当時の資料的制約により、刊本に頼らざるをえなかった。ようやく二〇〇〇年代以

(10)　安藤宏『近代小説の表現機構』（岩波書店、二〇一二、第四章）は、白樺派的個我と対比して漱石の個人主義の相対主義的性格を指摘している。
(11)　大浦康介「文学についての学問は可能か——漱石にみる文学と科学」（阪上孝・山田慶兒編『人文学のアナトミー——現代日本における学問の可能性』岩波書店、一九九五）。

降、漱石講義を筆記した帝大生の受講ノートが複数発見・公開されたことにより、留学期の草稿群・講義・刊本それぞれの内容の落差を比較対照してその変容を通時的に考察することが可能になった。

そうした資料発見の報告からも一〇年以上が経った。この間、研究者の間で受講ノートへの参照がなおざりにされてきたことは、問い直されてしかるべき段階に来ている。とりわけ本文校訂がどのように行なわれたのか不透明な刊本『英文学形式論』については、こうしたアプローチを採ることが何よりも必要である。以下、前章と一部重複を含むが、刊本と受講ノートとの比較を行なう意義について述べたうえで、森巻吉ノートを中心に詳細な分析を行なうこととする。

刊本『英文学形式論』の編者皆川正禧は、本文作成に用いた小松武治、吉松武通、野間真綱、および皆川自身の計四名による受講ノートがいずれも不十分なものであったことを同書「はしがき」で次のように断わっている。

記憶する。夏目講師が、(略)小泉八雲先生に代つて英文科の教壇に立たれた時、(略)教室内見渡す所、或者は頬杖をしたまゝに新しい講義者の講義を聞き流さうとした、或者はペンを執ることさへなくて居眠りに最初の幾時間を過した。(略)斯くして自分及び三君のノートが同じ程度に粗略で同じ程度に解りにくゝ、同じ程度に誤字脱句の多かつたのは当然である。[12]

ところで、皆川のノートは遺族のもとに保存されていなかったと近藤哲はいう。[13] 残り三名のノートも所在不明である。しかし幸いにして、「形式論」講義を記録した別の受講生のノートが現存している。それぞれ、岸重次ノート(金沢大学附属図書館蔵。同ノートからの引用はすべて筆者翻刻[14])、金子健二ノート(刊行済[15])、森巻吉ノート(東京大学総合文化研究科・教養学部駒場博物館蔵。同ノートからの引用はすべて筆者翻刻)、紫蘭若月保治ノート(山口大学図書館若月紫蘭文庫蔵)の四点である。刊本とこれらのノートを比較することで、「形式論」講義の姿をある程度までは明確にすることができる。

岸・金子・森・若月各ノートの記録範囲を確認しておく（図5〔九六頁〕）。いずれも「形式論」を初めから記録しているが、学年の違いにより終了箇所が異なる。若月・岸ノートの記録範囲は「形式論」の終わりまでであり、森ノートはその後の「内容論」の途中（『文学論』第四編第二章末尾に相当）まで、さらに学年が下の金子ノートは「内容論」の終わりまで（すなわち「文学論」講義全体）を記録している。つまり「形式論」講義部分のみが四人のノートにより比較可能なのだ。

興味深いのは、記録開始箇所にも違いがあることだ。金子・若月ノートの記録開始箇所は刊本『英文学形式論』と同様である。だが、岸ノートには、最初の一頁だけ従来の刊本にない記述がある。

森ノートの所在は亀井俊介の言及[16]により知られていたが、今まで研究の素材とされてこなかった。他の受講生ノートとは異なり、森ノートには本文を英語で筆記した箇所がある。冒頭は、「On the Difficulty of the Study of a Foreign Language.（An Introductory Remark.）」と題された、刊本にも他のノートにもない固有の記録箇所である（以下「序論」）。「序論」全体および「形式論」講義の序盤のごく一部分が、英語で筆記されている。では漱石の講義は英語で行なわれたのだろうか。『英文学形式論』の編者皆川の「はしがき」には「ハーン先生の

(12)『定本 漱石全集』（二三、岩波書店、二〇一八）、七三六―七三七頁。
(13) 近藤哲『夏目漱石と門下生・皆川正禧』（歴史春秋社、二〇〇九）。なお、同氏に仲介の労を取って頂き皆川氏遺族への接触を試みたが、実現しなかった。
(14) 梶井重明「夏目漱石の東大最初の講義録岸重次のハーン講義受講ノートの中より発見」（『こだま』六・七、金沢大学附属図書館、二〇〇〇）により発見の報告が行なわれた。
(15) 金子三郎編『記録 東京帝大一学生の聴講ノート』（前掲）。
(16)『文学論（下）』（岩波文庫、二〇〇七）巻末解説、四五〇頁参照。内容には説き及んでいない。

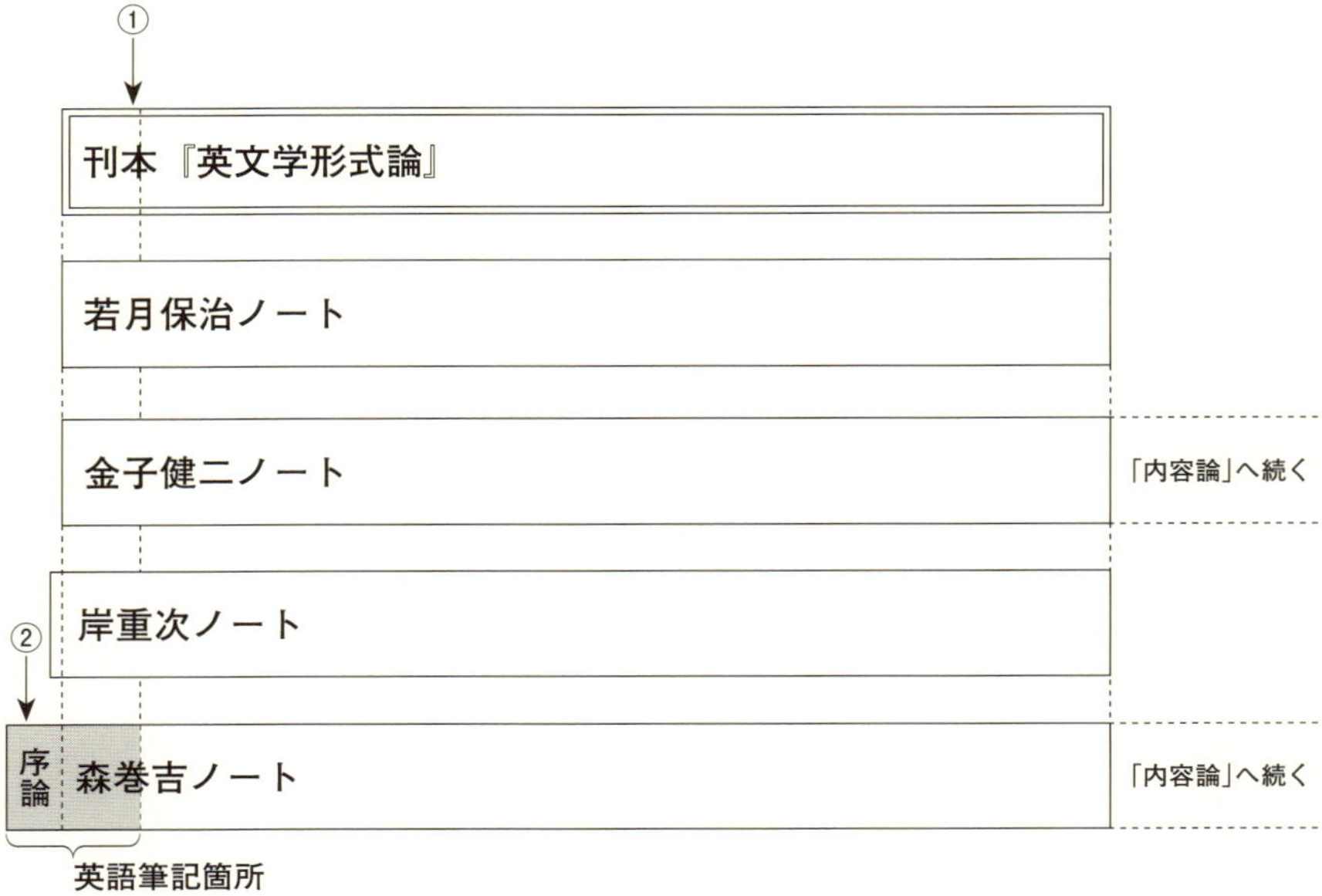

図５　刊本『英文学形式論』および受講ノートの記録範囲対照表

草稿なしの口授を筆記するに忙殺された学生には日本語の講義が解り過ぎてノートにするには反つて小面倒であつた」とある。四人のノートで共通する講義範囲、刊本『英文学形式論』と同じ範囲を見てみると、森以外ははじめから日本語・漢文訓読体で筆記している。森だけが「序論」以来の英語筆記を続けたのち、他学生と同じく日本語・漢文訓読体筆記に変わり、その後「内容論」講義でも漢文訓読体筆記を継続する。森自身にとって英語筆記は最初期の一時的な措置であった。つまり、日本語講義を森が独自に英語筆記したと考えられるのだ。

「序論」が森巻吉によって付加された「他序」である可能性についてはどうか。「序論」に森の署名はない。また、「序論」末尾付近には英文学科の学生に対する呼びかけが書いてある。学生への呼びかけを、勝手に学生自身が書くとは考え難い。漱石による講義初日に「序論」が述べられ、それを書き留めたのだと考えるほうが自然である。

なお、初日の「序論」よりも先に発言したであろう内容を窺わせる資料に、漱石が講義用に作成したと思われる原稿がある。現物は散逸し、『漱石全集』「月報第九号」（岩波書店、一九二八）に始めの部分と終りの部分にあたる二葉の写真が掲載されているのみである。終りの部分（言文一致体で筆記）については、第五編「集合的F」と関わるため本書第七章で扱うこととして、今は始めの部分を見てみよう。以下、全文引用する。

日本人が日本の大学に入りて泰西文学の教授を担任することの困難なるは言ふ迄もあらず。況《いわ》んや庸識浅学なる余の如き者が此講座を瀆《けが》すは所謂 out of question の事なり。去るが故に先に洋行より帰朝せしとき此種の相談ありしも、余は之を固辞するの決心なりき。固《もと》より我等処世の方針は単一なる理由を以て左右すべき程単純のものにあらざるが故に、余が大学に入つて諸君と講堂に見《まみ》ゆるを欲せざりしは単に以上の源因によるとのみ云ふべからずと雖ども、其重なる点は科目其物の難渋なると余の剪劣《せんれつ》〔浅はかで拙い〕にして教授に不適当なるが故なりき。然るにも関せず、余が教授の件は余が滞外中に緒を発して余の知らざる内に歩武を進めたるを以て、帰朝後は単に己一個の意志を貫く(17)

この着任の挨拶ともいうべき内容のなかにある「科目其物の難渋」が、本章で紹介する「序論」のテーマそのものなのだ。

(17)『定本 漱石全集』(二六、岩波書店、二〇一九)、八〇頁。

三　「外国語研究の困難について（序論）」

「序論」の内容を漱石が講義で述べたものであると断定するには、未だいくつかの傍証が必要である。だが、まずはその内容を見ておきたい。そこで以下にその翻訳を掲載する（樋口武志による訳にもとづき、行論のため一部を改めた）。なお、原文の翻刻は本章末尾に付した（資料1〔一二一頁〕）。訳文中、原文の赤鉛筆下線部は傍線で、黒インク下線部はカギ括弧や傍点で強調を行ない、サイドラインのかかる部分は太字で示した。

文学論　夏目教授(18)
外国語研究の困難について（序論）

ほとんど言うまでもないが、外国文学は——異なる成長や発展の歴史、異なる信仰、様式、固有の道徳律や作法、そして独自の神話と伝統を持っており——研究を行なうのは極めて難しい。人間にとって自然で普遍なものを除けば、ある国の文学と他国の文学に共通するものなど一切なく、他方で文学的価値判断をするために何より重要な我々〔文学研究者〕の営みもまた、地域や個人特有とは言わないまでも、かなり恣意的で多分に国民性と結びついたもののように思われる。そして当然ながら、ほとんど共通点を持たない国の文学は、外国人としてしか理解することはできない。

長らく知られ、よく目にされてきたように、外国文学や文学者に対する我々の価値判断というのは、完全にと言えるほど、意見を聞く機会を持つ批評家に左右される。原書を検討するか、著者と直接会うかして、ある文学者やその作品に対する独自の見解を打ちたてるというのは簡単ではないうえ、いかなる歓迎もほとんど期待できないだろう。歓迎どころか、外国文学に対する我々の考えやアイディアは、その地の批評家たちのものとは完全に別個のものであるため、もし口にすれば、己の無知をさらけ出すことになるだけであろう。この悲しい事実は、我々が十分な自信や確信を持って、ある文学作品に対する自らのアイディアや考察《コンセプション》を語らない限り事実であり続ける。そしてその確信は、対象国の言語を習得し、文明の違いという障壁を乗り越えたときにのみ手にすることができる。当面のあいだ、我々はみなその壁を壊し数世紀も続く困難を乗り越えようと苦闘する運命にあるだろう。そして我々は国境の向こう側で栄える文学について、少数の文学的スパイが尽力した調査や、種々の報告者たちによる情報にもとづく曖昧で恣意的な認識に甘んじるほかない。

私は、あなたがた英文科の学生たちの前に、英文学を研究する日本人学者一般とあらゆる困難を共有する「平均的な代表者」として立っている。「平均的な《フェア》」と言い、「良き《グッド》」と言わなかったのは、私が一握りの天才としてだとか、現在研究している文学を生み出した国の核心まで奥深く身を浸す特権や機会を得た一人か二人の例外的な人間として日本人英文学者を代表しているわけではないからだ。みなさんの前に立っているのは、我が国の発展という変化の波に共にもがく者のひとりとしてであって、我らが知性と感性を完全に英国化せんとの主張ほど私から縁遠いものはない。過去という重荷をきっぱりと振り払うことは不可能であり、急速かつ尋常ならざる西洋化という凄まじいうねりは我々を新しい文明という海へ運んできたが、こちら岸の古く馴染みある物事をいくつか見失ってしまうばかりで、無事に向こう岸へと着くには至っていない。あと二〜三世代まるまる過ぎれば、対象の国を理解し、その国の文学について明晰で公正な見解を持つ者が現われるだろう。まったく異なる文化をもつ国と同じ地平に並んで立つまでは、伝統という足かせを破壊し、

(18) 夏目金之助は正しくは「講師」であった。

国民的偏見という鎖を断つのは簡単な仕事ではないのである。

　したがって我々のような文科大学で、外国人教師なしで済ませようという考えは、物事の現状からすればまったく馬鹿げている。自信に満ちたドイツ国民であってもほとんど不可能だろう。**文学は知性のものであると同じ程度に心のものでもあるから、科学やその他の研究分野の自立よりも外国文学研究の自立には遥かに長く時間がかかる。そして何より馬鹿げているのは、長きにわたり蓄積された貴重な黄金や宝石の詰まった外国文学という宝箱を、その地の先祖が彼らの子孫にだけ手渡してきた鍵を持たずに開こうとすることだ。**それらの宝は外から垣間見ても目が眩むほどだが、それは宝の真の価値の一部分にすぎない。これはまさに我が国の文学にも当てはまる。我が国の「俳句」の歴史をまったく知らず、それ固有の趣味《テイスト》を持ち合わせない者が、俳句という宝石の確実な見積りを試みたり、そうした素晴らしい俳句を生み出そうと試みたりするのはまさしく馬鹿げたことだ。

　それゆえに、日本人が英国人と同じように英文学の批評を試みるのは不可能に近い。**されど、異なる土壌で異なる段階の文明の光を浴びて育った文学に対して独自の見解を築き、自国へ紹介するには何が最適かを考え、自国の文化の土壌でよく育つかどうかを検討することにはなおも心くすぐられる。異なる土壌に育った文学に対する独自の見解を養おうとすること(19)は確かに努力に値するものであり、**その試みの大いなる困難は、きたるべき世界への大いなる希望とともに耐えるべきものだ。

　外来思想や外国文学の紹介については、**現代人と同じように先人たちも、国のためになると思っていた仕事を全うするのに必要な識別能力を欠いていたと認めざるを得ない。**我が国の先駆的な外国語研究者たちが最初にその国の文学を紹介したとき、いたるところで古典作家たちが賞賛されたのは、ひとえに当時そうした作家たちが時流に取り残された批評家の書き物に採り上げられていたからだった。しかし程なく、そうした作家たちはロマン主義作家たちにとって代わられ、それから矢継ぎ早にトルストイやイプセンのような作家たちが登場し、すぐさまニーチェやゴーリキーのような作家たち、そして一連の特異な思想家・作家にとって代わられた。しかし彼らも過剰な賞賛や熱狂的関心でいつまでももてはやされはしない。このように新しいものを次から次へと紹介するのは自然なことではなく、無理やり行なわれる紹介は、とっくの昔に無視され忘れ去られてしかるべきだった不毛な客をかくも思いがけず歓迎することになる。自然かつ見事に趣味《テイスト》を成長させることなしに新しい理論や運動を紹介しても、性急な模倣や偏った理解に陥るだけであり、さらに良くないことに、紹介されたものをすぐにかなぐり捨ててしまって、真価を検討するために二度と取り上げることがない。慌ただしく紹介された過去の作家たちの短命に終わった名声や、むやみやたらに紹介された新しい運動の早すぎる終息は、おしなべて盲目的な模倣の結果であって、自身の内に独創性《オリジナリティ》を持つことが最も妥当なる模倣の至上目的であるという大切な事実を完全に見落としてしまっている。外国文学に対する独自の見解への我々の確信というものは、この種の盲目的な模倣をしたり、あるいは独創性を発揮することができず、大いに苦しんできた。さあ、英文科の学生諸君、目新しさゆえにあらゆる新参者を歓迎する現代の悪しき傾向に立ち向かおう。その試みは目下のところ成功していないかもしれないが、それは我々自身の美徳だけでなく外国の美質を研究するのに求められる強固な確信を育むのに欠かせない。

そういうわけで、我々の英文学研究、つまりともすれば無意味な研究を行ない、それについて講義するという私の思いきった企てにも、いくらかの意義があるのではないかと思っている。

以上が「序論」の全体である。これにさらに傍証を重ねる。

(19)（樋口注）この箇所の原文「The interest of the thing」は、文脈を踏まえ「The interest of cultivating a view of a literature originally cultivated on a different soil」という主旨であると判断し、そのように訳出した。

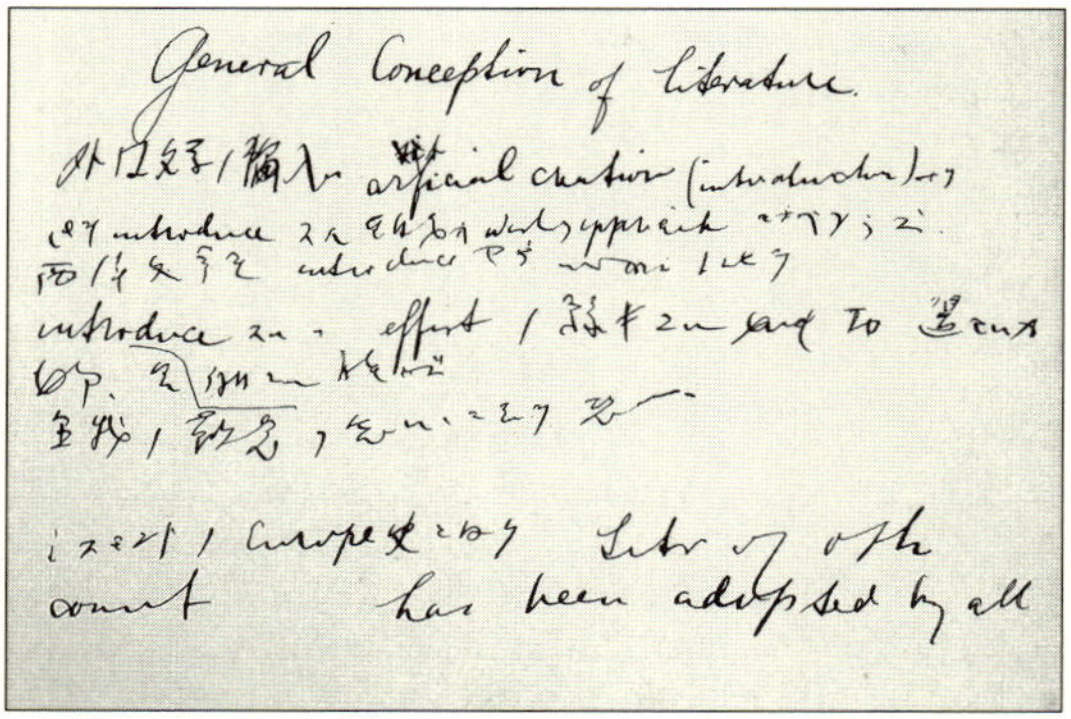

図６　岸重次ノート General Conception of Literature の１頁目（金沢大学附属図書館岸文庫蔵。筆記のある部分のみを拡大）

岸重次ノートの最初の一頁（図６）は、刊本と同じ範囲が始まる二頁目からはややましとはいえ、一頁目は乱れた筆跡によりひどく断片的に書き取られている。辛うじて読み取れるのは、「外国文学の輸入は artificial creation（introduction）なり。此を introduce する者自身が art を appreciate せずべからず」と講述を書き取り、「シスモントの Europe 史に曰く Litre of othe count has been adopted by all」という所で引用文を書き取るのを投げ出したらしいことだ。筆記はここで途絶え、頁には大きな余白が残り、さらに一頁を白紙とし、その次の頁から「我々が日常用ふる会話中には」と「序論」後の講義本体開始箇所から筆記を再開している。では岸が辛うじて書き留めた断片的な筆記は、森の「序論」と内容が符合するのか。

岸の書き留めた文言をもとに漱石旧蔵書目録から対応する書名を探せば、シスモンディの『南ヨーロッパ文学史』に行き当たる[20]。果たして、同書第一巻第一章「ラテン語の転訛とロマン語の形成」に符合する文章が見つかる。

The literature of other countries has been frequently adopted by a young nation with a sort of fanatical admiration. (p. 27)

外国文学はたびたび新興国家によって一種の熱狂的な賞賛とともに受け入れられてきた。（拙訳）

他方、森ノートの「序論」には、シスモンディの名も書名も見えないのだが、次のように論旨が非常に近い箇所が存在する。

我が国の先駆的な外国語研究者たちが最初に対象国の文学を紹介したとき、いたるところで古典作家たちが賞賛されたのは、ひとえに当時そうした作家たちが時流に取り残された批評家の書き物に採り上げられていたからだった。（略）しかし彼らも過剰な賞賛や熱狂的関心（fanatic admiration）でいつまでももてはやされはしない。このように新しいものを次から次へと紹介するのは自然なことではなく

後進国による外国文学受容の熱狂的賞賛とその人工性を批判する論旨は同一のものといってよい。刊本『英文学形式論』と重なる範囲よりも前の部分を記録した学生二人の記述に共通性が見いだされるのだ。右に見たとおり分量こそ少ないものの、岸が書き取ったのは日本語をベースに術語と引用文に英語を用いるスタイル、つまり講義本体と同じスタイルである。このことから「序論」もまた日本語で述べられたことが示唆される。もしそうならば、森は大づかみに英訳しながら筆記したがために、シスモンディや書名が抜け落ち論旨のみを書き取ることになったのだとも考えられる。

以上の傍証から、帝大における漱石の「文学論」講義（General Conception of Literature）の初日に、外国文学を研究する困難について論じた「序論」が述べられたことは間違いないと思われる。そこで、講義を始めるにあたっての漱石の学問的姿勢が表明されたのだ。

ところで、松浦一は「先生が初めて教室へ現れた時、（略）講義の初めに、「私はアヴェレージな日本人の一人

(20) 漱石所蔵本は英訳書。Jean-Charles-Léonard Simonde de Sismondi, *Historical View of the Literature of the South of Europe*, Bohn's standard library, London: Henry G. Bohn, 1846.

としてお話をする」と謙遜な前置をされた」(「『文学論』の頃」、『新小説』春陽堂、一九一七・一)と証言している。[21]この松浦の証言の七年後に刊行された『英文学形式論』には、「一個の夏目とか云ふ者を西洋文学について普通の習得ある日本人の代表者と決めて」という言葉があり、編者皆川による「はしがき」でも同じことが重ねて強調されている。刊本ではこの「日本人の代表者」という言葉のある位置は序盤で「文学」の定義を列挙したあとにある(図5-①〔九六頁〕)。刊本と同じ位置に「日本人の代表者」という同じ言葉があるかどうか、現存する四つの受講ノートの対応箇所を見てみると、意外なことに「日本人の代表者」に類する言葉は見つからない。実は、同じような言葉が見つかるのは、森ノートだけにある「序論」のごく序盤の位置である(図5-②)。つまり「前置」したという松浦の証言に正確に符合するのは刊本よりも森ノートであり、かつ他のノートには対応する記述がないのだ。このことは一体何を意味するだろうか。

推測を敢えてまじえれば、それは編集を担った皆川正禧の操作によると思われる。同書編集は漱石没後であるから、編集にあたる皆川も、出版後にそれを読むはずの読者たちも既に「私の個人主義」を読んでいることになる。しかも「はしがき」によれば当初は「大正八〔一九一九〕年の暮」に第二次『漱石全集』企画の一環として打診されていたのだからなおさら、この新たな講義録には「自己本位」によって表象される漱石像の連続性を補強する証拠として期待がかかったことだろう。しかし集まったノートには、金子・若月ノートがそうであるように、「日本人の代表者」にあたる文言はおろか、「序論」が一切記録されていなかったのだろう。

そこで、もと受講生である皆川の記憶に残っていた「序論」のフレーズを、編集の際、熟慮のうえで議論の流れを妨げない位置に挿入したのではあるまいか。「自己本位」の証拠となる大事な文言であるから、「はしがき」でも取り上げてさらに強調を施したとしても不思議はない。状況証拠から導きうる仮説として提示しておく。

四　「自己本位」の原点

受講ノートを参照することで漱石の学問的姿勢がどのように取り出せるだろうか。森ノート「序論」を引用する。

> 外国文学に対する我々の考えやアイディアは、その地の批評家たちのものとは完全に別個のものであるため、もし口にすれば、己の無知をさらけ出すことになるだけであろう。（略）私は、あなたがた英文科の学生たちの前に、英文学を研究する日本人学者一般とあらゆる困難を共有する「平均的な代表者」として立っている。「平均的な《フェア》」と言い、「良き《グッド》」と言わなかったのは、私が一握りの天才としてだとか、現在研究している文学を生み出した国の核心まで奥深く身を浸す特権や機会を得た一人か二人の例外的な人間として日本人英文学者を代表しているわけではないからだ。みなさんの前に立っているのは、我が国の発展という変化の波に共にもがく者のひとりとしてであって、我らが知性と感性を完全に英国化せんとの主張ほど私から縁遠いものはない。

こうした「平均的な代表者」（a 'fair representative'）、「共にもがくもの」（a fellow-struggler）としての呼びかけは、松浦の証言どおり、「謙虚な前置き」ともいえるだろう。そして、矢継ぎ早にブームになってはすぐ廃れるという外国文学受容について、漱石は次のように苦言を呈している。

（21）松浦一「『文学論』の頃」（『定本　漱石全集』別巻、岩波書店、二〇一八）。

自然かつ見事に趣味《テイスト》を成長させることなしに新しい理論や運動を紹介しても、性急な模倣や偏った理解に陥るだけであり、（略）慌ただしく紹介された過去の作家たちの短命に終わった名声や、むやみやたらに紹介された新しい運動の早すぎる終息は、おしなべて盲目的な模倣の結果であって、自身の内に独創性《オリジナリティ》を持つことが最も妥当なる模倣の至上目的であるという大切な事実を完全に見落としてしまっている。外国文学に対する独自の見解への我々の確信というものは、この種の盲目的な模倣をしたり、あるいは独創性を発揮することができず、大いに苦しんできた。

たしかにネイティヴ批評家の意見は尊重すべきであり、日本人がイギリス人と同じように英文学を批評することは不可能であろう。しかし、漱石の強調点はそこにはない。

されど、異なる土壌で異なる段階の文明の光を浴びて育った文学に対して独自の見解を築き、自国へ紹介するには何が最適かを考え、自国の文化の土壌でよく育つかどうかを検討することにはなおも心くすぐられる。

つまり「我々の文化の土壌の上でよく育つか」という新しい批評規準を作れば、ネイティヴたちの評価とは異なったとしても、日本に紹介する意義があるといえるだろう、というのだ。外国文学の紹介はあくまで「我々の文化」を土壌とするのであって、自国文化の固有性を伸ばしていくこととの二者択一ではないという考えが、「自身の内に独創性《オリジナリティ》を持つことが最も妥当なる模倣の至上目的である」という言葉の意味するところであろう。

岸ノートのシスモンディ引用、そして右に引用した森ノートの「序論」を踏まえると、漱石の学問的姿勢には発想の源があったのではないか、ということに思い至る。さしあたりここではシスモンディに加え、ゲーオア・

ブランデスに注目したい。

漱石は「形式論」講義でノヴァーリスの言葉を引用する際に、出典としてブランデスの主著『十九世紀文学主潮』（*Main Currents in Nineteenth Century Literature*）中の第二巻、『ドイツ・ロマン派』を挙げた[22]。また留学中の草稿群中に同巻序文の抜き書き（後述）や、同巻の講読メモがあることは見逃せない[23]。

ジュネーヴ生まれのシスモンディによるプロヴァンスやイタリアなどの文学研究、デンマーク生まれのブランデスによるドイツやイギリスなどの文学研究、というふうに、外国文学を扱ったこの二人は今日でいう比較文学研究の遠い祖先に数えられる人物である[24]。漱石は講義でシスモンディ、ブランデスの思想を強調することこそしていないが、両者に共通する、他者を研究してこそ自己のオリジナリティが可能になるという発想を、講義当初のかくれたエッセンスとしていたのではないか。

先に見た岸ノート序論部分で引用されたのと同じ章でシスモンディは、新興国家が他国文学を熱狂的に賞賛し、最も奴隷的な模倣をするため、自国の独創的な特色を伸ばそうとする試みは犠牲になってきたと論じていた。そして、このようにも言う。

> It is necessary to be perpetually comparing ourselves with others, because we are ourselves always the objects of comparison; it is necessary to learn what is known, not merely for the sake of imitation, but of preserving our own position.（pp. 28-29）

（22）『定本　漱石全集』（一三、前掲）、一七五頁。
（23）『定本　漱石全集』（二一、岩波書店、二〇一八）、四〇四頁、六三五―六四一頁。
（24）ピエール・ブリュネル、クロード・ピショワ、アンドレ゠ミッシェル・ルソー『比較文学とは何か』（渡邊洋訳、白水社、一九八六）、二七頁、一二一―一二二頁。

我々は常に我々自身の比較対象なのだから、絶えず他者と我々自身を比較していることが必要であり、何を知っているのかを知る必要がある。模倣のためのみならず、自分自身の姿勢を保つためにも。（拙訳）

すなわち、知識の不足が盲従を生むため、自国文学研究のみに満足していることを戒める。と同時に、あらゆる種類の知識に精通するほどにオリジナリティを得られるとして外国文学研究の意義を積極的に肯定する。こうしたシスモンディの主張が非ネイティヴとしての漱石を刺激したことは十分に考えられることだ。

自国がオリジナリティを発揮するために外国文学を研究するというモチーフは、ブランデスにも共通している。先述の『ドイツ・ロマン派』の序文にはこうある（漱石が抜き書きした箇所を傍線で示した）。

独逸の浪漫派に関する系統的叙述を与へることは、丁抹《デンマーク》人にとつては、極めて困難なかつ勇気を殺ぐやうな仕事である。（略）外国の批評家はかくして、一つには彼の個人的立脚地を断乎として直截に主張する点と、一つには、出来るならば、本国の批評家において余り現はれざる特質をば発揮する点とに、彼の強みを置かなければなるまい。（略）外国人は、人種的特徴――独逸の文学者の独逸人たる点――を本国人よりも一層容易に認め得るといふ点においても、本国人より有利の地位に居る。本国の批評家には、「独逸人である」と「人間である」とは、同義語のやうに思はれがちである。何故なら、彼等の論ずる人間は、殆ど常に独逸人だからである。[25]

非ネイティヴであることのメリットもあるというブランデスの見解は、漱石の「序論」にも共通するモチーフといえる。

「序論」は外国文学研究者としての心構えを非ネイティヴ読者であることに立脚して説くものであり、他国の文学を学ぶのは盲従的な（＝奴隷的な）模倣（servile imitation）のためではなく、内心の独創性のためだと説く趣旨は、後年に定式化して語る「自己本位」（「私の個人主義」）の原点といえるだろう。「序論」の論旨は従来知られる漱石の学問的立場を逸脱するものではなく、むしろその基底部を直截に述べたものと評価できる。

漱石は「私の個人主義」において「自己本位」という姿勢をあたかもオリジナルに着想したものかのように語っていた。しかし「序論」の段階では、自らの学問的姿勢そのものを、自分が思いついたものだと主張してはいないことに留意したい。

とするならば、「我が国の発展という変化の波に共にもがく者のひとり」としての「平均的な代表者」という姿勢そのものが、ゼロからの創造というよりは、まさしく「序論」でいう「自身の内に独創性《オリジナリティ》を持つことが最も妥当なる模倣の至上目的である」という姿勢で、シスモンディやブランデスという先行言説の再編成を通して固められていったものとも解されるのである。

では、漱石の学問的姿勢のオリジナリティはどこにあるのだろうか。最も大きく異なる点は、漱石が東洋と西洋という大きな対立構図の下に「文学」を問うた点に求められよう。

刊本『文学論』における漢文学の重要性は周知の通りである。「文学論序」で漱石は、自らが親しんできた「漢文学」と、学ぶ対象である「英文学」とが同じ「文学」という言葉で括れないのではないか、ならば「文学」とは何だったのか、という問いが自らの根底にあったことを語っている。

さらに遡るならば、留学期に研究構想を記した「大要」というノートには、東西文明の調和のための日本文学

（25） Georg Morris Cohen Brandes, *Main Currents in Nineteenth Century Literature, vol. 2, The Romantic School in Germany*, London: Heinemann, 1902, p. 1. 漱石旧蔵英訳本は所在不明。訳文はブランデス『十九世紀文学主潮』第二巻『独逸浪漫派（一）』（吹田順助訳、春秋社、一九三九）、三一－四頁。

の使命が課題となっていた。

(1) 世界を如何に観るべき

(2) 人生と世界との関係如何。人生は世界と関係なきか。関係あるか。関係あらば其関係如何

(3) 世界と人世との見解より人世の目的を論ず

(4) 吾人人類の目的は皆同一なるか。人類と他の動物との目的は皆同一なるか

(5) 同一ならば衝突を免かれざるか。衝突を免かれずんば如何なる状況に於て又如何なる時期に於て如何なる方法を以て此調和をはかるか

(6) 現在の世は此調和を得つゝあるか

(7) 稠《ママ》和を得ずとすれば吾人の目的は此調和に近づく為に其方向に進歩せざる可らず

(8) 日本人民は人類の一国代表者として此調和に近づく為に其方向に進歩せざる可らず

(9) 其調和の方法如何。其進歩の方向如何。未来の調和を得ん為に一時の不調和を来すことあるべきか。之を犠牲に供すべきか

(10) 此方法を称して開化と云ひ其方向を名づけて進化と云ふ

(11) 文芸とは如何なる者ぞ

文芸の基源

文芸の発達及其法則

文芸と時代との関係 etc.

(11)《ママ》 文芸は開化に如何なる関係あるか進化に如何なる関係あるか

(12) 若〔も〕し此方法と方向に牴触せば全く文芸を廃すべし

(13) 若《もし》文芸の一部分が此に無関係にて一部分が有益に一部分が有害ならば第三を除芟（芟除《さんじょ》）すべし
(14) 文芸の開化を裨益すべき程度範囲
(15) 日本目下の状況に於て日本の進路を助くべき文芸は如何なる者ならざる可らざるか。 v. 西洋
(16) 文芸家の資格及其決心[26]

帰朝後の講師夏目金之助の講義が思うに任せず、切り詰められていったことは既に述べたとおりである。とすると本章で取り上げた「序論」は、留学中の構想と、日々の業務としての講義との、ちょうど接合部にある。『英文学形式論』を読むだけでは摑みにくかった、留学中の構想と帰国後の講義との関係は、外国語文学を非ネイティヴとして研究することを文明論的な視座で捉える「序論」を読むことでより鮮明に捉えることができる。

改めて確認すれば、『文学論』はもとは「内容論」講義、つまり二部構成の第二部である。「漢文学」と「英文学」の対置は、「文学論序」でいう経緯に即せば「文学論」講義（General Conception of Literature）全体に関わるものとして理解しうるはずだ。しかし、「文学論序」において「形式論」講義の存在が黙殺され、「私の個人主義」ではさらに「漢文学」という要素が抜け落ちて「文学とは何か」という問いがなりたつ前提が自明かのように語られている。そして、「形式論」講義が途中で切り上げられたこと、さらに没後に『英文学形式論』と題して刊行されたことも手伝い、「形式論」講義における「漢文学」の役割は見えづらくなり、長らく見向きもされてこなかった。

次節では、放棄された講義計画をたどることで、「形式論」講義において「漢文学」が担うはずであった役割を明らかにする。

---

(26)『定本 漱石全集』（二一、前掲）、七一二―七一三頁。

五 「Style」と「文体」

漱石が「形式論」講義でテーマとしたのは、英文学の「Style」を日本人が鑑賞することの難しさである。そしてネイティヴと意見が異なってしまった時、自分の立場をどう主張するかという問題については、ネイティヴでないことがむしろ強みになる場合もあるという。ネイティヴのようにはなれないし、ならなくてもいい。このことを漱石は「形式論」講義の「序論」において、俳句の例を用いて説明している。

> 我が国の「俳句」の歴史をまったく知らず、それ固有の趣味《テイスト》を持ち合わせない者が、俳句という宝石の確実な見積りを試みたり、そうした素晴らしい俳句を生み出そうと試みたりするのはまさしく馬鹿げたことだ。
> それゆえに、日本人が英国人と同じように英文学の批評を試みるのは不可能に近い。

この「それゆえに」で繋がれた二つの文で述べられていることは、立場を変えれば、お互い、外国文学の研究は困難であること、という普遍的なレベルの問題といえる。言い換えれば、他国から日本文学がどう見えるかという問いの余地を残している、相対的な立場である。

他方、同じ「序論」では「急速かつ尋常ならざる西洋化という凄まじいうねり」に言及することで、後進国としての日本の立場を浮き上がらせてもいる。文部省の第一回給費留学生であり、帝国大学講師である夏目金之助という一個の特殊な立場は、決して外国人と形式的に比較可能な立場ではなかったはずだ。

ではこの二重の立場は、どのように関わりあうのだろうか。いささか想像を逞しくすれば、「形式論」講義では、その当初、漢文学と西洋文学の間にあって、日本文学の基礎づけが企図されていたのではないか。

先述のとおり、「大要」というノートによれば、世界の調和という大目的のために文芸が果たす役割を論じる核となる部分が、「文芸とは如何なる者ぞ」という問いであり、その調和のためにとるべき日本の進路を助けられる文芸はどんなものか、という点へ収斂する研究構想を留学中の漱石は有していた。

そして帰国後開講した「形式論」講義では、授業冒頭で三部構成で「形式」を論じることを予告した。すなわち、「意味を伝える語の配列」、「音の結合を生ずる語の配列」、「文字の形状の結合を生ずる語の配列」であり、とりわけ「文字の形状の結合を生ずる語の配列」については「西洋文学のやうに二十六のアルファベットの結合した文字では左程の感じを与へることはないが、支那の文字のやうに、その形状から興味を起すことの出来るもの」と説明を添えていた。[27] とはいえ結果として、漱石は「意味を伝える語の配列」に講義の時間をほとんど費やし、「音の結合を生ずる語の配列」についてはその三分の一程度の分量、「文字の形状を生ずる語の配列」についてはまったく論じずに「形式論」講義を切り上げてしまったのだ。[28] このため、刊本『英文学形式論』を繙くだけでは、全体の論旨に「漢文学」がどう関わるのかが見えてこない。

しかし、「文学論ノート」のなかには、音や文字の形状の観点から西洋文学と東洋文学を比較するノートが残されている。これによって、講義計画の変更により未発表となった部分を推量することが可能だ。あるノートには次のように記されている。

余云ふ。疑もなくlanguageは実用的発達をなせり。(symbolそれ自身の美不美にて発達せるにあらず。簡

(27) 『定本 漱石全集』(一三、前掲)、二〇八頁。各受講ノートも同様。

(28) このとき、試験の結果次第では次から語学中心の授業にする、と宣告していたという(『金子日記抄』一九〇三年五月二九日、金子健二『人間漱石』六〇–六一頁)。漱石は同年六月一四日の菅虎雄宛書簡に「高等学校ハスキダ大学ハやメル積ダ」と書いている。

便を旨とせるなり。symbol の美より云へば欧洲の文字よりも支那の文字遙かに美なり。其 complex なる点に於て其 variability 多き点に於て。其書法の発達せる点に於て。支那にては書家は一の美術家なることを記臆せざる可《べか》らず。(29) こは但 idea を represent する symbol 其自身の形に於て云ふ。形を一つの decoration として云ふなり)

また、別のノートのうち、抹消線で覆われた部分には次のようにある。

(あれきけと時雨来る夜鐘の声)こは日本の鐘の声なり。而して此(鐘の声)なる idea は一種の f を起す。何人も f を起す者は此 idea ある為にて他に之に contribute する factor なしと思ふ。〔しかし〕余は idea にあらずして form(視覚)に訴ふること多きを断言せんとす。之を証明せんに、若し此 idea を西洋の bell の idea にて substitute〔代用〕せんには毫も f を起さゞるを見る可し。然も此句を西洋の景を詠じたる者となしても左迄不快の感なく矢張快感あるべし。此快感あればある程西洋の鐘の idea を離れたるなり。此字を見て西洋の鐘の idea は浮かばぬなり。(西洋の鐘のことを詠じたりとの知覚あるにも関せず)

然らば此文其物に f ありて idea によりて f あると限らざるを見るべし。但是のみにては合点行くまじ。猶進んでこは日本支那の詩には殊に見逃すべからざる factor なることを悟るべし。藻薈《絵》、綺麗等の字を見よ。字に f あるなり。idea は漠然たり、若くは何等の idea もなき場合あるべし。是わからないが面白い抔《など》と云ふ連中の生ずる所以《ゆえん》なり。然し字の form にて f が起るに至る迄は年期の入《い》ることなり。

此故に詩は idea+f, form+f, sound+f. 而して日本支那には第三は殆んどなく、西洋には第二殆どなし。(30)

つまり、漱石は西洋文学を音楽的な連鎖に富んだものとして把握し、対する漢文学・日本文学を視覚的に情緒を発生させるもの、あるいはそれを伏流させるものとして位置づけようという着想を温めていたのではないだろうか。しかし、それが十全に練り上げられることはなく、「形式論」講義において日の目を見ることもなかった。

たとえば、漱石の漢詩教養について、松尾善弘は「単に漢字の表層的な意味だけでなく、その生命とも言える漢字音の知識も並はずれて豊富であったこと、近体詩の諸規則に精通していた(31)」という。そうであるならばなおさら、右のノート中で漢詩の韻律が安易に度外視されているのは、疑問である(32)。

他方で、アーネスト・フェノロサ、エズラ・パウンド『詩の媒体としての漢字考——アーネスト・フェノロサ＝エズラ・パウンド芸術詩論』（高田美一訳、東京美術、一九八二）のように字形の詩的効果を強調する発想が漱石の念頭にあったかもしれない。日本文学の「形式」を基礎づけんとするならば、日本語表記体系下の「文体」

(29)『定本 漱石全集』（二一、前掲）、一八三頁。

(30)『定本 漱石全集』（二一、前掲）、二三四—二三五頁。「漢詩は朗読されては面白からず。見ざる可《べか》らず」ともある。

(31) 松尾善弘「漱石の漢詩——平仄式の検証」（『アジアの歴史と文化』一二、山口大学アジア歴史・文化研究会、二〇〇八・三）。

(32) 柄谷行人「文学について」（『増補 漱石論集成』平凡社ライブラリー、二〇〇一）によれば、「奇怪なのは、日本語における漢字なのだ。それは中国語における漢字ではない。同様に、漱石のいう「漢文学」は、中国人にとってのそれではない。たとえ中国語としてすぐれた漢詩をつくっていたとしても、漱石はそれを日本語でつくっていたのだ。いうならば、漱石は漢詩を詠んだのではなく、書いたのである」（一五四—一五五頁）。さらにいえば、漱石は漢詩を聴くことなく、見ていたともいえよう。「極端にいうと、漢字漢文というビジュアルな記述法は読むのではなく、見る文体である。本来、話すだけでは意味の通じない言語や方言を、可視性、文字化、つまり脱音声化によって意思疎通を図るのである。（略）中華文明を摂取する東アジア地域にとって漢字漢文が持つ表意的、可視的なメカニズムは便利なものである。それは発音に拘らなくても漢字漢文の意味さえ理解できるような仕組みを自己流で構築すれば、当時世界に誇る中華文明を享受することができたからだ」（陳培豊『日本統治と植民地漢文——台湾における漢文の境界と想像』三元社、二〇一二、一四頁）。

にとって、漱石のいう「文字形状の結合を生ずる組み合わせ」が関心事となりうる。[33] 文字の形状それ自体が感覚的刺激であること——無意識に素通りされがちな多様な字形の視覚的印象にこだわりをみせた文体家が日本語文学史上に幾人もいたことは枚挙に暇がない。漢字のみならず、カタカナ、ひらがな、当て字やルビなどを組み合わせ、多様な表記が試みられた日本文学において、現在までに蓄積されてきた文体の実践は複雑で、多岐にわたる。作家漱石の文体もまた、文字の戯れに満ちていた。

いずれにせよ漱石が抹消線を引き、かつ公表しなかったこの説の当否は措く。しかし、英文学科における開講当初、「漢文学」を媒介として、「音」や「文字の形状」という多角的な視座から、東西文学を横断的に説明する理論を構築する意志があったことは確かだ。「英文学者」と今日カテゴライズされる漱石夏目金之助は、その講義・文学理論の構想からいえばむしろ「比較文学者」と呼ぶべきアプローチを採っていた。漱石が夢見て果たさなかった音や文字形状から東西文学を横断的に解き明かす理論は、現代も依然として実現されそうにない。

講義の「序論」から「形式論」講義を読み直すことで見えてきた構図とは、漢文学、英文学という二つの他者の他者性をつよく意識したうえで、むしろ理解の道を探る方に力点が据えられていたことだ。当初の講義計画は、形式からまったく異なる漢文学の「文体」と英文学の「Style」とが交わる学問領域を切り拓き、そこにおいて日本人にとっての「文学」を基礎づけようとする構想であったといえる。

最後に、「序論」の内容が初期漱石の創作に共鳴していることを指摘しておきたい（本書第七章で詳論する）。一九〇六年一〇月二三日の狩野亨吉宛書簡で漱石は、「僕は世の中を一大修羅場と心得てゐる。（略）敵といふのは僕の主義、僕の主張、僕の趣味から見て世の為めにならんものを云ふのである。（略）僕は打死をする覚悟である。（略）どの位人が自分の感化をうけて、どの位自分が社会的分子となつて未来の青年の肉や血となつて生存し得るかをためして見たい」と述べ、小説『野分』（『ホト、ギス』一九〇七・一）では文学者にして元教師（中学校の英語教師など）、白井道也による「現代の青年に告ぐ」という演説を描いている。その演説中にこんな一節がある。

「英国風を鼓吹して憚からぬものがある。気の毒な事である。己れに理想のないのを明かに暴露して居る。日本の青年は滔々として堕落するにも拘はらず、未だ此所迄は堕落せんと思ふ。凡ての理想は自己の魂である。うちより出ねばならぬ。奴隷の頭脳に雄大な理想の宿りやうがない。西洋の理想に圧倒せられて眼がくらむ日本人はある程度に於ては奴隷である。奴隷を以て甘んずるのみならず、争つて奴隷たらんとするものに何等の理想が脳裏に醗酵し得る道理があらう」

「諸君。理想は諸君の内部から湧き出なければならぬ。諸君の学問見識が諸君の血となり肉となり遙《ママ》に（↓遂に）諸君の魂となつた時に諸君の理想は出来上るのである。付焼刃は何にもならない」　（一五一頁）

この演説では、狭義には外国文学研究の心構えを述べていた「序論」の論旨（盲目的＝奴隷的模倣から内心の独創性へ）が、狩野宛書翰や『二百十日』（『中央公論』一九〇六年一〇月一日）などに見られる個人主義的思想にもとづく社会変革への意志に接続し、生き生きとした表現を獲得している。漱石の学問と思想の新生面を開く作品として『野分』を読むにあたっても、「文学論」講義の「序論」は欠かせない参照点になるのである。

（33）文字形状の議論への着目は、日本語書記体系と文学表現との関係を研究しているクリス・ローウィー（ワシントン大学院生）との対話に示唆を受けた。クリス・ローウィー「日本語のアーキテクチャ――書き言葉の構築テクスト性をめぐって」（樋口武志訳、『シンフォニカ』一、「シンフォニカ」編集部、二〇一三・一一）参照。

conviction in our study of foreign merits as well as our own excellences.

Now I think that there is something in our study of English lit^{re} and that I mean something in my bold attempt at an otherwise nonsensical study and lecturing on it.

付記

本資料の初出は服部徹也・樋口武志「新資料・漱石『文学論』講義の序論「外国語研究の困難について」——森巻吉受講ノートからの影印・翻刻と解題」（『三田國文』六二、三田國文の会、二〇一七・一二）であり、その後『定本 漱石全集』（二六、岩波書店、二〇一九）に山内久明による訳・注を伴って収録された。改稿にあたり、これを参考とした。

will be no less ridiculous.

It is next to impossible, therefore, to try to criticise Eng. lit^{re}, like an Englishma[n] as a Japanese. Still it is interesting to make our own view of a lit^{re}, cultivated on a different soil under the different phase of the light of civilization, and to find out what is best to be introduced to our own country & se[e] if they grow well on the soil of our culture. The interest of the thing surely reward[s] the effo[rt] & the absolute difficulty of the attempt must be suffered with a good hope for the things to come.

N. B.

日本文学ノ現状

With regard to the introduction of foreign ideas in general, or of a foreign lit^{re}, we must own that our predesessors[→predecessors], as much as our contemporaries, have lacked the discrim[in]ation necessary to render the service which they presume to do to their country. When first our pioneer scholars of foreign languages had introduced their lit^{re}, classic[al] authors were admired everywhere just as they were then on the pages of out-of-fashioned critics. But soon they gave place for romantic writers; & then came Tolstoïs & Ibsens in a rapid succession, soon to be supplanted by Nietzsches & Golkies[→ Gorkies] & a train of abnormal thinkers & writers. Neither can they be long spoiled with undeserved praise and fanatic admiration. Such a rage of novel introduction is not natural; & a forced introduction would of necessity drive the poor guests thus unexpectedly welcomed long before they ought to have been neglected or forgotten. Introduction of a new theory or of a new movement without the accompaniment of a natural & commendable growth of taste necessarily ends in hasty imitation & unfair appreciation and, what is worse[,] in throwing it off, never to take it up again for its true merits. All the short lived fame of the past authors hastily recommended, and the premature death of a new movement introduced by force are the result of servile imitation, entirely disregarding the important fact that the originality in the heart is the best end to the most available《妥当ナル》 imitation. An[d] our conviction in our own view of a foreign lit^{re} has suffered not a little from this servile imitation & the lack of the exercise on the part of originality. Let us, students of Eng. lit^{re}, stand and fight against the evil fashion of the day to welcome every new comer for its novelty. It may not be successful at present; but it is necessary for the development of the required firm

将来

新来作家ノ敢ナク拒ケラル、理由

the dif$^{\underline{\text{ties}}}$ of several centuries' standing. And we must be contente[d] with our vague & arbitrary notions of a lit$^{\underline{\text{re}}}$ flourishing on that side of the frontiers, as investigated through the effort of a few literar[y] spies, or informed by various reporters.

I now stand before you students of Eng. lit$^{\underline{\text{re}}}$, as a 'fair representative' of Japanese scholars of English lit$^{\underline{\text{re}}}$, with all the dif$^{\underline{\text{ties}}}$ in common with the average of them. I said fair, not good, for I mean that I represent them not as a gifted few or one or two exceptional person with special priviledges[$\rightarrow$privileges] & opportunities to plunge to the depth of the heart of the nation whose lit$^{\underline{\text{re}}}$ we are now studying. So it is as a fellow-struggler in the transition waves of our national progress, that stand as a representative; & nothing is farther from me than to claim to be perfectly anglicized in our intellect & feelings. It is impossible to shake off the dead weight of all the past upon us; the might[y] undula[tion] of the rapid and abnormal Europeanization has borne us into the sea of a new civilization only so far as to lose sight of a few old familiar objects upon the shore, but not to be stranded fairly on the opposite shore. Another couple of generations must fully elapse before any one of us should come to understand the nation in question, so that he might have a clear and just idea of its lit$^{\underline{\text{re}}}$. For it is no easy task to crush the fetters of traditions & to break the chains of national prejudice till we can fairly stand upon the same plain with a nation of entirely dif$^{\underline{\text{ent}}}$ culture.

So the idea of doing without a foreign prof. in a literary college, like our own, is simply absurd at the present condition of things. It is hardly possible even with the self-confident German nation. Literature is so much of the heart as of the intellect; & we must wait for the independence of foreign literature study much longer than for the independence of sciences or other branches of study. Nothing is more absurd than to try to unlock the treasury of a foreign lit$^{\underline{\text{re}}}$, with its precio[us] gold & jewels garnered for ages, without a key handed down from the ancestors of the nation only to their children. A glimpse of these treasures from outside will dazzle us but [give us only a] partial idea of their worth. This is exact[ly] the case with our national lit$^{\underline{\text{re}}}$. An attemp[t] to make an infallible estimate of the gems of our Haiku or to produce of these precio[us] things by one who do[es] not know the history of the art & without the taste peculiar to it

資料1　《翻刻》「外国語研究の困難について（序論）」

（東京大学総合文化研究科・教養学部駒場博物館蔵、森巻吉受講ノートより）

※翻刻に際し、筆記訂正痕がある箇所は訂正結果のみ翻刻した。原資料にはノドの綴じ込み・裁ち落しにより読めない箇所があり、文脈からの推測で補った。また綴り・文法の誤りは適宜訂正した。いずれも補訂は[ ]で括ってある。なお、「fair」「good」「Haiku」「like」の下線は本文と同じ黒インク筆記であり、それ以外の下線とサイドラインは赤鉛筆筆記、ルビ「妥当ナル」は黒鉛筆筆記である。欄外注記は略した。

On General Conception of Literature　by Prof. Natsumé.

On the Dif$^{\underline{\text{ty}}}$ of the Study of a Foreign Language.（An Introductory Remark.）

It need scarcely be mentioned that a foreign lit$^{\underline{\text{re}}}$ —— with its dif$^{\underline{\text{nt}}}$ history of growth & development, with its diff$^{\underline{\text{nt}}}$ religion, manners, peculiar code of morals & etiquette, & with its own mythology & traditions, —— is extremely diff$^{\underline{\text{lt}}}$ to make a study of. There is nothing in common in the lit$^{\underline{\text{re}}}$ of a nation with that of another, except what is natural & universal to humanity; while our task which is of primary significance in literary estimate seems to be most arbitrary & to a great extent national, if not local or individua[l.] And it is a matter of course that we can not appreciate the lit$^{\underline{\text{re}}}$ of a nation, with whom we have little in common, but as a foreigner.

It has long been experienced & often observed that our estimate of a foreign lit$^{\underline{\text{re}}}$ or of a literary man almost entirely depends upon the critics whom we have the opportunity of consulting with. An original view of a literary man or his work, founded upon the test of the original work or the direct acquaintance with the author will not be easy to establish, & almost impossible to expect any welcome. On the contrary, our notion or idea of a foreign lit$^{\underline{\text{re}}}$ quite independent of its native critics, will, if expressed, only tend to betray our ignorance. This sad fact must be a fact as long as our confidence or conviction is not firm enough to insist upon our own original idea or conception of a literary production. And this conviction is to be attained only when we have mastered the language & have surmounted the barrier of different civilization. For the meanwhile, it is our common lot to struggle hard in breaking down these destructions & over-coming

第二部

「文学論」講義と初期創作

第四章　シェイクスピア講義と幽霊の可視性をめぐる観劇慣習《コンヴェンション》

――「マクベスの幽霊に就て」から『倫敦塔』へ

漱石作品のなかにシェイクスピア作品が織り込まれていることは周知の通りであり、『文学論』（大倉書店、一九〇七）のなかでもシェイクスピアの引用は際立っている。[1] シェイクスピア作品は漱石にとって講読授業のテキストであっただけではなく、文学理論の発想源でもあった。漱石が東京帝国大学在職中に唯一発表した学術論文は、「マクベスの幽霊に就て」（『帝国文学』一九〇四・一）である。[2] この論考を詳しく読み解くことで、シェイクスピア講読と「文学論」講義との連動を取り出し、初期創作との接点を探ってみよう。

一　漱石が観たシェイクスピア

漱石の蔵書には数多くのシェイクスピア研究書が収められているが、そもそも漱石はどのようにシェイクスピア作品に触れたのだろうか。学生たちと、留学経験のある漱石とでは観ていたものが異なるために、ある種のディスコミュニケーションも生じていたはずである。『マクベス』講義に出席していた学生、金子健二の日記の一九〇三年一二月一日には、次のようにある。

九時昇校し拾時迄夏目講師の講義を聞く。（略）夏目氏の「マクベス中に現はれし幽霊に関する議論評講」

は何人《なんぴと》も言はんとする所にして、毫も注意に値すべきものなし。氏の長所決して此る点にあらず。

この手厳しい評価は、おそらくいくつかのすれ違いによって生じている。金子健二がどれだけシェイクスピア劇の上演に関する問題に関心を払っていたかは疑問である。また、のちに発表された「マクベスの幽霊に就て」同様の、多くの先行する批評にもとづいて議論を進めるスタイルから受けた印象かもしれない。当時の講義内容がはっきりとわからない以上、断定はできないが、いくつかの文脈を補いながら「マクベスの幽霊に就て」を読むことで、「何人も言はんとする所」では済ませることのできない、重要な問題系が見えてくる。

漱石は留学中にシェイクスピア研究者クレイグ（William James Craig, 1843-1906）の教えを受け、『十二夜』や『ハムレット』などを観劇した。ロンドンにおける漱石のシェイクスピア観劇体験については、一九〇一年二月二三日の日記に「Her Majesty Theatre にて Twelfth Night を見る」とある。帰国後の談話筆記「英国現今の劇況」（『歌舞伎』五一、五二、一九〇四・七、一九〇四・八）でも留学時に見物した経験や、書物から得たであろうシェイクスピア役者や劇場についての知識を披瀝している。とりわけ照明や書割など、舞台装置への関心が窺えることは注目すべき点である。

また『文学論』第四編第六章の「仮対法」の例に「曾《かつ》て英京の小劇場にて俳優の Ophelia を演ずるを観る。場中の看客書を読まず字を知らざるもの狂女の科白を聴いて笑を洩す事一再に止まらず。これ Ophelia の言語を正

（1）佐藤裕子によれば、『文学論』中の独立した引用はシェイクスピアが六九例で最多、二位のワーズワースとウォルター・サヴィジ・ランドーは一六例（『漱石のセオリー――『文学論』解読』おうふう、二〇〇五、一六頁）。

（2）同論考を『文学論』や創作と関係づけて論じた萌芽的な先行研究に、野谷士《のたにあきら》「超自然の文素――『マクベス』の幽霊から寂光院の美女へ」（野谷士・玉木意志太牢編著『漱石のシェイクスピア　付　漱石の『オセロ』評釈』朝日出版社、一九七四）がある。しかし『文学論』の生成という本書の視座からはさらなる調査、解釈の余地がある。

意に解釈して、滑稽の趣をそのうちに発見したるものなり」[3]とある。金子の受講ノートで対応箇所を見ると、次のように記されている。すこし前の部分から引用する。

世に狂人なる者あり。狂人は常人のなさゞることをなす。訳もなきことに狂ひ騒ぐ者なり。之を正面より見れば洪笑すべきものなり。然れども吾人は狂人の芝居を見たらんには如何。却て泣くに非ずや。物は二通りの解釈を有するとは上に述べし所なり。故に此る芝居を見て笑ふ者もあらん。然れども此る場合に笑ふ者は経験なき小児か、又は下等の人民に限るなり。*"Hamlet"* 英国にて（London の場末にて）劇場に上る。観客の一人曰く、芝居は面白かりしが、観客の下等なりしには驚けりと。小女 Ophelia の狂ひ出ずるを見て笑ひしとぞ。即ち此例に見るに、此る場合にも笑ひ得ると云ふことを知らん。（四二〇頁）

このように、講義では笑う客の話を伝聞で知ったとしているが、刊本では自分で目撃したことになっている点以外同じである。漱石の『ハムレット』体験について、仁木久恵は次のようにいう。

漱石留学当時、『ハムレット』は、次の二座で上演されていた。
（1）一九〇一年三月二七日～四月六日コメディ座（Comedy）
（2）一九〇二年七月三日～七月一五日リリック座（Lyric）
漱石がもしこのどちらかの上演を観たとすれば、日記あるいは書簡に記録を残した可能性がある。劇場名を書かずに「英京の小劇場」としたのは、漱石がバラエティ劇場かミュージックホールで演じられた『ハムレット』を観たのではないだろうか。あるいは、通し上演ではなく、当時流行していた朗読公演（場面を演じてみせる）のようなものを観た可能性も否定できない。[4]

なお、仁木が参照していない新資料を挙げておく。木下利玄による漱石「一八世紀文学」講義の受講ノート（県立神奈川近代文学館蔵）の一冊目のなかに次のような記述がある。

Ghostそれ自身の表はれ方はぼんやりしてるかもしれないが、現はれた際は精密にかいても妨げぬ。幽霊は正体は神でも何でもなく元が人間なり。神様も人間から割出したも〔の〕かもしれぬが、人間を超越してるが、幽霊は人間が死んで又現世に表はる、ものなれば、これは人間らしくなければならぬ。此れ故に*Hamlet*の幽霊は服装容貌が比較的明瞭なるにも拘らず成功してる。Londonにて余が*Hamlet*の芝居を見し時、土間は暗く舞台ほの暗く幽霊の顔だけ明光線ありしが失敗とは思はざりき。

ここから、漱石がロンドンの「場末」で観たであろう『ハムレット』では光線を利用した演出が行なわれていたことがわかる。なおこの講義箇所は『文学評論』では第五編「ポープと所謂人工派の詩」中の⑷超自然的材料にあたるが、刊本では自身の観劇体験への言及はない。

アラン・ヒューズによれば、ライシーアム座（The Lyceum Theatre）[5]の俳優兼監督になったヘンリー・アーヴ

（3）『定本　漱石全集』（一四、岩波書店、二〇一七）、三五一頁。
（4）仁木久恵『漱石の留学とハムレット』（リーベル出版、二〇〇一）、七四―七六頁。
（5）チャールズ・ディケンズの息子の手による『ディケンズのロンドン事典』（Charles Dickens Jr. *Dickens's Dictionary of London*. London: C. Dickens, 1879, p. 137）の「ライシーアム座」には、「ロンドンで最も美事な劇場の一つであり、詩劇（最も重厚なシェイクスピア劇の場合でも）を効果的に上演するのに充分広いが、モダンな観客の要求どおり、大きすぎはしない」（拙訳）とある。漱石が所蔵していたのは一八八七年版。

イング（Sir Henry Irving, 1838-1905）の一八七四年の『ハムレット』上演では、客席を真っ暗にして舞台のみフットライトで照らすことで舞台に集中させる演出を行ない（今では何の変哲もないが、当時は新しかった）(6)、ハムレットの父の亡霊を客観的存在であると考えるアーヴィングの解釈をもとに、「劇中、幽霊が現れる度に舞台の脚光（floats）はぼんやり暗くなり、かすかに「幽霊音楽」が流れ、ライムライト（石灰を酸水素炎で燃やす照明。強烈な白色光を発するが、火災リスクと悪臭があった）が幽霊を照らした」という(7)。また一八七八年の『ハムレット』公演の王の幽霊の場面は、ライムライトが亡父のヘルメットをきらめかせたという(8)。

他方、アーヴィングは『マクベス』におけるバンクォーの幽霊は空想（ないし幻覚）であると考えていたため、一八七五年の『マクベス』公演では、従来血まみれの男として現われるバンクォーの幽霊を緑色の透明のシルエットに置き換えたが、これが「ペッパーズ・ゴースト」（板硝子の反射を用いて舞台上に像を映し出す視覚トリック）のようなものであったのかは定かでない(9)。不評だったため一八八八年には元通りの演出に戻したが、一八九五年の上演においては役者ではなく一筋の青いライムライトによって幽霊を表現したという(10)。いずれにせよアーヴィングが幽霊の客観性／主観性を解釈し、その解釈を照明などの演出によって表現しようとしたのは確かである。客や批評家に新たな観劇慣習＝お約束（stage conventions）を要求したからこそ、ときに批判を受けたのだといえる。

同劇場の事務責任者であったブラム・ストーカー（Abraham "Bram" Stoker, 1847-1912）によれば、アーヴィングの監修でガス燈や当時まだ稀であったライムライト、さらにはラッカー塗料による色付きの照明や電灯照明といった舞台装置を先駆的に用いた新たな演出が、やがて他の劇場にも波及していったという。ストーカーは「画家がパレットを用いるようにカラー照明という手段を使えるよう、色付きライトの組みあわせの効果を作ったり替えたりしはじめた」とも回想する(11)。当時すでに追随者が現われ、ライシーアム座以外の劇場でも同様の演出が観られた可能性がある。

漱石が観たのがコメディ座かリリック座か仁木のいうようにそれ以外の可能性もあるのかはともかく[12]、漱石のロンドンにおける観劇体験を「光線」に注目して捉えるのは的外れではあるまい。ドルリー・レーン座の『眠れる美女』のパントマイムを観て漱石は「丸で極楽の活動写真と巡り灯籠とを合併した様だ」と鏡子夫人に書き送っており[13]、幻灯機を用いた演出を観たとも推定されている[14]。先述した談話筆記「英国現今の劇況」では、漱石は次のように述べるほど、舞台装置に注目している。

（6）長らく客席照明は煌々と灯され、美女たちを鑑賞する社交の場でもあった。当時の熱心な芝居ファンには、アーヴィングの一八七二年ロンドン公演こそ「初めて舞台効果を高めるために客席を暗闇に沈めた」のだと主張するものがあったという。Caroline Heim, *Audience as Performer: The Changing Role of Theatre Audiences in the Twenty-first Century*, London: Routledge, 2015, p. 65.

（7）Alan Hughes , *Henry Irving, Shakespearean*, New York: Cambridge University Press, 1981, p. 39.

（8）Ibid., p. 49.

（9）Ibid., p. 107.

（10）Ibid., p. 107.

（11）Bram Stoker, Irving and Stage Lighting, *The Nineteenth Century and After: A Monthly Review*, the May 1911 issue, New York: Leonard Scott Publications Co., 1911, p. 911. ブラム・ストーカーは、アーヴィングに示唆を受けて小説『ドラキュラ』を構想したことで知られる。

（12）当時の上演情報や劇評の索引 J. P. Wearing, *The London Stage 1900–1909: A Calendar of Productions, Performers, and Personnel*. Lanham, MD: Scarecrow Press, 2013, 2nd. Edition を頼りに劇評に当たってみたが、照明への言及がなく断定に至らなかった。それにしても、Sir Henry Maximilian "Max" Beerbohm（1872-1956）が執筆した両劇場でのハムレット公演への評は、『ハムレット』が現代的ドラマトゥルギーの要求を満たすに足る「劇的イリュージョン」をもたらすことの困難を説いており、本書の視座からは興味深い。Max, "HAMLET" IN PANTON STREET, *The Saturday Review of Politics, Literature, Science and Art*, London: J. W. Parker and Son., 30 March, 1901; Max, "HAMLET" AND "THE HEDONISTS," *ibid*, 12 July, 1902.

十八世紀の終りにド、ルーサブルグといつて確か独逸生れの人と思ひましたが、その人が〔舞台装置の〕大改良をしたので、仮令《たとへ》ば書割に光線を映す事とか、月を見せたり星を見せたりする事とか、それから銀の屑を使つたり、紗或《〔あるい〕》は金属の青い板で水を見せたりする事を発明しました。（略）この人が英吉利へ来て（略）、ガリツクといふ役者の為にドルーレー、レーン座の道具立をやつたので、（略）青い木が段々と焦茶色になる処を出し、月が段々と登つて来て雲の側を通る処なぞをやつたのでして、これを見て当時の看客は非常に驚いたのです。（略）その後段々発達して、それで現今の俗にステイジ、リフオームといつて、舞台改革といふ詞が出来て来たので、それは何時からといふと千八百八十年頃から興つたので、（略）一方では道具立を何でも自然を出来るだけ真似て、実物そのものを舞台の上へ出さうといふ趣意でそれが一つ、もう一つは現今の科学、器械学又は水力学を舞台に応用する（略）舞台を五六の区劃に分ち、これを電気の力で以て動かし、書割は上から吊して然《しか》も錘《おも》り仕掛に出来て居る（略）それから電気を用ゐて四ツの色を出さうといふ訳です。（略）それに舞台上の光線は下からと横からと上からと三通りに取る事が出来て、（略）現代の劇といふものは、私の見た処では脚本が善いとか悪いとか云ふよりも、寧ろ道具立とか光線とか書割とかそんなものが、即ち附属物たる物が主となつて居るやうな傾に見えるのです。(15)

二　帝大生の観た沙翁

明治期の日本に目を転じれば、歌舞伎では、照明は客席ごと劇場全体を照らすものとして導入され、初めは光量も覚束ないものであった。やがて光と闇のコントラストを用いた演出が導入されることにより「観客の視覚の変化」が起こったとして、神山彰は次のようにいう。

明治一一年（一八七八）には、有名な新富座での夜芝居『舞台明治世夜劇《ぶたいあかるきちせいのよしばい》』があり、ここではついに客席に瓦斯灯のシャンデリアが灯された。現在の感覚からはどれ程奇妙に思われようとも、明治・大正期の大歌舞伎の多くは、歌舞伎座も帝国劇場もそうであるが、客席のシャンデリアの下で演じられていたことは記憶されていいように思われる。（歌舞伎座のそれは改築後は市村座が譲り受け使用していたという。）つまり、この頃の舞台照明は所謂「フロント・ライティング・システム」であり、客席の明りによるところが大きいのである。また、瓦斯灯は、同年（一八七八年）『松栄千代田神徳《まつのさかえちよだのしんとく》』で、夜明けの場面の時間の推移に効果的に使われたことが当時の評から窺える。

瓦斯灯の後、白熱灯までの短期間使用されたのが、「アーク灯」である。（略）白熱灯が演技中の役者の顔を照らしたのは、（略）「天覧劇」（一八八七年開催）をもって嚆矢とする。（略）その後、歌舞伎座で白熱電灯が初めて実用化されたのが明治二二年（一八八九）であるが、この頃は、隣地に発電装置を設置することから始めねばならなかった。しかも、公演中の決まった時間に灯されるだけであり、その光量の程度については前述した通り（現代人の感覚にはおよそ頼りない程度）である。（略）日露戦争前後にも、電気照明がパノラマの人気に相乗して見世物の呼び物となり、やがて新時代のテクノロジーの所産「活動写真」に取って代わ

（13）一九〇一年三月九日付鏡子宛書簡、三月七日の日記を参照。パントマイムについては、先立つ二月九日付狩野亨吉ほか宛書簡には劇場の記載はないが『ロビンソン・クルーソー』を観たとある。

（14）塚本利明『改訂増補版・漱石と英文学――『漾虚集』の比較文学的研究』（彩流社、二〇〇三）は「当時の技術は、漱石が駆使したような手法を自在に使いこなせるレベルにまでは達していなかったはずである」としつつ、『倫敦塔』の表現にこうした幻灯機による演出が示唆を与えたと論じている。

（15）『定本 漱石全集』（二五、岩波書店、二〇一八）、一一七―一二二頁。

られる。しかし、ここで重要なのは、この時代に決定的になった観客の視覚の変化である。

明治一九年（一八八六）発表の外山正一の『演劇改良意見』にも、「あかりの工合が肝要」という言及があり、当時の「演劇改良運動」に反対の立場をとり、「簡樸なる劇場」の必要を説いた森鷗外も「演劇改良論者の偏見に驚く」のなかで、欧州留学時に、当地の劇場の壮麗な光に感嘆した思い出を記している。もはや電気照明を意識しないで演劇を語れなくなりつつあったのである。同時に、パノラマのような当時の最新光学による見世物の与えるイリュージョン効果は、旧劇の約束〔実際の明暗によらず昼／夜として場面を解釈するお約束＝慣習《コンヴェンション》〕を前提としたそれを圧しつつあった。日清戦争劇によって旧劇が、照明効果を得意とした川上音二郎の「新演劇」に惨敗したのは演劇史の語るところである。そして、それと並行して、江戸以来数百年にわたって親しまれた芝居絵や絵草紙類が姿を消し始め、徐々に写真が大衆の視覚を規定し始める。パノラマの立体性は距離と広がりのなかでの現実感を人々の視覚に印象づける。劇場の間口の拡大も、単に興行上の要請でなく、視覚上の「奥行」と「距離」と「明暗」の作り出すイリュージョン感覚との関連があるように思う。(16)

照明効果を得意としたという川上音二郎についてはより詳しくみておきたい。川上の第一回渡欧は一八九三年一月三日―四月三〇日で、パリ到着は二月一一日であった。そこで目にしたものを川上は貪欲に吸収しようとした。井上理恵は次のように述べている。

パリの観劇体験が直接川上一座の舞台に現われたのは、「意外」（一八九四年一月浅草座公演約一ヶ月）の照明が最初であろうと思われる。（略）西洋の芝居は観客席は暗く、俳優は可能なかぎり役に同化しようとする。それを見る観客は暗い客席で自己忘却して次第に舞台の世界に同化していくしくみになっている。そこでは観客にイリュージョンを与える演劇が成立するわけで、川上はこの照明の魔術を取り入れた(17)。

さらに、川上は第二回渡欧（一八九九年四月三〇日―一九〇一年一月一日）においてアーヴィングのアメリカ巡業公演をボストンで観劇し、その技術を日本に持ち込もうとした。金尾種次郎『川上音二郎欧米漫遊記』には一九〇〇年一月二四日のこととして、当時のことが次のように記されている。

此の日、これより先き英国の男爵俳優アーキング、其が小且女《たておやま》優エリンテリーと共に、川上の興行して居つた少《す》こし先きの劇場に来たつて興行して居つて、特に川上に招待状を越《よ》こして、馬車に同乗して小屋に乗り込んだ、此の日の狂言は彼《か》のシエークスピアの「マアチヤント、オブ、エニス」「人肉質入裁判」と仏国革命の名士ロベスピールの事跡を仕込んだものとであつた、西洋の芝居光線の作用を利用する事が自由自在であつて、固より太陽の光線を劇場内に入れる事は少こしもない、日中でも電気灯のみであつて、或ひは書き割りの張り物、尤《もつと》も此の張り物が山とか田舎の書き割りでも、日本のやうな一枚きりではなく、幾枚も〳〵袖が沢山あつて、上下《かみしも》の出入り口もなく、舞台端からその袖が出してあるが、その張り物の奥の方から段々夜が白んで、遂ひに暗黒なる舞台が一面夜明けになるなどいふ仕掛けは実にうまいものである。（略）さてそのアーキングも光線の佐用《ママ》を利用すること自由自在で、例へば真暗な所に居ても自分の顔だけは明かるく見えるといふやうにする、さうしてロベスピールが幽霊に責められる所でも大勢の幽霊を自由自在に使ふ、つまり一人の大将が数多の兵卒を一命令の下に自由自在に左右させる、かういふ所が彼れの得意であら

（16）神山彰『近代演劇の水脈――歌舞伎と新劇の間』（森話社、二〇〇九）、三四七―三五一頁。
（17）井上理恵『近代演劇の扉をあける――ドラマトゥルギーの社会学』（社会評論社、一九九九）、一六二頁。

うと思はれる[18]

川上音二郎はさっそく自分たちの借りている劇場で「人肉質入裁判」の場を貞奴とともに演じ、アーヴィングとも親交を結んで、ロンドンの劇場支配人への紹介状を得、イギリスに渡ってロンドンのコロネット座で公演し好評を得る。井上理恵によれば川上は「記録に見るかぎりロンドンには〔一九〇〇年〕五月一四日から六月二二日までは確実に滞在して」おり、「The Athenæum 紙では川上の記事は一九〇〇年五月二六日に出る。The Loyalist, The Geisha and the Knight, Zingoro 三本を the Coronet Theatre で上演、Tuesday afternoon の performance は clever and amusing であったと評されている」という[19]。川上の公演は一九〇〇年のパリ万博でも絶賛され、とくに「マダム・サダヤッコ」は熱狂的な人気を博したという[20]。

さらに、川上一座は第三回渡欧（一九〇一年四月六日―一九〇一年八月一九日）において、井上によれば次のとおりロンドン公演を行なった。

1901. 6. 18-7.3.（Criterion）*'The Geisha and The Knight'*
'Kesa, The Wife's Sacrifice'
1901. 7. 4.-7.13.（Criterion）*'Zingoro, An Earnest Statue Maker'*
'The Shogun, A Tale of Old Japan'
1901. 7. 15.（Shaftesbury）*'Sairoku'*
1901. 7. 16.-8. 7.（Shaftesbury）*'The Geisha and The Knight'*
'Zingoro, An Earnest Statue Maker'

丁度その頃、夏目金之助は大家ブレット一家とともに四番目の下宿、トゥーティング・グレーヴェニーのステラ・ロード二番地の家に居た。一九〇一年四月二五日に移ったこの下宿に、化学者池田菊苗が到着、同宿となるのが五月五日。英文学から世界観、禅、理想美人……、さまざまな話題で二人は議論を交わし、漱石は多大な影響を受けたとされる。池田がケンジントンに去るのは六月二六日。その少し前、一九〇一年六月二二日の日記に、「川上の芝居を見んと云ふ。いやだと云つた。すれ《ママ》から田中〔孝太郎〕氏の下宿に至る。Earls Court の Exhibition を見に行く」とある。漱石はロンドンでシェイクスピア演劇やパントマイムは観たものの、川上一座の興行（演目は『芸者と武士』『袈裟――妻の犠牲的行為』）には行かなかったのだ。(21)

漱石が「いやだ」と断わって行かなかった川上一座は欧米巡業から帰国後、「正劇」と銘打って本格的にシェイクスピアに取り組み、最初の公演は『オセロ』であった。その際、色照明が用いられたという。若林雅哉はいう。

---

(18) 金尾種次郎『川上音二郎欧米漫遊記』（金尾文淵堂、一九〇一）、二九―三〇頁。傍線太字を付した箇所は原著で改行して見出しとしてある箇所。

(19) 井上（前掲）、一六六頁。

(20) 白田由樹「川上音二郎・貞奴が演じた「東洋」――一九〇〇年パリ万国博覧会における日仏の位相から」（『人文研究　大阪市立大学大学院文学研究科紀要』六四、大阪市立大学、二〇一三・三）は当時のフランスの新聞上の貞奴への評価を読み解き、「西洋が東洋の内に見出そうとした「愛に殉じる女」や「高貴な野蛮人」の紋切り型」を見いだし、川上一座の演じた「東洋的日本」像を、日本の急速な近代化を危ぶむフランス、国際社会での地位向上を願う日本の関係向上の戦略という文化・政治的関係性のなかに位置づけている。白田「川上音二郎の「西洋」体験と正劇運動――欧米巡業から「世界的演劇を起すの必要」に至る過程を中心に」（『人文研究　大阪市立大学大学院文学研究科紀要』六六、大阪市立大学、二〇一五・三）も参照。

(21) 井上（前掲）、一七九頁は、漱石が川上座に誘われた日に *The Athenæum* 誌に川上の上演についての批評が載っていたことを紹介している。

> 二度目の洋行から帰った川上音二郎は、明治三六（一九〇三）年二月一一日、帰朝公演『オセロ』を明治座で行なった。駿河台（ヴェネチア）および台湾（キプロス）を舞台とし、陸軍中将台湾総督・室鷲朗《むろわしろう》（ムーア人オセロー）、その妻・鞆音《ともね》（デズデモーナ）、伊家剛蔵《いやごうぞう》（イヤーゴー）、その妻・お宮《みや》（エミリア）等の登場する翻案劇である。その翻案には、硯友社の江見水蔭（一八六九―一九三四）があたった。（略）上演にあたって川上は、明治座の歌舞伎風の大道具を採用せず新たに西洋式の家具を調達し、また登場人物には西洋式の軍服などをつけさせ、〝西洋仕込み〟という観客の期待にこたえている。また、白木によって歌舞伎舞台にプロセニアム・アーチを補充し花道を用いないこと、初めて色電気による照明を試みたこと（フランスでの興行元・舞踏家フラーの影響が見られる）、題名も『オセロ』と原作そのままであることなど、（舞台設定・人名が日本化されている一方で）西洋演劇の上演であることがことさらに強調されている。（略）（松生「川上のオセロを観る」［『萬朝報』一九〇三・二・一八―三・二、全九回］では）シェイクスピア原作との様式的な齟齬からというよりも、上演内容や演技とのちぐはぐさから、大評判の色電気が批判されている。寝室のシーン（五幕、鞆音殺害）での照明が前景からどれほど違う必要があったのか、また俳優たちの演技にしても昼も夜も一緒くたにした稚拙なものだったではないかと批判しているのである（（二）二月一九日）。[22]

この川上一座の『オセロ』公演は評判を呼び、京都歌舞伎座、神戸大黒座、大阪浪花座などを巡業、同年六月には東京明治座で『ヴェニスの商人』の法廷の場を土肥春曙訳で上演した。さらに同年一一月、本郷座で『ハムレット』（土肥春曙・山岸荷葉による翻案）を上演する。一年に三度もシェイクスピアを演じたのだ。[23]

こうしたなかで、帝大生の「沙翁熱」は高まるばかりであった。『ハムレット』観劇の記録が、金子日記の一九〇三年一一月二日には次のようにある。

四時に夕食をすまし竹田、関、生姜塚の三氏〔いずれも四高時代からの交友で、英文学科生ではない〕と共に本郷座へ川上の『ハムレット』見物にゆく。本日は初日なり。下足料等をはじめ大に改革せし所多し。之を本日より実行せしなり。入場者非常に多く、入口にて将《まさ》につぶされんとす。青山墓地の夜景巧に出来たり。但王妃は不出来なりき。十一時閉場。

金子は『人間漱石』で後年、おそらくは記憶を頼りに補筆して、この日のことを次のようにより詳しく書いている。

講義の終るのを待つて簡単に夕食をすまし、直ちに本郷座へ川上音二郎及貞奴の『ハムレット』演劇を見物にゆく。歌舞伎劇場に対立して、新劇樹立の宣言の下に西洋劇の上演を試み、その鑑賞者の標的を学徒及文化人に措いた結果、凡ゆる点に於て大改良を企図し、差当り下足料其他の伝統的陋習を根本的に改めた為、未だこういつた訓練に慣らされてゐない今夜の見物客は徒らにまごつくばかりであつた。入場客は大半、大学生、女学生の新人、教員、学者、ジャーナリスト、金持ちの若旦那夫婦といつた風の人々であつて、老人株の者は殆んど一名も居らなかつた。入口は、是等の健康な肉体の持主である上に、英国人式の紳士道の修

(22) 若林雅哉「明治期の翻案劇にみる受容層への適応——萬朝報記事「川上のオセロを観る」を手がかりに」(京都大学大学院文学研究科編『人文知の新たな総合に向けて』二〔哲学編二〕、二〇〇四・三)。
(23) 水野義一「川上音二郎とシェイクスピア」(『英学史研究』三、英学史学会、一九七一)に詳しい。また水野「本邦上演の英国劇(一)」(『英学史研究』一、英学史学会、一九六九)、同「本邦上演の英国劇(二)」(『英学史研究』四、英学史学会、一九七二)も参照。

養が全く欠けてゐる人々が、力づくで我れがちに入場しようとするので、山賊の大群が一時に殺到したやうな修羅の巷を現した。中には、乱暴にも前に立つてゐる人々の頭をはらばひして入口に迫る者すらあつた。私達数名のグループは人波に押されながら、ともかく恙《つつが》なく席につく事が出来た。生れて初めてシェークスピアーの傑作を芝居で見るのだから、そして特に英文学を研究しようと志してゐる私達であるから、これでも一かどの演劇批評家であるといふ「坊ちやん」らしい気位で観覧席におさまつたのである。ハムレットの亡父が青山墓地に幽霊の姿よろしく現はれて来て、その昔シェークスピアー自身が其の役割りを勤めたといふ亡霊の、あの幽《かす》かなものすごい口調で、「怨めしや」「怨めしや」の言葉を吐くあたりは、誠に感傷的の気分をそゝるに十分なものがあつた。しかし、ハムレットの母の出来栄えは非常に悪かつた。それから、私の同伴者の一人が余り文芸趣味を持つてゐなかつた為か、可憐な乙女オフェリアが既に狂人となつて全身を花でつゝみながら、ものさびしげな口調で次の如くにうたひながらステージに現はれて来るのを見て、声を出して不謹慎にも笑つたから、私は彼に「笑ふどころの場面ではないぢやないか、泣いて見るべき深刻なシーンだよ」と注意した……（略）恰《ちょ》うど、私達が夏目先生から『マクベス』の講義を聴いてゐる時に、ともかくシエークスピアー劇を川上一座で日本式に上演してくれたのは私達英文科の学生に大きな幸福であつた。私のクラスの者は沢山見物に来てゐた。私はこれ程迄に知識層の、しかも、若い学徒が群を成して観劇した例を今迄見たことはなかつた。十一時過ぎ芝居が終つた。

（七四―七七頁）

漱石は帰国後一九〇三年四月二〇日より東京帝国大学の教壇に立った。英文学科学生の専門科目として二年と一カ月にわたる「文学論」講義（第一部「形式論」は『英文学形式論』〔皆川正禧編、岩波書店、一九二四〕、第二部「内容論」は『文学論』として刊行）、その後を承けて一九〇五年九月から一年と半年ほどの「一八世紀文学」講義（『文学評論』〔春陽堂、一九〇九〕として刊行）を行なった。この在任期間中、専門科目に並行して、一般科目として作品講読を行なった。講読テキストは講義順にジョージ・エリオット『サイラス・マーナー』、シェイクスピアの『マクベス』『リア王』『ハムレット』『テンペスト』『オセロー』『ヴェニスの商人』『ロミオとジュリエット』である[24]。受講生であった金子健二の日記[25]、選科生布施知足による『マクベス』講義の風景描写[26]、野上豊一郎、小宮豊隆が纏めた『オセロー』講義資料[27]のほかは、漱石のシェイクスピア講義の手掛かりは少ない。

　金子健二の日記によれば、『マクベス』講義は一九〇三年九月二九日から翌年二月一六日まで。その間の日記には、講師夏目金之助がラフカディオ・ハーンの後任という逆境から、シェイクスピア講義により絶大な人気を博していく経過が見てとれる。それは右のような川上一座を契機とする沙翁熱の高まりが背景にあった。しかし、ロンドンで漱石が観たシェイクスピア演劇とその演出、東京で学生たちが観た沙翁の翻案劇とその演出とは、詳細は明らかにできないとしても、やはり大きな隔たりがあったことが想像に難くない。先述のとおり金子は一九〇三年一二月一日の日記で「夏目氏の「マクベス中に現はれし幽霊に関する議論評講」は何人も言はんとする所にして、毫も注意に値すべきものなし。氏の長所決して此る点にあらず」と厳しい評価を下しているが、時はまさに観劇慣習《コンヴェンション》の変容期であった。重要なのは照明装置の変化そのものではなく、そうした装置の演出に登場人物

(24)　伊藤陽子「白樺派と漱石」(『平成二十二年度春の特別展　白樺派と漱石――『白樺』創刊一〇〇年』調布市武者小路実篤記念館、二〇一〇)は木下利玄の日記(県立神奈川近代文学館蔵)を調査して「これまで時期がはっきりしなかった「ヴェニスの商人」と「ロミオとジュリエット」の講義日程が判明した」として同日記の翻刻を掲載している。改めて木下日記の調査を行ない、同図録に未収録のものも含めてまとめると以下のとおりである。木下が一九〇六年九月に入学した時点は『オセロー』講義の途中であり、一〇月一八日に終了。一〇月二三日から翌年二月二八日まで『ヴェニスの商人』講義、三月五日から『ロミオとジュリエット』講義であるが、幾度か休講して退職する。本書「はじめに」注7参照。

(25)　金子三郎編『川渡り餅やい餅やい――金子健二日記抄』(上巻、私家版、国会図書館蔵、一九九八)。

(26)　布施知足「漱石先生の沙翁講義振り」(『定本　漱石全集』別巻、岩波書店、二〇一八)。

(27)　『定本　漱石全集』(一三、岩波書店、一九一八)。

の「主観」の表出を見いだす慣習の生成である。本場の舞台を見せることができない講義の教室でテクストの訳解・批評を行ないながら、学生に上演＝表象に関する認識論的な問題を伝える困難は大きかったであろう[28]。具体的な授業の内容は記録がないため詳論できないが、この日の授業は「マクベスの幽霊に就て」の執筆と連動していたといえる。同論考は、記事末尾の記載によれば「十二月十日釈稿」、翌年一月に『帝国文学』誌上に発表された。

三 「マクベスの幽霊に就て」の論理

「マクベスの幽霊に就て」を貫くのは第三幕第四場をめぐる三つの問い、「一、此幽霊は一人なるか、又二人なるか。二、果して一人なりとせば、ダンカンの霊か、バンコーの霊か。三、マクベスの見たる幽鬼は幻想か将た妖怪か」であるが、この三つの問いは夙《つと》に指摘されるとおり、H. H. Furness (ed.), *A New Variorum Edition of Shakespeare vol. 2 : Macbeth*, Philadelphia: Lippincott, 1878（以下「ファーネス版」）に付された注にもとづくものである。「マクベスの幽霊に就て」で漱石は、第三の問いを次のように説き起こす。

三、最後に解釈すべきは、マクベスの見たる幽霊は幻怪とすべきか、又た幻想とすべきかの問題なり。客観的に真物の幽霊を舞台に出すを否とするに就て二説あり。

この二文の関係はやや説明不足である。第一文は、バンクォーの霊がマクベスのみに姿を現わした怪異存在であるのか（以下、「怪異説」）、錯乱するマクベスの精神が見せた幻覚であるのか（以下、「幻覚説」）を問う。それを承けて第二文の「客観的に真物の幽霊を舞台に出す」という文言を幽霊の真正性（怪異説）という意味に取ると、その後の「一座の人に見る能はざる幽霊が、観客の眼に入りたりとて不都合なき」という論述と噛み合わなくなってしまう。実はこの論文では、二つの位相の異なる問題が同時に扱われている。それは「怪異説／幻覚説」という幽霊の存在論的身分の問題と、観客に対する幽霊の「可視性／不可視性」という劇場空間における表象形式の問題である。

ファーネス版の注「バンクォーの幽霊」(the Ghost of Banquo) を見ると、舞台上に登場する幽霊役 (the stage-spectre) を無しにしてしまってよいのかというキャンベル (Thomas Campbell) の議論が引用してある (p. 168)。この注にない情報を補うと、キャンベルが批判したのは、俳優ケンブル (John Philip Kemble) が一七九四年四月二一日、自ら支配人を務めるドルリー・レーン座の『マクベス』公演で幽霊役を廃止した改変 (のちに元に戻した) についてだ[29]。キャンベルはケンブルの改変を「全くの気まぐれで、古来の慣習からの有害な逸脱」(a mere crotchet, and a pernicious departure from the ancient custom) であり、劇文化における「幽霊の権利の冒瀆」(an outrage on the rights of ghosts) と厳しく批判した。右に述べた文脈の取りづらさは、実際に幽霊役廃止が行なわれ、その是非が論争を呼んだという情報提示をしない性急な筆運びにあったといえよう。

そこで、「客観的に真物の幽霊を舞台に出す」という文言を舞台上に幽霊役が登壇するという意味に解釈すると、後続部分に有機的に繋がる。二つの幽霊役廃止論を、漱石はいずれも斥ける。幽霊役廃止論その一は「此幽霊は独りマクベスの目に触るゝのみにて、同席の他人の瞳孔に入らざるが故に、何人の眼にも映ずる実物を場に

---

(28) 『オセロー』講読講義では、上演に関する問題はほとんど言及されていなかったようだ。道化師を舞台に出す慣習があったのだろうとか、纏まりのよい決着だと見物人が納得しやすいとか、「Drama では心の中の思惑を他に示す方法がないから monologue や aside 〔脇台詞〕の必要が生じる。此の点 novel の方が完全である」(『定本 漱石全集』一三、前掲、四五八頁) といった言及の記録がある。それ以外は主に訳解、物語の解説、本文批評、語誌情報を紹介していた。

(29) Dennis Bartholomeusz, *Macbeth and the Players*, Cambridge: Cambridge University Press, 1978, pp. 133–134.

登すは、当を得たるものにあらずとの考」、マクベスの同席者たちと同じく、観客にも幽霊を不可視にすべきとする論だ（ここに怪異／幻覚の区別は関わらない）。これに漱石は幽霊役を「廃したりとて感興を引くの点に於て必ずしも実物の幽霊に勝らず」、すなわちマクベス役が宙に向かって幽霊を見た演技をしても効果的とは限らないという。さらに漱石は次のような見解を紹介する（これもキャンベルの説にもとづく）。

屡《しばし》ば云へる如く、此劇の中心はマクベスなり。マクベスに対する観客の態度はマクベスと列席する臣僚の態度と同じからず。吾人は此中心点なるマクベスの性格の発展を迹《あと》づけん事を要す。故に吾等観客はマクベスの臣僚よりもマクベスに密接の関係ありて、又彼等よりも一層マクベスの心裏《しんり》に立ち入るの権利を作者より与へられたるものと仮定して可なり。吾人の劇を観るや、劇を観るの前に当つて予め此仮定を認識せるものなり。故に此点より論ずれば一座の人に見る能はざる幽霊が、観客の眼に入りたりとて不都合なき訳なり。

つまり、観客の心理的な立ち位置を考えるならば、マクベスだけに見える怪異／幻覚を、観客にも可視的に幽霊役を以て表象するのは何等差し支えない。それはシェイクスピア当時からの上演史的伝統に裏づけられた観劇慣習＝お約束（stage conventions）であった。

しかし、時代とともに価値観や理性の在り方は変わり、リアリティを担保すべく観劇慣習《コンヴェンション》が変更を迫られることもありうる。漱石が紹介する幽霊役廃止論その二は「此幽霊たる単にマクベスの妄想より捏造せられたる幻影の一塊に過ぎざるを以て、之を廃すべしとの意なり。第二の幽霊に就てハドソン之を固持す」、つまり幻覚でしかあり得ないと前提した上で、マクベス本人以外にその像が見えるような演出は避けるべきだという主張である。ファーネス版でハドソン（Henry Norman Hudson）の説を参照すると、現代ではバンクォーの幽霊はマクベスの病める想像力の産物、「想像上の幽霊」（subjective ghost）でしかありえない。「想像上の幽霊」はシェイクスピア時代の大部分の人々には到底思い浮かばなかったが、今は違うのだという。人々の認識枠組みの変化から「幻覚説」を前提とし、不可視とする演出によって観客に幽霊を想像してもらう表象形式というわけだ（観客の立場がマクベスの同席者［＝何も見えない］ともマクベス本人［＝ありありと見える］とも異なるのが幽霊役廃止論その一との大きな相違点）。

　これに対して漱石は「文学は科学にあらず」として、「文芸上読者若くは観客の感興」を考えるべきだと指摘する。そもそも幻覚説を採るにしても、幽霊役廃止論その一に対する論駁の通り、「マクベスの心裏に立ち入るの権利」ある観客にとって、マクベスにだけ見える幻覚が見えても、一向に問題はない。むしろ、幻覚の強度を観客に伝えるという意味では、可視性が有効に働くと考えられよう。最後に漱石は次のように、幻覚説も怪異説も成り立ちうる以上、より「劇の興味」に光彩を添える説を採ればよいと結論する。

> マクベスの幽霊は科学の許さざる幻怪なるが為に不可なるにあらず、幻怪なるが為に興味を損するが故なりと云はざる可らず。科学の許す幻想なるが為に可なりと説くべからず、幻想とせば幾段の興味を添え得るが為に可なりと論ずべし。而して此光景にあつて実物の幽霊を廃するときは、劇の興味上何等の光彩を添へずして、却《かえ》つて之を減損するの虞《おそれ》ある事前に述べたる如くなれば、余は此幽霊を以て幻怪にて可なりと考ふ。若《もし》くはマクベスの幻想を吾人が見得るとし、其見得る点に於て幻怪として取扱つて不可なき者と考ふ。

平辰彦は演劇における幽霊表象を比較研究して（漱石のマクベス論をも参照している）、次のように指摘する。

> Shakespeare は、この Macbeth の心理的な恐怖を客観的に観客に示すために Elizabeth 朝の時代に広く信じられていた所謂“selective apparition”〔特定の相手にだけ姿を現わすこと〕を用い、ここに“psychological

appropriateness"〔心理学的妥当性〕を与えている。〔略〕Banquo の幽霊は復讐を叫ばないが、あくまでも"personal revenge"を求める一種の"Nemesis"と見るべき存在である。それを Macbeth の幻想と断定しては、この悲劇における幽霊のもつ演劇性を見失ってしまうことになる。が、Stoll も認めるようにこの幽霊には、きわめて近代的な"subjective colouring"〔主観的色合い〕があることも否定できない。そこに幻想説を生むほどの心理的な realism の芽が内包されていたとみることもできる。

Banquo の幽霊には、このように当時の conventions を用いた stage ghosts のもつ客観性と近代劇において発展していく心理的な realism の芽をもつ主観性が重層性的に独特の均衡を保って創造されていると言えよう。その幽霊の沈黙は、この均衡を深め、Macbeth の恐怖を増大させ、その演劇性を高める効果をもたらしていると考えられる。(30)

ここで平はバンクォーの霊について、復讐を求める怪異存在という客観的存在感と、マクベスの幻覚に過ぎないとの解釈すら生じる「近代劇において発展していく心理的な realism の芽をもつ主観性」という二面性が明確に区別されず独特の均衡を保っている点を評価している。漱石もまた、怪異説・幻覚説のどちらかに決着を付けていない。しかし、論考末尾で「第三の問題に関して今少し詳論の上明暢なる解決をなさんと思へど時日乏しくして遺憾ながら其意を得ず」と断わっている通り、第三の問いは漱石の関心の所在を物語っている。

怪異／幻覚としての幽霊を、役者の具体的な身体によって代理＝表象することは、詩や小説にはない演劇というメディア固有の制度といえる。言い換えれば、「お約束」に則って、眼に見えるものを見えるままには受け取らないのが演劇である。「マクベスの幽霊に就て」は三つの問いに取り組む過程で、劇を見ている間の観客の心理について論じ、舞台上にあるもの（役者を含む）と、観客が体験する物語世界との関係を図式化しているのだ。

四　「文学論」講義と『マクベス』講義の並行

一九〇三年九月の新学期、漱石は「文学論」講義の第二部「内容論」を開始し、同時に『マクベス』講義を始めた。なお、『マクベス』講義の受講ノートは現存が確認されていない。『マクベス』講義の成果の一部である「マクベスの幽霊に就て」は次のように始まっている。

自然の法則に乖離し、物界の原理に背馳し、若くは現代科学上の智識によりて闡明し難き事物を収めて詩料文品となす事あり。暫く命名して超自然の文素と謂ふ。（略）悲劇マクベス中に出現する幽霊は明かに此文素に属するものなり。（略）一言にして言へば余は窈冥牛蛇の語、怪癖鬼神の談、其他の所謂超自然的文素を以て、東西文学の資料として恰好なりと論断するものなり。

この「超自然の文素」は「文学論」講義の「超自然的材料」（supernatural element）、「超自然F」（Supernatural F）を聯想させる。では実際の関係はどのようなものであっただろうか。

布施知足によれば漱石が『マクベス』講義に携行したのはK. Deighton（ed.）, *Shakespeare : Macbeth with an Introduction and Notes*, London: Macmillan, 1896（以下、「デイトン版」）だったという。[31] 同書漱石手沢本にはファーネス版よりも書き入れが多く、複数のメモ紙片が挿入されていた。『漱石全集』（二七、岩波書店、一九九七）の

（30）平辰彦『Shakespeare 劇における幽霊』（緑書房、一九九七）、七一頁。
（31）布施知足「漱石先生の沙翁講義振り」（前掲）、一六〇頁。

分類でいう「紙片（三）」には「Ghost」という見出しがあり、「マクベスの幽霊に就て」の骨子をなす三つの問いが記されている。とくに第三の問いには、次のように「文学論」講義への参照が指示されていた。

3）hallucination or apparition ?

Easily explained by regarding it as hallucination but not necessary to have recourse to hal.［hallucination］for explanation. It is an apparition as well. Apparitions are quite admissible in literature even in these enlightened days. Why? (See my lecture on Literature).(32)

つまり「マクベスの幽霊に就て」の「超自然の文素」は「超自然F」と同義、というよりも講義における同一の語「Supernatural element」にもとづく。ならば、前節で読み解いた「怪異／幻覚」の「可視性／不可視性」とその表象形式・観劇慣習の問題は、同時進行中の「文学論」講義とどのような関係にあるのだろうか。

文学中の超自然に対する漱石の関心は留学前に遡る。ウォッツ＝ダントン（Walter Theodore Watts-Dunton, 1832-1914）の『エイルウィン』（*Aylwin*, 1898）を評した「小説「エイルキン」の批評」（『ホトヽギス』二・一一、一八九九・八）では、次のようにいう。

苟《いやしく》も物質主義進化主義の横行する今日に、古昔の迷信たる呪詛を種にして小説を書たものは此男許《ばかり》だらう。（略）「カリバン」も「エリエル」も退いて考へれば馬鹿らしい空想に過ぎない。然し其画其文を翫味《がんみ》する際には、少なくとも其不条理なる事を忘れて居る。（略）蛇を出さうとも、呪詛を種に仕様《しよう》とも、不都合だと思ふ余地がない位に、読者の情を働かし得ればそれで成功したと云はなければならぬ。

さらには「人生」(『龍南会雑誌』四九、一八九六・一〇)にまで遡って関心の所在を窺うことができる。

> 人生は心理的解剖を以て終結するものにあらず、又直覚を以て観破し了すべきにあらず、われは人生に於て是等以外に一種不可思議のものあるべきを信ず、所謂不可思議とは「カッスル オフ オトラントー」中の出来事にあらず、「タム オー シャンター」を追懸《おいかけ》たる妖怪にあらず、「マクベス」の眼前に見《あら》はるゝ幽霊にあらず、「ホーソーン」の文「コルリッヂ」の詩中に入るべき人物の謂にあらず、われ手を振り目を揺《うご》かして、而も其何の故に振り揺かすかを知らず、因果の大法を蔑《ないがしろ》にし、自己の意思を離れ、卒然として起り、驀地《ばくち》に来るものを謂ふ、世俗之《これ》を名づけて狂気と呼ぶ

「文学論」講義では文学的内容(F+f)を構成する成分(element)として、感覚F(Sensuous F)、人事F(Moral F)、超自然F(Supernatural F)、知識F(Intellectual F)の四種に分類を行なっている。このなかでもとりわけ漱石が複数の角度から議論を補強しているのが超自然Fである。佐藤裕子は『文学論』の「超自然F」を漱石の虚構論の中核を担うものとして次のように論じている。

> 創作の眼目は、読者に、描かれてあることが虚構であることを忘れさせ、描かれた世界に没入させることにある。しかも、描かれた出来事が現実には起こり得ないことであればある程、創作として優れた表現となる訳で、漱石が「作者の側の仕掛け」、「読者の側の心理作用」の双方を説明する際に、最もありえない「超自然F」を例に取り説明するのは必然の結果であるといえるだろう。[33]

---

(32)『漱石全集』(二七、岩波書店、一九九七)、三三八頁。

付け加えておくならば、漱石は「宗教的材料」は「超自然的材料」の「重《おも》なる代表者」であるが、「超自然的材料」はより広く「凡ての超自然的元素即ち自然の法則に反するもの、もしくは自然の法則にて解釈し能《あた》はざるもの」を含むとして、以下のように例を列挙する（引用は金子ノート、三三七—三三八頁。〔 〕内は森ノート、九四頁から補った）。

昔より詩歌小説の材料となれる ghost〔*Hamlet, Macbeth, Richard III*〕、或は "*Macbeth*" にある witches、Rossetti の "*King's Tragedy*" 中にある witches 或は変化妖怪、"*The Castle of Otranto*"（H. Walpole）〔Stevenson の *Doctor Jekyll and Mr. Hyde* 中の double personality（略）Scott の *Clarty Hole*〕或は G. Lewis の "*The Monk*" Mrs. Radcliffe の "*The Mysteries of Udolpho*"、"*Frankenstein*"（Shelley's wife）又は Coleridge の "*Christabel*"、"*Three Graves*" 或は Keats の "*Lamia*" 又は Tennyson の "*Lady of Shalott*" 又は Watts-Dunton（二十五歳にてあり有名）の "*Aylwin*" 又は Yeats の訳せし〔Highland の Folklore〕mysterious elements 又は人間相互間に起る感應（Jane Eyre と Rochester とが遠方にありて互に感ぜしこと）又は Gerard-Margaret 間にある一種の magnetic influence 其他草木と自己との間にある感應を上れば Shelley の "*The Sensitive Plant*"〔Wordsworth's *White Doe of Rylstone*〕の如き不思ぎのものもあり。(34)

こうした幅広い「超自然的材料」を「文学論」講義で論じたすぐあとに、並行する『マクベス』講義で「Macbeth の幽霊」を論じていたことに注目したい。

先述のとおり、金子日記によれば一九〇三年一二月一日に漱石が講義で「マクベス中に現はれし幽霊に関する議論評講」を述べたという。この時期、「文学論」講義の「内容論」のうちどの部分を講義していたかは、金子健二の受講ノートから推定できる。[35]同書三四六頁に「以上第一学期間ノ講義（明治三十六〔一九〇三〕年九月ヨリ仝拾二月迄）」とある。[36]年末年始の休みを挟んで一九〇四年一月の授業再開箇所は、『文学論』の第二編第三章「fに伴ふ幻惑」からにあたる。一九〇三年の一二月に講義していたのは『文学論』第二編第二章「fの変化」にあたるとみてよい。[37]それに先行する箇所は、「感覚F」「人事F」「超自然F」「知識F」などの概説を行なう第一編第三章「文学的内容の分類及び其価値的等級」、第二編第一章「Fの変化」（金子ノートで二一行、単行本『文学論』で三頁に過ぎない短い章）である。つまり、「文学論」講義では「超自然F」を詳論し、『マクベス』講義の一部を切り出した「マクベスの幽霊に就て」では「超自然的文素」を擁護したという、それぞれの議論は二つの講義の枠を越えてごく近い時期に行なわれた。では、内容はどのように関係するといえるだろうか。

デイトン版に挿入されていた「紙片（一）」（三三三一―三三四頁）では、劇冒頭の魔女たちの台詞「Fair is foul, and foul is fair.」（きれいは汚い。汚いはきれい）とそれを知らないマクベスの第一声「So foul and fair a day I

（33）佐藤裕子「漱石とキリスト教――『文学論』第二編「幻惑」と「超自然F」との関連について」（『玉藻』四二、フェリス女学院大学国文学会、二〇〇七・三）。

（34）『定本 漱石全集』（一四、前掲）、一二七―一二八頁に相当。『文学論』原稿（県立神奈川近代文学館蔵）で末尾に四作品が朱筆で書き足された。また原稿では G. Lewis の *Monk* への言及が朱筆で削除されている。*Frankenstein* や *The Strange Case of Dr. Jekyll and Mr. Hyde* などの作品名は、受講ノートにあって原稿にはない。

（35）金子三郎編『記録 東京帝大一学生の聴講ノート』（リーブ企画、二〇〇二）。

（36）『東京帝国大学一覧』によれば一九〇三年一二月二四日が一学期終わりの日だが、金子健二『人間漱石』（いちろ社、一九四八）には一二月一四日に「今日で此の学期の『文学概説』の講義は終つた」とあり一週早く終わったようだ。『金子日記抄』に一二月一四日の収録はなし。

（37）刊本『文学論』には収録されていない内容を含む（金子三郎編『記録 東京帝大一学生の聴講ノート』リーブ企画、二〇〇二、三四三―三四六頁）。

have not seen.」（これほど汚くてきれいな日は見たことがない[38]）の照応から、マクベスの運命が魔女たちに握られていることを観客が悟ることを論じている。漱石によれば従来の評家は字句の解釈に拘泥し、この感情の論理（the logic of emotion）、あるいは「感興の流れる筋道」（野谷、前掲［注2］、四七頁）に眼を向けてこなかったという。「文学論」講義における「超自然F」と「感情の論理」に注目すれば、前節で読み解いた観劇慣習《コンヴェンション》論が漱石の文学理論生成に果たした意味を明らかにできるはずだ[39]。漱石の文学理論における「感情」については、木戸浦豊和が典拠研究を媒介として多彩な成果を挙げている[40]。他方で、漱石が演劇論、劇場における観客の「感情」のアナロジーによって文学の読者の「感情」を論じ、観劇慣習から読書慣習を捉えることを試みていたことを本書では強調したい。

これに関連する記述を、刊本『文学論』第一編第三章から引用しておこう。「文学論」講義でこの章を講じていたのは、『マクベス』講義で「マクベス中に現はれし幽霊に関する議論評講」が行なわれる直前の一九〇三年一一月頃と推定できる。科学による啓蒙を経た現代に至ってなお、文学者とくに浪漫派の作家が「超自然的材料」を用いるのは、「妄説」を信じさせるためでも、話題の展開に必要だからでもない、と漱石はいう。金子健二の受講ノートで「超自然F」の文学的効果を述べた所には、次のようにある。

苟も世が進歩したる今日に於て romantic school の人々が好んで此種の supernatural element を用ふるは（略）曰く strong emotion を読者に起さしめんが為のみ。一時の感興に由て読者の注い《ママ》を引かんとする為のみ〔森ノート、九九頁では「読者を hypnotise せんとするに外ならず」〕。之を読者の方面より見るに之はごまかしの手段なりと。信じつゝ而も其 temptation に誘はるゝを常とす〔森ノートでは「看破し乍ら遂に之に釣込まれ好んで馬鹿にされ面白かりしと云ふ」〕。猶ほ大酒家が酒を呑んで其害あるを知りつゝ面前に盃の備へらるゝに及んで知らず々々飲酒するが如し[41]。

（金子ノート、三三九頁）

すなわち、超自然的材料を用いるのは強烈な情緒を読者の心中に喚起して、読者を作者の術中に釣り込むたくらみの手段なのだと。読者はそのたくらみを見抜いていながら、否応なく、というよりも好んで馬鹿にされるように、馬鹿にされて感謝するように、喜んで劇に没入する。ここで漱石は一方的に作用を受ける魔法ではなくて、企みを見抜いている受け手の協力によって成立するという相互作用を催眠術の比喩で語っていたのだ。

サミュエル・テイラー・コールリッジ（Samuel Taylor Coleridge, 1772–1834）は『文学的自叙伝』（*Biographia Literaria*, 1817）の第二三章で次のように述べている。

シェイクスピアの男性登場人物（略）は皆、シェイクスピア自身の巨大な知性の性質を帯びています。そしてこれは特にリチャード、イアーゴー、エドマンドなどの明らかな魅力になっています。しかしさらに言えば、すべての知的能力の中でも、目に見えない世界への恐怖を超越する能力が最も幻惑的なのです。その影響は次のような状況によって十分に立証されています。すなわち、それは私たちを抱き込んで、私たちのより優れた知識を自発的に従わせることができ、常々の経験から得られる判断のすべてを一時停止させ、亡霊、

(38) いずれも邦訳は河合祥一郎訳『新訳　マクベス』（角川文庫、二〇〇九）に拠った。
(39) 演劇の表象形式と小説の表象形式とを類比的に考察していた漱石は、シェイクスピア演劇の劇中劇の「可視性」に関する考察を通して、やがてその類比の限界点に気づき、小説理論としての先鋭化を図る。本書第五、六章を参照。
(40) 木戸浦豊和「Sympathy の文学論――夏目漱石『文学論』における「同感」と「同情」をめぐって」（『日本近代文学』八八、日本近代文学会、二〇一三・五）、同「夏目漱石における〈感情〉の文学論――C・T・ウィンチェスター『文芸批評論』とレオ・トルストイ『芸術とはなにか』を視座として」（『比較文学』五七、日本比較文学会、二〇一五・三）ほか。
(41) 『定本　漱石全集』（一四、前掲）、一三一頁に相当。刊本の本文は受講ノートからの大きな変更はない。

魔法使い、魔神また秘密の魔除けなどについてのこの上なく奇抜な物語を、興味津々と読み耽るようにさせることができるのです。もし作品全体の調和がとれているなら、それを書いた真の詩人は、私たちの本性に深く根ざしたこのような傾向を基にして、独特の劇的蓋然性を築き上げるでしょう。それは、構成する人物や出来事がほとんどあり得ないものであるときでさえ、劇の楽しさを十分与えてくれる劇的蓋然性です。詩人は私たちに、目を覚まして信じなさいなどとは要求しません。ただ夢に浸ることだけを懇願します。それも目を開いたまま、判断力をカーテンの背後に潜ませて、自分の意志が動き始めたらすぐに目覚めるような状態で夢を見させようとするのです。ただその間だけ、不信の念を抱かないように求めるのです。心がこのような状態であれば、父親の亡霊が現れたときのドン・ジョン〔『空騒ぎ』〕の冷静な大胆さに、感心しない者がいるでしょうか。[42]

この章を漱石が参照したか否かは未だ調べがついていないが、右のような論理を、直接・間接いずれにせよ漱石が吸収していたことは想像に難くない。なお、漱石は同書の別の章を通してコールリッジの考え方（不信の自発的な一時停止）に触れたことは確実である。コールリッジの発想の漱石による改鋳については本書第六章で再論する。

さて、『文学論』第一編第三章に相当する講義内容に戻ろう。先に引用した講述に続いて、漱石はモールトンのシェイクスピア論を紹介する（金子・森ノートに共通。刊本も同じ）。そこで参照されるR. G. Moulton, *The Moral System of Shakespeare : A Popular Illustration of Fiction as the Experimental Side of Philosophy*, New York: Macmillan, 1903 の初版の扉には一九〇三年五月刊行とある。東北大学附属図書館漱石文庫蔵「蔵書目録[43]」（配架番号26-16）の通し番号五七二番に同書が記載されており、三円五〇銭[44]で一九〇三年一〇月一一日購入と判る。つまり、刊行から半年と措かずに取り寄せ、入手して一、二カ月のうちに授業で取り上げたのだ。内容をみてみると、これが「紙片（一）」に記された漱石の立論と響き合うものであることがわかる。

シェイクスピア劇における超自然的作用についてのモールトンの説によれば、『ハムレット』の幽霊や『マクベス』の魔女などは主人公の意志全体を支配するものではないと漱石はいう。「沙翁劇中に於て超自然力の役割は決して作中人物の為に設けたるものにあらずして、全く聴衆に対する一種の用意」、つまり観客に未来の「予知」を与え、平凡な事実の羅列に生き生きとした関心を持たせるためにある。つまり「超自然の効力は劇の原則を舞台的表示法にて説明するに存す」という。

この説に対し、漱石は一定の妥当性を認めつつも、批判を行なう。「予知」が重大だといっても、すべての劇で超自然による予知が行なわれているわけではない。予知のない劇でも、楽しんで観ることができる。よって、予知により関心を引き付けるという知的側面（モールトンの論点）だけでは説明が付かない。これに対し漱石が重視するのは、「即ち知る、super natural agent の役は単に intellectual foreknowledge を与ふるためならず、一種人間以上の勢力あるものを拉し来し吾人の心奥にある弱点に植付ける也」（森ノート、一〇二頁）、すなわち「super natural agent の思はく」が超自然力の口を通じて知らされ、一見それと無関係に展開する劇がその「思はく」通りになることに観客が衝撃と不可思議と恐怖を感じ、超自然力の支配に催眠術的に身を委ねていく過程

（42）サミュエル・テイラー・コールリッジ『文学的自叙伝――文学者としての我が人生と意見の伝記的素描』（東京コウルリッジ研究会訳、法政大学出版局、二〇一三）、五二五頁。

（43）「蔵書目録」については岡三郎「新資料・自筆「蔵書目録」からみる漱石の英国留学――Malory 購入時期などの確定」（『英文学思潮』五九、青山学院大学英文学会、一九八六・一二）、飛ヶ谷美穂子『漱石の源泉――創造への階梯』（慶應義塾大学出版会、二〇〇二）資料編第二部を参照。

（44）「漱石が書籍の価格を邦貨に換算して書き入れたものである。換算率を検討してみると大体一シリングを五十銭と計算していたようである」（岡三郎『夏目漱石研究』第一巻、国文社、一九八一）、一九七頁。

である。

> 彼等は未来を知り吾人の運命を知り出没変幻自在なる故到底恐入らざる可らず。一言にていはゞ大なる emotion にて之に hypnotise せらるゝことを甘ぜざる可らざるもの也。Shak. の Sup. n. a. は吾人をして此 hypnotism を受けしめんがため用ゐられしものにして吾人をして何故に此 hyp. を受けしむるかといふに純一無雑に theatre を見せしめんとの巧猾手段なるのみ〔金子ノートの対応箇所［三四〇頁］では「吾人は実に一種の emotion に由て観劇中至大の快感を生ずるなり。」という一文が続く〕。故に *Macbeth, Hamlet* を見し帰途にて何故に如《かくのごとき》此馬鹿なものを真面目に見しやと思ふ也。即ち理性が emotion に馬鹿にされたる也。[45]
>
> （森ノート、一〇二―一〇三頁）

つまり漱石の強調点は知らせ・関心を持たせるという知的側面にあるのではなく、「人間以上に勢力あるもの」にぞっとするという感情の圧迫が第一にあり、その感情に巻き込まれるようにして劇にのめり込む過程を強調しているのである。こうした論述は、「紙片（一）」に記された感情の論理（the logic of emotion）と連動するものと考えられる。仮に「紙片（一）」が『マクベス』冒頭を論じるために授業開始（一九〇三年九月二九日開始）当初に認めたものだとするならば、講義の過程で取り寄せた（一九〇三年一〇月一一日購入）モールトンの説は「紙片（一）」などに見られる漱石の説を一歩推し進め、「超自然F」の理論的根拠を固める役割を担ったといえる。『マクベス』講義でモールトン説への言及があったかは記録がないが、「マクベスの幽霊に就て」にはその反映がみられない。あるいは、「第三の問題に関して今少し詳論の上明暢なる解決をなさんと思へど時日乏しくして遺憾ながら其意を得ず」という同論考の結びには、「文学論」講義でのこうした議論との接続が念頭にあっただろうか。

五　「文学論」講義における「人工的対置法」の二段構造

「マクベスの幽霊に就て」の発表から丁度一年後、漱石は『吾輩は猫である』（『ホト、ギス』一九〇五・一）、『倫敦塔』（『帝国文学』一九〇五・一）、『カーライル博物館』（『学燈』一九〇五・一）の発表で創作者としての緒に就く。この間、漱石は何を講義していたのか。そして、講義と創作との関係はどのようなものであったのだろうか。

一九〇四年一月一二日、金子健二は日記に「本月発行の帝国文学来る。博士学士のいかめしき名のみ多けれども読むべきもの少なし。晩翠の新体詩も以前のものと比して劣れる如し。井上博士、夏目、上田の二学士其他上田博士の手になりし物余り感心すべき作にもあらず」と記している。結局講義に否定的であった金子は、論文「マクベスの幽霊に就て」にも関心を示さなかったのだ。同一八日には「文学論」講義再開初日の感想が次のようにある。

> 夏目講師の講義は此学期より新〔あ〕らたまるとのことなりしを以て心何となく勇みて出席せしに、又昨年と大差なき講義を見るに至れり。曰く文学の材料を詳しく論究せんと…此る問題は趣味深きものにはあれど夏目氏の如き人不可能の事にあらざるか（昨年は失敗に帰せしにも係らず）予は寧ろ大塚教授の美学に於て此講義を聞かんと欲する者なり。たゞ夏目氏に於て敬服すべき〔は〕多読の一点にあるのみ。然れども此講義に現はれ来る例証は明らかに吾人の読書を促すに助ありと云ふべし。

（45）『定本　漱石全集』（一四、前掲）、一三三―一三四頁に相当。この部分は金子ノートより森ノートの方が筆記が詳しい。

一九〇四年一月、「文学論」講義は第二編第三章「fに伴ふ幻惑」から始まり、第三編「文学的内容の特質」が始まるのは第三学期（学校暦では四月八日開始）が始まってすぐの四月一八日である。学期最終授業日（五月三〇日）[46]には第四編第二章「投入語法」の末尾直前のところにさしかかっていた。『マクベス』講義は一九〇四年二月一六日まで（『人間漱石』八九頁）、二月二三日から『リア王』講義（一一月二九日まで）が始まる。

この一九〇四年夏、次の学年度の始まりが気がかりで仕方なかった漱石は、愚痴混じりに次のような俳体詩を読んでいる。

来年の講義を一人苦しがり
パナマの帽を鳥渡《ちょっと》うらやむ[47]

当時の東京帝国大学の学年は九月一一日始まり、七月一〇日終わりであるから、新学年を控える休暇期間の心境というわけだ。そしてこの一九〇四年の末に、漱石の旺盛な創作活動が始まる。では、その時期に夏目金之助はどのような講義を行なっていたのだろうか。

金子ノート・日記によれば、一九〇四年九月からの新学年、前年度末からの続きとして、『文学論』でいう第四編第二章「投入語法」の末尾から講義が再開する。一一月中旬から下旬にかけて、虚子の勧めで「山会」に出すための文章（『吾輩は猫である』）を書き、一二月一九日には『倫敦塔』を脱稿、続いて『カーライル博物館』を執筆し、これら三作が年明けの『ホト、ギス』『帝国文学』『学燈』各一月号に掲載される。一九〇四年最後の講義は一二月一五日、第四編第六章「対置法」第三節「不対法」の終わり間際の部分でローレンス・スターン（Laurence Sterne, 1713-1768）『トリストラム・シャンディ』（*The Life and Opinions of Tristram Shandy, Gentleman,*

1759–1767）の解説を終えたところである（同作は『吾輩は猫である』に強い影響を与えたとされる）。

その少し前、第四編第六章「対置法」の第一節「緩勢法」では、『マクベス』全体の凄惨なトーン（「*Macbeth* 全篇は恐怖なる情緒を骨子として組み立てられしものと見て可なり」五四頁）のなかで、第一幕第六場、いずれも殺される運命にあるダンカンとバンクォーが城の立地のすがすがしさを褒めるワンシーンは一幅の清涼剤と成り得るという。同じく「対置法」の第二節「強勢法」のうち「附　仮対法」では、『マクベス』の門衛の場（第二幕第三場）を取り上げた。王殺しが行なわれた直後の場面であり、酒に酔った門番の会話は単体で見れば滑稽なものであるが、直前の場面とのコントラストにより雰囲気を和らげているわけでも、滑稽さを高めているわけでもなく、むしろ「暗澹に趣を添へ陰鬱に味を附する一種の調和剤に外ならず」という。なおこの「仮対法」末尾で引用されるのが『倫敦塔』（『帝国文学』一九〇五・一）の後書きで引用されるのと同じエインズワース（William Harrison Ainsworth, 1805–1882）の『ロンドン塔』（*The Tower of London*, 1840）中の「獄卒」の歌であった[48]。年が明けて一九〇五年になり『文学論』第四編第七章「写実法」、第八章「間隔論」が続き、第五編開始は一九〇五年四月二〇日である。

ここで注目したいのは、一九〇五年一月からの講義に、刊本『文学論』に収録されなかった部分があることだ。第四編第六章「対置法」には、講義時点では続きがあった。その部分は、悲劇と喜劇とを対比し、虚構の仕組み

(46) 金子『人間漱石』（前掲）、一〇二―一〇三頁。『金子日記抄』に同日は収録されていない。

(47) 高浜虚子「俳話（六）」（『ホト、ギス』一九〇四・八）。翌年夏、約二年二カ月にわたる「文学論」講義を終えた漱石は、「吾輩は猫である」の稿料で買ったばかりのパナマ帽を被って歩くことを自慢している（一九〇五年七月二日消印　野村伝四宛はがき）。

(48) さらに一年後、同誌に発表する『趣味の遺伝』（『帝国文学』一九〇六・一）では、『マクベス』の門衛の場に言及して「人殺しの傍《わき》で都々逸《どどいつ》を歌うくらいの対照」と言及している。

に考察を進めており、漱石出発期の学問的背景としても、漱石の初期作品を考えるうえでも興味深い議論を含んでいる。その具体的内容は次節で取り上げることとして、その直前にあたる部分を受講ノートによって確認し、原稿および刊本と対応させておこう。

金子健二の受講ノートから、正月休みが明けて再開した講義を見てみる（四二五―四二六頁）。作中人物Aに作中人物Bがわざと間違ったことを信じさせること（人工的虚偽）で生じる真と偽のコントラストと、作中人物Aが独りでに間違ったことを信じること（自然的虚偽）によるコントラストとを区別して、「Don Quixote は武士道に干《ママ》する書をのみ読みて武士狂ひとなりしなり。一種の circumstance に由つて自然に此る absurd の人となりしなり」という。つまりドン・キホーテは「自然的虚偽」のコントラストの例である。他方、「人工的虚偽」の場合は「二段の contrast を有する」。「馬鹿らしきことを信ぜしむる」のが一段目、「再び此のことがいつはりなりしと云ふことを悟らしむる」、つまり悪戯であったことを明かすのが二段目、という二段構えの構成である。

『文学論』原稿のこれに相当する箇所は次のようになっている（本文はすべて黒インクで、中川芳太郎筆。傍線は赤インク、すなわち漱石により抹消線が引かれた箇所、点線部は黒インクで抹消線が引かれた箇所を表わす）。

此場合に小刀或は毒蛇をもて焼栗に代用したらむには滑稽の趣味忽ち消へ失すべし。〔改丁〕

又こゝに人工的対置なるものありて二種の形式に由り現はる。一つは悪戯にして一つは虚言なり。共に道徳上多少の非難を免れ得ざるものなるを以て、其滑稽の種としては用いらるるものは、かくの如き不道徳行為をうけて然も平然たるもの、神経遅鈍にして感じ能はざるもの、而して最後は此種の不道徳を当然値すべきもの等なりとす。かくして作者は出来得るだけ吾人の道徳善悪の抽出を容易ならしめて其作の趣味の増大を計るべきなり。

其最も適例としては先づ吾人は Don Quixote を想起せざるを得ず。彼は水車をみて怪物なりと早合点し武士の役柄見逃し難しと槍にてつきつけ跳ね飛ばされたるが如き其滑稽の一つなり。〔略〕誠に上乗の滑稽なりと云ふべし。されど面白しと感ずる間、吾人は作者に首尾よくあざむかれつゝあるを忘るべからず。されど一歩進めて嘘つく場合には嘘を実に信ぜしむる第一の対置の上に更にこれを前に復せしむる際第二の対置を有す〔改丁〕

右の一枚目の原稿用紙は、ちょうど先に一九〇四年一二月の授業最終箇所であると述べた、『トリストラム・シャンディ』の引用文（厳めしい学者のズボンに焼き栗が入り込む場面）および、それへのコメントである。次の原稿用紙では、黒インク（中川芳太郎筆）で二種類の「人工的対置」を説明し、どんな人を対象にするか工夫すれば、良心が咎めることなく、嘘や悪戯を楽しめる――その適例はドン・キホーテであるという。しかし、この記述では講義の際に「自然的虚偽」の例であったドン・キホーテが、反対に「人工的対置」の文脈にあるかのような誤解を招き、例示した意図が不明瞭になっている。またこの最後の一文は、末尾に句点を打たないまま、中川自身による黒インクで取り消し線が引かれている（中川が初めに原稿作成した段階では、改丁して「悪戯」論が続いたのかもしれないが、原稿の現状からは判断できない）。漱石は赤インクで最後の一文以外を抹消線で覆い、その上に紙片を貼りつけ、赤インクの小さな文字をぎっしり書いたが（完成稿）、そこでもまた微妙に内容が変わっていた。

人工的不対法は二種の形式によりて実世界に出現す。其一は悪戯にて、他は虚言なり。〔略〕此二種の形式を以て不対法を実世界に応用するとき、吾人は他を矛盾の境に置くの責任者たる点に於て多少の不徳義を遂行せざるを得ず。（三六一頁）

云々と、道徳的な議論が前景化し、外国の喜劇について、次のように切って棄てている。

かゝる不徳義を敢てして憚らざる作家は軽佻の作家なり、かゝる作物を読んで滑稽と思ふは軽佻の読者なり。(略)此種の作物は開化の産物なり。而して又都会の産物なり。

(三六一—三六二頁)

変更点として、「人工的不対法」に用語が変わり、講義と中川の原稿にあった二段構えのコントラストについての議論がなくなった。喜劇は「開化の産物」で「都会の産物」だと断言して唐突に章を閉じ、第四編第七章「写実法」に進んでしまうのが刊本『文学論』の本文である。しかし、次節で見るように、馬鹿らしきことを信じさせ、種明かしをするこの「人工的虚偽」のコントラストの意義を論じるために、漱石は講義で豊富な具体例を用いた議論を行なっていた。

六　悲劇=喜劇論から観客論へ

悲劇論の古典、アリストテレス『詩学』には、喜劇論も含まれていたが散佚したとされる。[49]『文学論』には第二編第四章「悲劇に対する場合」という章が立てられており、悲劇論が注目されてきた。[50]しかし、講義の段階で喜劇についても詳論していたことは、これまで知られていなかった。

金子健二の日記、一九〇五年二月一四日には次のようにある。

文学論講義に出席す。悲劇も喜劇も其コントラスト使用の点に於て一致すとの説は聞くべき価値あり。悲劇は喜劇となり得る要素を有し、喜劇は悲劇となり得る傾向を具有すとの謂なり。

この悲劇と喜劇を同型と見做す議論（以下、「悲劇＝喜劇論」）は、刊本『文学論』に対応する箇所がない。金子の受講ノートにはこのようにある。

人の術中に陥りて信ずまじきことを信ずるを称して comedy と云ひ得るとせば "*Othello*" も亦た滑稽ならずや。曰く、此る点に於ては comedy も tragedy も同一なり。人は此二つの者を両極端にありと信ずれども之は誤解ならん。一方より見れば comedy ともなり一方より見れば tragedy ともなり得るなり。（四二六頁）

この主張に説得力を持たせるための具体例として、漱石は次のようにシェイクスピア作品の嘘や悪戯を分析し、それに対する読者の態度を論じることで、悲劇と喜劇を同一線上に位置づけることを試みる。

シェイクスピアの『十二夜』のサブプロットにおいて、執事マルヴォーリオは侍女マライアが作った偽の恋文により、オリヴィアが自分を愛していると信じ込んでしまうが、やがて悪戯は露見する。他方、『オセロー』では主人公オセローがイアーゴに欺かれて最愛の妻デズデモーナの不貞を疑い、やがて殺害へと至り、最終的には欺かれていたことを知って自刃する。この両作品の構成を略述して、次のように観客の態度に説き及ぶ。

マライアとイアーゴは程度の違いはあるが、欺くという役割は同じである（人工的虚偽）。もし観客がイアーゴの立場に立てば、オセローの振舞いは「悲劇」ではなく「喜劇」に見えるはずだ。イアーゴからみれば悲しいこ

（49）北野雅弘「アリストテレス『詩学』の喜劇論――そのミュートスとカタルシス」（『西洋古典学研究』四九、日本西洋古典学会、二〇〇一）は、現在伝わるかぎりの『詩学』からも喜劇論を読みとることができると論じている。

（50）木戸浦豊和「悲劇論の時代――〈sympathy〉と明治二〇年代の〈感情の文学理論〉」（『文藝研究――文芸・言語・思想』一八〇、日本文藝研究會、二〇一五・九）は悲劇論の流行を概観するうえで有益である。

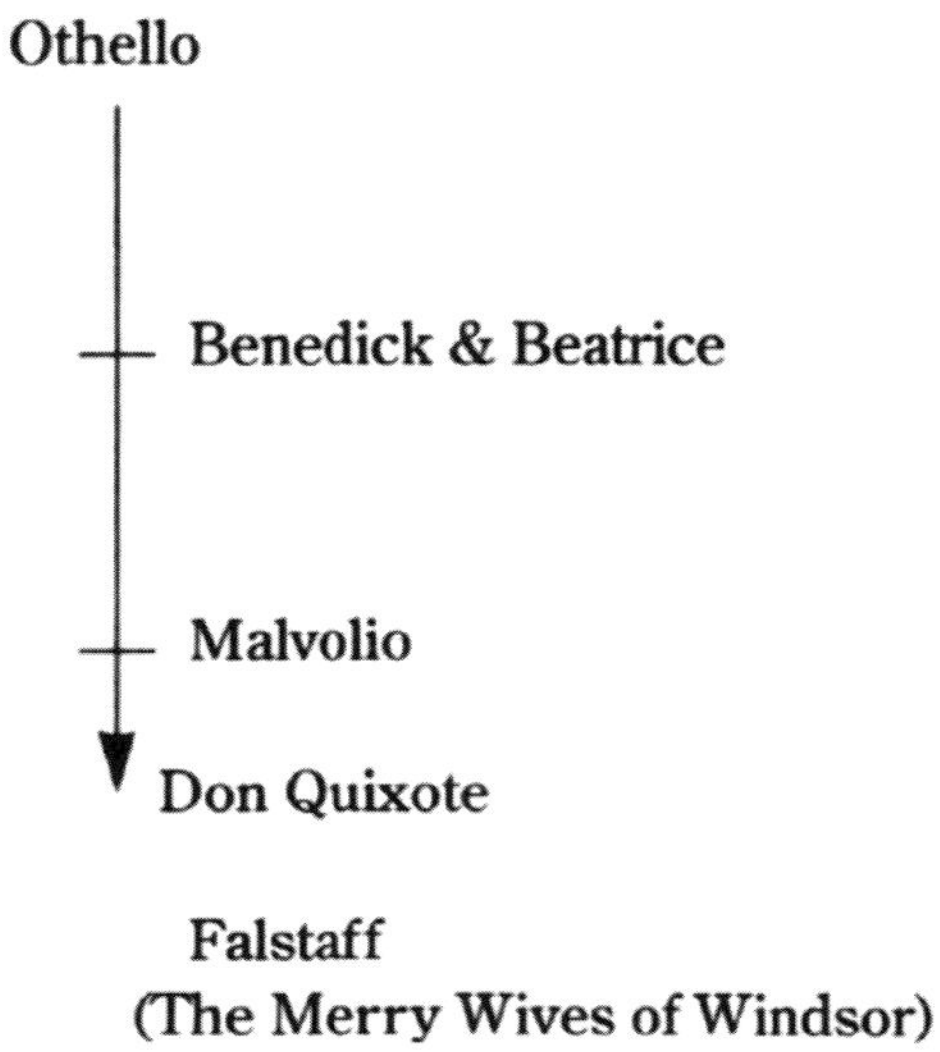

図７　悲劇性と喜劇性の図（金子ノート、428頁）

とではなく、むしろ笑えることだからだ。要するに、悲劇と喜劇は構造的には同じで、それを分けるのは視点の問題であるというわけだ。観客は、ある劇では欺く側（マライア）に、ある劇では欺かれる側（オセロー）に立って解釈する。ある劇では正直な者（オセロー）に注意を払いそれを欺く者（イアーゴ）を憎むが、ある劇では正直者（マルヴォーリオ）を冷笑し悪戯者（マライア）を愛する。観客はマルヴォーリオの嫉妬には反撥しても、オセローの嫉妬には道徳的判断を停止してしまうだろう。これらは観客の態度の差によるものだ。こうした観客の態度の差、人間の心の矛盾に注目して、文学史を編まなければいけない、と漱石はいう。

その「文学史」とはどのようなものか。金子の受講ノート中におそらくは漱石が黒板に書いたであろう図が記されている（図７）。座標軸の上端から順にオセロー（『オセロー』）、ベネディックとベアトリス（『空騒ぎ』）、マルヴォーリオ（『十二夜』）、ドン・キホーテ（『ドン・キホーテ』）、フォルスタッフ（『ウィンザーの陽気な女房たち』）へと至る図である。これらを比較して、たとえば、オセローの信じてしまったことはイアーゴから見れば滑稽だが、オセローの立場に立てば何人《なんぴと》にも止むを得ない、その点がマルヴォーリオやドン・キホーテとは異なり「滑稽さ」が少ないのだ、などと比較している。懲りずに欺かれ続ける『ウィンザーの陽気な女房たち』のフォルスタッフは「滑稽」の最も極端な例である。同一文面の恋文を複数の既婚女性に送りつけたフォルスタッフは、彼女らの企みにより逢引に見せかけて何度も酷い目に遭わされるが、それでも懲りずに次の密会の場に姿を現わす。やはり最後には種明かしがあり、フォルスタッフは欺かれたことを知って歯がみする。騙しておいて、最後に種明かしがあるというのが、二段構えの「人工的虚偽」であり、それらの豊富な具体例を比較して滑稽さの度合いで整理したのがこの図というわけだ。ただ、これが観客の態度の差、人間の心の矛盾に注目した「文学史」かというと、まだ緒に就いたばかりという感がある。

以上の悲劇＝喜劇論は刊本からはカットされている。『文学論』の原稿をみると、第四編第六章「対置法」から漱石による修正が夥しくなる。[51]そして巻の終わりまで自分で本文を書く。あえて大づかみにいえば、刊本『文学論』本文は、第四編五章まではその部分を講義していた時期、一九〇三年九月から一九〇四年一〇月—一一月頃までの議論に近く、中川が書いた部分と漱石が書いた部分との区別もはっきりしている。反対に第四編第六章からは、原稿への加筆修正が本格化した一九〇七年初頭の漱石の問題意識が幾分なりとも入り込んでこざるを得ない。しかも先述のとおり、書き終えた後、字句の修正程度にとどめていた箇所に遡って書き直すことを希望したのであってみれば、『文学論』前半部には後半部との接続のために修正を要する記述があったとみてよい。しかし時間の制約で果たせなかったその修正作業は、おそらくかなりの難問を抱えていたと思われる。

では、その難問とはどのようなものだろうか。先に引用した『文学論』原稿の赤インク抹消線が引かれた箇所に戻ると、その困難を予感させる一文がある。「されど面白しと感ずる間、吾人は作者に首尾よくあざむかれつゝあるを忘るべからず」（中川筆の黒インク本文）。「忘るべからず」とあるが、この直前ではそのようなことを言っていない。とするとこれは、かなり前の箇所で述べたことへの参照指示である。講義の場ならばさしずめ既

(51)『文学論』原稿には通し番号が振られているが、ちょうど第四編第六章第二節の附節「仮対法」、『マクベス』の門番がドアのノックの音を聞くという有名なシーンの解説の部分から通し番号がリセットされている。それが何故なのかは現時点で未詳。

習内容の確認といえる。残念ながら、金子の受講ノートにはこの「作者に首尾よくあざむかれつゝあるを忘るべからず」という文言は書き取られていない。だが、授業で「〜ということを以前話しましたね」と確認を述べた箇所ならば、ノートに書き取る学生、書き取らない学生が分かれてもおかしくはない。ひとまず、講義を受講していた中川芳太郎が原稿作成にあたって、既に述べたことへの参照指示を書いたことを重視しておく。

この「読者が欺かれる」というモチーフの確認は人工的対置法を論じている部分にあった。講義ではその続きに悲劇＝喜劇論があり、具体例はいずれも作中人物が欺かれるプロット、読者はそれが嘘であることを初めから知っている立場にある作品であった。さらに、悲劇＝喜劇論は観客の心理的態度にも説き及び、それを主眼とした文学史を編むべきだとまで言っていた。ならば、この一連の議論は観客や読者の受容行為とその観劇慣習《コンヴェンション》の歴史性を論じることを構想していたと、今日ならば言い直せるだろう。

「文学論」講義でこの読者が欺かれるというモチーフが一番最初に出てくる箇所を探して遡ると、それは、「超自然F」、つまり現実の物理法則を越えたものが何故、文明開化の現在にも文学のテーマたりうるのかと問う部分に見つかる。本章第四節で見たとおり、モールトン説を引用しながらシェイクスピア演劇の超自然的要素と観客の没入を論じた部分である。「読者の方面より見るに之はごまかしの手段なりと。信じつゝ而も其 temptation に誘はるゝを常とす」（金子ノート、三三九頁）といった箇所はたしかに、原稿赤インク抹消箇所でドン・キホーテの言動を解説して「誠に上乗の滑稽なりと云ふべし。されど面白しと感ずる間、吾人は作者に首尾よくあざむかれつゝあるを忘るべからず」（中川筆）と「超自然F」により喚起された「強烈な情緒」のため読者が「好んで馬鹿にせられ」「純一無雑の念を以て劇に対」するようになる現象を論じた箇所に類似している。「情緒」による読者・観客の没入を論じている点が共通するからだ。

あらためて確認しておけば、この二つの没入論の参照関係は、『文学論』原稿に中川筆によって書かれた参照指示が示唆するところであり、漱石が改稿した本文には見られない。さらにその消えた参照指示の後続部分には、原稿・刊本に採録されなかった悲劇＝喜劇論が講義の時点では続いていた。付け加えれば、悲劇＝喜劇論の典拠もまたモールトンの同書に見える次のような記述であると考えられる。

この観客の立ち位置とは、あらゆる劇分析の基礎的な構成要素である。「悲劇的」とか「喜劇的」といった基本用語を使うとき、その言葉遣いから観客の視点がわかる。というのも、マルヴォーリオの経験を喜劇的と呼ぶとしても、マルヴォーリオ自身にとっては喜劇の逆（the reverse of comic）であろうということだ。アリストテレスが悲劇を憐れみと恐怖の健全な使用による感情の浄化として定義したとき、彼の定義が関心を払っていたのは明らかに、観客の感情である。[52]

以上で見てきたように受講ノートと原稿の中川筆部分を一連のものとして考えれば、講義における悲劇＝喜劇論と観客心理への言及は、「文学論」講義全体を貫く読者・観客の情緒と作品世界への没入についての議論に密接な関係を有していたことが示唆される。

七　観客と読者のあいだに

「大なる情緒」によって催眠されれば劇に没頭できるが、呼び起こされる情緒が強烈すぎても問題を生じると漱石はいう。『文学論』第二編第三章（一七四―一七五頁）で感情の記憶を論じる際、ビーアズの『十九世紀の浪

（52）R. G. Moulton, *The Moral System of Shakespeare : A Popular Illustration of Fiction as the Experimental Side of Philosophy*, New York: Macmillan, 1903, p. 9. 引用は拙訳による。

漫主義』（Henry A. Beers, *A History of English Romanticism in the Nineteenth Century*, London: Kegan Paul, 1902）[53]を参照している。原著の文脈を確認しておく。ビーアズは劇的イリュージョン（dramatic illusion）の本質を論じているとして、スタンダールの評論「ラシーヌとシェイクスピア」からある逸話を引用した。漱石はしばしば孫引きの際に原著者名を略すが、この場合もスタンダールの名は示していない。アメリカのボルティモア（漱石は講義［金子ノート、三五七頁］以来、場所を「仏国」と誤解）でオセローが上演されたときに、オセローがデズデモーナを殺す場面で、観客の一人が俳優を銃で撃って負傷させたという逸話である[54]。漱石によればこれは鑑賞者の資質によってあまりに強烈に情緒が呼び起こされたため、直接経験（現実）と間接経験（虚構の鑑賞）との区別を失してしまった極端な事例である。「情緒」は観客を催眠にかけ、信じるはずのないことを信じさせ、夢中にさせるものでもあるが、よびおこされる「情緒」が強過ぎれば現実に危害をもたらす。適度な「情緒」の状態を保つことを、漱石は「ぬる過ぎもせず熱過ぎもせぬ、いはば情緒の上々燗を吾人に与ふるのが文学書の文学書たる所以」（『文学論』、一七三頁）だという。その適切な度合いに止まるかぎりで、オセローの側に立って悲劇を楽しみ、マライアの側に立って喜劇を楽しんだりできる。思えばドン・キホーテもまた、適切な度合いを超え出た一人の熱狂的な「読者」であった。

しかし、ここに本書が取り上げてきた悲劇＝喜劇論の削除、原稿修正による二つの没入論の断裂という問題の根があるのではないか。それは一つは虚偽（嘘・悪戯）と虚構を一括りに扱ったことによる問題、いま一つは読者と観客を一括りに扱ったことによる問題である。ドン・キホーテについて改めて確認しておけば、彼は講義では、ひとりでに信ずまじきことを信ずる「自然的虚偽」の例であった。悪意ある嘘をつかれたわけではなく、騎士道物語という「虚構」にのめりこみすぎたのだ。オセローやマルヴォーリオが信じた嘘や悪戯（人工的虚偽）と異なり、彼の読んだ騎士道物語や『ドン・キホーテ』という虚構作品には読者を騙す意図が存在しない（ドン・キホーテが現実との区別を失って旅に出るまでに至ったのは、彼の鑑賞者としての資質のため）。にもかかわらず、ドン・キホーテを滑稽と感じ面白いと思うときは読者が「作者に首尾よくあざむかれつ、ある」（中川筆）というならば、それは現実には存在しない人物に対し、或る実在者へ向けるかのように情緒を感じ、虚構を虚構と知りながら楽しむという読者・観客の心理の動きを「欺かれる」という言葉で表現していることになる。しかしこうした用語法では、「虚偽」と「虚構」の区別がつかない。セルバンテスはドン・キホーテという人物の実在性を主張していないし、読者もまたその実在性を信じて心を動かすわけではない。

以上は差し当たり、「虚構」と「虚偽」を同じ「欺かれる」や「馬鹿にされる」というレトリックを用いて論じていることによる問題点の指摘に止まる。他方、講義において漱石が、作中人物が嘘や悪戯に欺かれたり、虚構にのめり込んだりすることと、現実の生身の読者が嘘や悪戯に欺かれたり、虚構にのめり込んだりすること、この四者の関係を論じる手がかりを模索していたからこそ、共通のレトリックを用いたとも考えられる。しかし、講義から『文学論』への改稿の過程で、これらを結びつけようとした痕跡は見えなくなってしまったのだ。

また『ドン・キホーテ』とシェイクスピア戯曲を並列して論じていることからも明らかなように、『文学論』の生成において、今日でいう読書行為論に近い発想が、演劇のアナロジーを通して形作られていった。だが、文学（とりわけ小説）の理論として突き詰めていく際に、小説と演劇という表現形式間の差異、とりわけ受容者を重視する漱石の理論にあっては、読者と観客の差異が問題とならざるをえない。しかし、漱石は講義で観客と読者をひとまず同一視することで論を進めている。小説を読む読者と劇を観る観客とをアナロジーで繋ぐことは、たしかに両者間の重大な差異を取り落としかねない（視覚・聴覚・身体性、時間性など）。漱石はやがてその限

（53）本文では漱石文庫蔵版の書誌を示した。初版は一九〇一年（New York: Henry Holt and Company）。

（54）スタンダールが伝えるこの逸話には、当時の報道・記録がないことから疑義が呈されているが、漱石の知る由のないことであるため本稿では立ち入らない。cf. Michael D. Bristol, *Big-Time Shakespeare*, Routledge, 1996, pp. 156-159.

界に突き当たったように思われる。講義では小説内の光景の描写を読むことと劇中劇を観ることとを重ねて説明するアナロジーを用いていたが、『文学論』刊行の際に手を入れて、このアナロジーを第四編第八章「間隔論」から排除した（本書第六章で詳論する）。今回取り上げた箇所が未収録になったのも、原因は同じところにあるのだと思われる。

以上の「虚構／虚偽」と「観客／読者」の問題に関して、『倫敦塔』（『帝国文学』一九〇五・一）を例にとって検討してみよう。同作初出掲載誌の目次には他の論文や随筆と区別なく「倫敦塔　文学士夏目金之助」とのみあり、ジャンル名表示がなく、本文は作品名と署名「夏目金之助」のあと次のように始まる。

> 二年の留学中只一度倫敦培《ママ》を見物した事がある。其後再び行かうと思つた日もあるが止めにした。人から誘はれた事もあるが断つた。一度で得た記憶を二返目に打壊はすのは惜い、三たび目に拭ひ去るのは尤も残念だ。「塔」の見物も一度に限ると思ふ。（一〇頁）

夏目金之助が未だ「小説家」として自明視される前にこれを読んだ読者は、英国留学経験が知られる文学士夏目金之助の「回想録」あるいは「紀行文」に近いものとジャンル判断して読み始めることになる。視点人物「余」はロンドン塔を訪問し、歴史への空想を通わせる。そのうち逆に空想が「余」を捕らえ始め、居合わせた女性がジェーン・グレーのイメージと重なり、その処刑の場面を目の当たりにする。「余」は茫然と塔を出て「無我夢中に宿に着い」て、宿の主人にことの顚末を話す。怪異はすべて主人の客観的な説明により打ち壊され、「それからは人と倫敦塔の話しをしない事にきめた。また再び見物に行かない事にきめた」と結ばれる。その後に小さい字体の後記があり、「此篇は事実らしく書き流してあるが、実の所過半想像的の文字であるから、見る人は其心で読まれん事を希望する」云々と、事後的に「虚構」であったことが明かされる。このように考えると、ジャンル名がないことや署名の問題は読者を一時的に「欺く」仕掛けともみなしうるが、作中描写から虚構であることは十分に伝わるし、後記でわざわざ虚構性を明言するのだから、読者に誤った認識（余・夏目は留学中の倫敦塔訪問で幽霊をみた）を信じさせることが最終目的なのではない。『倫敦塔』という虚構を成り立たせ、楽しませるための一つの仕掛けなのである。この意味で、文章と現実（この場合著者の実体験）との関係に関する本文記述やパラテクストによって作者が読者を「欺く」ことは「虚構」の構成要素になりうる。だからこそ、単に「虚構」を楽しませることを、「作者が読者を欺く」と呼ばない方がよいのである。反対に、主人の解釈（余・夏目は留学中に倫敦塔訪問で幽霊をみたと思ったが、勘違いであった）が真実とも限らない。「虚構」である以上、著者夏目の実体験および現実世界の物理法則から自由でありうるため、塔内での「余」の体験の真偽は宙づりになる。神田祥子は「余」が宿の主人と同じく空想を信じ続けることができない「二十世紀」の合理主義者でありつつ、それでもなお「二年の留学」を終えてから語り始めずにいられなかったことを重視し、「科学的・合理的立場から切り捨てられていく〈空想〉と〈想像〉を、それが喚起する〈情緒〉によって「文学」の中に「救済」することを漱石が試みたという。[55] 付け加えれば、『倫敦塔』は情緒の力によって余の幻想を読者に単に追認させるのではなく（そうであれば作品末尾の主人の説は不要）、「余」の倫敦塔体験が真実でも錯誤でもありうるという「虚構」ならではのダブルバインドがもたらすコントラストのなかに読者を誘う構造からなるといえる。『倫敦塔』の作者漱石が摑んだ「虚構」のあり方を、理論家漱石は遂に『文学論』で定義し損なったのだ。

（55） 神田祥子『漱石「文学」の黎明』（青簡舎、二〇一五）、四七―四八頁。

八　『倫敦塔』における劇場空間の隠喩

『倫敦塔』のもう一つの仕掛けは、読者の想像力を「空想の舞台」など一連の劇場空間のメタファーで刺戟し続け、視点人物（余）と読者をファンタズマゴリア（幻燈機を用いて「幽霊」を映すイリュージョン興行）の観客に仕立てあげようとすることだ。関谷由美子は次のようにいう。

厳かな式典や華やかな饗宴が催された宮廷の要素はきれいに切り捨てられ（略）建造物としての塔の迷宮性・神秘性が、十八世紀後半から十九世紀初めにかけて流行を見た、中世的ゴシック建築の廃墟や古城を舞台とするゴシック・ロマンス の趣向を思わせるものとなっている。超自然的な事件が次々に起こる幻想の〈場〉として、『倫敦塔』が、怪異や偏奇な人間像によって情念を描こうとするゴシック・ロマンスの様式を借りたことは疑い得ない(56)。

関谷は、〈眺める〉という語の反復とともに〈常態喪失〉していくというゴシック・ロマンス的展開において、〈過去〉に囚われていく内実を分析せねばならないという。そして、

「余」が見た〈幻像〉が、（略）長い時を隔ててもなお塔内に漂う「幽魂」のパーソニフィケーションであって、『倫敦塔』がやはり一種の〈怪〉を描こうとした小説であることは、「余」の脳裡に思い描かれるものが「想像」と呼ばれ、塔内に出現したものを見た場合の「空想」という語と厳密に区別されていることでも明らかである。（略）したがって塔内での「空想」（「想像」ではなく）とは、「余」が塔に浸されているために、

「余」の魂が、〈其場〉にたゆたっている過去の存在に感応して招き寄せられた像を指すのである。(略) 克明かつ生ま生ましい現実感は「余」の異状とともに塔そのものの魔性を、すなわち幻視されたものの実在性を主張するものと考えなければならない。

と論を展開し、さらに塔内に現われた女性の服装が盲点となることで(つまり二〇世紀の服装が度外視されることで)、「この女は目隠しをされた「ジエーン、グレー」の眼の代補として登場した」と結論づける。

『倫敦塔』を読み解く際、関谷のいうように「眺める」という語と「空想」「想像」という語に注目することは重要である。テリー・キャッスルはファンタズマゴリア史を概説しながら、「幽霊は想像力がうみ出す」という一九世紀の「心理学的議論は逆説的にも、霊視と日常的思考を隔てる境界線を破壊する結果を招いた」という。「もし幽霊が思考なのだというのなら、一種象徴的な反作用によって、思考は幽霊だと感じる感覚へはもう一歩なのではないか」と指摘し、「観念《アイディア》」と「幻想《ファントム》」は程度の違いだという「幽霊を見るという特殊心《サイキック》的な行為と、記憶し想像する日常的営みの区別がもはやつけられない感じ」になった認識のあり方を論じている。[57]『倫敦塔』における「余」の身体に即した観察行為が紛れもなく実在の現象であるとすれば、「空想」は「余」の頭の中のことであるはずだ。しかし、『倫敦塔』の語りは劇場空間の隠喩を多用し、空想内容と観察内容との混同を誘うかのようだ。いわばそうした混同・すり替えを行なう語りのトリックを用いているといえる。

隠喩の連鎖は作品冒頭、塔橋から眺めた「塔」の描写が始まる直前からすでに始まっている(以下、傍線は引

---

(56) 関谷由美子『〈磁場〉の漱石——時計はいつも狂っている』(翰林書房、二〇一三)、第一章「ジェーン、グレーの眼——『倫敦塔』」、以下同じ。

(57) テリー・キャッスル「ファンタズマゴリア——幽霊テクノロジーと近代的夢想の隠喩学」(高山宏訳、『幻想文学』三七、幻想文学出版局、一九九三)、三一—三三頁。

用者。頁数表記は初出雑誌による）。

倫敦塔は宿世の夢の焼点の様だ。倫敦塔の歴史は英国の歴史を煎じ詰めたものである。過去と云ふ怪しき物を蔽へる戸帳が自づと裂けて龕中の幽光を二十世紀の上に反射するものは倫敦塔である。凡てを葬る時の流れが逆しまに戻つて古代の一片が現代に漂ひ来れりとも見るべきは倫敦塔である。人の血、人の肉、人の罪が結晶して馬、車、汽車の中に取り残されたるは倫敦塔である。

（一一―一二頁）

ここでいう「龕《がん》」を建築意匠としての壁龕《へきがん》と解すれば、「戸帳《とばり》」が開けて現われる奥まった空間から「宿世の夢」たる「英国の歴史」が、二〇世紀に光を投げかける「倫敦塔」とは、その具体的描写がなされる前から劇場空間の隠喩で縁取られていたことになる。

その後、「余」の観察は「空想」を呼び、「向ふ岸から長い手を出して余を引張るかと怪しまれ」、「長い手はぐい〳〵牽《〔ひ〕》く。塔橋を渡つてからは一目散に塔門迄馳せ着けた」。門をくぐって振り返ったとき、ダンテ『神曲』地獄篇の地獄の門の銘文が書かれていないかと考える「余は此時既に常態を失つて居る」。このように観察と空想とを互い違いに縒り合わせて『倫敦塔』は展開していくのだが、両者の区別を曖昧にしてしまうのが劇場空間の隠喩でもある。

高い所に窓が見える。建物の大きいせいか下から見ると甚だ小い。鉄の格子がはまつて居る様だ。番兵が石像の如く突立ちながら腹の中で情婦と巫山戯《〔ふざけ〕》て居る傍らに、余は眉を攢《〔あつ〕》め手をかざして此高窓を見上げて佇ずむ。格子を洩れて古代の色硝子に微かなる日陰がさし込んできら〳〵と反射する。やがて烟の如き幕が開いて空想の舞台があり〳〵と見える。窓の内側は厚き戸帳が垂れて昼も月《ママ》〔↓ほ〕の暗い。窓に対する壁は漆喰も塗らぬ丸裸の石で隣りの室とは世界滅却の日に至るまで動かぬ仕切りが設けられて居る。（略）此寝台の端に二人の小児が見えて来た。（一六―一七頁）

こうして倫敦塔に幽閉された二王子の会話が描写されたのち、

忽然舞台が廻る。見ると塔門の前に一人の女が黒い喪服を着て悄然として立つて居る。面影は青白く窶《やつ》れてもいるが、どことなく品格のよい気高い婦人である。（一八頁）

と喪服の婦人（二王子の母）のシークエンスが続く。さらに、

舞台が又かわる。

丈の高い黒装束の影が一つ中庭の隅にあらはれる。苔寒き石壁の中からスーと抜け出た様に思はれた。（一九頁）

と二王子殺害後の下手人たちの会話へと移る。その会話の末尾、

「あの唸つた声がまだ耳に付いて居る」。黒い影が再び黒い夜の中に吸ひ込まれる時櫓の上で時計の音ががあんと鳴る。

空想は時計の音と共に破れる。（二〇頁）

空想を破った鐘の音が、空想の中にも鳴っていたかのような微妙な語りになっている。こうした一連のシークエンスは、見えるものを描写する語り口で綴られており、関谷の主張通りそれぞれの像の「克明かつ生ま生ましい現実感は「余」の異状とともに塔そのものの魔性を、すなわち幻視されたものの実在性を主張するもの」であるともいえるだろう。

ただし、一応は「幻像」のシークエンスの初めと終わりが括られている以上、それらのシークエンスは「舞台」のなかの出来事として、「余」のいる〈客席〉とは隔てられている。すなわち、「余」をめぐる描写（客席＝現実世界に見えるものの描写）と、「舞台」上に見えるものの描写との区別は大枠で保たれている。

その区別が破られるのがクライマックスたるジェーンの処刑場面であり、これと塔内で見かけた婦人とが重ねあわされる点に単なる「紀行文」としては片づけることのできない虚構性が現われているともいえるだろう。そのシークエンスの舞台となるボーシャン塔に立ち入り、壁の傷を見るときすでにその「舞台」と客席の区別は揺らぎ始めている。

一度び此室に入るものは必ず死ぬ。生きて天日を再び見たものは千人に一人しかない。彼等は遅かれ早かれ死なねばならぬ。去れど古今に亘る大真理は彼等に誨《おし》へて生きよと云ふ、飽く迄も生きよと云ふ。彼等は已《やむ》を得ず彼等の爪を磨《と》いだ。尖がれる爪の先を以て堅き壁の上に一と書いた。一をかける後も真理は古への如く生きよと囁く、飽く迄も生きよと囁く。彼等は剝がれたる爪の癒ゆるを待《ママ》つて再び二とかいた。斧の刃に肉飛び骨摧《くだ》ける明日を予期した彼等は冷やかなる壁の上に只一となり二となり線となり字となつて生きんと願つた。壁の上に残る横縦の疵《きず》は生を欲する執着の魂魄である。余が想像の糸を茲迄《ここまで》たぐつて来た時、室内の冷気が一度に背の毛穴から身の内に吹き込む様な感じがして覚えずぞつとした。さう思つて見ると何だか壁が湿つぽい。指先で撫でゝ見るとぬらりと露にすべる。指先を見ると真赤だ。壁の隅からぽたり〳〵と露の珠が垂れる。床の上を見ると其滴りの痕が鮮やかな紅ゐの紋を不規則に連ねる。十六世紀の血がにじみ出したと思ふ。壁の奥の方から唸り声さへ聞える。唸り声が段々と近くなると其が夜を洩る丶凄い歌と変化する。こ丶は地面の下に通ずる穴倉で其内には人が二人居る。

（二七―二八頁）

ここで注目したいのは「余」が壁に触れたことの意味である。壁に残る「縦横の疵」を「彼等の爪」による「生を欲する執着の魂魄」とする解釈は、「余」の「想像の糸」がおりなす世界であり、「余」はその一部である「湿っぽい」壁に手を伸ばして触れてみたことになる。舞台と客席の間には観客から舞台を隔てる想像上の壁、舞台芸術上の概念でいう〈第四の壁〉が聳えている。[58]「余」という観客は〈第四の壁〉に触れるという禁を犯している。先述の通り、漱石は『文学論』第二編第三章「ｆに伴ふ幻惑」で次のような例を挙げていた。

十九世紀の始め仏国にて*Othello*を演じたる時、女房殺しの場に差しか丶りて突然聴衆の中より「か丶る美人を黒奴に殺さしむること能はず」と叫びながら短銃もて主人公を目掛けて狙撃したるものありしと云ふ、（Beersの『十九世紀の浪漫主義』）

（一七四―一七五頁）

舞台上の出来事と自らのいる観客席とを切り離すことができなくなると、虚構の上演は破綻してしまう。空想へと手を伸ばした「余」の手は血にまみれるのだ。その「壁の奥」では、処刑人たちの「歌」が響いてくる。処刑人が「それから例のがやられる」、「気の毒な、もうやるか、可愛相になう」、「気の毒ぢやが仕方がないは」と

（58）"FOURTH WALL," Patrice Pavis, *The Dictionary of the Theatre: Terms, Concepts, and Analysis*, translated by Christine Shantz, Toronto, Canada: University of Toronto Press, 2000, pp. 154-155.

同情を示したとき、シークエンスは客席に戻り、そこにいる婦人の言動を逐一「余」は「怪しく思ふ」、つまり「例の」と同一視する。気味が悪くなってその場を立ち去った「余」の眼に飛び込むのは、その「例の」の名前である。

模様だか文字だか分らない中に、正しき画で、小く「ジエーン」と書〔い〕てある。余は覚えず其前に立留まつた。（略）余はジエーンの名の前に立留つたぎり動かない。動かないと云ふより寧ろ動けない。空想の幕は既にあいて居る。

始は両方の眼が霞んで物が見えなくなる。やがて暗い中の一点にパツと火が点ぜられる。其火が次第〱に大きくなつて内に人が動いて居る様な心持ちがする。次にそれが漸々明るくなつて丁度双眼鏡の度を合せる様に判然と眼に映じて来る。次に其景色けしきが段々大きくなつて遠方から近づいて来る。気がついて見ると真中に若い女が座つて居る、右の端には男が立つて居る様だ。両方共どこかで見た様だなと考へるうち、瞬たく間にズツと近づいて余から五六間先で果《はた》と停る。（三一頁）

このシークエンス転換について、塚本利明は「モンタージュ的手法によってシュールレアリスム的幻想を描くことに始まり、溶暗と溶明とを利用して巧みに現実の次元から「空想」の次元に移り、最後にズーム・アップによって来るべきクライマックスの登場人物を大写しにしてみせる」「映画的手法」として、「時代に一歩先んじた手法を開発した」と述べている(59)。そうした印象的な場面転換により、一連の劇場空間の隠喩から始まるクライマックスともいうべきジェーン処刑の場面が始まる。

ふと其顔を見ると驚いた。眼こそ見えぬ《ママ》〔↓ね〕、眉の形、細き面、なよやかなる頸の辺りに至迄、先刻見た女其儘である。思はず馳け寄らうとしたが足が縮んで一歩も前へ出る事が出来ぬ。女は漸く首斬り台を探り当て、両の手をかける。

（三二頁）

ここで注意すべきは、「幕」の空いた舞台の内側を覗いていたはずの「余」が、舞台のなかへと、「思はず馳け寄らうとした」ことである。もはや心理的には、「余」は舞台と観客との間の〈第四の壁〉の存在を忘れている。しかし観客の側がいくら舞台に入り込もうと思っても、舞台上の人物たちがその闖入者に応えてくれるとは限らない。〈第四の壁〉の破壊は、一方からの働きかけでは成立しない。このように考えてみると、この処刑の場面は興味深い終わり方をしている。

女は稍落ち付いた調子で「吾夫が先なら追付う、後ならば誘ふて行かう。正しき神の国に、正しき道を踏んで行かう」と云ひ終つて落つるが如く首を台の上に投げかける。眼の凹んだ、煤色の、背の低い首斬り役が重た気に斧をエイと取り直す。余の洋袴の膝に二三点の血が迸しると思つたら、凡ての光景が忽然と消え失せた。

あたりを見廻はすと男の子を連れた女はどこへ行つたか影さへ見えない。狐に化かされた様な顔をして茫然と塔を出る。帰り道に又鐘塔の下を通つたら高い窓からガイフォークスが稲妻の様な顔を一寸出した。

（三二―三三頁）

斬首の瞬間に「余の洋袴の膝に二三点の血が迸しる」とは、舞台上の出来事もまた〈第四の壁〉を越えて観客

(59) 塚本利明『改訂増補版・漱石と英文学――『漾虚集』の比較文学的研究』（彩流社、二〇〇三）、一五一―一五三頁。

へと影響を及ぼし始めた（と観客が受け取った）という事態を表わしている。といってもその瞬間に空想が消えるため、舞台上の人物が「余」に応えたということにはならないが、「余」にはそれで充分だった。舞台と客席の区別を失ってしまった「余」は、ガイ・フォークスの姿を見、その声を聞いて「そこ〳〵に塔を出」「無我夢中に宿に着い」て、宿の主人にことの顚末を話すのだった。

以上の「余」の「空想」による「舞台」の幻視は、さしあたり『倫敦塔』の読者にとっては文字の羅列でしかない。しかし、演劇を観客による想像力の行使（舞台上にいる演者を支えとして、想像力を駆使して物語世界を舞台上に投映する）による芸術として捉えるなら、小説は読者が文章を支えとして物語世界を想像する芸術といえる。「余」は塔とそれに関する歴史＝物語の記憶、そして塔に居合わせた女性を用いて「空想の舞台」を想像したのであり、『倫敦塔』の読者はその描写を用いて同様の世界を想像することになる。

「観客」と「読者」の境界線を、講師夏目金之助がアナロジカルに架橋し、理論家夏目金之助が『文学論』改稿において応急処置的に切り分けようとしたとすれば、さしずめ作家夏目漱石はその境界領域に読者を導くことに心血を注いでいたといえる。とはいえ、その論理には大きな限界があった。

第一に、ロンドン塔に足を運んだことのない読者にとって、そして漱石ほどの予備知識をもたない読者にとって、『倫敦塔』に描かれた風景はそれほどに鮮明には——少なくとも「余」の幻視を追体験するほどには——体験されなかったかもしれない。その限界に気づいていたからこそ、作品末尾の「後記」でドラローシュ（Paul Delaroche, 1797-1856）の絵画『レディー・ジェイン・グレイの処刑』（"La Mort de Jane Grey," 1833）、『幼きイングランド王エドワード五世とその弟ヨーク公リチャード』（"Edward V and the Duke of York in the Tower," 1831）に言及し、視覚情報を補う方法を示さねばならなかったのではあるまいか。

そして劇と異なり視覚に直接訴えるのでないならば、小説が読者を物語世界に巻き込む力は、劇が観客を引き込む力とは別の説明原理を作り上げなければならない。漱石は絵画論や演劇論などを援用して「文学論」講義を作り上げていくのだが、その過程で表象形式の異なる芸術との類似性による論証ではなく、文学の固有性にもとづく議論を探る必要性を見いだしていくのではないか。

右の作業仮説をもとに、次の第六章では絵画との関係から文学の視覚性について、第七章では演説や演劇との関係から文学の空間性と感化の問題について、「文学論」講義の生成過程と創作との関係を読み解いてみたい。

第五章　《描写論》の臨界点——視覚性の問題と『草枕』

『草枕』（『新小説』、春陽堂、一九〇六・九）の最も恵まれた読者は森田草平である。漱石から「君位が御気に召さないと天下気に召し手がなくなるだらう」（一九〇六年八月三日付書簡）と同作を喜ぶことを期待され、感想をやりとりし、「非人情」について丁寧な解説を受けたことが書簡から覗えるからではない。『草枕』の世界に迎え入れられた体験を語る最初の証言者たり得たからである。彼は読んだというより、視てきたのだ。森田（羚羊子）はいう。

雄大なるもの繊細なるもの、尽《ことごと》く著者の詩眼に洩れず、身自ら其境地に立てるやうで、物皆生命《いのち》あるもの、如く読者に迫る。英語の所謂物をギジユアライズすると共に、更に独逸語の所謂これをベゼイレン〔beseelen：魂を吹き込む〕したものである。なほ驚くべきは、著者が聯想に豊かなることである。（略）一方から観察して描く、息をも吐かせず他の方面から攻寄せる。婉麗なるもの、壮大なるもの、奇跋なるもの、清新なるもの、警句、秀句、中には出鱈目も混つて、恰《あたか》も一時に山上の瀦水〔ちょすい：池〕を決したる如き勢で紙上に溢れ出る。(1)

画工の長広舌すら、「少し倦《あ》ぐませて置いて、後から絵とも歌とも云ひ難い、身も引入れられさうな美しい幻影を出す趣向」と読み解く森田は、『草枕』の世界の両面性を指摘してもいる。「綾あり光彩ありて、絵の如く又詩の如くであるのは、画家が非人情の眼で観察したからである。読者もこの画家を透して見る間は、那古井の里は絵の如く又詩の如く麗はしい」と表面の仮構性を指摘しつつ、時々暗示される「二十世紀のレアリテイ」は「裏面より窺へば現実の世界は現実の世界として厳にその脈絡を存して居る」と。「美感の世界に解脱を求めやうとすることが、強いて自己を欺き自己を忘れやうとする、所謂自己催眠に過ぎない」ことに気づいた森田は、『草枕』世界との同一化から人情の世界へはじき出されて筆を擱《お》く。

『文学論』（大倉書店、一九〇七・五）のもとになる講義を受けていなかった森田の与り知らぬことではあるが、当時の漱石の文学理論上の課題はまさに、こうした読者の没入体験を実現することにあった。本章ではその際とりわけ視覚性が焦眉の問題であったことを示したうえで、『草枕』との連動を論じたい。『草枕』が織りなすイメージ編成の鮮やかさは、画工の弁舌を介した描写の力だけによるものではない。さらには、画工のふるう画論がこの事態を説明しつくしている保証もない。たとえば章と章との間の空白や、各文字列の用字が、画工によって巧まれたものとは断定しがたいように、「画工」として形象化された語り手を超えたレベルにテクスト総体の構成原理を想定する必要があるだろう。とはいえ漱石の理論的著述『文学論』を物差しとして『草枕』の記述に当てはめ、設計図と完成品との関係として読みとくのは事態をあまりに単純化しすぎるばかりか、先後関係を誤るおそれすらある。だとすれば、漱石その人が『草枕』執筆に相前後して自らの《描写論》を練り上げようとしていたことをふまえる意義は充分にある。ここでいう《描写論》とは独立した記事のタイトルではなく、英国留学期の草稿群、東京帝国大学での講義、読書ノート、『文学論』原稿の加筆部分など一連の資料に見られる描写理論の形成過程を総称するものとする。いずれも生成途上であった漱石の《描写論》と『草枕』とが、いかなる緊張関係のもとに影響しあっていたのかを検討するのが本章の目的である。

（1）羚羊子「『草枕』を読む」（『芸苑』一九〇六・一〇）。

一　「文学論ノート」における「幻惑」論

漱石の《描写論》の内実に立ち入る前に、まずは時系列を整理しておく。漱石が理論的著述を思い立ったのは留学期であり、帰国後の帝大講義はその一部分を急ごしらえに変形したものだったとされる。一九〇六年五月一九日の中川芳太郎宛書簡には、すでに打診してあった『文学論』出版のための原稿整理の依頼について言及がある。書肆からの講義録出版の求めはそれ以前の近い時期であったろう。試験の採点を終えた同年七月二日の虚子宛書簡では、「論文的のあたまを回復せんため此頃は小説をよみ始めました」といい、読むほど湧き出る感興を「人工的インスピレーション」と名づけ、創作への意志を語っている。『草枕』は書簡から同年七月二六日起筆、八月九日擱筆とわかる。この一九〇六年、漱石は読書をしながら《描写論》についてノートを取り、これが『文学論』の加筆に活かされる。かつての講義では意に満たなかった《描写論》が漱石にとっての課題として浮上していたと思われる。一一月一一日高浜虚子宛書簡で「今日は早朝から文学論の原稿を見てゐます中川といふ人に依頼した処先生頗る名文をかくものだから少々降参をして愚痴たら〴〵読んでいます。今四十枚ばかり見た所」というこの日、おそらく初めて中川芳太郎筆による『文学論』原稿に目を通し、赤インクで加筆訂正を始めたものと推測される。はじめは字句の訂正に留めていたものの、第四編終盤からは用紙を替えて書き下ろしまですることになる。「一八世紀文学」講義、シェイクスピア講読に加え『二百十日』、『野分』と精力的に創作を行なっていた漱石が、この作業を本格化させたのは一九〇六年の末から翌年三月にかけてであろう。このように、一九〇六年の読書と創作とは『文学論』刊行準備と時期的に並行している。では、これらはその内実においてどのように連動しているだろうか。

一九〇六年に漱石が繙いたと思われるなかで注目すべきは、ヘンリー・ジェイムズ『金の盃』、ウォルター・

ペイター『ルネサンス』である。さらに両書の受容は、『草枕』の画工も言及するG・E・レッシング『ラオコーン』の問題系の延長線上に位置づけられる。飛ヶ谷美穂子は、漱石がヘンリー・ジェイムズ『金の盃』を購入した時期を自筆図書購入ノートから一九〇六年五〜六月頃と推定し、ジェイムズへの言及がある『吾輩は猫である』第一一章（『ホト、ギス』一九〇六・八）執筆時期である一九〇六年七月前半には同書を読了していたと推定している。[2] また漱石は『金の盃』よりも先にジェイムズの『使者たち』を読了していたとも飛ヶ谷はいう。なぜなら、一九〇六年のものとされる断片に、次のように『使者たち』の第一章が例として挙げられているからだ。

Simplicity—The Bible, Chaucer, Boccac[c]io, Malory
—They cannot be elaborate. Their Simplicity is not a condensed form of expression, in the way of filtering complex thoughts. Their very thoughts were simple. Simple therefore grasping—sometimes vigorous and life-like. By their simplicity, we can take in at a single glance the whole phases of . . .

Analysis —Meredith, Pater—James The Ambassador[s]—
(One of the [Our][3] Conqueror[s]. chap I.)
Their Value.

この「Simplicity」に聖書、チョーサー、ボッカチオ、マロリーの表現形式を分類し、「Analysis」にメレディ

（2）飛ヶ谷美穂子『漱石の源泉——創造への階梯』（慶應義塾大学出版会、二〇〇二）、第三部第三章。
（3）『定本 漱石全集』（一九、岩波書店、二〇一八）、二七六頁および註を参照。

ス、ペイター、『使者たち』の表現形式を分類する論旨が、『文学論』原稿の加筆作業において活かされ、例示を『使者たち』から『金の盃』に差し替えて『文学論』第三編第一章「文学的Fと科学的Fとの比較一汎」の現行本文となったという飛ヶ谷の見解を支持したい。この見解へのさらなる裏づけとして、『文学論』原稿（県立神奈川近代文学館蔵）の該当箇所は漱石によって挿入された書き下ろし頁であり、講義当時の学生受講ノート（金子健二、森巻吉）の対応箇所にはジェイムズやペイターへの言及がないことを挙げておきたい(4)。

では漱石の《描写論》は留学期以来のいわゆる「文学論ノート」から帝大講義を経て『文学論』の現行本文へと至るまで、どのような変容過程を辿ったのだろうか。『文学論』における《描写論》は、「幻惑」と密接に関係している。その「幻惑」にこそ科学的な真実とは異なる文学・芸術上の真実があるという『文学論』第三編第一章などで論じられるこの論理の形成過程を、「文学論ノート」中のいくつかの記述から辿ってみたい。

文学的な表現は時に程度を誇張し、時に比喩のように異なる物を以て表現するなど、真実とは異なることがある。たとえば鷲の滑空を雷になぞらえたとき、この表現は真実をあらわす点では完全ではないが、瞬時にその状況が想像しうる。それに対し、科学的に表現した場合、「一秒何哩と云へば之を理解せる後再びimageに翻訳せざる可らず」（二二〇頁）。しかし両者は無関係ではない。時代は移り変わる。たとえば多くの速度計に囲まれる今日のわれわれにとって、「時速一五〇キロ」という言葉のイメージ喚起力は漱石の時代よりも高くなっていよう。「自然の傾《かたむき》を案ずるにintellectual developmentにつれて漸々文学的叙方《ママ》は科学的叙法に近《ちかづ》きつゝ進むべし」（二二一頁）。とはいえ文学的叙法は美的な一部のみを捉え、他を度外視するために虚偽とはいわぬまでも、不完全なものになる。だがむしろ、「美術的には不必要なるものをeliminateする点に於て却《かえっ》て完全」（同）だという。それだけでなく、「想像、空想、natural lawに逆ふ者、human lawに反する者、著者も読者も始より（うそ）を承知のこと、而《しか》も引き込まれる（うそ）の中に真あるなり」（二二三頁）と論を進める。

また科学と異なり、芸術の場合、必ずしも実用性が問題ではないという。漱石はカント風に、利害関心を離れてこそ美術的な鑑賞が可能であるとする。ただし同時に、「関心」もまた必要であるという。

　かの drama、小説の interest 中 hero の運命と云ふこと、作者の plot に重きを置くことを見よ。此《これ》読者をして disinterested ならしめざらんとするなり。sympathise せしめんためなり。（略）plot にて illusion を起〔す〕（即ち間接に sympathy）を起せば hero の運命が気になる。（略）作家の文章もうまければうまき程 illusion を起す。（略）文章うまき故 illusion を生ずるか又は文章のうまきと illusion とは偶然相伴ふか。余は前者をとる。（二二五―二二六頁）

だが、そもそも絵空事に対して「関心」や「同情」を起こすことがどうして可能なのか。そこで鍵となる概念が「幻惑」である。芸術一般の「幻惑」ついては次のように記されている。

○ illusion を以て art の心理を説かんとする者は art は reality を represent する者なりとの assumption に本《もと》づく。illusion とは art を見て実物を見る如き感を起すの謂《いい》なればなり。art たるを忘れて現況に接する思《おもい》あらしむる程巧なりとの謂に外ならざればなり。（二八九頁）

（4）「原稿」の第二分冊一一九枚目に「◎赤ページを此間へ入れる」と朱書きがあり、一二〇枚目はすべて赤インクによる書き下ろしである。この挿入箇所は『定本　漱石全集』（一四、岩波書店、二〇一七）の二三八頁四行目―二四一頁八行目にあたる。金子健二ノートは金子三郎編『記録　東京帝大一学生の聴講ノート』（リーブ企画、二〇〇二）の三七四頁から、森巻吉ノート「GENERAL CONCEPTION OF LITERATURE」（東京大学駒場博物館蔵、引用は筆者翻刻）は二二七頁からを参照。

この「幻惑」は対象物の種別により二つに分けられる。第一は「実物其儘を写すの巧なるよりして起る者」で、写実派が得意とし、「天然を描出する手腕如何に存す」る。第二は「実際見聞せざる者にして詩人画工の想像よりなりたる者、即ち己れは見聞せざれども著者若くは画巧〔工〕の想像につり込まれて少なくとも之を読み之を観るの際は之を実際に照して真偽の judgment をなす余裕なき迄に〔誤〕魔化せらる〔、〕こと」で、理想派もしくは浪漫派が得意とし、手腕と同じくらい想像者の「想像の程度性質」にかかっているという。

小説の場合、「幻惑」は読者と作中の出来事との関係の問題としてさらに論及される。このとき、作中の出来事を作中報告者を介して伝えることで、作中聴取者と読者とは相同的な立場から共通の感情を抱くことになる。故に作中人物が「作られたる人間にあらずして吾人と共に生きたる人間」（二九一頁）だという「幻惑」が起こる（演劇についても、劇中劇構造を例に同様の説明をしている）。読者の態度によりこの「幻惑」は二つの様相を呈する。第一は「己れが篇中の人物と同化して identical になること」（二九二頁）で、いわば手に汗にぎって一喜一憂し、果ては空想のなかで登場人物たちと活躍するような思いに至ることを意味する。[5] 第二は「篇中の人物に同情を表すること」で、この時は自己と作中人物との区別は曖昧にならないという。ただし、「文学論ノート」ではこの両者について、「第一を主とする物は scene と action に重きを置き、第二を主とする者は inner psychology に重きを置く? 此処よく考ふべし」と今後の課題としている。

「文学論ノート」では「幻惑」についてのこれらの考察をまとめた見取り図も作成されている。「9) the effect produced — illusion」（三三〇頁）という項目のもとに「1. ideal」「2. realistic」「special means of procuring illusion *Hamlet, Ivanhoe* etc.」と系列化され、その下には「monoconscious → pleasure lost by introspection」と添えられている。これまでみてきた記述をふまえれば、初めからすべてが虚構であると知った上で、作中人物に対し同一化したり同情したりする「幻惑」体験にこそある「芸術上の真実」としての喜びは、冷静に自己観察すると興ざめしかねないものだ、と解せるだろう。意識の焦点が単一であることを基礎として文学理論を打ち立てようとした漱石にとって、「幻惑」が何よりも重要であったことがわかる。ただし「文学論ノート」には、「幻惑」する方法についての技術論が不足している。「結構」（物語の構成）、作家の文章のうまさ、「special means of procuring illusion」などの内実は詳らかでないのだ。

二　講義における視覚性の問題

東京帝国大学の学生たちのノート[6]をもとに漱石の講義を窺い知るに、どうやら講義にあっても「幻惑」への技術論は不足したままであったようだ。先述のとおり学生たちのノートにはこうした「幻惑」論にヘンリー・ジェイムズやペイターを引用した《描写論》が組み込まれてはおらず、「結構」に至ってはほとんど論じられない。唯一具体性が増している「special means of procuring illusion」については、作品名が列挙されるのみであった「文学論ノート」（二九一頁、三三〇頁）に比べ、「Space」論として『ハムレット』の劇中劇構造やウォルター・スコット『アイヴァンホー』の作中対話構造を分析し、読者を作中世界・作中人物へと接近、没入させる方法について述べてはいる。

この三点について先取りしていえば、刊本『文学論』第三編第一章ではジェイムズ、ペイターなどを引用して《描写論》が増補されており、「Space」論を大幅に改訂した第四編第八章「間隔論」には「写生文」論などが組

（5）「〇 illusion に二種あり――己れが篇中の人物と同化して identical になること是なり。是 R. L. Stevenson の主張する処なり（extract は Oliphant〔Victorian Novelists〕にあり）。二は篇中の人物に同情を表することなり。此時は自己と篇中の人物はどこ迄も二にして一ならざるなり。／第一を主とする物は scene と action に重きを置き、第二を主とする者は inner psychology に重きを置く？」（『定本 漱石全集』二一、岩波書店、二〇一八、二九二頁）。同書、六一二―六一三頁も参照。

（6）受講ノートについては本書第一部第二章参照。

み込まれ、(7)『アイヴァンホー』読解には意を尽くした説明が加わる。なお「結構」については、論じずじまいになったことを「間隔論」のなかで断わっている(「結構」については本章末尾で再び取り上げる)。いずれにせよ刊本『文学論』での加筆において、かねてから棚上げであった《描写論》が加筆されたのだと見てよいだろう。

さて、ここで漱石の「幻惑」論と《描写論》との関係に微妙な踏み惑いがあることを指摘しておく。『文学論』の「間隔論」には、「文学論ノート」(二九一頁、三三〇頁)にも、金子健二の受講ノート(四四七頁)にも挙がっていた『ハムレット』への言及がない。講義の「Space」論では『ハムレット』などのシェイクスピア的劇中劇構造を図示し、見物人と役者とが相同的な立場に立つことで作中世界へ接近していく様が説明されていた。「間隔論」部分については漱石による朱筆書き下ろしの原稿が残るのみだが、その念入りな記述から推して『ハムレット』などについては漱石によって除外されたと考えてよいだろう。では、なぜ除外されたのか。それは芸術一般への視野をもつ「文学論ノート」から文学の問題に自己限定する『文学論』へと至る過程で、当初は問わずに済んでいた芸術形式間の相違が浮き彫りになったからではないかと考えられる。とくに、演劇と小説の違い、何より小説が文字を介した芸術形式であることに意識がいったのではないか。

講義では『アイヴァンホー』から、負傷したアイヴァンホーが見たくとも見られぬ戦況をレベッカが代わりに見ながら報告する対話場面を取りあげている。「Scott は之を記すや当時起りつゝあるもの、如くRebeccaをして dialogue にて語らしめたり」(四四六頁)。その結果、「吾人は著者と云ふ媒介者を忘れて Rebecca 自身より物を聞く感をなす。(略) Rebecca なる女が現在起りつゝあることを Ivanhoe に話しつゝあるを以て読者も傍らにて立聞きさせる感を生ず」(四四六―四四七頁)という。『アイヴァンホー』では聞くこと、『ハムレット』では見ることを論じ、両者の関係は説明されない。だが、劇中劇を観客に見せることができる演劇に対して、小説はどんな多層構造を採ったとしても言葉による報告という原則を離れることはできない。この二つの例は互いの関係が曖昧なままに、アナロジーとして並んでいるに過ぎないのだ。それに対し、『文学論』第四編第八章では作家の技量、記事の内容より起こる幻惑が高まるとき、読者は「進んでこれに近づき、近づいてこれに進み、遂に著者〔この場合、作中報告者としてのレベッカ〕と同平面、同位地に立つて、著者の眼を以て見、著者の耳を以て聴くに至る」（四〇七頁）という（「間隔的幻惑」については次章参照）。『アイヴァンホー』論を発展させ、文字によって聞き、見えないはずのものを見ることへ論を進めたがゆえに、もはや劇中劇構造をアナロジーでこれと並べることはふさわしくなくなってしまったのである。

では文字列の集合である小説において、ここでいう「作家の技量」とは如何なるものか。理路を遡り、『文学論』第三編第一章における《描写論》と受講ノート（金子・森）における対応箇所とを比較してみよう。金子ノートの《描写論》箇所では、文学者は「whole を as a whole として活動せしめんが為に analyse するなり。換言すれば whole を巧に represent せんが為に暫く whole を組織せる局部を研究する為なり。（略）文学中長き description を見れば一般に"analyze as a whole"を知ること能はず。何となれば局部に詳細なればなる程内容（意味）が膨張し来り、従て之が集合なる whole を伺ふこと難ければなり。加ふるに局部の詳細を写さんとせば多くの時間を要す。従て読者は之を読まんとするに当り多くの時間を費し脳力の疲労を起す。然れば此る詳しき局部の集合せしものを一時に脳に入れんとするは尤も難し」（三七四頁）とある。

これに続く箇所は森ノートがより詳しい。「彼の小説家が heroine の容貌を極力模写するものあり。其結果は descrip. の始めは吾人の marginal consciousness の中に入る也。即ち whole としての picture の材料を reader 自ら認識するの面倒となる。heroine の容貌に力を用ふるの必要なるは無論なるが只是に用ゐ過ぐれば whole の感を失ふ也。（紅葉稍此熱に陥る）」（二二九頁）としてメレディスなどを引用している。細密描写の弊害を述べた

（7）『文学論』の理路において「写生文」の位置づけは限定的である。拙稿「漱石『草枕』における語りの「平面」と語られない「立体」——〈那美〉イメージの形成を視座に」（『藝文研究』一〇八、慶應義塾大学藝文学会、二〇一五・六）参照。

うえで、続けて簡潔な描写についていう。「Lessing は Homer は physical beauty を好み之を写すに頗る簡潔なる句を以てせり〔と云へり〕。（略）whole を破らざる限りに於て analysis は必要也」（二三三頁）。しかし、モネの画を「近く見ては諸色の pure tone 表はれて見るべくもあらず、離れて初めて whole として現出するが故に美はしく表はるゝ也」（同）とするなど、興味深いアナロジーはあるが、細密と簡潔の間で全体性をどう保つかについては論じられていないのだった。

三 『文学論』加筆部における《描写論》

では、『文学論』第三編第一章における《描写論》部分はどうだろうか。ここで漱石はためにする細密描写を戒めつつ、だからといって簡潔な記述だけでもならないことを説いている。その上で論じられる第三の描写態度が、出版に際して書き下ろされた「精緻なる観察力に乖離せざる程度の記述」かつ「綜合的に一種まとまりたる情緒を吾人に与ふる記述」である（先述のとおり、この書き下ろしは『草枕』脱稿後と推定される）。

この第三の描写態度を述べるに際して言及されるのが、ヒロインの「一瞬を写すに殆んど千余字を費やした」（二三九頁）ジェイムズ『金の盃』と、滑って転ぶ者の心理状態を精細に書いたメレディス『われらの征服者の一人』である。そして、とりわけペイター『ルネサンス』の『モナ・リザ』描写は長々と引用されるに至る。そのうち一部分のみを引こう。

水ぎわに、こうしていとも不思議に立ち現われた姿は、千年ものあいだに男たちが欲望の対象とするにいたったものを表わしている。彼女の頭は、すべての「世の終わりにある者」の頭であり、瞼はいささか疲れている。それは、内部から肉体の上に精巧に作られた美であり、妖しい思考や風変わりな夢想や強烈な情熱が、小さな細胞のひとつひとつに沈着したものである。これを白いギリシアの女神、あるいは古代の美女のかたわらにしばらく置いて見るならば、魂の病患がすべて移し伝えられたこの美に、それらはどんなに不安を覚えることだろう！（略）彼女は自分の座を取り囲む岩よりも年老いている。吸血鬼のように、何度も死んで、墓の秘密を知った。真珠採りの海女となって深海に潜り、その没落の日の雰囲気をいつも漂わせている。(8)

漱石はこうした描写を解剖的記述でありながら総合的にまとまった情緒を与え、精巧を極めており、「現代の観察力と其観察力を表現するの術とは遂に吾人を駆つて、この種の言語を駢列《へんれつ》するの已《やむ》を得ざるに至らしむる」（二四一頁）とした。

ところで、ここでペイターは文字で絵画を描写する不可能事に挑んでいるのだろうか。むろん、彼は個々の芸術形式間の根本的な差異、芸術形式間の翻訳不可能性を認め、それを理解することこそ唯美的批評の第一歩だとしている。だが、「異なるものへの憧憬《アンデルス・シュトレーベン》」に駆られ、「それぞれに固有の限界からある程度まで離れることによって、各芸術は、実際には互いに他の代用をするところまではいかないが、お互い同士新しい力を与え合う」というのだ。(9) とりわけ言語表象によって視覚表象を表現しようとすることを「エクフラシス」（ekphrasis）と呼ぶが、なるほど右の描写はペイター一流のエクフラシスではある。

松村伸一はペイターが凝視の欲望を喚起する美女『モナ・リザ』に禍々しいイメージを付与し「もう一枚のメデューサ」と呼ぶことで、「視ることの禁忌とその侵犯の魅惑」という「文学と美術の関係に内在するエクフラ

（8） ウォルター・ペイター『ルネサンス――美術と詩の研究』（富士川義之訳、白水社、二〇〇四）、一二八―一二九頁。
（9） ペイター（同上）、一三六―一三七頁。

ーシス的葛藤の表れ」を炙り出していると評する。[10] たしかにこの描写には、本来的に視覚を封じられた文章芸術において、単に視像を見せようとすること以上の過剰さがある。見えてはならぬものを幻視すること、この一点においては、小説を読む者とその作中人物とが相同的な立場にあることに思い至れば、ペイター引用に先立って漱石が創り上げた一人の女性像が直ちに思い浮かぶ。

『草枕』において、「幾百年の星霜を、人目にかゝらぬ山陰に落ち付き払つて暮らしてゐる。只一眼《ひとめ》見たが最後！　見た人は彼女の魔力から金輪際、免《のが》るゝ事は出来ない」（一〇一頁）という直視即魅了の椿＝妖婦のイメージは明らかに那美に投影されているからだ。筆舌に尽くしがたい美女には、直視すべからざる悪魔的イメージが纏わされている。ラファエル前派絵画における吸血鬼、メデューサ、リリスなど、漱石が目にしえた絵画・図版から女性イメージの引用を解明した尹相仁《ユンサンイン》は次のようにいう。

〔巌の上に立つ那美の姿とその水面の鏡像は〕二つの相反する女性像、すなわち男性にとって致命的な存在の「宿命の女」と「男の犠牲になる女」の間で揺れ動いていることを端的に示す象徴的記述となっているのである。（略）メレディスのような写実的、具体的描写の効用に疑問を抱いた漱石にとって、ラファエル前派の絵の美女たちとの出会いがもたらしたものは、後の女性描写の際に大きく作用していたといって間違いない。[11]

だからこそ問い直さねばならない。先に引用したペイターのエクフラシスに対する漱石の評価は、正しかったのか。漱石が感じた纏まった情緒とは、観察力と表現術、つまり作家の腕前によるものだったのだろうか。そもそも絵画『モナ・リザ』を見たことがあった[12]からこそ、その記憶のなかのイメージを暗黙のうちに収束点として長々しい解剖的な諸記述が束ねられ、新たな印象を重ね書きしていくことができたのではなかったのか。『文学論』における視覚性の問題をこのように問い直したとき、画工が二度まで名を挙げるレッシング『ラオコーン』の議論に遡ることは避けられない。

四　《描写論》の臨界点

レッシングはアリオストの美人描写を「この詩を読んでも私には何も見えない。何かを見ようと思う私の必死の努力のむなしさに、腹立たしさをおぼえるばかりである[13]」と批判し、ホメロス、ウェルギリウスの簡素な記述

---

(10) 松村伸一「ウォルター・ペイターとエクフラーシス」(富士川義之編『文学と絵画——唯美主義とは何か』英宝社、二〇〇五)。

(11) 尹相仁『世紀末と漱石』(岩波書店、一九九四)、二一三—一七頁。

(12) 芳賀徹「漱石の見た「モナ・リザ」」(『学士会会報』二〇一五(一)、学士会、二〇一五・一)によれば、「一九〇二年の春先(一月六日—三月一五日)に、ピカデリーの王立美術院で開催された「昔日の巨匠」展(Exhibition of Works by the Old Masters)で、はじめて「モナ・リザ」を見て、(略)ペーターの『ルネサンス』(一八七三)による、不気味な「宿命の女」という世紀末的モナ・リザ解釈をも加味して、『永日小品』の近代怪談風の一篇は書かれた。(略)真作は当時はまだ無事にルーヴルにあった。「昔日の巨匠」展に出陳されていたのは、目録によればブラウンロウ伯爵(Earl Brownlow)の所蔵品であり、画面の寸法も真作(縦77×横53㎝)と違って、65・3×53・4㎝とやや小ぶりである。伯爵蔵は明らかに模作」であるが、「真作にまして保存がよく」、「一七世紀初めの技術度の高い絵師による非常にすぐれた模作」であるため、旧蔵者である王立美術院初代院長レノルズ以来真作とみなされていたという。

(13) G・E・レッシング『ラオコオン——絵画と文学との限界について』(斎藤栄治訳、岩波書店、一九七〇)、二五九頁。中島国彦「漱石・美術・ドラマ——『ラオコーン』への書き込みから」(上・下、『文学』五六・一一、五七・一、岩波書店、一九八八・一一、一九八九・一)は漱石手沢本『ラオコーン』に演劇論が含まれていることをも含め、レッシング受容を総合的に論じている。

も斥ける。すでに言及した漱石の《描写論》がレッシングの理路を下敷きにしていたことは明らかであるが、しかしこの後に続く部分で、レッシングと漱石の理路が分かれることに筆者は注目したい。

そこで本節では漱石『文学論』における《描写論》の限界を見定め、筆者なりに拡張して読むということに踏み切る。なぜなら『草枕』には、同作脱稿後『文学論』に加筆された一連の《描写論》では説明しきれぬ、複雑なイメージ編成が用いられているように思われるからだ。そうした表現が作者の意識的に採ったものか否かは、漱石自身が講義で言うように、この際問わない（金子ノート、四四八頁）。作家の成した表現が、作家自身が内面化している理論的地平を遙かに飛び越してしまうことはあり得るだろう。理論家漱石の《描写論》の臨界点は、創作家漱石の『草枕』においてもっともきわどく、重大な役割を果たす描写実践を以て見定めることができる。

そもそもレッシングは文章芸術と視覚芸術とを混同することに概して批判的であり、それぞれの領分を画定することに重きを置いている。ただしそのことは、文章芸術と視覚芸術が無関係であると片づけることを意味しない。レッシングは不十分な美人描写を斥けたあと、かわりにアナクレオンのとった表現法を「万事がうまく行く」と評価する。その表現法とは、既存の美しいもののイメージを呼び出し、それを借りて鏤《ちりば》める表現法である。レッシングはこう述べる。

彼〔アナクレオン〕自身、言葉による無力を感じているのである。だからこそ彼は、美術の表現の助けを借りるのである。彼は美術の幻惑力を非常に高く買っているので、（略）最も美しい部分をさまざまの画面から集めてくる。それらの部分のきわだった美しさが、画面全体の象徴ともなっているようないろんな画面からである。（略）ルキアノスもまた、パンテアの美しさを描くについては、古代の美術家達の最も美しい女性像を参照するほかにすべをしらなかった。この事実はすなわち、言葉そのものがここでは無力であること、美術がいくらか通訳の役をつとめないと、文学は口ごもり、雄弁も口をつぐむものであることの証明に他な

らない。(14)

さらに「動き」を取り入れれば画家にできない表現が詩人には可能である、とまで論を進めていくレッシングに対し、漱石『文学論』の強調点はいささかぼやけてしまっていると言わざるをえない。先の『モナ・リザ』描写については長々しく引用するだけで、何がどう総合をもたらしえたのか検討を加えていない。また『文学論』第四編第二章では美人描写について次のようにいう。

殊に婦人の容貌を写す時の如き、叙述長ければ纏まらず、強ひて纏~~まらしむれ~~めんとすれば所要の印象を生ずること難し、故に詩人は美人を解釈するに恰好なる感覚~~化して~~的材料を用ゐて或は花に或は月に、~~非~~凡て美しき外物に比す、これ即ち投入法なり。

（二七九頁。ただし中川筆『文学論』原稿に対する漱石の加筆は傍線、削除は取消線で示した）

漱石は中川による原稿に手を入れ、美人描写は花や月などの「感覚的材料」を外から持ってきて使うことによる解釈なのだと改めている。しかし、その「美しき外物」が既存の美術作品であって悪いことはなかろう。筆者が積極的に読み広げたいのはこの点である。読者が同じ美術作品を見た記憶を有していれば、言葉による精細な描写がたとえ長々しくとも、作品名によって喚起された心的イメージへ繋留されて収束し、綜合されて新たな印象を結ぶことだろう。

反対に、メタファーというイメージの凝縮法に、芸術作品の明示的・暗示的引用を合わせることで、鮮やかな

（14）レッシング（前掲）、二六二―二六四頁。

イメージ形成を短い語数によって成し遂げることも可能だ。視覚を言語で伝えるという困難の幾分かは、視覚芸術からの引用という手段によって肩代わりされるのである。その際、美術作品の記憶の貯蔵量が、とりもなおさず読者のイメージ喚起能力を下支えする。

『文学論』において「作者は、やはり創造主ではなく媒体である。（略）作者と読者はともに物語へ向かう側に配置されていることになる」と飯田祐子は指摘する。[15]作者を創造主としない文学理論は、読者を完全に支配することができない以上、読者の認知過程に多くを委ねることになる。小説における視覚性の問題を突き詰めようとすると、読者の記憶・想像・聯想の過程を利用するというブラックボックスを抱え込んでしまう点に、《描写論》構築の難問がある。[16]しかし『草枕』の描写は、この過程なくして理解できないものと思われてならない。渥美孝子は『草枕』の文体を「種々の言語体系」のコラージュとして捉え、「それらは画工の思念の流れに沿って、あるいは画工の視覚が捉えたものに沿って配置され、時に話題やイメージが置き去りにされたまま場面展開がなされていく」[17]と指摘した。ならば、そうした「置き去り」にされたイメージの残像が、読み進む時間のなかで結び合うことをどう考えればよいだろうか。

五　残像のコラージュ

『文学論』は推移する意識についての記述から論を始めていた。つまり、読書行為のなかで意識に何が映し出され、やがて意識の辺縁へ、意識の閾の下へと消えていくか、それらの消長がいくつも輻輳する〈意識の流れ〉という発想が前提とされていた。

そこで本節では、『草枕』の結末に成就する「画」へと繋がっていくイメージ連鎖の過程を素描してみたい。ここで「素描」というのは、あくまで暫定的な性格をもつ記述であることを意味する。読書行為におけるイメージ連鎖が意識の動的な過程である以上、それを記述することはできても、再現性を保証することは難しい。素描と理論の関係については節を改めることとする。

考えごとをする画工が山道で転び、立ち上がった時にはじめて靄がかり山桜棚引く稜線が描写される『草枕』の冒頭は、読者に単一焦点の位置、いわば覗き穴の位置を教えている。それに従いさまざまなイメージを見せられるだけでなく、イメージの操作過程についても意識を向けさせられる。『草枕』の語りは冒頭から「霊台方寸のカメラ」(二頁)、「心のカメラ」(一二頁)にイメージを焼き付け、想起することに言及してみせ、実際に能舞台で観た『高砂』の「婆さん」と茶店の婆さんとを重ね合わせている。のみならず、志保田の「嬢様」の輿入れ場面の想像にミレーの『オフィーリア』の顔の記憶をコラージュし、新たな画面を構成している。ここで問題なのは、こうしたイメージ群は「置き去り」にされてもなお、意識的制御を離れて残存するということまでもが示されていることだ。

是は駄目だと、折角の図面を早速取り崩す。衣装も髪も馬も桜も一瞬間に心の道具立から奇麗に立ち退いた

---

(15) 飯田祐子「「幻惑」される読者——『文学論』における漱石」(『文学』一三・三、岩波書店、二〇一二・五)。

(16) こうした「読者」は『文学論』第五編に見るように、歴史的・社会的制約を蒙っている。富山太佳夫「歴史に背を向けて——漱石と歴史学」(『漱石研究』一、翰林書房、一九九三)は「漱石本人」の「〈歴史的事象〉に対する通時的な関心」の排除・抑圧を指摘して示唆に富むが、『文学論』第五編や「文学論ノート」への言及がない点に疑問が残る。この課題には、「文学論ノート」中の集合意識論の「歴史的研究の必要」(『定本 漱石全集』二一、六七頁)が講義、刊本の第五編で捨象される流れを、「一八世紀文学」講義との同時並行として再検討する必要があろう。

(17) 渥美孝子「夏目漱石『草枕』——絵画小説という試み」(『国語と国文学』九〇、東京大学国語国文学会、二〇一三・一一)。

が、オフェリヤの合掌して水の上を流れて行く姿丈は、朦朧と胸の底に残つて、棕梠箒で煙を払ふ様に、さつぱりしなかつた。空に尾を曳く彗星の何となく妙な気になる。（一八頁）

画工の脳裏に尾を曳く『オフィーリア』の残像は、読者にとっても気がかりな印象として残存し、やがて『草枕』の読書体験におけるライトモチーフを成していく。加藤禎行は「結果的に小説の展開を規定したのは、結末で宣言される「胸中の画面」（一三）の成立に向けて、それを構成するユニットの探索《ママ》するという動機だった」としたうえで、作者漱石は結末での「小説の全情景を賭けて企図される逆接的飛躍、すなわち文字列から画像への瞬間的置換、その成否を案じていたはず」[18]だという。しかしまさに絵画『オフィーリア』が小説外から持ち込まれたイメージであることを踏まえれば、『草枕』を読むことで出来する事態は「文字列から画像への置換」というよりも、文字列から喚起される記憶・聯想・想像をたよりに作品内外の諸イメージを編み上げていく認知過程へ読者が誘い込まれていくことであるだろう。

画工の脳裏に組み立てられた馬上の花嫁の図像は取り崩され、『オフィーリア』だけが「朦朧と胸の底に残って」、鏡が池の水死美人像へ図と地が反転する。これらの図像にはつねに花々のイメージが絡まり結びついている。

とくに椿の花の赤いイメージは「朔北《さくほく》の曠野《くわうや》を染むる血潮の何万分の一か」（八八頁）を滴らせるべき那美の従弟久一と結びつくとき、大量死のイメージとなる。

まずは椿の花と結びつく前の、久一と「戦争」のイメージを確認しておきたい。そもそも人が少なければ逗留しようという画工の望みを叶えたのは「戦争が始まりましてから、頓《とん》と参るものは御座いません」（一五頁）という事情であり、那美が出戻りしたのも「今度の戦争で、旦那様の勤めて御出《おいで》の銀行がつぶれ」（二一頁）たことによるし、久一が里に戻ってきたのも、元夫「野武士」が里を訪れたのも、そして久一と「野武士」とを運び去る汽車、それが那美の顔に「憐れ」を浮かべさせる結末でさえも、すべては同じ一つの「戦争」が結び合わせた「運命」ではなかったか。

「運命」という視座に画工が立つとき、自らを画中の人物と見るという俯瞰的視座と、未だ見ぬ土地の幻視とが重なり合う。画工は那古井を桃源郷と「思ひ詰めて居たのは間違《まちがひ》である」（八八頁）と洞察するその瞬間、自らの坐す空間から「孤村」へズームアウトし、さらには海を越えた戦場を幻視する。そして幻視したパノラマ図(19)の果ての光景を、「血」を滴らせるべきすぐ隣の青年の鼓動に投影して「高き潮」を想像する。画工が自身を「夢みる事より外に、何等の価値を、人生に認め得ざる一画工」（八八頁）と呼ぶとき、読者は彼を巨大なパノラマ中の点景として見るだろう。

「朔北の曠野」を染め尽くす血の滴り＝大量死のイメージは、大量の男の死を糧とする艶めかしい妖女のイメージへと「椿」を蝶番《ちようつがい》にして反転する。すなわち、「黒い眼で人を釣り寄せて、しらぬ間に、嫣然《えんぜん》たる毒を血管に吹く」（一〇一頁）妖しい女吸血鬼、および彼女の啜《すす》る血の暗示(20)となり、それらは「年々落ち尽す幾万輪の椿は、水につかつて、色が溶け出して、腐つて泥になつて、漸く底に沈むのかしらん。幾千年の後には此古池が、人の知らぬ間《ま》に、落ちた椿の為めに、埋《うづ》もれて、元の平地《ひらち》に戻るかも知れぬ。又一つ大きいのが血を塗つた、人魂の様に落ちる」（一〇二頁）という大量死のイメージにも重なる。

(18)　加藤禎行「「汽車論」の隠喩――夏目漱石「草枕」をめくって」（『日本近代文学』六二、日本近代文学会、二〇〇〇・五）。
(19)　「パノラマ」の語は本文に記憶のパノラマとして一度だけ登場する。しかし、作品発表当時上野や浅草のパノラマ館で日露戦争のパノラマ図が好評を博したことを思い合わせたい。本書第四章における舞台照明についての議論のほか、倉田喜弘編『明治の演芸　八巻』（国立劇場、一九八七）参照。
(20)　宮崎かすみ『百年後に漱石を読む』（トランスビュー、二〇〇九）、第一章。

こうした幻視を誘う椿に彩られた鏡が池にこそ、画工は画題を見いだす。「椿が長《とこしな》へに落ちて、女が長へに水に浮いてゐる感じをあらはしたいが、夫が画でかけるだらうか」（一〇二頁）という画工の願いを叶えるように、鏡が池の巌の頂に、那美の姿が現われるのだ。(21)

尹相仁（前掲書）は「なかなか絵が描けない「余」を催促するかのように那美が『オフィーリア』の如く水の上に浮くポーズを直接とってみせる場面」であると指摘する。「鏡」に我が身を映すことで水死像を出来させ、画工に見せるその振舞いは、彼女の前で画工がほめた水面に映る山桜の「円満に動く」（九五頁）姿を自ら模しているともいえる。振り袖を見たがった画工の願いを叶えてみせ、褒美をねだったのと同じように、彼女は自らの身体を絵画モデルに供し、画工の「胸中の画」の生成を補助していく。そのたび読者もまた新たなイメージの連鎖へと導かれてゆくことになる。

こうした流れの潮目が変わるのは、対象の「心的状態」に画を構成させるパラダイムを画工が発見することによる。その発見は鏡が池で「野武士」と那美の邂逅を凝視する場面で起こる。那美の渡そうとした財布を短刀だと思い違いをしたゆえに、画工は「振り向く瞬間に女の右手《めて》は帯の間へ落ちた。あぶない！」（一二九頁）と「非人情」の境地を破られる。他人の身体に危害が加わることについて喚起された強い情動とは、文字どおり共感的なものである。凝視し、出来事の行く末を見守り、そのうちに観察する自己と観察対象との区別が曖昧になり、観察対象に降りかかる事態に強い情動的反応を示す――それは「見るものもいつか其中に同化して苦しんだり、怒つたり、騒いだり、泣いたりする」「普通の芝居や小説」（六頁）の「人情」の境地と選ぶ所がない。

続いて那美の差し出したそれが短刀ではなく財布であると気づいたとき、すなわち危険が去り同一化の紐帯が解かれたとき、そこに再び「画になる」構図を画工は見て取る。画工はこの一場面において、「人情」的凝視と「非人情」的凝視との両極をすばやく往還している。そして那美・野武士の「気合」で緊迫した「図面」について、「心的状態が絵を構成する上に、斯程《かほど》の影響を与へやうとは、画家ながら、今迄気がつかなかつた」（一三〇頁）と漏らすのだ。その発見を経て「画」は成就する。

茶色のはげた中折帽の下から、髯《ひげ》だらけな野武士が名残り惜気に首を出した。そのとき、那美さんと野武士は思はず顔を見合せた。鉄車はごとり〳〵と運転する。野武士の顔はすぐ消えた。那美さんは茫然として、行く汽車を見送る。其茫然のうちには不思議にも今迄かつて見た事のない「憐れ」が一面に浮いてゐる。

「それだ！それだ！それが出れば画になります」

と余は那美さんの肩を叩きながら小声に云つた。余が胸中の画面は此咄嗟の際《きは》に成就したのである。

（一四三―一四四頁）

とするならば、この結末では那美の心的状態が、成就した「画」の構成原理となっていよう。ただし、この場面の那美にだけ近づきすぎ、内面を詮索しては「画」は見えない。何故、何がどう憐れであるのかというコンテクストから離れることで、これまでのイメージの残像との連鎖が成立するからだ。

六　「理論」の代補

どのような「画」が出来上がるのか。血の色をした無数の椿が人魂のように降り注ぐ永遠の静寂のなかで、池に浮かぶ妖婦としての「那美さん」は、「憐れ」の表情を浮かべている。それは「さゝだ男もさゝべ男も、男妾

（21）　この那美の構図、および「Sadder than（…）」（八）という詩句の引用はメレディス『シャグパットの毛剃り』から影響を受けているという。飛ヶ谷美穂子『漱石の源泉――創造への階梯』（慶應義塾大学出版会、二〇〇二）、九二頁。

にする許り」（四六頁）の女が「やす〲と往生して浮いて居る所」（九八頁）であるよりは、憐れな歌を残して覚悟の死へと自らを投じる長良の乙女の苦界に近い。おそらくこれが画工の胸中の「画」の表面だ。

しかし、それが単なる長良乙女伝承の図像化でないことは明らかである。なぜなら、この「画」の裏面に隠された、切り離された文脈としての「戦争」が、海の向うの大陸を染める赤い血潮が、そこへ人々を駆り立てて運び去る文明の鉄車が、その轟音を反響させているからに他ならない。残存するイメージのコラージュによって浮かび上がる「画」は、同時にコンテクストの残響を伝えてしまう。切り取られた「憐れ」の表情でさえ、個別具体的な対象を持っていたのだから。

この両面性の「画」を構成している心的状態が、那美の「憐れ」だということになる。文明が死へと人を運び去る「運命」の鉄車を前にした「憐れ」の表情は描写されない。だが、西洋画家をめぐる物語において、キリスト教芸術の伝統的主題、〈憐れ《ピエタ》〉を連想するのも的外れではあるまい。[22]漱石が『モナ・リザ』描写を長々と引用したペイター『ルネサンス』にはまた、次のようにある。

> 「ピエタ」＝憐れみ、すなわちキリストの死骸を抱く聖母の憐れみは、すべての母のすべての子に対する憐れみ、埋葬やその無情な「堅い石」への憐れみにまで拡大されたが、これはミケランジェロが偏愛した題材である。（略）それはいつも希望のない、光のない、ほとんど異教的でもある悲しみ（略）硬直した四肢と血の気のない唇を見て憐れみと畏怖の念を感じているだけである。[23]

文字どおり「神に尤も近き人間の情」（一〇三頁）の引喩を結末部の趣意と解するならば、「今迄かつて見たことのない」としか那美の表情を描写できぬ無力を画工は露呈しながらも、美術作品の助けを借りることで辛うじて描写を代補しようとしていることになる。[24]そもそも那美の顔とは、画工が初めて直視した時から、「生れて三十余年の今日《こんにち》に至るまで未だかつて、か丶る表情を見た事がない」（三二頁）ものであった。「画《え》にしたら美しからう」（三二頁）けれども、画工は言葉でそれを語り尽くそうとは決してしないのである。『草枕』が想像上の絵画を読者の脳裏に描き出そうとする小説であるとすれば、その描出には先行する視覚芸術の記憶の手助けがある。と同時に物語は、多くのコンテクストが残響する図像を構成する助けとなる。読者は画工の弁舌をもとに、朧気に組み上がっていく図像の前で、その視覚的不完全さゆえにさらに欲望するよう差し向けられる。

むろん、イメージを思い浮かべずに読んでもいい。そもそも小説を読むことで視覚の再現が完遂されることはない。作品が読者の認知の過程を操ることなどできないのだから。では、イメージはあくまで読むことの補助の身分にとどまるのだろうか。イメージを抜きにして、読むことの「本質」なるものを規定しうるだろうか。むしろ、読むことにイメージは分かちがたく含まれている。そうでありながら、イメージが単に切り離すことができる附属物とみなされるその時に、読むことの「本質」があるかのように措定されてしまうのではないか。

読むことの内部に初めから刻み込まれた要請により、イメージは読むことを代補する。「私はそんな風にイメージして読んだりしない」と唱える読者があれば、それはイメージの助けを借りていることに無頓着であるか、より「純粋」に読みたいという意思表明をしているだけだ。反対に読者は『草枕』の描写を活用し、自分なりの図像を幻視することで、作品世界に迎え入れられたかのような没入体験に浸ることもできる。縷々辿ってきた『文学論』生成の過程は、その没入の道具立てを整えてゆく過程と解される。言葉で視覚的描写が完遂されることはないが、シーモア・チャットマンが指摘するように、小説家は自らの本質的だと思う点のみを強調し、それ

(22) 中江彬「漱石の『草枕』におけるミケランジェロ——超人的芸術論の歴史」（『人文学論集』一六、大阪府立大学、一九九八・一）は同様の聯想を行なっている。
(23) ペイター（前掲）、九九—一〇〇頁。
(24) ジャック・デリダ「パレルゴン」（『絵画における真理』上、高橋允昭・阿部宏慈訳、法政大学出版局、一九九七）参照。

以外を無視できる。すなわち、言葉の「描写能力の限界」はむしろ、言葉の「表現を回避する能力」でもあるのだ(25)。

とはいえ「幻惑」の装置は設《しつら》えてみただけでは動作が保証できない。本章でイメージ連鎖の過程を述べるに際し「素描」とあえて断わっておいたように、読者の認知過程に多くを委ねる文学理論は普遍妥当の再現性を具えない。換言すれば、《描写論》と「幻惑」との接合という『文学論』の理路が抱え込まざるをえない限界は、読者概念の融通無碍さにある。ある読者がそう読んだということから、すべての読者がそう読むはずだとは帰結できない。しかしある読者の読みにもとづかないかぎり、読書行為におけるイメージ編成の過程は語り得ない。

この隘路は、たとえば『草枕』においては森田草平のような「自己催眠」的読者の現われによってはじめて暫定的に緩和される。森田は「正直に白状すれば、自分は『草枕』を強ひて自分の方へ扭《ね》ぢ歪めて見て居るのでは無いかと云ふやうな、漠とした不安の念が伴ふ」と懸念しながら、「評し来つて何となく自ら徹底せざるを覚ゆ、想ふに『草枕』の如き作物については、非常に多く語るか、さもなければ黙つて置くべきものであらう」と稿を閉じている。少なくとも一人はそう読んだ、視てきたのだという個別一回的な素描はあくまで文学理論にとって事例でしかない。しかし素描による代補なしには、いかなる立証もありえない動的現象に対し、『文学論』は挑んでいたのである。

七　『草枕』の理論化

本章ではこれまで描写論にフォーカスしてきたが、プロットに関する議論では『草枕』が講義へ与えた影響についても検討することができる。冒頭に述べた通り、森田草平は『草枕』について漱石へ感想と批評を送り、漱石もまたそれに応じて自分の企図を述べる書簡を返している（一九〇六年九月三〇日付森田草平宛書簡）。また、談話筆記「余が『草枕』」（『文章世界』一・九、一九〇六・一一・一五）が発表される。これらで議論される「非人情」美学や、「唯だ一種の感じ――美くしい感じが読者の頭に残りさへすればよい」「俳句的小説」という表現は知られるところであり、ここでは繰り返さない。しかし、これらが発表されていた時期に漱石が帝国大学で行なっていた講義「一八世紀文学」の木下利玄による受講ノートに注目してみると、これらの思索の背景にのちの『坑夫』（一九〇八・一・一―四・六連載）とその解説「『坑夫』の作意と自然派伝奇派の交渉」（『文章世界』三・五、一九〇八・四・一五）や、『三四郎』連載中の談話「文学雑話」（『早稲田文学』三五、一九〇八・一〇）にまで繋がる漱石の理論的関心があることがみえてくる。[26] そのことを最後に確認しておきたい。

一九〇六年一〇月頃（筆記位置からの推定）の「一八世紀文学」講義では次のように述べていた。

> 川柳より俳句の方が自分はすきだ。西洋人の珍重せる傑作の如きもの、多くはうがちなり。さればそれを無暗にありがたがるにも及ぶまいと思ふ。西洋人は穿《うが》ちを見て喜んで居るのだけれども、そのうがちをかいた川柳的傾向なものよりも俳句的傾向のものがあれば其方がよい。そんなものが今迄にあるかないか私は知〔ら〕ない。どんなのが夫れかときかれて答へられない。併しながらその方面には未だ開拓の余地があると云ふ事を注意するに止るのだ。

ここでは「俳句的傾向のもの」には「未だ開拓の余地がある」というに留まるが、「余が『草枕』」では「俳句

(25) シーモア・チャットマン『小説と映画の修辞学』（田中秀人訳、水声社、一九九八）、八〇頁。
(26) 木下利玄による受講ノート「十八世紀の文学Ⅰ」（県立神奈川近代文学館蔵）を見ると、ポープを分析する際に「余が先年文学論にてのべし文学の四の element にわりあて、classify せり」としてポープの詩に「intellectual element」が多いと述べるなど、漱石が「文学論」講義への参照を行なっていたことがわかる。

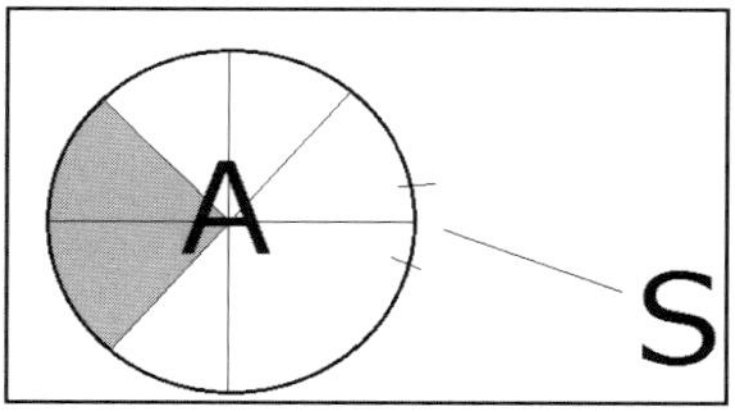

図８　木下ノート「十八世紀の文学Ⅱ」の観察者（S）の図

的小説」と自作を評したのだから、その意図するところは今日からすれば明らかである。さらに、一九〇六年一二月頃になると、より直截に講義で自作に言及したようだ。同じく「一八世紀文学」講義の木下ノートに次のようにある。

〔ポープの『ダンシアッド』は〕誰が罵られてるか見当つかぬ場合多し。それで此の繁多な世間に一々註を見て*Dunciad*を読む気長の人は居らず。さればとて註なくば不明なり。さうすればinterestがない（芳賀矢一と云ふ人があります。私の友だちですがね、あの人が猫を評してあれは自分は裏面の事情を知つてるから面白いが知らない人がよんで何処が面白いかと云つた。芳賀さんは猫もこんな風に考へてる。しかし猫はそんな下等なものではない）。

このように、はっきりと自作『吾輩は猫である』に言及している。講義本文と括弧内の文体の違いは、おそらく筆記者木下利玄が余談と判断し言文一致体で書き取ったためであろう。年が明けて一九〇七年になると、講義本文で自作を解説するまでに至る。木下利玄のノート「十八世紀の文学Ⅱ」では、図7のように図示して、次のように述べている。

Spectatorが運動せずAがめぐりて一部分づゝを示す。一まはりせし時complete interestを得。これは富士山が廻るのを吾々が動《うごか》ずに見るか、又は吾々が動かぬ富士山を吾々《ママ》が駿河甲斐を廻りて見るに似てる。草枕の女主人公(A)はchar[acter].のevolution。尤char.のmanifestationが異り色が変るのみ。画家と云ふSpectatorが廻りて観察するなり。即〔加速度〕[27]ある他の小説（普通の小説は如何に拙なりとも山あり）の如くならず。一部一部に面白味がある。一が次をevolveし又連鎖もあれども、〔加速度〕を期待する目より見れば、劣作ならん。fixed char. を describe せるなり。今は悪い例なり。薤露行も此の例なり。長いものになると猶この climax が必要なり。長ければ長き程石段を昇る如き心地必要なり。

長い作品を短く感じさせる「筋」、すなわち「小説の組立」が「一八世紀文学」講義におけるデフオー論の要点であり、一九〇七年になってから書き直したであろう『文学論』原稿の第四編第八章「間隔論」では、「余の浅学なる内容を説いて形式に及ぶ能はず、形式の局部に触れて結構の大本を詳説する能はざるは遺憾なり」と記していた。『文学論』改稿上の課題を、平行する「一八世紀文学」講義におけるデフォー論でも扱っていたということになる。「余が『草枕』」では次のように述べていた点がこれに当たる。

あの『草枕』は、一種変つた妙な観察をする一画工が、たま〳〵一美人に遭遇して、之を観察するのだが、此美人即ち作物の中心となるべき人物は、いつも同じ所に立つてゐて、少しも動かない。それを画工が、或は前から、或は後から、或は左から、或は右からと、種々な方面から観察する、唯だそれだけである。中心となるべき人物が少しも動かぬのだから、其処に事件の発展しようがない。（略）作中の中心人物は却つて動かずに、観察する者の方が動いてゐるのだ。

ただし、これよりも講義の方が踏み込んでいた。なぜなら、プロットにより読者の興味を引きつけるという「間隔論」（次章で詳述する）とも繋がる問題を、「文学雑話」では次のように述べることになるのだが、講義では

---

(27) ノートでは波線で表現されているが、文脈上「加速度」を意味すると判断し、波線は略した。以下同じ。

それを先取りする形で述べていたからである。

茲《ここ》に云ふデップスが無いとは普通にいふ奥行が無い、内部の意味《インナー、ミーニング》が無いとの意味でなく、余り興味がアクセレレートせられないといふのである。同じインテレストが加速度を受て段々とインテンシティーが強くなるのが私の所謂深さで同じインテレストを以て進んで行くからして作に統一《ユニティー》がある事になる。然し之は動《やや》もすれば単調になり易い、（略）何等かの変化を与へねばならぬ。（略）同じインテレストでも加速度を以てアクセレレートして層々累々に新味を加へて行くとなると其処に深さが生ずる、『レギーナ』〔ズーダーマン『猫橋』〕には此の困難な書き方で余程深さを表はしてゐる。（略）長谷川さん〔二葉亭四迷〕の『其面影』などは此の書き方に似たもの（略）若し小説を離れて写生文となると面白味はエキステンシヨンに在る、平面的の興味云はば空間的《スペイシアル》の特質がある。小説の面白味は寧ろ推移的だから直線をたどる様なものでせう、（勿論エキステンシヨンも交つてはゐるが、）と云ふ意味は、即ちコーザリティーを以て貫くと云ふ事なので、其の線の行く先を迹《あと》付けて読者は興味を発見する。だから其極端をいふと、丸でエキステンシヨンのない筋書だけの小説になる。だから又一方には写生文だけの面白味があって小説にならぬものが存在する理由も判るでせう。然し写生文はパノラマ的エキステンシヨンが重《おも》でコーザリティーから出る興味が主では無い、従って散漫になり易い、だから写生文をパノラマとすれば小説は活動写真——といふやうなのではありませんかね。(28)

とはいえ『草枕』は画工の主張する「非人情」の美学のみで駆動する作品ではない。移動する観察者・画工により、動かぬ中心人物・那美のさまざまな側面が描かれることによって読者の「関心」(29)を満たしていくというパノラマ的な手法と同時に、那美の過去についての関心を誘う構造をも併せ持っている。しかし、このように整理してなお『草枕』の構造から宙に浮いているように思われるのは、結末近くで画工が述べる汽車論である。こうした弁舌と小説の構造をどう関わらせるかという問題を漱石は『野分』でより意識的に構造化することになる。

(28)『定本 漱石全集』(二五、岩波書店、二〇一八)、三〇八―三一二頁。
(29) 拙稿(注7)参照。

第六章　「間隔的幻惑」の論理——哲理的間隔論と『野分』

本章では『文学論』第四編第八章「間隔論」に着目する。『文学論』は分類や列挙に多くの紙幅を割くが、読者を文学作品に没入させるための力の働きを論じるという、大きな屋台骨が全体を貫いている。読者が小説を読むとき、作品世界に吸い込まれるように没頭し、時には作中人物そのものになりきってしまう錯覚を漱石は「間隔的幻惑」と名づけた。この現象の渦中において、作者の存在は読者の意識から後景に退き忘れられていく。しかし、作者の存在感をどのような構造や修辞によって忘れさせるかを『文学論』で論じていた一方、同時期の創作『野分』（『ホト、ギス』一九〇七・一）で漱石は「作者」を自称する饒舌で批評的な語り手を作り出していた。そこで本章では、『文学論』における「間隔的幻惑」の論理と『野分』とが一見背馳するようでありながら、目標を共有していたことを示したい。

一　『アイヴァンホー』読解と「間隔的幻惑」

『文学論』第四編第八章「間隔論」の記述から導けるのは、「間隔的幻惑」に三つの種別があることである。第一は「内容的間隔論」と呼びうる（漱石はこう名づけていないが）。「聯想法《れんそうほう》」など、文学的内容（F+f）の組合わせ（修辞効果）による方法である。第二は「形式的間隔論」である。時間と空間という形式に訴えかけ、読者と作中人物との距離を縮める方法であり、第四編第八章で中心的に論じられる。第三は「哲理的間隔論」である。

作者の人格や見識によって読者を全面的に感服させることで、読者と作者の間の距離を近づけることだ。しかし、『文学論』はこれを論じず、青年学徒に研究の余地を示すのみである。

「形式的間隔論」には二つの方法、「時間短縮法」「空間短縮法」があり、語りの戦略レベルとして「批評的作物」と「同情的作物」の区別が重要であるという。

「批評的作物」については、「作家篇中の人物と一定の間隔を保つて批判的眼光を以て彼らの行動を叙述して成るを云ふ。この方法によりて成功せんとせば作家自からに偉大なる強烈なる人格ありてその見識と判断と観察とを読者の上に放射し」(三九六頁)、読者を感服させねばならないという。そうした傾向の成功例は発見し難いとして具体例は引用していない。「同情的作物」とは、「作者の自我を主張せざる(略)著者の自我を没し得て読者の心を動かす」(三九六―三九七頁)作品であるという。

両者を分かつのは、〈作中人物への評価〉を行なう評価主体としての作家の態度である。つまり、三人称/一人称、全知視点/限定視点という人称や情報量の問題というより、ウェイン・C・ブースのいう「個人的な語り」「非個人的な語り」の区別に類比可能であると考えられる。ブースは「個人的な語り」について次のように述べる。

> われわれはそれと分るような個人的な癖、はっきりとした文学的な言及や色彩に富んだ比喩、あらゆる形式の神話や象徴を作品から追放しながら、さらにずっと進み続けることができる。そういったものはすべて、価値評価をしているのである。明敏な読者ならば誰でも、それらが作者によって押し付けられたものであることを認めることができる。(1)

すなわち「同情的作物」とは、基本的に「作者」の名義で作中人物に対しあれこれと品評を加えることはせず、

に出来事を語っていく形の作品ということになる。そうした「同情的作物」の幻惑を説くなかで写生文論(2)に触れ、その対照としての「観察をうくる事物人物が発展し収束し得るが故に読者はこれを以て興味の中枢とするを得」る小説の存在に言及したうえで「卑近なる間隔論は略悉《ほぼつく》すを得たり」と概論を終え、以降は作家の手腕が発揮された各論に移る。「興味の中枢」をもつ小説として最も鮮烈な例はウォルター・スコット『アイヴァンホー』第二九章の一場面である（本書「はじめに」参照）。

そこでレベッカは〈視せたいが故に語る〉強い欲望を持ち、戦況を直視し、報告する。すなわち、視覚を言語情報化した「叙述」(3)を行なう。他方、アイヴァンホーは〈視たいが故に聴く〉強い欲望を持ち、報告を聞き、戦況を思い浮かべる。これを読む読者との間に、叙述を疑似視像化する聴き手・読み手の重なりが生じるのだ。

つぎに、作中の科白《せりふ》について考えるために、ジェラール・ジュネットの次のような見解を参考にしたい。

> 非言語的な出来事を言語で「模倣」することが、それこそ絵空事か幻想にすぎないとしても、反対に「言葉についての物語言説」の方は、アプリオリに、ソクラテスが語った絶対的模倣とならざるをえないように思える。（略）テクストに存在する言表と、主人公が発話したと思われる文との間には、話されたものから書かれたものへの移行に起因するいくつかの差異以外のいかなる差異も存在しない。（略）語り手はそれを書き写している（略）(4)。

つまり、「言葉についての物語言説」（科白や引用など）は言葉を忠実に再現したものだが、「出来事についての物語言説」は作中人物の知覚の再現という困難がある（再現性が低い）。この点に「文学論ノート」、「文学論」講義、『文学論』間の説明原理上の混乱の原因があるのではないか。

たとえば、『ハムレット』の劇中劇シーンは「文学論ノート」、「文学論」講義において「間隔論」の論証に組み込まれてきたが、『文学論』では削除される。「文学論ノート」では次のとおり、「間隔論」の原型となる議論で『アイヴァンホー』や『春秋左氏伝』など刊本でも用いられる例とともに『ハムレット』や『真夏の夜の夢』の劇中劇を挙げていた。ここで漱石は作中人物の口から間接的に出来事を提示する方が効果的だと述べる。

> 何故と云へばA〔読者または観客〕:B〔作中の出来事〕がA´〔作中人物〕:Bに変化する故なり。即ち読者自身と小説中〔の〕出来事との関係がずりすべつて小説中の人物と小説中の出来事と云ふ関係になる。精《くわ》しく云へばA自身の立場〔は〕A´となる。其《その》Aは今迄小説を読んで居りたる人なる故にA´も亦（小説を読む人）の地位に立つ訳になる。従つてA´が小説中の人物とは思へなくなる。即ち我等と同様な人間であると云ふ感じが起る。
>
> （我等 対 B）が変じて（小説中の人物 対 B）となる故に我等と（小説中の人物）とは同じき心持を生ず。即ち彼等は作られたる人間にあらずして吾人と共に生きたる人間ならんとの illusion を起す。左伝延陵〔→鄢陵〕の戦、Scott *Ivanhoe* 中の一節、*Hamlet* 中の芝居、*Midsummer Night's Dream* 中の芝居、*Kim* の中の〔一〕節、*Hedda Gabler* 中の一節
>
> （「文学論ノート」二九一頁。傍線は原文）

（1）ウェイン・C・ブース『フィクションの修辞学』（米本弘一・服部典之・渡辺克昭訳、書肆風の薔薇、一九九一）、四〇頁。三九九頁も参照。

（2）永井聖剛『自然主義のレトリック』（双文社出版、二〇〇八）第五―七章は、写生文論から花袋の描写論へと視座をひらく重要な議論として参照されたい。

（3）本章では漱石に合わせ「description」に「叙述」の語を宛て、文脈によっては「描写」とする。なお今日の訳語としては「description」に「描写」を、「narration」に「叙述」を宛てることも多い。

（4）ジェラール・ジュネット『物語のディスクール――方法論の試み』（花輪光・和泉涼一訳、水声社、一九八五）、一九六―一九七頁、強調原文。

講義では黒板に図を描いて劇中劇を次のように解説していた。

　芝居の中にて芝居をなすことあり。"*Hamlet*"の中にある芝居、"*Midsummer Night's Dream*"、幡随院長兵衛の芝居〔河竹黙阿弥作『極付幡随長兵衛《きわめつきばんずいちょうべえ》』一八八一年初演。序幕に劇中劇場面がある〕、独乙の Romantic School にある芝居（芝居の中にある芝居が更らに芝居を挿入す）の如き是なり。何故に此《かか》ることをなすかと問はんに、役者と見物人との距離をちゞめんが為なり。即ち見物人と役者とが接近して芝居中の芝居を見物する如き感覚を生ず。従て illusion の大なる者を生ず。

□□□□□□ ——Secondary play
□□□□□□□□□□ ——Primary play
——Audience

"*Midsummer Night's Dream*"中に Pyramus と Thisbe とが密会する所あり。此条《〔このくだり〕》が芝居中の芝居なり。例へば其芝居中に獅子が出で、吼ゆるや見物人の地位に立てる役者が之を称揚す。月の出づるや見物人の Hippolyta が well shone moon と云ふ如し。即ち primary play に上れる役者が secondary play を評せるときは一般の見物人は其役者を自己と同一の地位に立てる者と思ふに至るべし。換言すれば役者と見物人とが接近して互いに手を携へて secondary play を評するに至るべし。然れども Shakespeare が此る考を抱いてなせしや否やは不明なり。此る法は consciously or unconsciously に用ひらるゝこと多し。"*Macbeth*"中にある Banco〔→ Banquo〕の刺客報道の所も此中に入るべきものとす。

（金子ノート、四四七—四四八頁）

『文学論』からは劇中劇への言及が削られた。おそらく、それは劇と文学との根本的な差異に関わる。観劇者は劇中劇という出来事を直接「視聴」できる。しかし小説読者は劇中劇的な出来事を文字（報告）を介して「読む」ことしかできないのだ。他方、『アイヴァンホー』第二九章は出来事を視る作中報告者と、作中聴き手が形象化された対話構造といえる。

「文学論ノート」段階の「間隔論」では、心理的同一化も含め多様な論点が書き留められ、作中人物の直接話法のセリフが同時に叙述も兼ねる「間接叙述」（indirect description）という概念が提示される（「文学論ノート」二九二頁）[5]。しかし、「文学論」講義の段階では「間接叙述」概念を削除し、幻惑とは「立聞き」するかの感を得ることだとした（金子ノート、四四七頁）。最終的に『文学論』の段階で、立聞きに加えレベッカの目となり耳となり戦況を目撃するかのような幻惑、さらに心理的同一化も論じた。このような説明原理の変更は、文章における視覚性をめぐる概念上の混乱に根ざしていたと考えられる（前章参照）。以上の概観を踏まえたうえで、『アイヴァンホー』における「間隔的幻惑」について分析する。

漱石によれば、作家の技量、記事の内容より起こる幻惑が高まるとき、読者は「進んでこれに近づき、近づいてこれに進み、遂に著者〔この場合レベッカ〕と同平面、同位地に立つて、著者の眼を以て見、著者の耳を以て聴くに至る」（四〇七頁）という。ここには内容的間隔論と形式的間隔論が互いに協同する様が見てとれるが、重要なのは作中人物レベッカの「著者」役割であろう。

> 然るにRebeccaは篇中の一人物なり。戦況を叙述するの点に於て著者の用を弁ずると共に、篇中に出頭し

（5）『倫敦塔』の材源の一つとなったエインズワース『ロンドン塔』漱石手沢本中、ワイアットの反乱軍が女王メアリーのいるロンドン塔に押し寄せる様子をメアリーの科白で描写するくだり（W. H. Ainsworth, *The Tower of London*, London: Cassell, 1903, p. 293, ll. 9-39）に、漱石は「間接叙法　結果思ふ如くならず」と書き入れている（『漱石全集』二七、岩波書店、一九九七、二六頁）。

没頭し、逶迤《いい》として事局の発展に沿ふて最後の大団円に流下するの点に於て記事中の一人たるを免かれず。此故に吾人は著者としての Rebecca と同化する傍ら、既に記事中の一人たる Rebecca と同化し了るものなり。

（四〇七—四〇八頁）

漱石自身は、右の記述においてアイヴァンホーの位置を明示的に議論に組み込んでいないが、その点を補足すれば次のようにまとめられる。まず読者は『アイヴァンホー』の物語世界内に入り込むと、アイヴァンホーという聴き手の傍らへ接近し、やがてアイヴァンホーと一体化して、「報ずるもの、言語により当時を想像する読者」（四一五頁）となる。「吾人は幻惑を受けて戦況を眼前に髣髴する」（四〇八頁）が、その想像が鮮明になればなるほど、眼前に戦況を見るレベッカと相同的な位置に近づくといえる。こうした言語情報からの疑似視像化を試みて、作品世界内に入り込んだ読者から振り返れば、作者とはむしろ作品の外側にいる存在として度外視できるものになる。

こうした「間隔的幻惑」をいかにしてテクストは準備しうるのか。『文学論』から導きうるその条件は、著者の「技量」（が発揮された作品内の表現）、「記事」の内容および設定、読者の「記憶」能力（に訴えかけるシグナル）の三点である。「著者の技量」については第四編の修辞論が関わる。その修辞を織りなす単位、および「記事」の内容として、第一編・第二編で論じられた（F+f）の内容論が参照されねばならない。またそうして生じ得た幻惑が、科学的な認識とどう異なり、認識論的にどのように根拠づけることができるのかについて「文芸上の真」を論じた第三編が参照される必要がある。このようにしてみると、第四編第八章「間隔論」は『文学論』における心臓部をなし、全体を有機的に読むための重要な結節点であることが見えてくる。

そして、『文学論』が読書行為の〈力学〉理論であることを明らかにするために、最も注目すべきは不確定で動的な項、読者の「記憶」能力であろう。漱石はミルトンの『闘士サムソン』を「恰《あたか》も盲詩人〔ミルトン〕からの口を通じてSamsonの最期を聞くが如き感あるを免かれず」としたうえで次のように処方箋を提示した。

> 彼我の間隔をちゞめんが為めには、篇中の人にして之を語るものなかるべからず、篇中の人にして又之を聴くものなかるべからざるは*Ivanhoe*の場合に徴して明かなり。然れども此二人は単に形式の為めに存在すべからず。（略）此二人が篇中に活動すとの証明を絶えず読者に与へて、読者をして、（略）作家より聞くにあらずして、篇中の一人より聞くなりとの記憶を繰り返さしむるにあり。
>
> （四一二―四一三頁）

直接話法の問答を繰り返すことで読者の記憶・忘却のダイナミズムに訴えかける発想が示されている点が興味深い。作者はテクスト上にシグナルを反復し、何かを読者に忘れさせないことが可能である。反対に、文章のなかの対話的位置関係を忘れてしまうと、読者自身が物語世界外にいる聴き手であるとしか思えなくなり、「間隔的幻惑」は生じない。その場合は、

> 読者は只《ただ》記事の自然と曲折なく展開するを知るのみにして、遂に語るものあるを忘れ、又聴くものあるを忘れんとす。此両者を忘るゝときは、著者自からこれを叙述するも、或は篇中の人物をして之を叙述せしむるも間隔に於て寸毫の異なるなきは睹易《みやす》きの理なり。
>
> （四一三頁）

つまり、説明文になってしまうのだ。結果がわかった時点に身を置いて既知の過去を語る『闘士サムソン』と比較して、『アイヴァンホー』の現在法は時間短縮法の効果を持つという。

The Black Knightか、Front-de-Bœufか、是《これ》読者の呼吸を凝らして知らんと欲するのみならず、Rebecca

のまた張胆明目して知らんと欲する所のものなり。而してRebeccaのかく熱心なるは勝敗の数未だ定まらざる現在の光景なればなり。（四一五頁）

またレベッカ自身の未来へと読者が関心を持った場合は、よりいっそう時間的間隔の短縮が起こりやすいという。戦争についての報告を聞きつつ彼女の行く末を案じることになり、「未知数の孰《いず》れに向つて発展するかを気遣ふの余り、吾人は催眠術にかゝれる患者の如くに左右を顧みるの遑《いとま》なくして前進す」（四一六頁）るというのだ。当然ながら、そのように興味を惹かせるだけの人物造形が枢要であろう。

以上のように、「形式的間隔論」を論じるためには、人物造型や設定など「内容的」な共感にも言及せざるをえない。漱石も第四編第八章冒頭でこれから論じる「間隔論」を内容論でなく形式論であるとして区分しようとした際に歯切れが悪く、また「余の浅学なる内容を説いて形式に及ぶ能はず、形式の局部に触れて結構の大本を詳説する能はざるは遺憾なり」（三九三頁）と心残りを語っていた。漱石の『アイヴァンホー』読解は、「間隔論」が形式上の問題（時間・空間・対話構造）に収まり切らず、内容上の問題とも密接に関係しているという錯綜を解きほぐす作業だったのである。

こうして明らかになったのは、漱石が読者の認知、記憶や想像の過程を根底に置いて「幻惑」の読書行為論を進めていたことである。「文学論序」から知られ、多くの研究者も注目してきた通り、そこでは心理学的な意識論が枠組みとなっている。しかし、小説を読む者に自己と作中人物との区別を選択的に忘れさせることはいかにして可能なのだろうか。本当に可能なのだろうか。

二 『文学論』における「忘却」の意識理論

読者に作中人物との隔たりを忘れさせる「幻惑」の力について、『文学論』の全体に視野を広げることで追究してみよう。漱石は『文学論』において、記述されたものから読者がいかにして記憶・聯想・想像を通して「幻惑」へと共犯的に自らを投じていくかを問うていた。たとえば第二編第三章「ｆに伴ふ幻惑」において、漱石はある種の〈読書契約〉の問題に踏み込んでいた。

> 直接、間接経験の差異は単に上記の如く数量的なるに止らずして性質上より見ても著しき現象あるを認むべし。元来吾人が文学を賞翫するとは其作者の表出法に対する同意を意味するものとす。然るに其表出法たるや上述の如く故意に又は無意識に多くの事実的分子を閑却して文を行《や》るものなれば、かくの如く一種の除去法の結果現はれたる文学的作品に対し吾人が生ずるｆは、其実物に対して感ずる情緒と質に於て異ること無論の事なるべし。されば吾人が文学を読んで苟《いやしく》も之を賞翫する限りは多くは作者に馬鹿にされ、少なくとも書を手にして面白しと感ずる間全く自己を其作者の掌中に委ねつ、あるものなるべし。（一七五頁）

ここでは「閑却」（選択的忘却）への「同意」が論じられているが、たとえば、舞台が舞台に過ぎず、役者が役者に過ぎないことを忘れれば、劇に没頭することができる。それが観劇慣習《コンヴェンション》というものだ。同じように、読書においてもさまざまな「閑却」への「同意」という慣習が基礎となっている。このことがフィクション論として持つ意味は大きい。鳥の鳴き真似を真似と知ってなお賞翫することで、実物以上に美しい歌声を味わいうることも、想像に難くない(6)。

> 演劇は人生の再現にして、しかも人生よりも強き再現なり。人生を縮写して、注意を狭き舞台に集注するが故に如何なる演劇も吾人——傍観する丈の働きよりなき吾人——に普通以上の程度に於て人生の実在を明瞭

に意識せしむ。（二〇八頁）

ここではフィクションへの「注意」の「集注」（間接経験）によって、単に現実に向き合う（直接経験）よりも効果的に、現実のある側面を「意識」させうるという。ここでいう「集注」とは当時の生理学的心理学の概念である[7]。坂口周は漱石の理論が正岡子規の写生理論の系譜を引いているとしたうえで、次のように述べている。

> 漱石の議論の中心であるF、すなわちFocus（焦点）を合わせる意識の作用とは、ある特定の対象や箇所に注意を集中するということであり、それは催眠導入のプロセスにおいて最も重要な題目であった。催眠導入のなかでも一番多用される方法は、振り子を目の前で揺らしたり、点滅する光を見せたりする「一点注意凝集法」であり、その原理は、意識上のさまざまな観念の競合状態（雑念）を平定することにある。つまり、一点のみに注意を凝集させることで意識を占有し、代わりに他の意識部分の作用を停止状態《ブランク》にし、〈疑い〉を抹消し、もって潜在意識の十全な活動を開放するのが催眠状態である。それはいわば、意識作用における注意力を引きつけるだけ引きつけて、意識作用自体を消滅させるという逆説的方法なのだ。その時、真に開示されるのは、焦点の当てられた局所的対象ではなく、その背景に控えていながら、いまや全面的に前景化した、もしくは意識の全面に同化したともいうべき「非焦点」の潜在的領域なのである。漱石の文学論の要訣は、むしろここにあるといって過言ではない[8]。

さらに心理学的概念への参照を確認しよう。漱石の依拠する意識理論は、ある心的表象が「辺端的意識」（三一頁）からやがて「識域下の意識」へと押し遣られる過程を論じるものであった。つまり、「閑却」「忘却」というモチーフを、〈思い出せなくなること〉（痕跡の消去）ではなく、〈一時的に意識の外に追いやること〉（いつでも思い出すことはできる、保留された忘却[9]と捉えておく必要がある。漱石はいう。

真なるか、真ならざるかは全く別問題に属す。始めより知の領域に住して此十数行を読むものすら、読むうちにわが意識の頂点が崇高なる情調に占められて知的分子は全く識域以下に斥けらるゝか、或は僅に識末に其命脈を保つに至るを自覚すべし。若し然らずと云はゞこの人は文学的に不具なるか、或はMilton の技倆

（6）カントが『判断力批判』においてナイチンゲールの「鳴き真似」を扱った章段を論じる宮崎裕助「学問の起源とミメーシスの快」（栗原隆編『感情と表象の生まれるところ』ナカニシヤ出版、二〇一三）によれば、「ものまねであることに気付かれない間は、「本物のさえずり」は、この若者のものまねによって十分に代替されていた（略）若者の才能は、究極的には、ナイチンゲールの歌声をたんにまねる以上のこと（略）本物以上に美しい歌声を実現することができるのである。そのような状況にあって「本物の良さや真正さ」はむしろ、若者の歌声によってはじめて創出され新たに発見されることになるだろう」とする。偽物（再現）と知ってなお、それを楽しもうとする行為は、漱石に言わせれば「作者に馬鹿にされ」「自己を其作者の掌中に委ね」る合意の上の愚挙ということになる。

（7）演劇空間などに「集注」し没頭する「観衆」の登場を近代的な視覚の制度の画期として論じた研究に、ジョナサン・クレーリー『知覚の宙吊り――注意、スペクタクル、近代文化』（岡田温司・大木美智子・石谷治寛・橋本梓訳、平凡社、二〇〇五）。同書が参照する生理学的心理学の文献は漱石も繙いたヴントやジェイムズであり、その視覚論的・認識論的意義について示唆に富む。

（8）坂口周『意志薄弱の文学史――日本現代文学の起源』（慶應義塾大学出版会、二〇一六）、八三頁。また坂口は「福来友吉の『催眠心理学』（一九〇六年）が、漱石の『文学論』改稿の年――「自然主義」流行の極みでもあった――に出版された」ことに注意を促し、「「催眠」という心的ステータスは、悟性的処理の〈遅れ〉を実現する美学的《エステティック》な場を用意する」という興味深い議論を展開している（九四―九七頁）。

（9）「痕跡の消去」「保留された忘却」の区分はポール・リクール『記憶・歴史・忘却』（久米博訳、上下巻、新曜社、二〇〇四）による。

がその人を動かし得る程巧みならざるかに帰着す。

（二〇三―二〇四頁）

以上から、「閑却」の読書契約の履行が、読者の意識的な領域のみにおいて論じられていたのではないことが明らかになる。

小説の作者が読者を支配して何かを選択的に忘れさせることはできないし、小説の読者が「事実的分子」を忘れようと意識的に努めて読書を行なうことも難しい。漱石は、それとは別の仕方でこの契約の履行過程を描いている。すなわち、識域下の領域が論理に組み込まれているのである。

まず読者は作家の表現法への「同意」（読書契約）を結ぶ。すなわち、ある心的表象（自己関係・善悪・知的分子）を意識の外に「閑却」する同意である。次に、作家の技倆・読者の能力との相互作用によって、共犯的に「閑却」が実行される。すなわち、「閑却しよう」という明確な意図なしに、自己の認知を限定し、歪ませていくのは読者の仕事である。

この過程は、「故意に又は無意識に多くの事実的分子を閑却」した表現法に同意した読者自身が、無意志的にこの「閑却」をなぞって再演することである。曰く、「重大なる道徳的分子の混入し来るべき作品に対してさへ暗々裏に此分子を忘却して、しかも恬然たり」（一八一頁）、「沙翁を読むにあたつて、（略）面白しと感ずる丈其丈冥々裏に知的分子の除去を履行し」（二〇〇頁）、というように、読者は「閑却」しようという明確な意図なしに「閑却」し、自己の認知を限定し、歪ませている（ふりをする）のである。

こうした現象はしばしば、サミュエル・テイラー・コールリッジが『文学的自叙伝』（*Biographia Literaria*, 1817）の第一四章で用いた「不信の念の自発的な一時停止」あるいは「自発的な不信の宙づり」（willing suspension of disbelief）という表現を借りて論じられてきた。漱石の旧蔵書を見れば、メモを書き入れながら繙読した跡が残るスコット・ライブラリー版 S. T. Coleridge, *Passages from the Prose and Table Talk of*

Coleridge, Edited by W. H. Dircks, London: Walter Scott Ltd., 1894 の第一章として収録されたのがまさに『文学的自叙伝』の第一四章であり、「不信の念の自発的な一時停止」を含む部分にサイドラインが施してある（p. 2）。その部分を引用しておこう（漱石手沢本でサイドラインがかかっている部分に傍線を付す）。

『抒情民謡集』の計画はこのような考えから始まったのでした。そこで合意したことは、私が主に取り組むのは超自然的な、あるいは少なくとも伝奇物語的な登場人物にするということ。ただしそれは、私たちの内面から人間的な興味や真実らしさの感覚を十分に引き出し、想像力が生み出すこのような影像に対して不信の念の自発的な一時停止を可能にするものでなければなりません。これこそが詩的信仰の特質を成すものです。一方ワーズワス氏が課題としたことは、日常的な物事に目新しさという魅力を与え、精神の注意を習慣的な嗜眠《しみん》状態から目覚めさせ、それを私たちの眼前にある世界の美しさと驚異へ向けることによって、超自然に触れたような感情を呼び起こすことでした。眼前にある世界は尽きることのない宝庫ですが、慣れという被膜と利己的な懸念のために、私たちは目があっても見ることをせず、聞く耳を持たず、感じたり理解したりする心も持たずにいるのです。

この観点から私は「老水夫の詩《うた》」を書いたのでした[10]。

なおこのコールリッジの「不信の念の自発的な一時停止」という概念については、漱石が研究を始めたころすでに多くの批評家が参照するところであった。現に、漱石旧蔵書のなかにもこれを参照する文献が複数ある[11]。現

(10) サミュエル・テイラー・コールリッジ『文学的自叙伝——文学者としての我が人生と意見の伝記的素描』（東京コウルリッジ研究会訳、法政大学出版局、二〇一三）、二六四頁。

に目を通し、サイドラインを付してもいた「不信の念の自発的な一時停止」という概念に非常に近い議論を展開しながらも、漱石はコールリッジに明示的な言及を行なっていない。このことの意味は依然はっきりしないが、単にコールリッジの概念を引き写すのではなく、漱石が催眠術のレトリックを用いていることを、受容者漱石による概念の改鋳として見做すこともできよう。

前節終盤で論じた「Rebecca 自身の未来へと読者が関心を持った場合」、すなわち読者が彼女の行く末を案じている状態についてもまさに、「催眠術にかゝれる患者の如く」[12]（四一六頁）に間隔的幻惑に突き進むという比喩的説明が用いられていた。読者が作者の「催眠術の権能に身を委ぬる」（一三三頁）とき、いわば、騙す自覚なしに自らを騙す「自己欺瞞」の状態[13]において、余計なものを意識の外に追いやり、記憶力・聯想力・想像力によってフィクショナルな情緒fを喚起するのが「読者の幻惑」である。これは他者欺瞞（嘘）とは区別されるべき現象である。そうしたフィクショナルな情緒を導きとして、作中世界に入り込むような錯覚や、さらに進んで、作中人物の感情が読者自身の感情であるという「同感」（sympathy）[14]を伴った「identical な同化」（「文学論ノート」二九一－二九二頁）[15]が読者に生じると漱石は考えた。

読者が作者や作中人物の媒介を忘れて物語世界に引き込まれていく「間隔的幻惑」は、読者の「意識」に関わる。しかし根本的には、むしろその「意識」を裏からかいくぐるようにして行なわれる暗黙の読書契約にもとづいた「催眠」的読者の共謀こそが、「読者の幻惑」「同感」ひいては間隔的・心理的「同一化」を可能にする。そしておそらく、「間隔的幻惑」をもっとも強める「同感」とは、視たいが故に聴くという〈言語を媒介とした知覚への欲望〉の模倣・感染であろう。読書行為論としての『文学論』は識閾下の現象によって基礎づけられていたのである（以下、引用文中は「識域」のままとし、地の文では識閾と表現する）。

三　『文学論』の余白と『野分』――哲理的間隔論

（11）Margaret Oliphant, *The Literary History of England (1790-1825)*, 3 vols., London: Macmillan, 1886 の第1巻（p. 233, p. 247）や、John Murray Graham, *An Historical View of Literature and Art in Great Britain: From the Accession of the House of Hanover to the Reign of Queen Victoria*, London: Longmans, Green, and Co, 1872, p. 130 に参照がある。後者は漱石が研究に用いたが、手沢本の所在は不明。『定本　漱石全集』（二一、岩波書店、二〇一八）、七三〇頁によれば、「本書は昭和四〇年版『漱石全集』所載の「漱石山房蔵書目録」にはない。また東北大学漱石文庫にも所蔵されておらず漱石が参看したものの刊年は不明」という。なお筆者が参照したのは一八七二年刊、第二版。George Saintsbury, *A History of Criticism and Literary Taste in Europe from the Earliest Texts to the Present Day*, 3 vols., Edinburgh: W. Blackwood and Sons, 1900-1904 は第一巻しか購入・繙読しておらず、第二・三巻は購入した痕跡がないが、第二巻（p. 533）、第三巻（p. 25, p. 199, p. 223）でこの概念への参照があることは銘記されてよい。

（12）当時は「催眠術」が生理学的心理学における重要な実験方法の一つであったことに留意されたい。また、精神医学との繋がりについては、アンリ・エレンベルガー『無意識の発見――力動精神医学発達史』（木村敏・中井久夫訳、上巻、弘文堂、一九八〇）を参照。

（13）自己欺瞞に関して、認知科学を踏まえた哲学的な議論として浅野光紀『非合理性の哲学――アクラシアと自己欺瞞』（新曜社、二〇一二）を参照。

（14）『文学論』における「同感」原理の詳細な議論は木戸浦豊和「夏目漱石『文学論』と〈同感（sympathy）〉の原理（上）――「(F+f)」と「間隔論」を中心に」（『日本文芸論叢』二一、東北大学大学院文学研究科、二〇一二・三）ほか、同氏の論考を参照のこと。

（15）この「identical な同化」については、漱石旧蔵書中の James Oliphant, *Victorian Novelists*, London: Blackie & Son, 1899 の p. 208 以降の、R・L・スティーヴンソンの説の祖述を参照せよ。とくに pp. 210-211 には「momentary forgetfulness of our own identity」という表現がある。

『文学論』における「間隔的幻惑」の論理によれば、「同情的作物」において読者は作中人物との隔たりを忘れて、作者の存在を意識の外へ排除することになる。他方、同時期に漱石が書いていた小説では、「作者」を自称する語り手の饒舌がその見識と存在感を誇示しているように思われる。この両者の関係を一体どのように理解すればよいのだろうか。

時期からすれば、「文学論」講義期は学者かつ『吾輩は猫である』『坊っちゃん』の作者漱石でもあるという二重の存在となった時期であるのに対し、『文学論』加筆期は『二百十日』や『野分』において、志士のごとき文学者の使命が表明された時期に相当する（また、次章で述べるとおり、「一八世紀文学」講義を行なっていた時期にあたる）。『文学論』序文にも予示された通り、その後は専業作家へと突き進んでいく。

以上の時期的先後関係から、しばしば『文学論』は本格的な作家となる以前の、不完全なテクストでしかないという批判や、以後の創作の理論的下図が既に描かれているとして創作を読み解く定規のように引用される扱いを被ってきた。しかしそのいずれもが、公刊時期の単純な先後関係を前提に、理論と創作との素朴な「比較」や「反映」を論ずるに止まっていたことは批判されてしかるべきであろう。

そこで本章では、『文学論』が創作に反映したと捉えるだけではなく、文学者としての思想の鮮明化が、『文学論』の記述に変更を迫ったという逆のベクトルにも注目したい。『文学論』の生成と創作との相互作用が捉え直されるとき、「作者」の存在感をめぐる背馳にも合理的な説明が可能となるだろう。

「文学論ノート」および「文学論」講義と比較することで、『文学論』出版に際してはじめて「間隔論」に加筆されたものが明らかにできる。それは大きく分けて以下の三点である。

第一に、「写生文」への言及。ここでは一九〇六年末から一九〇七年初頭、坂本四方太らと写生文論を交わしたことが活かされている。とりわけ、「興味の中枢」が観察者にある「写生文」、出来事にある「小説」という形で、「小説」ジャンルが逆照射される。第二に、「批評的作物」と「同情的作物」との区別が設けられる。しかし前者は実例が挙げられず掘り下げられない。第三に、「哲理的間隔論」について示唆がなされる。知識と見解不足を理由に自らはこれを論じず、「青年の学徒」に向かって研究の余地を示すに留めている（三九七頁）。

このうち特に第二、第三の加筆は『草枕』とは異なる一面としての『野分』を構想した思想的状況と強く結びついていると考えられる（時期的には『野分』脱稿後に「間隔論」改稿がなされた可能性が高い）。『野分』は当初、「近々「現代の青年に告ぐ」と云ふ文章をかくか又は其主意を小説にしたいと思ひます（略）大に青年を奮発させる事をかく」（高浜虚子宛書簡、一九〇六年一〇月一六日）とされ、「論文」となる可能性もあった。特に、「僕は打死をする覚悟である。（略）どの位人が自分の感化をうけて、どの位自分が社会的分子となつて未来の青年の肉や血となつて生存し得るかをためして見たい」（狩野亨吉宛書簡、一九〇六年一〇月二三日）と戦闘的な隠喩によって、社会へ感化を与える意志を表明していた。また鈴木三重吉宛書簡（一九〇六年一〇月二六日）では次のようにいう。

草枕の様な主人公ではいけない。あれもいゝが矢張り今の世界に生存して自分のよい所を通そうとするにはどうしてもイブセン流に出なくてはいけない。（略）僕は一面に於て俳諧的文学に出入すると同時に一面に於て死ぬか生きるか、命のやりとりをする様な維新の志士の如き烈しい精神で文学をやつて見たい。

こうした意志は、「作者」の言説として『野分』にも組み込まれている。

同化は社会の要素に違ない。仏蘭西のタルドと云ふ学者は社会は模倣なりとさへ云ふた位だ。（略）たゞ高いものに同化するか低いものに同化するかゞ問題である。

（『野分』一、一三頁）

一方、漱石は「文学論ノート」から「文学論」講義へと、「間隔論」を作者の存在感を消す手段として補強していったにもかかわらず、『文学論』加筆ではそれと逆行するかのように、読者を作者に感服させるという議論を「批評的作物」「哲理的間隔論」という概念によって不完全な形ながらも盛り込んだ。『文学論』全体を描き直す暇はなかったにせよ、苦し紛れにでも書き足さなければならなかった説明不足の概念こそが、むしろ同時期の漱石の関心の所在を物語り、創作行為を読み解く上でも重要なモチーフと響き合っている。いわば、一つの思想が文学理論と創作という二つの現われ方をしていることを、これから論じていきたい。

漱石の『文学論』は世界を創作家がどのように見、どのように記述するかという視座に終始せずに、むしろ別様の視座を拓くことに紙幅を費やしていた。それは、読者がいかにして共犯的に（同意と閑却＝抽出によって）「幻惑」へと自己を投じていくかという視座である。後者の視座にもとづく記述が第四編第八章のほとんどを占めている。論じられなかった「哲理的間隔論」について考えるには、前者すなわち創作者の視座に立った記述を『文学論』全体から拾い上げていく必要がある。

「批評的作物」（作家の「偉大なる強烈なる人格」や「見識」を直接表明する作品）によって読者を圧倒し、一字一句まで賛同させることによって読者と作家との間隔を打破するのが「哲理的間隔論」であるとすれば、このことは「知識F」と関連させる必要がある。「知識F」とは、「文学的内容」（F+f）の四大別のうち、「人生問題に関する観念を標本とするもの」（一〇五頁）であり、「〔Matthew〕Arnold が"moral idea"と称したるものと大差」（一九八頁）がないという。しかしこの「知識F」は他の三種の文学的内容（感覚F・人事F・超自然F）に比して、特殊な扱いを受けている。

なぜなら、「知識F」だけが「密接に人世と関係することなき」（一二六頁）、「文学的内容として余り適切ならざる」（二一五頁）もので、幻惑をなす表現法に組み入れる際も「其性質上輜重部兵站部に比すべきものなれば常に掩護せらるべくして他〔種のF〕を掩護する事なし」（二七六頁）という。カントやヘーゲルの哲学、ユークリッドの科学の記述などは、情緒を表現するものではない。「人生」など、より具体的なものを扱う道徳観念などが文学の材料となりうる。先の「同化は社会の要素に違ない」という一文は「知識F」の一種といえる。しかし、「知識F」は「人世の重大事件に触る、ことなき時は其興味著しく減退する」（一一一頁）危険性、「第三流の通人が芸妓若くは茶屋女を相手に舌戦を試みて得意がるのと一般」（一一四頁）、いわば空虚なお説教と化する危険性があるという。これこそ「哲理的間隔論」の幻惑が実現し難く、その方法を論じ難い原因であろう。

翻せば、「哲理的間隔論」とは、著者の見識が直接に披露された「批評的作物」において、人世の重大事件に触れる「知識F」が他のFの掩護を受けて奏功し、読者が引き込まれて感服していく過程であるといえる。では「知識F」がどのような掩護を受けることで、その幻惑は可能となるのであろうか。しばしば思想面からのみ論じられてきた『野分』について、形式面に注目することで、その問題を明らかにしよう。

四　『野分』の思想・技巧――感化への意志と幻惑の装置

『野分』の構想中、漱石は「今度の小説は本郷座式で超ハムレツト的の傑作になる筈の所御催促にて段々下落致候」（高浜虚子宛、一九〇六年一二月一六日）などと戯れに自画自賛を繰り返した。「本郷座」は川上一座のシェイクスピア翻案を上演していたし、[16]『ハムレット』の劇中劇を漱石は講義段階までの「間隔論」で分析していた。むろん、戯れの一言に拘る必要はないが、いずれにせよ『野分』を演劇に擬《なぞら》えている点が興味深い。『野分』には、いずれも高柳周作に焦点化した複数の間隔論的な場面が配置されている。音楽会、「解脱と拘泥」読書、園遊会、演説会の場面がそれである。これらの場面がいわば「幻惑」の舞台装置として機能する様を、まずは形式面に着目することで明らかにする。

第一に、音楽会と「解脱と拘泥」読書の場面に着目する。小説表現の観点からすれば、文字によって音楽をいかにして表現するかという課題もありえようが、『野分』は高柳に焦点化することで、音楽会を視覚と内省の空間に塗り替えてしまう。

やがて三部合奏曲は始まつた。満場は化石したかの如く静かである。右手の窓の外に、高い樅の木が半分見えて後ろは遐《はる》かの空の国に入る。（略）中野は絢爛たる空気の振動を鼓膜に聞いた。声にも色があると嬉しく感じてゐる。高柳は樅の枝を離るゝ鳶の舞ふ様を眺めてゐる。

（『野分』四、五二―五三頁）

他者の視線に「包囲攻撃」され、「右を見ても左を見ても人は我を擯斥《ひんせき》しているように見える」と感じていた高柳は、むしろ演奏中、観客たちに注目されないことに自由を感じている。読者は音楽を「聴く」ことから彼とともに引き離され、彼の視るものと、彼の追憶を読むことを強いられる。高柳の意識には楽曲の進行はなく、「無人の境」を破る拍手が断わりもなく闖入するのみである。当然ながらその知覚体験は、高級な生活習慣をもつ友人中野が、観衆とともにした体験と対照的である。そもそも彼らは、他者の視線を気に病むことがない。このことに高柳が気づくのは、道也の書いた論文「解脱と拘泥」を読む場面だ。

「拘泥は苦痛である。避けなければならぬ。苦痛其物は避け難い世であらう。然し拘泥の苦痛は一日で済む苦痛を五日、七日に延長する苦痛である。入らざる苦痛である。避けなければならぬ。

「自己が拘泥するのは他人が自己に注意を集注すると思ふからで、詰りは他人が拘泥するからである。

……」

高柳君は音楽会の事を思ひだした。

（『野分』五、六三頁）

音楽体験とは異なり、読書行為において高柳は積極的な反応を示す。物語言説には論文の引用と高柳の反応が交互に示され、引き込まれて夢中で読む高柳の意識に沿うようにやがて引用のみとなる。そうした道也の論文と、「作者」を自称する語り手の思想とは、『野分』のなかで渾然一体となっている。例えばその第一章の地の文には次のようなものがあった。

> 皮膚病に罹《かか》ればこそ皮膚の研究が必要になる。病気も無いのに汚ないものを顕微鏡で眺めるのは、事なきに苦しんで肥柄杓《こえびしやく》を振り廻すと一般である。只此順境が一転して逆落《さかおと》しに運命の淵へころがり込む時、如何な夫婦の間にも気まづい事が起る。親子の羈絆《きずな》もぽつりと切れる。美くしいのは血の上を薄く蔽《おお》ふ皮の事であつたと気がつく。道也はどこ迄気がついたか知らぬ。(17)
>
> （『野分』一、五頁）

---

(16) 日本における『ハムレット』の初演は一九〇三年一一月二日、川上音二郎一座による本郷座公演。川上の依頼による脚本は土肥春曙・山岸荷葉翻案『ハムレット 沙翁悲劇』（冨山房、一九〇三）。若林雅哉「明治期の翻案劇にみる受容層への適応――萬朝報記事「川上のオセロを観る」を手がかりに」（京都大学大学院文学研究科編『人文知の新たな総合に向けて』二（哲学編一）、二〇〇四・三）に詳しい。「本郷座金色夜叉」（『神泉』一九〇五・八）の漱石と推定される発言も見よ（野村伝四「神泉」［『月報　第一八号』『漱石全集』一九三七・四］に合評中の□印が漱石発言とある）。また後年、野上豊一郎は漱石の講義を回想して、「押しなべて昔の物は皆粗削りであるが（略）もし今の世にシェイクスピアが生れ出たならば、もつと遙かに精緻《デリケート》な物を書いたであらう。さういふことを「ヴェニスの商人」第三幕第一場の講義の時に云はれたが、その生硬といふことの同義語として本郷座式といふ言葉を使はれた。その頃、本郷座は新派劇がよくかかつてゐた。つまり新派劇の生硬な荒削りの演出にシェイクスピアの戯曲術をたとへたのである」（野上豊一郎「英文学者夏目先生の片貌」『思想』一六二、岩波書店、一九三五・一一）という。『野分』の構想を語った際の書翰文に機械的に当てはめるわけにはいかないが、シェイクスピアについても無批判に称揚していたわけではないことは念頭に置いておきたい。

(17) 日比嘉高『文学の歴史をどう書き直すのか――二〇世紀日本の小説・空間・メディア』（笠間書院、二〇一六、第六章）は語り手が道也を相対化していると指摘する。他方、語り手の口吻は道也の論文に酷似している。

こうした語りによって、読者は高柳の視るもの、読むものを追体験し、彼の考え方、感じ方をなぞることができるようになっていく。

第二に、園遊会の場面に着目する。歩き、覗き、立ち聞きして回る高柳の視点に寄り添うことで、いわば読者は富裕層が陳列された展示会を見て回ることになる。

新夫婦の面《おもて》に湛《たた》へたる笑の波に酔ふて、われ知らず幸福の同化を享《う》くる園遊会（略）は高柳君にとって敵地である。（『野分』九、一一七頁）

ここでもやはり、同化しあう富裕層に対し、生活・自意識の面で高柳は孤立する。

独《ひと》り生存の欲を一刻たりとも擺脱《はいだつ》したるときに此迷は破る事が出来る。高柳君は此欲を刹那《せつな》も除去し得ざる男である。従つて主客を方寸に一致せしむる事のできがたき男である。主は主、客は客としてどこ迄も膠着《こうちやく》するが故に、一たび優勢なる客に逢ふとき、八方より無形の太刀《たち》を揮《ふる》つて、打ちのめさるゝがごとき心地がする。高柳君は此園遊会に於て孤軍重囲のうちに陥つたのである。（『野分』九、一二五頁）

右の引用文は語り手の声ではあるが、道也の「解脱と拘泥」と論理を共有する。読者はやはりここでも高柳の観察と内省につきあうことになる。

最後に、演説会の場面に着目する。この場面はつとにイプセン『人民の敵』の演説会場面からの影響が指摘されている。(18)『人民の敵』において、主人公ストックマン博士は自らの信ずる正義のため、温泉村での不正を告発する演説を行なう。しかし演説会は紛糾し、村人たちから「人民の敵」と指弾され孤立してしまう。爪弾き者となった博士は、学校をひらくことで社会を変えることを思いつく。劇は彼の「この世でいちばん強い人間、それは、まったく独りで立っている男だ[19]」という言葉とともに結ばれる。作中演説の場面では、無見識で付和雷同的な聴衆と、告発対象たる町長らによる反応が博士の演説を妨害する形で度々挿入される。劇中演説の聴き手が作中に形象化され存在感を表わしている形式は、「間隔論」が重視する対話構造とよく似ている。

『野分』の演説会場面は、作中演説の合間にやはり流されやすい聴衆を描いている。しかし、「感化」される青年をも同時に描いた。道也は高柳という理解ある聴き手を得た。道也は高柳を感化し、高柳は聴衆たちを感化し、演説会場には興奮が伝染していく。

高柳君は腰を半分浮かして拍手をした。人間は真似が好《すき》である。高柳君に誘ひ出されて、ぱち〳〵の声が四方に起る。冷笑党は勢の不可なるを知つて黙した。（略）聴衆は道也の勢と最後の一句の奇警なのに気を奪はれて黙つてゐる。独り高柳君がたまらなかつたと見えて大きな声を出して喝采した。（略）聴衆はどつと鬨《とき》を揚げた。高柳君は肺病にも掛《ママ》はらず尤も大なる鬨を揚げた。生れてから始めてこんな痛快な感じを得た。襟巻に半分顔を包んでから凩のなかをこゝ迄来た甲斐はあると思ふ。

道也先生は予言者の知〔↓如〕く凜として檀上に立つてゐる。吹きまくる木枯は屋を撼《うご》かして去る。

（『野分』一一、一五七―一六〇頁）

（18）イプセンの思想性だけでなく、思想を伝える作中演説構造にまで注目するのが本書の視点である。影響関係論としては藤本晃嗣「『野分』成立の一側面――漱石の「イプセン流」をめぐって」（『近代文学論集』三五、日本近代文学会九州支部、二〇〇九）を参照。

（19）『イプセン戯曲選集』（毛利三彌訳、東海大学出版会、一九九七）、二三三頁。

『野分』の読者は音楽会、「解脱と拘泥」読書、園遊会を経て、高柳の知覚と内省を追う。また彼をめぐる周囲の人物の顧慮を追う。『野分』は焦点人物を幾度か交代させつつも、高柳という人格への同情と共感へと読者を近づけていく構造になっているのである。そして、読者は高柳とともに「作中演説」を聞き、演者・聴衆の身振りを目撃する。演説空間は幻惑の装置なのだ。

たしかに『野分』の地の文は「知識F」、とくに格言めいた言い回しを多分に含み、作中人物に対し道学者的論評をしてやまない「批評的作物」であるといえる。しかしこの演説場面において語り手の饒舌は抑えられ、「同情的作物」の様相を呈し演説への「集注」を助ける。すなわち「形式的間隔論」的技巧が凝らされているといえよう。演説の成否は論旨そのものの説得力による「哲理的間隔論」に賭けられている。だが、人は論理だけで説得されるのではない。身振りや声の調子、場の雰囲気にも左右される。日本近代にとって弁論術が説いた技巧は、小説において演説会場面を描く際にも無関係ではないだろう。[20]

漱石に『文学論』を全面的に書き直す暇はなかったにせよ、文学者としての思想の鮮明化は、『文学論』の記述に変更を迫り、「批評的作物」「哲理的間隔論」を盛り込む必要を生じさせたのではないか。考察が不充分であることを断わりながら新しいアイディアを加筆した、いわば「見せ消《け》ち」の部分においてこそ、『文学論』と同時期の創作『野分』とは響き合っている。

『野分』は、感化された青年高柳が、自らの療養費をなげうって道也の著作『人格論』を公刊することを決意して終わる。「幻惑の装置」としての演説空間がもつ限定性を超えて、より広範に社会へと思想的感化を働きかけるためには、道也の未刊の著作が俟《ま》たれねばならないだろう。高柳自身、その内容を読んではおらず、読者もまたその「白紙が人格と化して、淋漓《りんり》として飛騰《ひとう》する文章」（『野分』三、四五頁）を読むことができない。しかしもしも読者が間隔論的場面を経て高柳とともに視て・聴いて・感じてきたのだとすれば（形式的間隔論）、そして彼のように道也に、或はそれと論理を共有しつつより高みにある語り手の言説に感化を受けてきたのだとすれば（哲理的間隔論）、読者が待ち受けるべき未刊の著作は「道也」によって与えられるもののみを意味しない。感化を受けた読者は夏目漱石その人の次回作を俟つことができる。

「形式的間隔論」の観点からは、より説得が起きやすい空間を設《しつら》え、高柳と読者に時間を共有させることが重要になる。漱石は作中演説会というイリュージョン空間を構築し、読者の理性と情緒に訴え、単なる論文には持ち得ない社会的感化の力を『野分』という小説に与えようとしたのではないか。技巧と思想とは不可分であり、社会を感化すべき思想は、それを伝えるに最も効果的な技巧を凝らされねばならないのである。しかし同時に、演説会のイリュージョン空間の外には、野分の木枯らしが吹き荒れていることが作品にはしっかりと描きこまれていた。作者の修辞が読者の読書体験を決定しつくせるわけでないのは、「出来事の疑似的知覚」でも「説得による全面的感服」でも同じことである。前章に続き、やはりここでも漱石の議論は決着を見ず、アポリアの周囲を経巡《へめぐ》っているといえる。

しかし、『野分』に繋がる着想を得、「どの位人が自分の感化をうけて、どの位自分が社会的分子となつて未来の青年の肉や血となつて生存し得るかをためして見たい」（狩野亨吉宛、一九〇六年一〇月二三日）と記し、やがて『文学論』の原稿修正に手を付けるまさにその時期に書かれた『鶉籠《うずらかご》』（春陽堂、一九〇七・一。収録作は『坊っちゃん』『二百十日』『草枕』）の「序」に、次のようにあることを思い出したい。

---

(20) 佐藤拓司「加藤咄堂「雄弁学」の研究──明治・大正期の弁論術と心理学の結合をさぐる」（『青山心理学研究』一五、青山学院大学心理学会、二〇一五）によれば、加藤咄堂は雄弁学を基礎づけるため、ル・ボンやタルドの群集心理学を扱った。咄堂の構想を先取りし、後に咄堂自身が普及に努めることになるWalter Dill Scott, *The Psychology of Public Speaking*, New York: Hinds, Noble & Eldredge, 1907 の参考文献にはル・ボンやリボー、ジェイムズらの著作が並んでいる。

天下、著者にちかき或物を抱いて、之を捕へ難きに苦しむものあらん。之を捕へて明かならざるを憂ふるものあらん。之を明かにして表現の術なきに困するものあらん。もし「鶉籠」が是等の士に幾分の慰藉を与ふるを得ば著者の願は足る。

（略）「鶉籠」を公けにしたる著者は、たゞ之を公けにしたる迄にて、毫も読者の情緒と感興とに干渉して、内部の生命を支配するの意あらず。（略）独り一個半個の青年あつて、「鶉籠」の為めに其趣味をあやまられて流俗に堕落したりと云はゞ、「鶉籠」を公けにしたる著者は終生の恥辱なり。

著者が「鶉籠」を公けにしたるは此危険を冒して、苟《いやしく》も名を一代に馳せんとする客気に駆られたるが為めにあらず。「鶉籠」は天下青年の趣味をして一厘だに堕落せしむるの虞《おそれ》なき作品たるを信じればなり。

明治三十九年十一月　夏目漱石

ここで漱石は、著者と読者のコミュニケーションという図式を避けつつ、「天下青年の趣味」に裨益することを暗に主張している。自分にとって捉え難いものを表現する者（漱石）と、自分にとって捉え難いものに他人の文章を通して接近する者（読者）という、自己完結的な行為を行なう個人と個人が偶然交差するようなこの感覚は、漱石の小説観をよく提示しえているように思われる。

では『鶉籠』「序」のこうした発想は、社会への感化の意志を直截に述べた書簡類や『二百十日』とどのような関係にあるのだろうか。そのことを考えるために、次章では『草枕』と『野分』の間に書かれ、『鶉籠』の収録作品ともなった『二百十日』を取り上げ、『文学論』第五編「集合的F」との関係を詳細に検討するとともに、一九〇六―一九〇七年の漱石の思想の変容を改めて照らし出したい。

第七章　「集合的F」と「識域下の胚胎」――『二百十日』への一視点

『二百十日』（『中央公論』一九〇六・一〇・一）はこれまで低く評価されてきた。たとえば浅田隆は「圭さんの慷慨が空疎な力みに過ぎないため、中心を欠いたような印象を与えてしまう弱さがある」と評する。[1]だが、ここで注目したいのは『草枕』（『新小説』一九〇六・九）末尾のいささか唐突な文明論（汽車論）と、より明確な社会的メッセージをもつ『野分』（『ホトヽギス』一九〇七・一）との間に発表された『二百十日』において、血を流さない「文明の革命」なるものが火山の表象とともに表現されていたことである。

知られるとおり、『二百十日』は自身の阿蘇登山体験をもとにしたものである。しかし、この火山の表象に、外面的には突発的変化に見えるものが「識域下の胚胎」（subconscious incubation）による段階的な変化によることを論じた『文学論』第五編「集合的F」の生成を重ね合わせてみると、見え方が変わってくる。いわば、火山活動という目に見えない変化が噴火によって突如露見するように、それと気づかれない間に起こる個人や社会の変化の積み重ねが急激な変化（豹変・革命）として現われる。水面下で渦を巻き膨れあがっていったものが、爆発してあふれ出す――そのようなアナロジーに注目してみたいのである。

（1）浅田隆「二百十日」（小森陽一・飯田祐子・五味渕典嗣・佐藤泉・佐藤裕子・野網摩利子編『漱石辞典』翰林書房、二〇一七）。

一　『二百十日』の位置

『二百十日』が『草枕』と『野分』のあいだにあるという把握は、単に時系列の問題というよりも、漱石自身が一九〇六年一〇月二六日、鈴木三重吉宛書簡で述べた次のような対比表現を引き継いだ図式的なものである。

草枕の様な主人公ではいけない。あれもいゝが矢張り今の世界に生存して自分のよい所を通さうとするにはどうしてもイブセン流に出なくてはいけない。（略）僕は一面に於て俳諧的文学に出入すると同時に一面に於て死ぬか生きるか、命のやりとりをする様な維新の志士の如き烈しい精神で文学をやつて見たい。

この表現が初期漱石の二面性を物語っている。ただし、『草枕』は単なる「俳諧的文学」に終止したものではなかった。『草枕』第一三章、つまり結末間際では、「汽車論」に托した文明批判が行なわれているからである。具体的に引用してみよう。

汽車程二十世紀の文明を代表するものはあるまい。何百と云ふ人間を同じ箱へ詰めて轟《ぐわう》と通る。（略）人は汽車へ乗ると云ふ。余は積み込まれると云ふ。人は汽車で行くと云ふ。余は運搬されると云ふ。汽車程個性を軽蔑したものはない。文明はあらゆる限りの手段をつくして、個性を発達せしめたる後、あらゆる限りの方法によつて此個性を踏み付け様とする。（略）文明は個人に自由を与へて虎の如く猛《たけ》からしめたる後、之を檻穽《くわんせい》の内に投げ込んで、天下の平和を維持しつゝある。此平和は真の平和ではない。動物園の虎が見物人を睨《にら》めて、寝転んで居ると同様〔な〕平和である。檻の鉄棒が一本でも抜けたら――世は滅茶々々になる。

第二の仏蘭西革命は此時に起るのであらう。個人の革命は今既に日夜に起りつゝある。北欧の偉人イブセンは此革命の起るべき状態に就て具《つぶ》さに其例証を吾に与へた。余は汽車の猛烈に、見界《みさかひ》なく、凡々《ぼんぐ》の人を貨物同様に心得て走る様を見る度に、客車のうちに閉ぢ籠められたる個人と、個人の個性に寸毫の注意をだに払はざる此鉄車とを比較して、――あぶない、あぶない。気を付けなければあぶないと思ふ。現代の文明は此あぶないで鼻を衝《つ》かれる位充満してゐる。おさき真闇《まつくら》に盲動する汽車はあぶない標本の一つである。

（一四〇―一四一頁）

この前半部は、ラスキン『近代画家論』の次の一節を思わせる。

旅はその速さに比例して、面白くなくなる。鉄道による旅行を私は旅行とは見なさない。それは場所へ「運ばれる」だけのことである。小包になるのと大差ない。（略）旅行を真に愛する人が、そのような〔風景を学び本当の知識を得るという〕幸福な一日を鉄道による一時間に詰め込むのなら、食事を愛する人が夕食を一つの丸薬に凝縮してしまうのも、よいということになる。(2)

こうしてラスキンは汽車に代表される発明により、身近な高尚さが忘れ去られることを批判し、本質の科学たる自然科学に対し「様相」の科学としての芸術の効用を主張し、ターナーの風景画を激賞したのであった。他方、『草枕』の「汽車論」には文明批判だけではなく、個人主義の可能性と危険性という問題が色濃く出ている。(3)『二

(2) ジョン・ラスキン『風景の思想とモラル――近代画家論・風景編』（内藤史郎訳、法藏館、二〇〇二）、二七三頁。John Ruskin, *Modern Painters: Vol. III, Of Many Things*, Third edition in small form, London: G. Allen, 1901, pp. 311-312.

百十日』が『草枕』と『野分』との間にあるとするならば、二つの作品の文明批判の間にあったことこそを考えたい。

この一連の創作を行なっていた時期は、「一八世紀文学」講義の最中であり、そのなかでもフランス革命に言及していた。また、同時期に『文学論』の改稿を行なっていた。とりわけ第五編「集合的F」は漱石自ら原稿を新たに書き下ろさなければならなかった（差し替えにより不要になった中川芳太郎筆原稿「第五編　集合Fの差異」を以下「中川草稿」と呼ぶ。詳しくは次章で述べる）。この第五編は対馬海戦勝利前後に行なわれた講義にもとづいており、日露戦争とフランス革命への言及が度々行なわれていた。

この時期の消息を伺うことができる新たな資料として、木下利玄の日記、および二冊の「一八世紀文学」講義の受講ノートがある（いずれも県立神奈川近代文学館蔵）[4]。これにより、木下が東京帝国大学文科大学国文学科に入学してから漱石が退職するまで（一九〇六年九月から一九〇七年三月）、とくに『二百十日』から『野分』へ至る消息を詳しく知ることができる。

木下は入学前から漱石の著作を愛読しており講義を楽しみにしていたが、入学早々一九〇六年九月二五日の日記では「午后夏目漱石オセロの講義あり、声小さく冷淡な講義なれど時々奇抜なる事を云ふ。しかしあれが漱石とは思へない様なり」と少し残念そうだ。このすぐあと、『二百十日』（『中央公論』一九〇六・一〇・一）が発表される。次のような会話からなる作品である。

「（略）僕の意志の薄弱なのにも困るかも知れないが、君の意志の強固なのにも辟易するよ。（略）」
「なに此位強硬にしないと増長していけない（略）金持ちとか、華族とか、何とか蚊《か》とか、生意気に威張る奴らがさ」

（二二一―二二二頁）

「三百六十五日でも七百五十日でも、わるい事を同じ様に重ねて行く。重ねてさへ行けば、わるい事が、ひつくり返つて、いゝ事になると思つてる。言語道断だ（略）我々が世の中に生活してゐる第一の目的は、かう云ふ文明の怪獣を打ち殺して、金も力もない、平民に幾分でも安慰を与へるのにあるだらう」（七四頁）

この『二百十日』を読んで、高浜虚子から漱石へ批評の手紙が届き、一〇月九日付けで漱石が返した返事は次のとおり。

> 二百十日を御読み下さつて御批評被下難有存じます。（略）碌さんが最後に降参する所も弁護します。碌さんはあのうちで色々に変化して居る。然し根が呑気が〔な〕人間だから深く変化するのぢやない。（略）圭さんは鷹揚でしかも堅くとつて自説を変じない所が面白い余裕のある逼《せま》らない慷慨家です。あんな人間をかくともつと逼つた窮屈なものが出来る。又碌さんの様なものをかく〔と〕もつと軽薄な才子が出来る。所が二百十日のはわざと其弊を脱して、しかも活動する人間の様に出来てるから愉快なのである。（略）僕思ふに圭さんは現代に必要な人間である。今の青年は皆圭さんを見習ふがよろしい。然らずんば碌さん程悟るがよろし

（3）大石直記『鷗外・漱石――ラディカリズムの起源』（春風社、二〇〇九）は、「憐れ」と「汽車論」の「緊迫した布置関係」をほとんど論じてこなかったとして『草枕』研究史を厳しく批判した。大石は「憐れ」と「汽車論」とが切り結ぶところに作品の趣意を見いだした「唯一の例外」として、片上天弦の同時代評「『草枕』を読む」（『東京日日新聞』一九〇六・九・二四）に注目している（五一九頁）。なお、一九〇六年前後の文学場については大東和重『文学の誕生――藤村から漱石へ』（講談社選書メチエ、二〇〇六）に詳しい。

（4）『平成二十二年度春の特別展　白樺派と漱石――『白樺』創刊一〇〇年』（調布市武者小路実篤記念館、二〇一〇）に日記の一部が翻刻掲載されている。しかしながら、翻刻の誤りや、重要だが省かれた記述もあり、今回は改めて現物を確認した。とくに、今回訂正した翻刻ミス（本章注5参照）には、非常に重要な記述が含まれていると考える。

い。今の青年はドツチでもない。カラ駄目だ。生意気な許りだ。

この返書を虚子は漱石の許可を得てすぐに一〇月一五日の『国民新聞』「俳諧一口噺」欄に掲載する。同じく一〇月一五日、木下利玄の日記には、漱石の講義中の余談が記されている。

夏目さんの講義は単に面白いばかりでなく時にカルチアの為になる。（略）今日は又当時の青年は親に則るでもなく理想もないから滔々として堕落の淵に陥りつゝあるのだと長い間の話は実に懦夫をしてたゝしめる底のものであつた。余は恥づる所が多い。夏目さんは中々えらい人である。[5]

同日かは定かでないが、同じ頃と思われる漱石の発言が木下の「一八世紀文学」講義受講ノート中に残っている。本文を記した右側頁とは別に、左側頁に次のように書きとめてあるのがそれだ。

今日は大に吾人が事業をなすべき幸福な時代である。こんな時代に不平を云つて居ては済まない。而して諸君は大学へ入つてcultureを受ける事が出来る幸な人なんだから。勿論大学以外にも秀才はあるけれども、cultureが足りない。西洋では普通の社会に居て日本の大学に入つた位な空気が呼吸出来るけれども日本の一般の空気は低いからそうは行かない。即諸君、幸福な時代に幸福な人と生れたのだから各方面に大に為す所がなくてあ済まないであらう、一寸ね。

（木下ノート「十八世紀の文学Ⅰ」一八頁の左側）

漱石書簡を虚子が『国民新聞』に掲載した翌日の一〇月一六日、漱石は虚子に次のように書き送っている。

二百十日に関する拙翰をホト、ギスへ掲載の義は承知致しましたと申しましたが、少し見合せて下さい。近々「現代の青年に告ぐ」と云ふ文章をかくか又は其主意を小説にしたいと思ひます。すると其前にあの手紙は出して貰はない方がよい。（略）あの手紙のうちで困るのは現代の青年はカラ駄目だと云ふ事と「普通の小説家なら……」と云ふ自賛的の語である。（略）現代の青年に告ぐと云ふ文章中には大に青年を奮発させる事をかくのだから「カラ駄目」ぢやちと矛盾してしまひます。

「現代の青年に告ぐ」という文章の構想が『野分』に繋がることは周知の通りだ。しかし書簡が既に『国民新聞』に載っていることを知った漱石は、一七日に虚子へ「ちつとも構ひません。出したら出したで小説でも論文でも出来ますから決して御心配には及びません。本当は現代の青年の一部のものにあの手紙を見せてやりたいのですから大に結構であります」と書き送り、二三日に狩野亨吉へ次のように書く。

僕は世の中を一大修羅場と心得てゐる。（略）敵といふのは僕の主義僕の主張、僕の趣味から見て世の為めにならんものを云ふのである。（略）僕は打死をする覚悟である。（略）どの位人が自分の感化をうけて、どの位自分が社会的分子となつて未来の青年の肉や血となつて生存し得るかをためして見たい。

そして先に引用したとおり、一九〇六年一〇月二六日、鈴木三重吉宛書簡で漱石は「草枕の様な主人公ではいけない」と三重吉を諭し、「一面に於て俳諧的文学に出入すると同時に一面に於て死ぬか生きるか、命のやりとりをする様な維新の志士の如き烈しい精神で文学をやつて見たい」と自身の展望を述べた。

（5） 前掲書（注4）では「鬱々として堕落の調に」と翻刻しているが、誤り。

以上の流れを経て発表された『野分』（『ホト、ギス』一九〇七・一）のなかの白井道也の演説「現代の青年に告ぐ」では、ちょうど漱石が講義で述べていたのと同じ言い回しが繰り返されている。

「学校に在つて教師を理想とする事が出来ますか」
「ノー、ノー」
「社会に在つて紳士を理想とする事が出来ますか」
「ノー、ノー」
「事実上諸君は理想を以て《（ママ）》居らん。家に在つては父母を軽蔑し、学校に在つては教師を軽蔑し、社会に出で、は紳士を軽蔑してゐる。是等を軽蔑し得るのは見識である。然し是等を軽蔑し得る為めには自己により大なる理想がなくてはならん。自己に何等の理想なくして他を軽蔑するのは堕落である。現代の青年は滔々として日に堕落しつ、ある。

（略）

「英国風を鼓吹して憚からぬものがある。気の毒な事である。己れに理想のないのを明かに暴露して居る。日本の青年は滔々として堕落するにも拘はらず、未だ此所迄は堕落せんと思ふ。凡ての理想は自己の魂である。うちより出ねばならぬ。奴隷の頭脳に雄大な理想の宿りやうがない。西洋の理想に圧倒せられて眼がくらむ日本人はある程度に於ては奴隷である。奴隷を以て甘んずるのみならず、争つて奴隷たらんとするものに何等の理想が脳裏に醗酵し得る道理があらう」（略）
「社会は修羅場である。文明の社会は血を見ぬ修羅場である。四十年前の志士は生死の間に出入して維新の大業を成就した。諸君の冒すべき危険は彼らの危険より恐ろしいかも知れぬ。血を見ぬ修羅場は砲声剣光の修羅場よりも、より深刻に、より悲惨である。

（一五〇—一五二頁）

右の引用のはじめの部分は木下日記一〇月一五日の「当時の青年は親に則るでもなく理想もないから滔々として堕落の淵に陥りつゝある」という記述と重なる。木下日記一九〇七年一月八日に「白井道也の演説は先生の講義の時の時論まるだしである。痛快だ」と感想がある通りだ。中程の部分は「文学論」講義の「序論」に大きく重なり、末尾は狩野亨吉宛書簡に酷似している。以上のように、『二百十日』と密接に繋がる形で講義でも青年論を述べ、『野分』にはその青年論と文言まで重なる演説が盛り込まれたのである（本章末尾で取り上げるとおり、のちに同じモチーフを漱石は作中で青年に語らせる）。

二　革命・豹変と「識域下の胚胎」

『野分』構想中の時期の「一八世紀文学」講義で、漱石は次のように述べていた。

もし French revolution の当時文学者の内幕をかきて天下の喝采を博し得んとするは大間違にて、又さる事書かんとは如何に不見識な文士も思ふまじ。Byron は revolutional poet なるにも係らず彼は *English Birds*〔→*Bards*〕*and Scotch*〔*Reviewers*〕と云ふ satire を書き、当時の詩人文人を罵倒せり。之も多少 personal satire なり。さればぴり々するやうな事はあるかも知れねども価値なきものと思ふ。併《しか》し Byron の作は其形式《form》に於て Pope の *Dunciad* とその軌を一にせる感あれども、しかし spirit に至りては大に異れり。Byron は此世間を転覆しやうと云ふやうな熱烈なる大精神を以て真正面より自分に気にいらぬものを叩きつけるなれば、その精神より云へば revolutional なり。少くとも一種の新空気を文界に吹き込まんとせり。(Pope のは御殿女中の如く Byron のは火山のラバ〔溶岩〕の如し)。個人を個人として嘲弄せしは Pope と同じなれどもその嘲弄せしは今迄のconventionに満足せざる故、その不平でつまらぬものを叩き殺してやらうと云ふ精神なり。Popeのは恰《あたかも》通人が他を品評して野暮とか気がきかぬとか自分が狭い天地にアプ々しながらその狭さには気がつかず人を愚弄せるなり。

（木下ノート「十八世紀の文学Ⅰ」五六―五七頁）

このように、「一八世紀文学」講義の第五編ポープ論終盤（講義最終日が一九〇六年一二月六日のため、一一月頃と推定）において漱石はバイロンの革命的精神を火山の溶岩に喩えていた。狩野亨吉宛書簡（前掲）とも一脈通じる。これに先立つ「内容論」講義第五編の末尾（一九〇五年六月八日以降）においても、「Burnsを始めとしWordsworth, Southey, Byron, Shelley 等皆明《あきらか》に革命の風潮に触れたるものとす。詳くはDowden 教授の著『仏国革命と英文学』を参照すべし」とバイロンらの名前を挙げていたはずだ[6]。なお、漱石が参考文献としたこのドウデンの著書は、フランス革命という「巨大な火山のように激しい動乱」(the vast volcanic upheaval in France)から迫る「波」に影響を受けたバイロンの詩を、「暗く、シューという音を立てる山頂」(dark and hissing crest)に擬《なぞら》えている(p. 285)[7]。同書p. 115では、エドマンド・バークの反革命思想について、社会という高価な織物と無秩序という火山性の熱と破壊の炎とを隔てる溶岩の層がどれだけ薄いかを誰よりもよく知っていたがゆえのものであったとするオーガスティーン・ビレル(Augustine Birrell)の見解を引用していた。このように、漱石の背景知識のなかの連環を追っていくと、表面的な平和の下でいまにも（バスティーユ監獄のように）檻を破ろうとする「第二の仏蘭西革命」（『草枕』）が兆しつつあること、地下で煮えたぎる民衆の不満が表へ一気に「噴火」する血を流さない「文明の革命」（『二百十日』）、現代の青年が自らの理想を以て取り組む明治の「中期」ののち、「後期」の膠着を打ち破る「革命」（『野分』）といったそれぞれの要素が、あたかも個人主義にもとづく社会秩序の変革（転覆）という一連のモティーフにもとづいていたかのように見えてくる。『二百十日』の圭さんの所説を見ておこう。

「（略）君なんざあ、金持ちの悪党を相手にした事がないから、そんなに呑気なんだ。君はヂツキンスの両都物語りと云ふ本を読んだ事があるかい」

「ないよ。伊賀の水月は読んだが、ヂツキンスは読まない」

「それだから猶貧民に同情が薄いんだ。―あの本のね仕舞の方に、御医者さんの獄中でかいた日記があるがね。悲酸なものだよ」

「へえ、どんなものだい」

「そりや君、仏国の革命の起る前に、貴族が暴威を振つて細民を苦しめた事がかいてあるんだが―それも今夜僕が寝ながら話してやらう」

「うん」

「なあに仏国革命なんてえのも当然の現象さ。あんなに金持ちや貴族が乱暴をすりや、あゝなるのは自然の理窟だからね。ほら、あの轟々鳴つて吹き出すのと同じ事さ」と圭さんは立ち留まつて、黒い烟の方を見る。


濛々と天地を鎖す秋雨を突き抜いて、百里の底から沸き騰《のぼ》る濃いものが渦を捲き、渦を捲いて、幾百噸《トン》の量とも知れず立ち上がる。其幾百噸の烟りの一分子が悉く震動して爆発するかと思はるゝ程の音が、遠い

（6）金子が「学年終り　三十八〔一九〇五〕年六月八日」と記した後に講義されたと推定される暗示について述べた箇所であり、金子ノートに記録なし。引用は中川草稿にもとづく。『文学論』第五編第七章「補遺」（五二三―五二四頁）に相当。

（7）Edward Dowden, *The French Revolution and English Literature: Lectures Delivered in Connection with the Sesquicentennial Celebration of Princeton University*, London: Kegan Paul, 1897. バイロンは一八一三年一一月二九日の書簡で、詩を“the lava of the imagination whose eruption prevents an earthquake”と呼び、詩に火山の隠喩をしばしば用いた。

遠い奥の方から、濃いものと共に頭の上へ躍り上がつて来る。

雨と風のなかに、毛虫の様な眉を攢《あつ》めて、余念もなく眺めて居た、圭さんが、非常な落ち付いた調子で。

「雄大だらう、君」と云つた。

「全く雄大だ」と碌さんも真面目で答へた。

「恐ろしい位だ」しばらく時をきつて、碌さんが付け加へた言葉は是である。

「僕の精神はあれだよ」と圭さんが云ふ。

「革命か」

「うん。文明の革命さ」

「文明の革命とは」

「血を流さないのさ」

「刀を使はなければ、何を使ふのだい」

圭さんは、何にも云はずに、平手で、自分の坊主頭をぴしやく／＼と二返叩いた。


（四五－五七頁）


ここで圭さんが挙げる『二都物語』のはしがきで、ディケンズはカーライルの『フランス革命史』に多くを拠ったことを断わっていた。カーライルもまた、火や雷、溶岩や火山の比喩を印象的に用いてフランス革命を叙述していた(8)。

「内容論」講義第五編「集合的F」(Group F)では、漱石が集合意識論を摂取した書物中に頻出するフランス革命が再三にわたり例示されるほか、講義時期（一九〇五年四月下旬）の時代状況をダイレクトに反映し、日露戦争への言及が行なわれていた。その講義を『文学論』第五編「集合的F」として改稿するのは、一九〇六年末から一九〇七年初めにかけてのことだ。藤尾健剛は「「野分」と『文学論』の校正は時期的に重なり合う。（略）

金子健二の聴講ノートに徴するかぎり、内容上大幅な見直しがなされた形跡は見当たらないが、「稿を新に」する過程で、漱石がかつて講義した第五編の内容をつぶさに確認する機会をもったことは重視されてよいだろう[9]」と述べている。たしかに、金子ノートに記された講義第五編と、刊本『文学論』の記述とはさほど変わっていない。しかし後述するとおり、漱石が識閾下の現象を論じた部分に微妙な変化が見られる。前章で検討した「間隔的幻惑」がそうであったように、「集合的Ｆ」についての議論も識閾下の現象と深く関わるため、この微妙な変化について注目する必要がある。

さらにいえば、『草枕』の汽車論が戦時の喧噪を逃れようとした画工によるモノローグ、『二百十日』の「第二の仏蘭西革命」論がダイアローグで提示されていたのに対し、『野分』では演説会という聴衆に満たされた空間が構築されていた。そこで起こるのは、聴衆たちの模倣である。それも、論理的な説得というよりは、興奮が伝播し、はじめは嘲られていた道也をやがて歓声が包むようになるという描き方がなされていた（それだけで道也が社会を動かせるわけではないことが、演説会場の外に吹きすさぶ「野分」のイメージで暗示されている、とはいえ）。こうした作品表現の背後で、漱石が群集や社会の心理をどう捉えていたのかを、漱石の旧蔵書に遡ることで明らかにしたい。

（８）マリー・アッシュバーン・ミラー（Mary Ashburn Miller, "MOUNTAIN, BECOME A VOLCANO," *A Natural History of Revolution: Violence and Nature in the French Revolutionary Imagination, 1789-1794*, Ithaca: Cornell University Press, 2011）はカーライルの『フランス革命史』のなかに用いられた火山の隠喩と革命期の政治党派「山岳派」とをアナロジカルに論じた。また、リチャード・スタイン（Richard L. Stein, "Under the Volcano," *Victoria's Year: English Literature and Culture, 1837-1838*, Oxford: Oxford University Press, 1988）はカーライルやテニスンの火山理解にチャールズ・ライエルの地質学説が衝撃と詩想を与えていた可能性を示唆している。

（９）藤尾健剛「『野分』と「集合意識」」（『日本文学』六二・九、日本文学協会、二〇一三）。

The glow-worm shows the matin to be near
And guides to pale his uneffectual fire.（『ハムレット』第一幕第五場）
この句を読んで matin なる字の所に来りしとせよ。其ときは matin なる字が意識内に来ると共に glow-worm なる意識が将に消滅せんとし、之に反して near なる字が将に意識に来らんとす。換言すれば朝、日中、夕方の三つに譬ふべき現象を生ずべし。之を図にて示めせば、

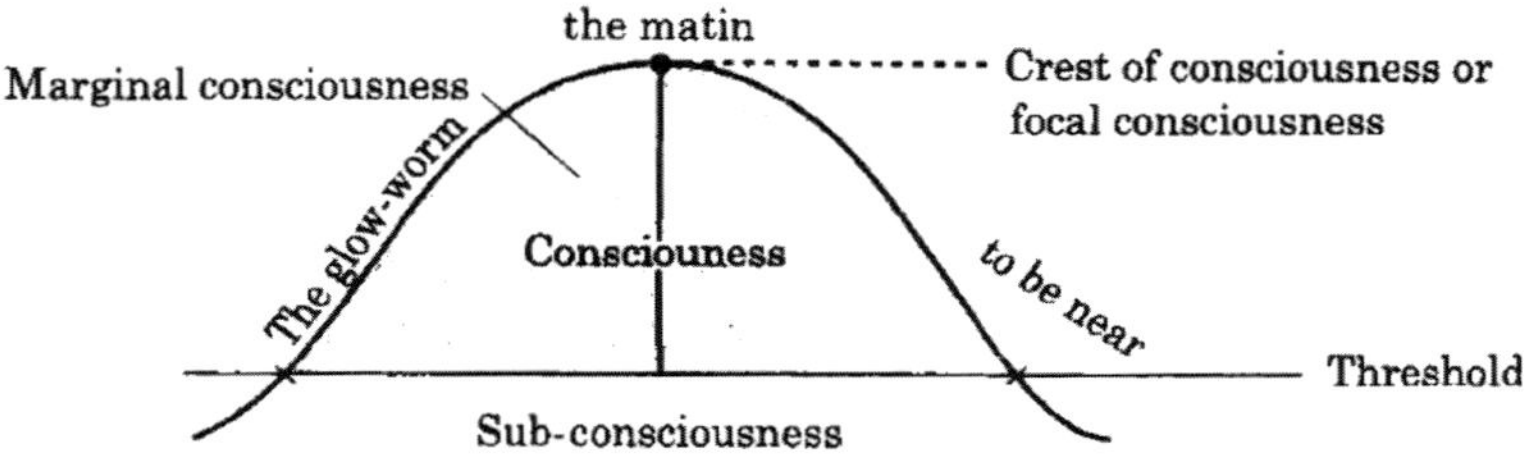

図９　金子ノートの「意識の波」の図と講義（449頁）

一般の人間は之れ程極端にあらざるも日々 suggestion を受けつゝありと云はざる可らず。根本的に出立すれば one moment の consciousness を切断して検すれば尤も明白とならん。

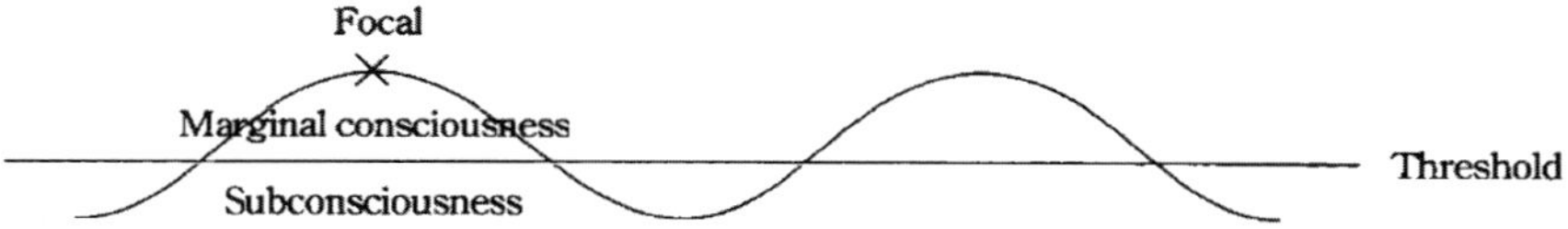

図10　金子ノートの「意識の波」の図と講義（その２）（453頁）

まずは「集合的F」の前提となる（F+f）という式を検討しておく。岩下弘史は（F+f）の公式とそのグラフ（図16（三六〇頁））におけるFの定義「焦点的印象又は観念」について、「ヒュームの「印象と観念」という用語をよりジェイムズに近い考えから用い」、「より「焦点的」ということが分かりやすく伝えられる、波形のメタファーを用いた「意識の波」という言葉が選択された」と指摘する。[10] しかし、「F」という概念は『文学論』第一編第一章末尾、および第五編で述べられているように、集合意識に繋がる融通無碍な概念であることも強調が必要だ。金子ノートでは第五編冒頭で、第一編で図示したのと同様の「意識の波」(Wave of consciousness) とその「焦点」(Focus) を示している（図9）。その少し後の箇所には、応用的な図がある（図10）。いずれも、中川草稿の対応箇所には存在せず、漱石による完成稿（刊本）でも図示は行なわれていない。いずれの図にも「意識の閾」(Threshold) と「識閾下」

(Subconsciousness) が書き込まれている点に注目したい。講義では、おそらくは黒板に書いた図の前で、「多くの suggestion は互に struggle にて発顕せんと努めつゝあり」(金子ノート、四五四頁)という趣旨のことを述べたのであろう。しかも、この意識の波や識閾下の問題を、集合意識がいかにして推移するかについて説明するために持ちだしているのである。たとえば、刊本では次のように述べている(講義でも同趣旨のことを述べていたが、Ⓕという記号は用いていなかった)。

FのF´に推移する場合には普通幾多のⒻの競争を経ざるべからず(略)。Ⓕとは焦点に存在するもの、意味を有せず、識末もしくは識域下にあるものをかね称す。(略)尤も優勢なるものもしくはFの傾向に適したるものを採用するが故に、此意味に於て吾人の意識焦点の推移は暗示法に支配せらると云ひ得べきに似たり。(四四〇頁)

すなわち、われわれは普段無自覚のうちに、無数の刺激のうちのいくつかのみを知覚するという選別を働かせている。同じように集合意識についても、さまざまなⒻ、つまりまだ世に容れられぬ能才的Fや天才的Fがいくら登場しても、それらは識閾下の競争であって、それが如何にして意識の焦点に上がる、いわば一世を風靡するかは、個々のFの内容其物の良し悪しだけでなく、別の原理によっても支配されているというのだ。それは「暗示の法則」であると漱石はいう。

(10) 岩下弘史「夏目漱石とウィリアム・ジェイムズ——『文学論』の「印象又は観念」という用語をめぐって」(『比較文学』五六、日本比較文学会、二〇一四)。また、総合的な受容研究としては小倉脩三『夏目漱石——ウィリアム・ジェームズ受容の周辺』(有精堂、一九八九)を参照。

Ⓕの記述とは離れた箇所にあるが、識閾下の変化によって、人の豹変する心理を説明する記述がある（四八七―四八八頁）。愛していた人を突然前触れもなく憎んだり、反対に憎んでいた人を突然愛するようになる例について、意識は漸次的に推移するという大原則とは反しているとしながら、ウィリアム・ジェイムズとエドウィン・ディラー・スターバックの仮説を紹介する箇所である。金子ノートではこのようになっていた。

French Revolution は突然の出来事の様なれども人民の心の中にあるF丈《だけ》が gradual process をとりて進みしなり。只 action にあらはれざりしなり（略）説明し難きは今日迄愛せし人を突然憎むに至る突飛の現象なり。（略）此等の現象は gradual suggestion にては説明するを得ず。即ち例外なり。（是等の物が文学的材料となるや否やと云ふに、大に効果ある材料なり。或る評家の如く、自ら一つの性格を設けて之に由て総べてを律せんとするは too prosaic なり。scientific はなほ不完全なり。mystic の所多し）。James は之を指して subconscious incubation なりと。Starbuck は曰く special cerebral function が unconsciously に develop せるものなりしと。若《も》し gradual と云ひ得べくんば、外界に realize されしFに付て云ひ得べきものにあらず、又自覚せる consciousness に付ても云ふを得ず、subconsciousness に付て云ひ得べきものなり。而して subconsciousness はなほ不明のものなり。故に思ふがまゝに云ひ得る余地あり。Incubation に由りて此の如きもの生ずとせば矢張り gradual suggestion と云はざるべからず。subconsciousness より consciousness に移る際に〔こうして突然の現象に見えることが〕あり。

（金子ノート、四六五頁）

「文学論ノート」中に、これに符合する記述がみつかる。豹変して見えるものは、「results of special cerebral functions が unconsciously develop して irrupt する者と〔スターバックは〕なす。此 supposition は余の説とよくあへり。James も之と同意して subconscious incubation とせり。p. 180.」と。(11) 中川草稿では該当箇所にジェイムズらの仮説は見当たらないが、刊本ではこのように変更されている。

（略）James の解釈によれば此現象を以て識域下の胚胎となすに似たり。是漸移論を識域下に応用せると異なるなし。只識域下の事に関しては漸移を立すると共に何事をも立し得べくして、而して遂に之を験するの期なきが故に余は此説の余に近きにも関はらず、賛否を表する能はず。Starbuck は此現象を以て特異なる脳作用が無意識に発達して潰裂せるものとす。此説の当否は門外漢たる余の知る所にあらず。文壇に於てかゝる例外の反動と見做すべきもの、起るや否やは疑問なり。故に之を詳論するの要なかるべし

（四八八頁、傍線は引用者）

ジェイムズの「識域下」説が自説に近いと認める点は講義と同じであるが、検証不可能であることを強調し文学との関連づけがトーンダウンしているといえる。しかし、本書前章で見たとおり、刊本『文学論』でも依然、漱石の文学理論の構成に識閾下の現象は欠かせない役割を果たしている。さらに、後にみるとおり、「集合的F」の着想源となった著作との関係からしても、識閾下の現象なしに集合意識の問題を考えることは難しい。とするならば、識閾下の現象をめぐるこの微妙なトーンダウンは、自説への批判を先取りしつつ、再反論を構築することを省いた暫定的な記述であるように思われる。

「識域下の胚胎」（subconscious incubation）による感情の急な反転という現象が、ウィリアム・ジェイムズ『宗教的経験の諸相』で詳説されているのは、回心について論じた第九章、第一〇章である。たとえば第一〇章には

（11）『定本　漱石全集』（二一、岩波書店、二〇一八）、一三九―一四〇頁。ただし、項目全体に取り消し線が引かれている。スターバックへの言及も含め、この項全体がジェイムズの当該書当該頁に拠っている。

次のようにある。

現在では心理学者たちは、第一には、〔心的生活の〕事実上の単位はむしろ全体的な心的状態、すなわち意識の波全体、あるいは、どんな時にも思考に現前している諸対象の場であると認めようとする傾きがあり、第二には、この波を、この場を、明確に描き出すことは不可能だと認めようとする傾きがある。
私たちの心の場は、つぎつぎと続くので、おのおのの場にはそれぞれ関心の中心があり、そのまわりにある諸対象には、だんだん私たちが注意しなくなり、その辺《へり》はすっかりぼんやりしてしまって、限界がはっきり指示できなくなる。ある場は狭い場であり、ある場は広い場である。（略）私たちの過去の記憶の全蓄積はこの周辺のかなたに漂っており、ちょっと触れただけで、すぐに入ってこようと身がまえているのである。（略）私たちの意識的生活のどの瞬間においても、現実的にあるものと、ただ潜在しているだけのものとの間に引かれる境界線は実にぼんやりとしているので、ある種の心的表象については、私たちがそれを意識しているかいないかを語ることは、つねに困難である。[12]

漱石がジェイムズの意識論を下敷きとして『文学論』を構想したことは、早くから指摘されている。「意識の波」の説と連続させながら、ジェイムズはピエール・ジャネの「一八八六年の発見」[13]すなわち後催眠暗示や、フロイトらのヒステリー研究にも言及し、「意識の場」の下に潜み、「孵化」（hatch out）、「開花」（burst into flower）、「奔出」（uprush）の時まで卵を温め育てる（incubation）もうひとつの領域について述べる。ジェイムズは識閾下の現象という観点から宗教的経験を分析してみる必要性を主張し、注のなかで次のように述べている。

もろもろの動機が潜在意識的に「潜伏」〔the subconscious 'incubation'〕している（略）識閾下の領域（略）は

今では、心理学者たちによって存在しているものと認められている一つの場所であって、そこに感覚的経験（これがそれと知られずに記録されていようと、知られて記録されていようと）の痕跡が蓄積され、そしてそこでそれらの痕跡が普通の心理学的法則あるいは論理的法則に従って育て上げられてゆき、ついに極度の「緊張」に達して、時に何かが爆発でもしたかのように〔like a burst〕突如として意識に入ってくることがあるのである。したがって、その他の、説明のつかない、突発的な意識の変化をすべて、識閾下の記憶の緊張が爆発点に達した結果であると解釈するのは「科学的」である。しかし突如として意識内へ侵入したもののうちにも、長い期間にわたって潜在意識的に潜伏〔subconscious incubation〕していたことを容易に証明できないようなものが時々あることを、私は率直に告白せざるをえない。（略）しかし私はさしあたり、できるだけ「科学」的な見方を固守するであろう。（略）潜在意識的な潜伏〔subconscious incubation〕ということが非常に多くの事実を説明しうることは、疑う余地がない[14]。

ところで、こうした「識域下の胚胎」は漱石の講義において、一見説明しがたい豹変（あるいは革命）を、文学的材料として大いに効果あるものと考えるべきだという主張を伴っていた。なぜなら「性格」とは文芸批評家が考えるような一定したものではないからだ。ときに豹変するように見えても、それは人物造形が不自然なので

（12）ウィリアム・ジェイムズ『宗教的経験の諸相』（上巻、桝田啓三訳、岩波文庫、一九六九）、三四九頁。W. James, *The Varieties of Religious Experience : A Study in Human Nature*, New York : Longmans, 1902, pp. 231-232.

（13）佐々木英昭は漱石手沢本のこの箇所に多くの書き入れがあることを指摘し、のちの小説『坑夫』への繋がりを示唆している。佐々木英昭『漱石先生の暗示《サジェスチョン》』（名古屋大学出版会、二〇〇九）、七〇、七九頁。また暗示概念の変遷と文学との関係については同書第三章に詳しい。

（14）ジェイムズ（前掲）、三五四―三五五頁。James, *op. cit.*, p. 236.

はなく、目に見えない段階的な変化が一度に現われる現象を描いたものとして理解すべきなのだ。この箇所の講述時期は一九〇五年五月一六日であろう。ほぼ同じ文言が同日の金子健二の日記に記されているからだ。

講義の折談たまたま批評家の上に及ぶや熱心に其持論を述べて曰く今日の批評家は見識頗《すこぶ》る狭く度量余りに小なり、例へば彼等の或者は他人の小説を評して曰くか丶る作中のカラクターは実際の世の中にあり得べからず、故に不自然なりと。安《いず》んぞ知らんや文学的作品は定木《じょうぎ》に由て常に律すべきものにあらざるを。又或者は曰くか丶る主人公はか丶る境遇に会ふてか丶るカラクターに変ずべき理なし、故に此の作は実際を穿《うが》てるものにあらず、従て見るべき価値なしと。安んぞ知らんや人間界の事は評家の云へる如く一つの鋳型にのみ入る丶能はざるを。謂ふに文学者の活動すべき位置、材料拾集の田地は此の評家の言へるが如き狭きものにあらず、否極めて広き極めて自由なる天地を有す。人事もと〔より〕複雑〔なり。〕評家の以て不自然となす所必ずしも文学的材料とならざるに非ず、現今の評家は狭き自己の経験的智識を以て宏大無限の文学的要素を律せんと。抑《そ》も抑《そ》も過《あやま》れるの甚しと言ふべし云々。

この気焔は、発行日がその前日付となっている『新潮』に掲載された談話筆記「批評家の立場」(『新潮』二・六、一九〇五・五)と瓜二つである。既に『幻影の盾』(『ホト、ギス』四月号)、『吾輩は猫である』第三回(『ホト、ギス』四月号)を発表し、脱稿した『琴のそら音』は刊行待ち(『七人』六月号)の時期、「教師として成功するよりはヘボ文学者として世に立つ方が性に合ふかと存候《ぞんじ》につき是からは此方面にて一奮発仕る積に候」(簟月村上半太郎宛書簡、一九〇五年五月九日)と友人に書き送りはしたものの、二重生活から脱する目処の立たない時期であった。「批評家の立場」の冒頭が「小説の批評を見ると作者の為めに甚だ気の毒な事がある」と始まるように、この時のメインモチーフは批評家から創作の自由を守ることにあったと思われる。それがために、たとえ無理解な批評家に批判を受けようとも、作家にとって文学的素材として有意義な現象を取りあげていたのである。このように創作—理論の双方にまたがる問題意識である「識域下の胚胎」と豹変の問題は、「集合的Ｆ」とどのように関係するのだろうか。

三　〈集合的（F+f）〉

先に「Ｆ」が集合意識に繋がるという融通無碍な概念であることに言及したが、より注意深くありたいのは「集合的Ｆ」の「Ｆ」が意味するものである。本節では、漱石の論じている内容を、〈集合的（F+f）〉と表記しなおすことで整理できることを示す。

「内容論」講義「第五編」の冒頭には「今迄述べしことは一般に干《（ママ）》するＦなれどもこゝにて云はんとするは特に文学上のＦと見るを便とす。一般の場合にてはemotion（f）が加はらず文学上にて云ふときは此Ｆにｆが加はるものとす」（金子ノート、四五〇頁）とある。中川草稿にはこれに対応する文言がないが、『文学論』第五編では以下のように断わっている。

> 文学的材料にして意識のうちにあらはるゝものは、ある情緒を有せざる可からずとの条件なるを以て、文学的Ｆは必ず（F+f）の公式を具ふとの結果を示したり。然れども（F+f）はＦの一種なるを以て、単にＦと云ふも、ｆを伴はずと附記せざる限りは文学的Ｆを含むと見做すを妨げざるに似たり。（四一九頁）

つまり、第五編の「Ｆ」という表記は、注記のないかぎりは「ｆ」を伴う文学的内容と理解すべきであり、その一文字で「（F+f）」を意味することになる。だとすれば、編のタイトルである「集合的Ｆ」も、文学の受容を論じている編である以上は、〈集合的（F＋f）〉であることになる。第五編で縷々述べられているのは、ある観念に対する人びとの好悪の変遷であり、その時代的、地域的差異である。人びとの注目の焦点（F）であり、かつ人びととの情緒（f）が伴うものが〈集合的（F＋f）〉ということになろう。fが論じられていないのではなく、〈集合的（F＋f）〉の形で常に問題となっているのである。[15]

その「人びと」とは、集合として一つの意識を持つと想定された、いわば擬人法的な表現である。漱石のいう集合意識は多様なノイズを孕んだ個人意識の集積ではなく、そうしたノイズが識閾下に押し遣られ一世を風靡しているものにだけ焦点が合っているような、そうした単一焦点のモデルである。

第五編の「F」を「（F＋f）」と読み替えるべきならば、「模擬的F」「能才的F」「天才的F」という概念についてはどうだろうか。たしかに第五編第一章冒頭では、

一代に於る集合意識を大別して三となす。模擬的意識、能才的意識、天才的意識是なり。こゝに意識と云ふは意識の焦点（即ちF）なる事は言ふを俟たず。（四二〇頁）

という記述もあるものの、それらに伴う情緒が問題とされている以上、やはり先の断わり書きどおり「（F＋f）」と理解することができそうである。たとえば能才的Fについて述べるなかで次のように「趣味」（Taste）が問題となっている。

創作の士は趣味の上に立つ。趣味は思索にあらず。時好と流行と自己と相接触して、一尊の芳醇自から胸裏に熟するとき、機に応じて馥郁を吐くのみ。而して自から知らざる事多し。若し内に酵醸する所なくんば、知を用ゐる事周到、計をめぐらす事綿密、企画悉く有理にして、以て天下の好尚に先んぜんと欲するも、知

の命ずる所に向つて筆を走らし、計の定むる辺にあたつて句を着する事難きが故に遂に失敗に終るは明かなり。（四二六頁）

つまり、同時代の流行物（Ｆ）に対して飽き足らない、あるいは苦痛を感じ（+ｆ´）、そして新しい理想（Ｆ´）に対して世人の知らぬ情緒（+ｆ´）を既に醸成している趣味の持主が〈能才的（Ｆ+ｆ）〉ということになる。一方、残りの多数派は、〈模擬的（Ｆ+ｆ）〉である。

天才的Ｆについても、情緒の存在は切り離せない。天才とは、他に斥《しりぞ》けられようとも、ある対象に対して「智識と情緒」（四二七頁）の両面から、強烈な焦点化を行なう者、行なわざるをえない者である。「Ｆに執着するが故にＦの内面に新焦点を発見し、其新焦点内に又新焦点を発見して、Ｆを穿つて深く波動を下層に徹せしむる（略）専修の功」（四二七頁）とは、次々と新焦点を深化させていくことで、自らの知識と情緒を深化させ続けることが意味されていよう。世人が気を移す新たな別の「Ｆ´」へと、「共に推移する事を諾《がえ》んぜず（略）我一人移らずと主張するは（故意に主張するにあらず。自然に命ぜられて主張するなり）（略）強烈なるＦを意識して、他の刺激に応ぜざる程に心を奪はる丶」（四三二頁）のである。中川草稿にもこうある。

〔天才の意識は、〕其Ｆ著しく公衆のＦと背馳すること普通なり。即ち智識の方面より其Ｆは不可解に終り、

（15）　柴田勝二「連続する個人と国家――『文学論』と『吾輩は猫である』のＦ」（『漱石のなかの〈帝国〉――「国民作家」と近代日本』翰林書房、二〇〇六）は、「文学論ノート」において「Ｆ」や「ｆ」という記号が複数の用いられ方をしており、『文学論』第五編において「ｆはＦに対する情感的色づけというよりも、むしろＦを構成する一要素としての意味を帯び、Ｆとの質的な落差は希薄になる」、「Ｆに対応する個別的情緒としてのｆは姿を現さない」と述べているが、筆者は第五編において「ｆ」が略記されていると解釈する。

感情の側よりは其F一般の好尚に添わざること多し。

これらを読み替えるなら、天才が認識し、情緒を感じるもの〈〈天才的（F+f）〉〉を、多くの人びとは知的にも理解できず、感情的にも共感することができない〈〈模擬的（F+f）〉〉、むしろ差異ゆえに迫害を加えることになるのである。これを時代全体のレベルで見るならば、〈天才的（F+f）〉はノイズとして弾かれてしまい、時代の意識の焦点には上らないことが多いということだ。こうした（F+f）の更新と模擬によって社会変化を把握する理路のなかに、「文学論ノート」の段階では「学者」と「詩人」が明記されていた。「文学論ノート」中、「開化・文明」と題されたノートから引こう。

或る one generation を取って subjective side を見て其一つ前の generation と一つ継《つぎ》の generation を比較すれば次ぎの formula を得べし。

preceding generation F—f　〈Muirhead〈*The Elements of Ethics*〉80に例あり〉

generation under con.

$$(F'-f')+(F''-f')+(F''-f'')+(F'-f)+(F-f)(F'-f'')$$

1　2　3　4　5

〈何か心に蟠《わだかまり》あり不平にて之をあらはすこと出来ぬとき詩人のポピュラーになるとき〉

此五の factor あるを見出すを得べし。（略）

(F'—f)は idea 丈新しく感情はもとの如く f なる者なり。此人は言行反馳すべし。

(F'—f')は是は当世男にして思想も感情も前期より evolve せる者。青年に多し。最も多数なり。一代を代

表すべき者なり。（略）
（F‴−f‴）真の学者、真の賢者、真正の眼孔あつて躬［きゅうせん］践実行す。時に容れられざることあり。必ず後世に容れらる。

しかく時に容れらるゝと雖ども容れらるゝ資格あるを云ふ。必ずしも此望を realise し得べしとは限らず。容れられ得る時の達する前に（F‴−f‴）共に消滅するやも知れざればなり。若し此（F‴−f‴）が其時代に迎へられ〔る〕には（略）一代の内に〔世人を変えるという〕此 process を経過せしめざる可らず。百年後の功績を三十年にして収めざる可らず。

（1）F′がF″を suggest せざる可らず
（2）f′がf″を suggest せざる可らず
（3）（F′−f′）が（F″−f″）を suggest せざる可らず

suggest するには（F′−f′）の者共が reflection をやらざる可らず。独《ひと》りにては出来ぬ（略）故に（F‴−f‴）は彼等をして reflection をやらしむる様な influential な地位に居らざる可らず。(16)

引用部前半は、以下のようにまとめられる。現在の世代において時代遅れの者（F−f）や、新しいものを見ても古いものの感じ方しかできない者（F′−f）たちが多くいる。これに対し、現代に身を置きつつも次世代を先取りしつつある者（generation under consciousness）は、新しい観念と情緒を手に入れている（F′−f′）。ただしこれは次の世代を担う青年たちという程度のもので、特段珍しいわけではない。これに比して、時代を大きく先駆けた「真の学者」（F‴−f‴）は、『文学論』でいう天才的Fに相当する位置づけにある。あるいは学者の認識（F″）

（16）『定本 漱石全集』（二一、岩波書店、二〇一八）、六五−六六頁。

には到達していないものの、時代に大きく先駆けた情緒（f''）を感じとっている者（F'−f''）は、「何か心に蟠《わだかまり》あり不平にて之をあらはすこと出来ぬとき、詩人のポピュラーになるとき」であるという。この意味は、メモの文言からは判然としないが、『鶉籠』の「序」（本書前章末尾で引用）をここで想起してもよいだろう。読者のなかにある言い表わせないものを言い表わす新たな言葉を与え、（f''）を明瞭に伝える者が詩人というわけだ。(17)

ただし、「天才的F」がそうであるように、新しいだけでは排斥にあうおそれがある。そこで漱石は右のノート後半では、ある新しい思想・趣味を有する者が、影響力のある立場から人びとに働きかけること、それも今の人びとの思想・趣味が推移する軌道の延長線上にその新しい思想・趣味があると感じさせることの必要性を述べていた。人びとは納得づくで変化するのではない。人びとの模倣は意識的な同意を経ずに識閾下で胚胎する、という発想はノートから講義、刊本まで強調の度合いは変われど連続している。次に暗示と模倣について、さらに別の資料から検討する。

四　器械的模倣

漱石は個人の豹変とフランス革命のような社会の急変を同じ理屈で説明しようとした。さらには、ある作家がなぜか埋もれた／もてはやされたという事実を単に整序していくのではなく、集合意識のメカニズムが働いた結果として、識閾下の動きも含めて論じようとした。

従来『文学論』第五編については、その科学的妥当性、社会的研究の側面が不足しているという批判が行なわれてきた。(18)他方、塚本利明は「その正否は別としても「社会的」研究への志向性はここに十分認められるのであって、『文学論』における「社会的」研究の側面が不足もしくは欠如しているといった批判は、このような第五編の背景を理解しないものであり、なお社会学の概念が二十世紀前半に急激に変化したという事情をも考慮しないものであろう」[19]という。村澤真保呂はガブリエル・タルド（Jean-Gabriel de Tarde, 1843-1904）の社会学が現われた時代背景を述べて次のようにいう。

フランス革命後の長い政治的混乱を経て、一九世紀前半にオーギュスト・コントは、近代社会の指針として「実証主義」にもとづく「社会学」を提唱し、宗教や哲学からの脱却を訴えた。（略）しかし、一九世紀の急速な産業化や都市化、大衆化を迎えたヨーロッパ社会は、その急速な社会変動をどのように理解するべきか、それにともなう犯罪や貧困といった社会問題をどのように解決するべきか、という大きな問題に直面していた。コントの弟子たちが模索をつづけていた当時、そうした問題にひとつの方向性を与えようとしたのが、細胞理論や遺伝理論などによって急速な発展をみせていた生物学であった。それは、たとえばダーウィンの進化論に影響を受けたスペンサーの社会進化論であり、『動物社会』を著したエスピナスの生物学的社会学であり、犯罪者は遺伝によって決定されると説いたロンブローゾたちの生来的犯罪者説であった。そのような生物学の影響が強まるにつれて、社会学のあり方をめぐる議論は大きな広がりをみせる。思想家のルネ・ウォルムスを中心とする『国際社会学評論』が一八九三年に創刊され、デュルケムを中心とする『社会学年

（17）なお、刊本にはないが、「内容論」第一編の一時代の集合意識について述べた箇所では、時代認識を抽出して明晰判明な公式に置き換えるのは哲学者の仕事だというヴィクトル・クーザン（Victor Cousin）の言を英訳書から引用（*Course of the History of Modern Philosophy* かその孫引き）している（金子ノート、三〇六―三〇七頁）。

（18）井上百合子「漱石の文学論――いわゆる科学的方法について」（日本文学研究資料刊行会編『日本文学研究資料叢書1　夏目漱石』有精堂、一九六八）ほか。

（19）塚本利明「『文学論』第五編について――比較文学的考察」（『東京都立商科短期大学研究論叢』六、東京都立商科短期大学、一九七四）。

報』が一八九八年に創刊されたのは、そうした背景からである。（略）タルドもまた、ロンブローゾ学派の生来的犯罪者説に対抗したフランス環境学派の著名な犯罪学者として、また『模倣の法則』（一八九〇）を著した社会学者として、社会学の確立をめざすウォルムスの運動に参加した。（略）しかし、タルドの提出した科学と社会学にたいする観点は、現代のわれわれから見るときわめて奇妙なものである。それは、デュルケムの「社会的事実はモノであり、モノのように扱われなければならない」（デュルケム『社会学的方法の基準』）という考えとはまったく正反対の科学観と社会学観にもとづいている。つまり、物質科学をモデルとして、社会的事物を「拘束的なもの」とみなして「外在的」に把握することに社会学の基盤を求めたデュルケムにたいして、タルドは、当時の先端科学の動向をふまえたうえで、社会学的事物を「自発的なもの」とみなして「内在的」に把握することに社会学の基盤を求めた。そして、あらゆる科学は心理学の方向に進歩していると考え、諸科学を総合する高次の科学として「社会学」を構想したのである。[20]

また、漱石が読んだフランクリン・H・ギディングス（Franklin Henry Giddings, 1855–1931）、ジェイムズ・M・ボールドウィン（James Mark Baldwin, 1861–1934）らの著作は、英語圏におけるタルド受容の影響下にあるという。[21]では、タルドの発想とはどのようなものなのだろうか。夏刈康男は次のように述べる。

デュルケムはタルドと異なり婚姻率、出生率、自殺率等の統計データは個人と切り離して統計データそのものを集合精神のある一定の状態とみている。（略）基本的にタルドは、社会を今まさにお互いに模倣している人々、あるいは現に模倣していなくともお互いに類似していて、共通の特色が昔同じモデルを模倣したような人々の集合と定義し、さらに有名なフレーズ、社会とは模倣であると説いている。（略）彼が着目するのは、模倣する人々によって構成される有機的な全体社会ではなく、人と人との結びつき、連鎖に基づく関係性である。（略）彼の模倣の観念は、まさに彼の社会学を特徴づける個人主義的社会学の根幹を成す観念である。[22]

一方、漱石は日常的に使う語義としての「模倣」が「故意の模倣」であるのに対して、「自己の意志以上のあるものに余儀なくせられたる模倣」（四二三頁）を論じている。そして、「能才的Ｆ」が「模擬的Ｆ」に影響を与え伝播していく様を次のように教室での欠伸《あくび》に譬《たと》えている。

> 例へば講堂に講義を聴くに際し、講義の題目、講述の巧拙、堂外の天候、室内の空気は一様に学生を影響して、彼等をして倦厭《けんえん》の情を催ふさしむる事あるべし。此際に於て倦厭は一般聴講者の到着すべき必然の運命なれども、到着の遅速に至つては予め計り知る可からず。最初に欠伸を意識する能才も、能才を欠伸の上に発揮せんが為めに他の聴講者に先んじて、倦厭の波動を一循繰り越して、欠伸の意識を明かに焦点に安置するの理由なきなり〔そうではなくて、「心身の因果」による〕。之と同じく最後に欠伸の番に中《あた》るもの亦必ずしも凡材を以て甘んずるにあらず。欠伸の模擬さへ人後に立つを恥づるやも知るべからずと雖ども、如何せん機縁未だ熟せず、欠伸の悟りを開く能はざれば碌々として最終の嘲を受けざるを得ざるが如し。

（20）村澤真保呂「訳者解説　増殖するミクロ・コスモス――タルドの社会学構想をめぐって」（ガブリエル・タルド『社会法則／モナド論と社会学』村澤真保呂・信友建志訳、河出書房新社、二〇〇八）、二三七―二三九頁。

（21）フランスでは一九二〇年代にはタルドのすべての著作が絶版となったが、アメリカではギディングスやボールドウィンらに影響を拡げていったという。池田祥英「解説　ガブリエル・タルドとその社会学」（ガブリエル・タルド『模倣の法則』池田祥英・村澤真保呂訳、河出書房新社、二〇〇七）、五二三頁。

（22）夏刈康男『タルドとデュルケム――社会学者へのパルクール』（学文社、二〇〇八）、五九―六二頁。

（四二五―四二六頁）

この箇所は、それ自体では意味がとりづらい。単に学生それぞれが自分が飽きたタイミングで欠伸をすること、その遅速を言っているのか、欠伸をしたのを見てつられて欠伸をしてしまうことを言っているのかがはっきりしないのである。

しかし「模擬的F」を論じたすぐ前の箇所で「動作は言語よりも器械的なり而して器械的に模倣を生ず」として、天気が曖昧な時に傘を開くと、他の人がつられて開くことなどを挙げていた（四二一頁）。とすれば、ここでいう「欠伸の模擬」は、隣の者が欠伸をしたからわざと真似をしたのではなく、タイミングは遅れたものの自分も同じく飽きた（「機縁」が熟した）から欠伸をしたのでもなく、まだ飽きていないのに（機縁が熟さないのに）器械的に欠伸だけが伝わっていることを意味するのではないか。その伝わり方に遅速こそあれ、その伝わり方の遅速が恥ずかしいのではなくて、飽きるところまで認識が達しなかったところ（欠伸の悟りを開く能はざればこそ）が本当は嘲られてしかるべきなのだということであろう。器械的な模倣の遅速は、肝心の認識の深まりに比べれば重要ではないのだ。

中川草稿、金子ノート対応箇所にこのユーモラスな「欠伸の模擬」の例は出てこない。とはいえ、講義の教室を舞台とした例だけに、講義で述べられていた可能性も否定できない。金子と中川が重要性を認めなかったか、あるいは講義で述べられなかったか。いずれにせよ、これは〈識閾下の模倣〉についての説明をより補強しようとしたメタファーだと考えられる。このメタファーはおそらく、カール・グロース『人間の遊戯』中の群集心理学を祖述した一節から着想したものではないかと考えられる。同書の分析に移ろう。

五　群集心理学における伝染の法則

漱石はどのように群集心理学を摂取したのだろうか。漱石の蔵書にはその代表的な文献であるル・ボンの主著『群集心理学』（Gustave Le Bon, *Psychologie des Foules*, Paris: Felix Alcan, 1895）がなく、『野分』に次のように名のあがるタルドの著作もない。

〔白井道也が〕第三に出現したのは中国辺の田舎である。こゝの気風は左程に猛烈な現金主義ではなかつた。只土着のものが無暗に幅を利かして、他県のものを外国人と呼ぶ。外国人と呼ぶ丈なら夫迄であるが、色々に手を廻はして此外国人を征服しやうとする。（略）他県のものが自分と同化せぬのが気に懸るからである。同化は社会の要素に違ない。仏蘭西のタルドと云ふ学者は社会は模倣なりとさへ云ふた位だ。同化は大切かも知れぬ。（略）たゞ高いものに同化するか低いものに同化するかが問題である。（『野分』一、二―三頁）

塚本利明は、漱石がカール・グロースの『人間の遊戯』英訳書からタルドの学説と、その公式「社会は模倣なり」（La société c'est l'imitation）を知ったのだと指摘した[23]。付け加えるなら、同書にはル・ボン、ボールドウィンらの群集心理学の祖述があり、第五編の〈識閾下の模倣〉の理論の着想源の一つと見なせる。漱石手沢本にもとづき、引用してみよう[24]。

（23）　漱石の談話「滑稽文学」にも「社会は模倣なり」への言及がある。塚本利明「『文学論』から「文芸の哲学的基礎」へ――ロイド・モーガン『比較心理学』との関わりを中心に（1）」（『専修人文論集』八九、専修大学学会、二〇一一）。

しかし、おそらく咳払いや欠伸などのような最も単純な模倣は〔模倣は本能に密接に関わるが、本能そのものではないという原則の〕範疇にあり、運動イメージ〔ドイツ語原典では der Bewegungsvorstellung〕が一定の模倣をさそう結果そのものである種固有の社会的本能（同意〔ドイツ語原典では das Mitlaufen 付和雷同すること〕、応答、それに類するもの）から、種固有の動作を含む動作そのものまで、伝染の仮説（伝染の法則）〔the hypothesis of transference（*loi de transfert*）[25]〕で説明がつくかもしれない。誰かが欠伸したときの欠伸、誰かが逃げているから逃げる、などの単純な反射反応は、心理学的な意味で「遊戯」と呼べず、子供が音をはじめて再現するのも遊戯的ではない。（p. 289）

同頁の余白には「アクビノ伝染」との書き入れがある（研究のため、見出しをつけたのだろう）。同書への下線、書き込みは多いが、この書き込みは決して些末ではない。なぜなら、このあと重要な事柄を述べる際に、グロースは繰り返し、欠伸を例に出すからである。塚本の指摘したタルドの公式の引用される箇所（p. 334）、そしてル・ボンらの名を列挙して群集心理学を祖述する箇所（p. 346）にはいずれも欠伸（gaping）が例に挙げられている。

社会的遊戯の圏内で、我々は自身が模倣と密接に関わっていることに気づく。タルドの公式「社会は模倣である」は警句らしい一面的なところがあるが、社会状況の創始と維持においてこの衝動が根本的な重要性をになうことは疑いのない事実である。品行と情操の統一性なしに社会的協働はありえず、その統一性は主に模倣によって、おまけに、咳払いや欠伸のような単純な行為の伝染に例証されるように、模倣の無意識的な形によって維持されているのだ。しかし、このことに論及する前に、模倣とは同一視できない社会的衝動のいくつかの相、またそれに興じる価値が容易く証明されることを強調しておかなければならない。
模倣衝動の起源を問う我々の探求において提起した問いが思い起こされるだろう。模倣が本能と似ているということは、同種が相近づきたがること〔英訳では race affinity：ドイツ語原典では der Trieb, sich Artgenossen anzunähern〕や呼び声や警告の叫びを上げることといった、単なる本能との関係では説明しえないのではないかという問いだ。人類と群生動物とに共通する身体的・精神的協同は、身体的な協同とコミュニケーションという二つの比較的単純な本能によるところが大きいようだ。（pp. 334-335）

こうした記述を読んでわかることは、「学者人間に附するに社会的本能を以てして集合動物と同一視せんとす」として「個人意識が統一を（ある点に於て）受けて社会的意識の安固（solidarity of social consciousness）を構成す」（四六四頁）という『文学論』の集合意識の規定が、グロースの議論と同型であることだ。欠伸が出てくる最後の箇所を引用する。

それでは、考察すべき最後の社会的影響、模倣の強力な作用、そして特に咳払いや欠伸の伝染に顕著な、無意識の模倣を取りあげよう。その影響は普遍的である。アルフレッド・エスピナス、ポール・スーリオ、ガブリエル・タルド、シーピオ・シーゲレ、ギュスターヴ・ル・ボン等は、そうした集団的暗示の問題を扱

（24）以下、グロースの引用は Karl Groos, *The Play of Man*, London: Heinemann, 1901, translated by Elizabeth L. Baldwin with a preface by J. Mark Baldwin にもとづき、拙訳。漱石が下線を引いた箇所は、訳文に傍線を引いた。漱石はドイツ語原典を参照していないため、ここでは英訳本にもとづいて議論を進めるが、参考までに適宜原典での表現を補った。cf. Karl Groos, *Die Spiele der Menschen*, Jena: Gustav Fischer, 1899.

（25）原著、英訳ともにフランス語が添えてあるため、テオデュール・アルマンド・リボーに由来する概念であると思われる。

い、ジェイムズ・マーク・ボールドウィンは彼の『精神発達の社会的・倫理的解釈』[26]において、鋭い洞察に充ちた有益な一章を「群集行動の理論」に割いた。この主題を紹介するために、私は二つの例を、一つは動物心理学から、もう一つは人類学から挙げることで、集団的暗示の極致を例証しよう。（三四六頁）

以上を見ただけでも、『人間の遊戯』における「欠伸の模倣」が無意識の模倣という重要なモチーフであることがわかる。さらには、この次の頁にボールドウィンとタルドが祖述されている。

〔同一の鳥が集まって一斉に鳴いた例、一つのダンスが国中に流行した例を挙げて〕これらは、述べたとおり、集団的暗示の極端な現われであり、社会の発展を説明するにあたって過度に重用するべきではない。ボールドウィンは言う。「群集の動きに引き込まれるとき、人はまさに〝彼は頭を失った〟という譬《たとえ》どおりに、首を切られる、一個人のアイデンティティと自制とを失うのだ。それが真実だが、それから彼は頭を取り戻し、頭を失ったことを恥じる。彼の普段の社会的地位は、彼の生活の出来事のうち、彼が頭を保って生活している部分の出来事によって決まる。総体としての社会集団の活動に起こることについても同じことがいえる」と。しかしながら、病理学的なものとの境界上にあるこれらの暗示の形態は、種に欠かせない社会的資質が誇張＝悪化したものである。群集の間にさっと広がる、動作を模倣する生まれつきの衝動がもしなかったならば、重大な出来事があっても、われわれが重大な行為をすすんで行なうことはありえない。集団的暗示の魔力は、社会的指導者の才能を補う欠かせないものであり、われわれのおなじみの自発的服従に結果的に深く結びついている。タルドもまた服従を模倣の特殊なケースと見なしているが、彼の立場を強化すれば、命令は見本を伴って始まるということが思い出される。（略）しかし私は、自発的服従は模倣と同一視できないと確信している。（p. 347）

ここでグロースは「群集」がもつ謎めいた性質を社会的本能で説明することを拒否し、病的なヒステリーと捉えることも抑制し、誰の心にも存在する「自発的服従」（voluntary subordination：ドイツ語原典では die freiwillige Unterwerfung）に注目することを促している。では、模倣と自発的服従はどういうふうに異なるとグロースはいうのか。後続部分を祖述する。社会集団が一体となってうまく動いていくためには、人びとの「模倣する性質」が重要な役割を果たしている。しかし、暗示の実行にとって欠かせないものは「自発的服従」のほうである。リーダーや集団全体に対する愛情や恐怖やそれらのまざりあった感情なしには、リーダー個人の影響力などさしたるものではない。そうした感情を伴った「自発的服従」という準備あってこそ、人は進んで模倣するのである。――グロースのいうとおり、この説明はまさしく催眠術に近似している（The result is quite similar to that obtained in hypnosis〔…〕. [p. 348]）。

この集団的暗示の説明は、「無意識の模倣」の例であった。平たく言い換えれば、信じたいもの（たとえば立派で魅力的なリーダー像）については、人は自らが気づかないうちに信じる準備をしているため、与えられた暗

(26) ボールドウィンのこの著作は、漱石自身『文学論』で「諸君若しFの発育する過程を知らんと欲せば Baldwin の *Social and Ethical Interpretations in Mental Development* を参考すべく、又実例に就て天才の風貌を窺はんと欲するものは Lombroso の *The Man of Genius* を繙くべし。Gustave Le Bon の *The Psychology of Socialism* は通俗にして学説の深奥なるものなしと雖ども集合せる人心の活動状態を知るに便宜あるを以て通読するを可とす」と述べているとおり、「能才的F」や「天才的F」などの理論的根拠となっている。藤尾健剛「夏目漱石「ボールドウィン・ノート」――翻刻と解題」（『文芸と批評』八・五、文芸と批評の会、一九九七・五）によれば、ボールドウィン・ノートは「『文学論』の著述を思い立ち研究に着手して間もない比較的初期の段階で作成された」購読ノートであり、そのなかでも最も枚数の多い同ノート「を無視して「文学論ノート」だけを『文学論』関係の資料と見なすことは、研究上の偏りを生じる」という。

示を受け容れやすくなるということであろう。

群集心理学とは「きわめて束の間の科学的性格」をもつ思想体系であり、「きわめて突飛な諸仮説の間に、科学者にとっては主張することも口にすることさえも気違いじみていると思われるような、われわれの体験以外には許容しがたい、検証不可能なある真実が、時折、しのびこんでいる」とセルジュ・モスコヴィッシはいう。群集心理学を切り拓いた先駆者、ギュスターヴ・ル・ボンやガブリエル・タルドを論じた著書のなかでモスコヴィッシは次のように述べる。

群衆の神秘というものがある。現代社会思想のさまざまな小心さがわれわれの好奇心に歯止めをかけてしまっているが、逆に、古典的な著作家のものを読むとき、われわれの好奇心は目覚める。そうした大衆の神秘についてどんなに触れまいとしても、どんなに曲解しようとしても、そしてすっかり忘却しようとしても無駄である。それを決定的に追放し、無化することは不可能である。（略）群集心理学は、その先駆者達が〝いかにして指導者は大衆にかかる権力を行使するのか?〟〝彼は指導者を欲しがるのか?〟〝大衆としての人間は、個人としての人間とは異なる木から切り出されて作られたのか?〟〝結局のところ、現代を群衆の時代にしているものは何か?〟といった、誰でも口まで出かかっている疑問を自らに向かって提起した時、誕生したのだ。これらの疑問にたいして与えられた解答の反響は、今日想像することが不可能なほど大きかった。群集心理学の影響は、政治、哲学、文学にまでも、広汎に及んだのであり、その発達はとどまるところを知らなかった。(27)

より踏み込んでいうならば、群集心理学とは、当時の学問状況において社会進化論にもとづく最新の「科学」であった（たとえ立証されていない仮説であったとしても）。また、ジェイムズが識閾下の領域について述べる際に立証が不充分であることを断わりながらも、科学的であろうとしていることを強調していたのを想起したい。

ここまで来れば、「集合的F」と、留学当時漱石が英語文献で接することのできた群集心理学の状況との抜き差しならぬ関係が見えてくる。(28)

六 「集合的F」に加筆されなかったこと

最後に、日露戦争下に「集合的F」が講義されたというリアルタイム性と、タイムラグを置いてそれをどのように改稿したのかという問題に再び目を向ける。ただし、日露戦争と「文学論」講義第五編を直結して語ることは難しい。とりわけ講義最終盤は日本海海戦勝利の時期にあたるが、漱石の日記は現存せず、書簡からも様子が窺えない。講義の実態についても、次に述べるとおり、資料的な制約がある。

(27) セルジュ・モスコヴィッシ『群衆の時代』(古田幸男訳、法政大学出版局、一九八四)、一一一―一三頁。モスコヴィッシは次のようにもいう。「他のすべての者にもまして二人の政治家がル・ボンを盗用した。彼等はル・ボンの諸原理を実行に移し、異常な綿密さで、それらの使用法を体系化したのである。ムッソリーニとヒトラーである。(略)彼の『我が闘争』は、このフランスの心理学者の論証にたいする深い賛同と、彼の文章の、文体も高度な展望も持たない焼き直しによって特徴づけられる。この著作と大衆を暗示にかけることを狙ったヒトラーのさまざまな宣言は《ル・ボンの安物のコピーとして読める》と〔アドルノが〕言ったのは、まさしく正しい」(一〇三―一〇四頁)。佐藤卓己『増補 大衆宣伝の神話――マルクスからヒトラーへのメディア史』(ちくま学芸文庫、二〇一四)は『わが闘争』の宣伝論は、ル・ボンやマクドゥーガル『集団心理』(一九二〇年)の著作に原型を見いだすことができる。(略)ナチ党は、獲得対象を同じくする社会民主主義運動から、赤旗の色や演説集会でのかけ声なども模倣し、社会主義の伝統にならって、「街頭の征服による世論の攻略」、つまり、デモの組織化やポスター宣伝を強化していった。この「街頭公共性の争奪戦」は、活字的教養の世界から排除されていた労働者の争奪戦を意味した」(四二九―四三〇頁)という。

「内容論」講義第五編の初日は一九〇五年四月二〇日で、金子健二の日記には次のようにある。

午後九時より夏目講師の文学論に出席す。今日より講義の題目改まり文学的要素の一たるコグニチーブ・エレメントの各時代各個人に由て異ることを述べらる。観察点の奇警なるは此の講師の特色なり。来六月迄に此の講義を完結する予定なりと言へば余等は最も幸福の位置に立てりと言はざるべからず（三年引続いて同一の問題にて研究せられしを以てなり）。（金子ノート、四七七頁）

「文学論序」にいう、三年連続講義のつもりが二年としたという決断は、事実上このとき表明されたのである（金子がここでいう「三年」は、自分が三学年にわたり受講するということであって、金子が一年生のときの第三学期、実質一カ月に過ぎなかった「形式論」講義を一年と数えていることになる）。刊本では省略されるものの、講義では第五編「集合的F」冒頭で図（図9〔二五〇頁〕）を示して改めて意識論を確認し、それを集団の焦点意識論へ拡張するとして漱石は次のように述べている。

こゝにて云はんとするは psychology of people にあらず。然れども或時代に collective consciousness がありて而も其が個人の one moment の consciousness の如く常に推移しつゝあるは真理なり。こは歴史の証する所なり。例へば四十年以前の日本の collective consciousness は尊王攘夷なる focal consciousness なり。又、仏国大革命の時の collective consciousness は Liberty, Freedom〔→ Equality〕, Fraternity の focal consciousness なりき。現時の日本にては Russo-Japanese War が是なり。（金子ノート、四四九頁）

このように、当時進行中の日露戦争を例に挙げながら、フランス革命にも言及していた（ギュスターヴ・ル・

ボンがフランス革命における群集心理を分析対象としたことを踏まえれば、自然なことといえる）。加筆を経た刊本『文学論』第五編でも日露戦争、フランス革命への度重なる言及はそのままである。

一方、講義の最終盤、一九〇五年六月一日の金子日記には次のようにある。

去る廿七日以来の対馬海戦に於て吾が軍未曾有の勝利を得たれば之を祝せんとて各分科大学合同して臨時休業せり。日露開戦以来大学の臨時休業せし事こゝに二回なり。一は旅順陥落の折〔一九〇五年一月二〇日、「旅順の陥落祝ひをなさんとて大学各科相通じて授業を休み午前十一時より四時迄教室の参観を許し五時より祝盃を挙ぐ」〕、一は今回の海戦捷利の折即ち是れ。

この日は木曜日であったから「文学論」講義を二時間行なうはずであった（時間割は表2〔八四―八五頁〕）。文科大学を挙げて祝杯を挙げるため講義は休講にさせられ、六月六日に一時間、六月八日に二時間で金子ノート上

(28)　たとえば、長谷川一年「人種と群衆――ギュスターヴ・ル・ボンのレイシズムをめぐって」（『島大法学―島根大学法文学部紀要』五八・四、島根大学法文学部法経学科・島根大学大学院法務研究科、二〇一五・三）は、「ル・ボンの群衆論は『民族進化の心理的法則』〔ル・ボン著、一八九四〕で開陳された人種理論の基礎の上に展開され」、「下層労働者が劣等人種として表象されていた。そのうえでル・ボンは劣等人種＝下層階級を群衆概念へと接続している。その意味でル・ボンの群衆は単なる量的概念ではなく、人種的・階級的な負荷を与えられた概念である」という（六三頁）。ル・ボンの同書原著のなかで日本人種は中等人種に位置づけられていたが、日本語訳では日本にとって都合のいい解釈ができるよう改変されたことがあり、日本語訳を通してそれを読んだ外国文学者にも影響を与えた。波田野節子「李光洙の『民族改造論』とギュスターヴ・ル・ボンの『民族進化の心理学的法則』」（『国際地域研究論集』二、国際地域研究学会、二〇一一・三）、秋吉收「「随感録三十八」は誰の文章か?――ル・ボン学説への言及に注目して」（『周作人研究通信』四、周作人研究会、二〇一五・一二）が示唆に富む。

の「文学論」講義は「学年終り」と閉じられる（『文学論』五一二頁に相当）。

しかし、講義草稿の一枚（本書「はじめに」注6、図4〔八七頁〕参照）はそれ以降の部分を記したものであり、中川草稿も同様に後続の部分を記している。その内容は、「暗示」と「成功」についての議論である。刊本（完成原稿）はこの順序を逆転させ、成功論を第五編第六章「原則の応用（四）」の末尾に、暗示論を第七章「補遺」に収めている。では、そもそもこの部分は講義が行なわれたのだろうか。

一つの解釈としては、「文学論」講義の補遺部分は、講義草稿を作ったもののそれを用いることなく講義を終えたという解釈が可能である。この解釈をとる場合、中川草稿の該当部分は、講義草稿にもとづいて作成したことになるだろう。

もう一つの解釈としては、金子が「学年終り」とした日の後に「文学論」講義の補遺が講義されたが、金子は出席しなかったという解釈が可能である。たとえば、小宮豊隆は『文学評論』「序論」に、「然し此六月に学年が了へると此九月から急に新しい講義をしなければならん」、「兎に角夏休が済んで直ぐ始めると云ふ早急な場合に碌な事が書ける者ではない」という言葉があることを指摘し、「思ふに明治三十八年六月の学年末に、自分の『文学論』の講義が思つたよりも早く済み、然も次の講義に移るのにはまだ準備が十分整つてゐないし、殊に学年末から新しい講義を始めるのも、新入生にとつて都合の悪い事だらうといふので、繋ぎとして、漱石はこの「序言」で、残りの時間を埋めたものに違ひない」としている。[29] この時期を記録した他の受講ノートがなく断言できないが、あるいは卒業を控えた金子と、第一・第二学年の学生とで扱いが違ったのかもしれない（なお中川芳太郎は当時第二学年である）。情報の行き違いか、金子の勘違いか、漱石が発言を翻したかは定かでないが、残りの日数に「文学論」講義の補遺が講じられたと見なすこともできる。しかし、そのように解釈するには、講義草稿の内容中に気になる記述がある。

講義草稿に、次のように広瀬中佐の軍神化について語った箇所があるのだ（図4〔八七頁〕の二一—二七行目）。

日露戦争のとき閉塞隊は大分ありましたが、軍神になつて人から囃されて居る者は広瀬中佐ばかりでありま〔す〕。なぜ広瀬中佐が有名かと云へば一番えらいのかも知れぬが（えらい）と云ふ事実以外に先鞭を着けたと云ふ大源因があります。此先鞭と云ふことは文芸上にも始終影響のあることであります。経済上でも同じことであります。ある需用に応じ一番先きに供給した品物が一番多く世に広まります。あとから出来た者は仮令《たと》ひ其 quality が better でも前程には売れません。かゝる場合を absorption の case とでも名づけたら適当だらうと思はれます。即ちある代表者が出て来て他の者を absorb して仕舞つて自分丈が代表者として後世に残るのであります。

中川草稿にも対応する文言（「閉塞隊の幾多の勇士のうち」云々）があり、刊本にも引き継がれている（「日露戦争の当時」云々）。ここで気になるのは講義草稿に「日露戦争のとき」とあることだ。一九〇五年六月八日以降の六月中に行なうための講義草稿だとすれば、講和の結ばれない時期に「日露戦争のときに」と表現するのは違和感がある。この講義の直後にあたる談話「戦後文界の趨勢」（『新小説』一〇・八、一九〇五・八）が講和前に「戦後」を展望したように、今日の感覚と異なっていたかもしれない。あるいは、推測に推測を重ねる形になるが、新学期の一九〇五年九月に入ってから前学期の内容の「補遺」を述べた可能性もあろう。以上の資料の制約上、広瀬について述べた講義草稿の作成時期や講義で用いられたか否かを断定することは難しい。「戦後文界の趨勢」は文責が記者にある以上どこまで漱石の言葉通りかは留保が必要であるが、「今日まで苦ま

（29） 小宮豊隆『漱石の芸術』（岩波書店、一九四二）、三八四―三八五頁。ただし、「序論」はあくまで新学年冒頭に述べたものと考えるのが自然であると思われる。

ぎれに言つた日本魂《やまと》は、真実に自信自覚して出た大なる叫びと変化して来た。（略）ネルソンもエライかも知れぬが、我東郷大将はそれ以上であるといふ自信が出る、（略）かうなつて来ると文学の方面にも無論この反響は来るのである、（略）西洋ばかりが模範《てほん》ではない、吾々も模範となり得る、彼に勝てぬといふことはないと、斯う考へが付て来る」との発言がある。本書でこれまで見てきた留学期の構想、そして「文学論」講義の「序論」以来の主張がこうしてナショナリズムに合流したように見える。(30) 日露戦争開戦当時、漱石は新体詩「従軍行」（『帝国文学』一九〇四・五）を発表していた。「誰も口にせぬ者はないが、誰も見たものはない。誰も聞いた事はあるが、誰も遇つた者がない。大和魂はそれ天狗の類か」と諷刺した『吾輩は猫である（六）』（『ホト、ギス』一九〇五・一〇）などを挙げて、水川隆夫『夏目漱石と戦争』（平凡社新書、二〇一〇）は漱石が「内なる排外的な「国家主義」」を乗り越えていったと論じた。しかし、五味渕典嗣がいうように、「漱石の発言には、国民主義的なナショナリズムが確実に影を落としている。日本語の近代文学研究・批評は、漱石の言葉に、それぞれの論者が夢想する〈近代・日本・文学〉の像を読み込もうとしてきた傾きがある。戦争観をめぐる議論はその典型的な事例だろう(31)」。漱石を擁護したり、非難したりするには、日露戦争期の漱石資料はあまりにも断片的である。

そのうえで興味深いのは、一九〇六年末から一九〇七年初めの加筆作業において、日露戦争に関連して群集心理を考察する恰好の題材であったはずの日比谷焼討ち事件に漱石が言及しなかったことではないだろうか。「内容論」講義を受けた金子健二は、一九〇五年九月六日の日記に、前日の騒乱の報道に接して「嗚呼人心激昂の極終に現政府を倒さゞれば死すとも止まざるか」との感想を述べ、「交番の焼かる、を見物」した体験を記した。九月八日の日記には、「戒厳令出でし結果騒擾少しく和らぐ。然かれども萬朝、二六、都の三新聞発行停止となりしため都下の各新聞何れも政府の蛮勇的所置を痛嘆す。按《おも》ふに内部に潜める人心の不平は再び機に乗じて爆発するに至らん」とある。むろん、この「内部に潜める人心の不平」の「爆発」はありふれたメタファーであり、「集合的F」の直接の影響とは断定できない。だが、このような形で『文学論』が都市騒乱を分析していたなら、どうだっただろうか。『二百十日』を踏まえて『文学論』第五編を通読すると、日露戦争へのリアルタイム性と、タイムラグを経ての加筆、いずれにおいても価値判断に踏み込んでいないこと、すなわち、同時代の〈集合的（F＋f）〉に対する漱石夏目金之助の立場が語られていないことに物足りなさが残る。換言すれば、集合的Fという概念を用いて漱石が何をしたかったのか、単なる分析のためか、それとも現状への介入を視野に入れていたのかが不透明なまま『文学論』は閉じられているのだ。藤尾健剛は次のように、漱石が『文学論』に抱いていた不満足感には、集合意識論への関心が含まれていると推測している。

「集合意識」は、後々まで講演や評論、小説作品に直接・間接に登場し、長く漱石の関心の対象となった概念である。『文学論』の出版の直前になされた講演「文芸の哲学的基礎」（明40・4・20）に、「社会の大意識」と言い換えられて現れることは不思議でないにしても、明治四十四年八月の「現代日本の開化」に、「日本人総体の集合意識」云々とあるのは注目される。（略）最晩年の漱石が、「前に大学で講義をした『文学論』は甚だ不満足なものであるから、今度はそれの恥をそゝぐといふではないけれども、近来しきりにもう一度講壇に立つて、新に自分の本当の文学論を講じて見たい気がする」[32]と語った事実を松岡譲が伝えてい

（30）他に、「僕は軍人がえらいと思ふ、西洋の利器を西洋から貰つて来て、目的は露国と喧嘩でもしやうといふのだ、（略）文学者が西洋の文学を用うるのは自己の特色を発揮する為でなければならん、それが一見奴隷の観があるのは不愉快だ」（「批評家の立場」〔『新潮』二・六、一九〇五・五〕）や、「日露戦争はオリヂナルである。軍人はあれでインデペンデントなることを証拠だてた、芸術もインデペンデントであつていゝ、日本人はロシヤの小説等恐れるがそんな理由はない」（「模倣と独立」〔『校友会雑誌』二三二、第一高等学校校友会、一九一四・一・五〕）といった発言がこれに関係する。

（31）五味渕典嗣「戦争」（『漱石辞典』前掲）、五二〇頁。

（32）（原注）『漱石先生』（昭9〔一九三四〕・一一、岩波書店）の「『明暗』の頃」。

る。「甚だ不満足」という言葉を、「集合意識」を論じたくだりに限定して考えることはできないが、晩年にまで持ち越された「集合意識」に対する関心が、この時点での文学論への新たな構想と何らかの接点を持っていることは十分考えられる。[33]

その漱石の構想を知る手がかりはない。ただし、これまで書簡や講義など非公開の場で述べてきた考えを、日露戦争後の帝大を舞台とした『三四郎』において、集会場での学生の演説に率直な形で盛り込んだことには注目しておきたい。三四郎は名前も知らない学生の演説に耳を傾けている。

政治の自由を説いたのは昔の事である。言論の自由を説いたのも過去の事である。自由とは単に是等の表面にあらはれ易い事実の為めに専有されべき言葉ではない。吾等新時代の青年は偉大なる心の自由を説かねばならぬ時運に際会したと信ずる。

吾々は旧き日本の圧迫に堪へ得ぬ青年である。同時に新しき西洋の圧迫にも堪へ得ぬ青年であるといふ事を、世間に発表せねば居られぬ状況の下に生きてゐる。新しき西洋の圧迫は社会の上に於ても文芸の上に於ても、我等新時代の青年に取つては旧き日本の圧迫と同じく、苦痛である。

我々は西洋の文芸を研究する者である。然し研究は何処迄も研究である。その文芸のもとに屈従するのとは根本的に相違がある。我々は西洋の文芸に囚はれんが為に、これを研究するのではない。囚はれたる心を解脱せしめんが為に、これを研究してゐるのである。此方便に合《がっ》せざる文芸は如何なる威圧の下に強ひらるゝとも学ぶ事を敢てせざるの自信と決心とを有して居る。（略）社会は烈しく揺きつゝある。社会の産物たる文芸もまた揺きつゝある。揺く勢に乗じて、我々の理想通りに文芸を導くためには、零砕なる個人を団結して、自己の運命を充実し発展し膨脹しなくてはならぬ。今夕の麦酒と珈琲は、かゝる隠れたる目的を、一歩前に進めた点に於て、普通の麦酒と珈琲よりも百倍以上の価ある尊き麦酒と珈琲である。

演説の意味はざつと斯んなものである。演説が済んだ時、席に在つた学生は悉く喝采した。三四郎は尤も熱心なる喝采者の一人であつた。すると与次郎が突然立つた。

「ダーターフアブラ、沙翁《シエクスピヤ》の使った字数が何万字だの、イブセンの白髪の数が何千本だのと云つてたつて仕方がない。尤もそんな馬鹿げた講義を聞いたつて囚はれる気遣はないから大丈夫だが、大学に気の毒で不可ない。どうしても新時代の青年を満足させるような人間を引張て来なくつちや。西洋人ぢや駄目だ。第一幅が利かない。……(34)」


この青年の言葉が漱石その人の思想を直截に吐露したものとはいえないにしても、「文学論」講義の「序論」から『野分』に至るモチーフがより積極的に打ち出されたものと見ることができる。西洋の文学を研究し「囚はれたる心を解脱せしめ」「我々の理想通りに文芸を導く」。この目的意識のもとに『文学論』第五編を再読するなら、「文学論ノート」に記された「真の学者」の役割、刊本でいえば「(此〔ある時代の文学の〕特色を明瞭に意識するは批評家の第一義務なり。此特色を明瞭に意識したる後、之を一期前の特色に比し、之を一期後の特色に

(33) 藤尾健剛『漱石の近代日本』(勉誠出版、二〇一一)、二一八―二一九頁。付け加えれば、ここで引用された松岡の回想は、社会学的な関心という文脈で語り起こされているものであった。死を迎える三カ月前、当時邦訳されて松岡たちも読んでいたジャン゠マリー・ギュイヨー『社会学上より見たる美学』の原書が漱石の机に広げてあった。漱石は同書を読みつつ「絶えずそれから直接間接の暗示を受けて、いろいろな問題を考へ出して来る。さうなると本はそつちのけで(略)自分の考を纏めるといふやうな事になつて大変い丶」と松岡に語ったという。新たな『文学論』を講じる希望を洩らしたのも、あるいはこの時であったかと松岡は回想している。
(34) 『三四郎』(六の八〔第六三回〕、『東京朝日新聞』一九〇八・一一・三)。

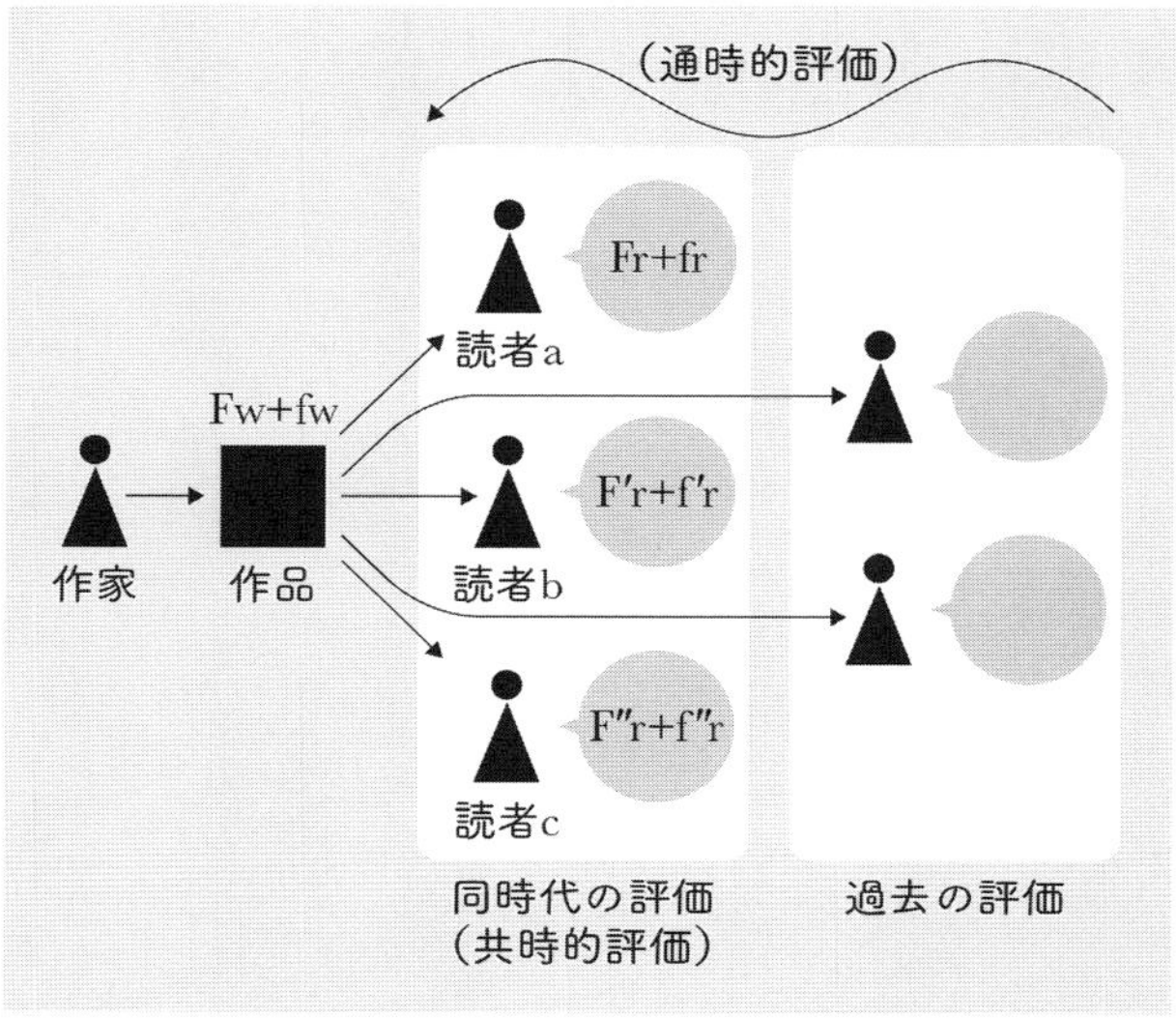

図11　作家・作品・読者・共時的評価・通時的評価
（山本貴光『文学問題（F+f）+』459頁より）

比し、始めて此特色の位地と、此特色のある意味に於ての価値と、特色の推移に就て一部分の実則とを知るを得、之を批評家の第二義務とす）」（四四八—四四九頁）とある批評家の役割が重要になるように思われる。そこで、〈集合的（F+f）〉という再記述からさらに一歩を進めて、第五編を組み替えてみよう。ロマン主義的な天才論に後退していくようにも見える『文学論』第五編「集合的F」を再解釈するならば、詩人、学者、批評家という「作者」を複数形でとらえ、作者間の影響関係を組み込む余地があるのではないか（前章で述べたように、『文学論』加筆において「批評的作物」や「哲理的間隔論」という、より強く「作家性」にかかわる概念は充分に展開されていない）。

山本貴光は『文学論』の（F+f）を再解釈し、「書かれた文芸作品」の内容としての「人間の認知（意識の焦点が当たるもの）とそれに伴って生じる情緒」を「Fw+fw」（wはworkの頭文字）、それを受け取った読者の認識を「Fr+fr」（rはreaderの頭文字）と区別して表記することを提案し、一つの作品が共時的、通時的に多様な評価を受けることを図示した（図11）。「漱石は、文芸作品とはこのfrをもたらすために書かれるものだと考えた」という。(35) この図をさらに応用するならば、作者は〈集合的（F+f）〉に対峙し、作品にたとえば（F″w+f″w）をこめて送り出す。それを読んだ読者たちが（F″r+f″r）となり、同時代の〈集合的（F+f）〉の識閾下にノイズとなって潜伏していく。時には読者が新しい作者となることで、そのノイズの増幅を加速させていく。そのフィードバックのループを作り出せるかどうか、「我々の理想通りに文芸を導くためには、零砕なる個人を団結して、自己の運命を充実し発展し膨脹しなくてはならぬ」。『野分』で幾度も繰り返された「一人坊っち」への固執はそこにはない。ビールとコーヒーに昂揚した青年は、『文学論』の理路の先を行こうとしていたのではないか。

(35) 山本貴光『文学問題(F+f)+』(幻戯書房、二〇一七)、四五九―四六〇頁。

第三部　『文学論』成立後の諸相

第八章　漱石没後の『文学論』の受容とその裾野

ここからは『文学論』成立後の問題に移りたい。とりわけ『文学論』がどのような版本を通して読者たちの手に届いたのか、その読者たちはどのようなニーズから『文学論』を手にとったのかを本章で検討する。

一　なぜ漱石没後受容が重要か

夏目漱石は長らく批評・研究の題材として特異な存在であり続けた。とりわけ、理解を拒むような書きぶりの『文学論』は、解りにくいからこそ、その時々の論者の自由な立論を可能にしてきた。未だ到来しない体系としての「文学理論」を待ちながら、論者が思う「文学」を投影してなにがしかを語るための容れ物として、『文学論』はうってつけであった。『文学論』が蒙ってきた毀誉褒貶の全体像については、山本貴光『文学問題（F+f）+』（幻戯書房、二〇一七）に詳しい。では、『文学論』はどのような形で刊行され続けてきたのだろうか。代表的な版本を中心に概観しておこう。

『文学論』は漱石存命中、大倉書店から単行本が第四版（一九一一・四・一五）まで刊行された。諸版刊行当初、登張竹風「漱石の文学論を評す」（『新小説』一九〇七・七）といった評が出たが、漱石生前に同書がどれだけの影響力をもったかは定かでない。むしろ、漱石の著作は創作を含め、没後に読者を何倍にも増やしていった。大東和重はいう。(1)

周知の通り、一九一六年に亡くなった漱石は、阿部次郎や安倍能成ら大正教養主義の主唱者たちにとって、師と仰ぐ存在だった。柳田泉（一八九四―一九六九）が、「大正時代は自然主義の勢力と、漱石派の勢力が交代した時代で、漱石派の勢力が確立して行くのが大正の文学の大きな特色」だと規定するように、[2]死後『漱石全集』が出され、門下が文壇・思想壇で揺るぎない地位を占めるとともに、自然主義以降軽んじられてきた漱石が、再び時代の文学の中心とみなされるようになる。これは小説だけでなく、評論においてもそうで、柳田は、〔厨川〕白村『近代文学十講』が啓蒙的に読まれたことにつづけて、「あれ以上となると夏目さんの「文学論」を読んだ」と回想している。[3]

このような『文学論』の受容の拡がりは、出版・流通・消費の規模が拡大した漱石没後にこそ可能になったものである。書簡から『文学論』初版は一〇〇〇部（菅虎雄宛、一九〇七年五月三〇日付）、第三版は五〇〇部（一九〇七年七月三日）とわかり、第三版の在庫の一部は火災で焼失したとも推定されるため（後述）、漱石生前の発行部数は二五〇〇～三〇〇〇部程度と考えられる。参考までに挙げれば、『文学評論』（春陽堂、一九〇九）が初版一七〇〇部、その後三回の増刷を合わせて生前二〇〇〇部発行。『坊っちゃん』『二百十日』『草枕』を収録した単行本『鶉籠』（春陽堂、一九〇七）が初版三〇〇〇部、一九一三年までの増刷で計一万二一七一部の発行であったという。これに対して、没後から関東大震災までの七年間で、縮刷版『文学論』（大倉書店、一九一七）は初版

（1）　大東和重『郁達夫と大正文学――〈自己表現〉から〈自己実現〉の時代へ』（東京大学出版会、二〇一二）、一二六頁。
（2）　（原注）柳田泉・勝本清一郎・猪野謙二編『座談会大正文学史』（岩波書店、一九六五年）の「大正期の思想と文学」における柳田の発言（六七一頁）。
（3）　（原注）『座談会大正文学史』（前掲）の「大正期の思想と文学」（六八四頁）。

二〇〇〇部、計七五九五部を発行。同じ期間に『文学論』が収録された『漱石全集』が刊行されており、第一次全集は約五七〇〇名、第二次全集は約六五〇〇名の会員に配本された[4]。つまり、生前の一〇年間に三〇〇〇部内外の発行であったところ、没後の七年間で約一万九七九五部の『文学論』が発行された計算になる。以後も、縮刷版『文学論』と新たな『漱石全集』が版を重ねていく。

『漱石全集』の予約会員のすべてが『文学論』を熱心に読んだとは考えにくい。一方、『漱石全集』の刊行が漱石論を賦活するなかで、その都度『文学論』が忘却の淵から救い出されてきたことも事実である。たとえば国語教育学者垣内松三《かいとうまつぞう》（一八七八―一九五二）は、主著『国語の力』（不老閣書房、一九二二）および終戦を跨いだ続編『国語の力――真実・信実・誠実の恢復のために』（牧書房、一九四七、のち「国語の力（再稿）」として前著と合本）[5]において『文学論』の概念を援用して作品を読み解く行為を論じていた。また、『英文学形式論』（一九二四・九）とその収録を目玉にして予約を募った第三次『漱石全集』の刊行（漱石全集刊行会、一九二四・六・五―一九二五・一一・五。「英文学形式論」は『別冊』［一九二五・七・五］に収録。『文学論』は『第八巻　文学論　文学評論』［一九二五・三・五］所収）の前後に、作家が『文学論』に言及する例が集中的に現われる。とくにその重要な一人は芥川龍之介（一八九二―一九二七）である。芥川は最晩年に「文芸一般論」（『文芸講座』一九二四・九、一九二四・一一、一九二五・一、一九二五・四、一九二五・五）などで『文学論』および『英文学形式論』を発展的に受け継ごうとしていた[6]。芥川と同時期に川端康成は文章論をさまざまな媒体に綴っていたが、「文学論者」（『時事新報』一九二五・一・一一、一九二五・一・一二に再録）で「いつまでも、夏目漱石の「文学論」でもあるまい」としつつ、「時流を高く抽《ぬきん》でてゐた」、「漱石以後、我々は信頼すべき一冊の文学概論をも持たないと云つても、蓋し過言ではなからう」と述べている[7]。こうした『文学論』への言及が一九二〇年代に行なわれたことは、岩波書店の全集出版戦略に連動する文壇現象と一応は解釈できる[8]。しかし、より根本的には、『文芸戦線』創刊（一九二四・六）などに象徴されるプロレタリア文学（理論）の機運の高まりに踵を接して、「文学」の一般理論の拠り所が必要になったとも見立てられる。

その約一〇年後、没後二〇周年を控えた決定版『漱石全集』刊行に合わせて、雑誌『思想』（第一六二号、岩波書店、一九三五・一一）で漱石特集が組まれる。ここに掲載された小泉信三「理論家漱石」（のち小泉信三『文学と経済学』〔勁草書房、一九四八〕に収録）は『文学論』第四編第八章「間隔論」、とりわけウォルター・スコット『アイヴァンホー』の読解部分に注目する先駆的な論考といえる。

とはいえ、その時々の『文学論』批評・研究がどのように『文学論』の諸版本と向き合ってきたかといえば、多くはその「本文」に関する問題に無関心であった。漱石研究全体に対する根底的批判として山下浩が行なった次の批判は、『文学論』の批評・研究史にも当てはまる。

（4）松岡譲『漱石の印税帖』（朝日文化手帖、一九五五）、五―一二頁。
（5）野地潤家による『国語の力』の成立過程をめぐる研究（『野地潤家著作選集』一一、明治図書、一九九八）を参照。
（6）芥川の漱石意識については小澤純「「鼻」を《傍観》する――夏目漱石『文学論』を視座にして」（『芥川龍之介研究』七、国際芥川龍之介学会事務局、二〇一三）が詳しい。また千田実「芥川龍之介の内容形式論――「文芸一般論」を中心として」（『文学研究論集』三〇、明治大学大学院、二〇〇八）では『文学論』のみならず、芥川の理論的著述に相前後して刊行された『英文学形式論』（岩波書店、一九二四）との関連性にまで踏み込んでいる。吉岡由紀彦「芥川龍之介と「第二回高原夏期大学」――参加の経緯と講義内容概観」（『大阪産業大学論集 人文科学編』一〇五、大阪産業大学学会、二〇〇一）は芥川が『文学論』を踏まえて行なった講義の周辺を知るのに有益。
（7）川端は類似した文章論（『川端康成全集』〔一三、新潮社、一九八一〕参照）をいくつも書いているが、漱石『文学論』への言及があるものとないものに分かれる。
（8）その他の言及例として、小島政二郎「知られざる傑作（文芸講話）」（『若草』二・一、一九二六・一）は冒頭で不遇の天才を例示するために、『文学論』におけるクロード・モネについての記述を引用している。

私が、とりわけ本文編纂者（textual critic）として、異議をはさまねばならないのは、この方面の、いわゆる「作者の死」や「テクスト論」の批評が真っ盛りの中で、新しい『漱石全集』（岩波書店）が、まことに奇妙なことに、それとは文字通り正反対のコンセプトの、「自筆原稿が現存するかぎりはこれを底本にして、漱石が書いたままのかたちを読者に提供する」と謳う本文を提供していたことであった。さらには、「作者」よりも「読者」に力点を置くはずの研究者が、この新全集の本文を平然と使用し、引用している事実であった。これは理屈に合わない。こうした立場の批評においては、漱石当時からの、多くの読者の目に触れ、歴史的な洗礼も受けてきた「社会的産物」たる初出や初版の本文の方が、そこにどれほどの「誤植」が含まれていようとも、自筆原稿を過度に重視した新全集の本文よりも相応しいに決まっている。

自筆原稿には、自筆原稿としての、また別な方面からの使い途がある。(9)

では今日、『文学論』の本文とどのように向き合えばよいのだろうか。自筆原稿にのみ拠ったからといって、さらに修正を望んでいたという漱石の頭の中に迫れるわけではない。そうである以上自筆原稿を「本文」として重視するメリットも薄い。では、おびただしい誤植があっても初版に拠るべきかといえば、そうとも言い切れない。『文学論』については単行本の後版、あるいは縮刷版、全集版などのさまざまな版本が読者の拡がりを作り出してきたのであって、たんに初版主義を採るのでは『文学論』受容史がどのような本文の変化とともにあったかが見えなくなってしまう。

本文の問題を諸版本の拡がりのなかで捉える意義は、具体的な受容の側面を論じる際に有効性を発揮する。とりわけ次章で述べるように、『文学論』が一九三一年の上海で翻訳出版されるという興味深い出来事が起こるのだが、この訳文について検討するためには訳者が用いた翻訳底本がどの版で、どんな本文を持っていたのかが重要になる。そもそも中国にまで伝播する土壌となった、大正時代の日本でどのように文学をめぐる概論的な書物が拡がりをもって読まれていたのかも考える必要があろう。そこで本章では『文学論』本文の問題を中川芳太郎の原稿作成、初刊単行本の誤植の問題から検討したうえで、大正期の文学概論書の出版状況を概観したい。

二 『文学論』の裏方、中川芳太郎

漱石は『文学論』を「未成品」「未完品」「未定稿」ながらも「余が此種の著作に指を染めたる唯一の紀念として、価値の乏しきにも関せず、著作者たる余に取つては、活版屋を煩はすに足る仕事なるべし」(「文学論序」)と記していた[10]。そのささやかな矜恃はやがて怒りに変わる。同書発行日は一九〇七年五月七日で、五月一二日の書簡には既に「校正者の疎漏の為非常に誤植多き故訂正表を添へて」送る予定だとある(久内清孝宛書簡)。知人への寄贈は五月三〇日頃まで正誤表の完成を待ってから発送されたらしく、「校正者の不埒なる為め誤字誤植雲の如く雨の如く癇癪が起つて仕様がない。出来れば印刷した千部を庭へ積んで火をつけて焚いて仕舞いたい」(一九〇七年五月三〇日付菅虎雄宛書簡)、「是は正誤表に候。古今独歩の誤植多き書物として珍本として後世に残る事受合なれば御秘蔵被下度候」(一九〇七年五月三一日付久内清孝宛書簡)と書簡中に見える。こう書いても怒りは収まらず、校正を担った中川芳太郎を蚊帳の外に置き[11]、漱石は『東京朝日新聞』紙上で印刷所秀英舎(現在の大日

(9) 山下浩「漱石初出復刻全集三部作を編纂して——本文研究から書物史へ」山下浩ホームページ「山下浩:Edmund Spenser と夏目漱石の書誌学・本文研究」より引用。http://www008.upp.so-net.ne.jp/hybiblio/2_01.htm
(10) 漱石「文学論序」(『読売新聞』一九〇六・一一・四、付録)。
(11) 『定本 漱石全集』(一四、岩波書店、二〇一七)注解で亀井俊介が指摘するとおり、原稿と刊本初版では字句が異なる箇所がある。例えば講義での「Quasi-contrast」は原稿では「準対置法」とされているが、刊本では「仮対法」になっている。校正刷りは現存が確認されていない。

本印刷株式会社）を相手に一石を投じた（次節参照）。

改めて、『文学論』の成り立ちを概観し、そこで中川芳太郎が果たした役割を押さえておきたい。漱石がイギリス留学中の構想をもとに東京帝国大学で講義した「文学論」講義（General Conception of Literature）のうち、序盤の「形式論」（漱石没後に刊行、皆川正禧編『英文学形式論』岩波書店、一九二四）を除いた「内容論」、講義期間にして一九〇三年九月から一九〇五年六月までの二年間が『文学論』にあたる。漱石が講義のために作成した言文一致体による「講義草稿」は散佚してしまった。講義草稿を写した二枚の写真のうち一枚はおそらく「序論」内の自己紹介部分（漢文訓読体で記入）で、もう一枚は『文学論』第五編第七章「補遺」に当たる（言文一致体で記入）。

いわゆる「文学論ノート」のなかには「本講」、「愚見を述べて諸君の清聴を煩はさんとす。夫とても後の講義に便宜なる迄にとゞむる積」などと講義を意識した言い回しを含むノートが混在しているが、これらを受講生のノートと照らし合わせても、ほとんど符合しない[12]。また右の引用だけでもわかるとおり言文一致ではないため、それらは講義草稿として初期に作成され使用されなかったものと推測できる[13]。他方、「文学論ノート」には、授業で扱った（刊本に対応箇所が見いだせる）項目に取り消し線を引いた痕跡がある。「文学論ノート」から抜き書きする形で講義草稿の作成が行なわれた可能性を示唆するものといえる。

『文学論』出版に際しては教え子であった中川芳太郎が草稿を作成し、これに漱石が朱筆で加除訂正を行ない、後半部は大幅な書き下ろし原稿に差し替える形で出版に至った。差し替えによって不使用となった部分の中川芳太郎筆草稿「第五編　集合Fの差異」[14]が現存する（県立神奈川近代文学館蔵）。この原稿は三四字×三〇行の原稿用紙（外寸三〇六×二三〇㎜）に縦書きで二六枚にわたり、漱石による書き入れはない。一行目に「第五編　集合Fの差異」とあり最終頁が「此編を閉づ」と終ること、漱石の書き下ろした部分も含めた『文学論』原稿（県立神奈川近代文学館蔵）全体と用紙が同じであることから、出版に際して中川芳太郎が書いた原稿とみて間違いない。

中川芳太郎について、同級であった森田草平は後年、当時を回想して「三高〔第三高等学校。現在の京都大学吉田南構内にあった〕からは中川芳太郎といって、すばらしい秀才が英文科へ入ってきた。それは高等学校を三年間首席で通したばかりでなく、沙翁のごときは、その間に全部読破してしまったという評判」だったと述べた。漱石は中川を目に掛け、卒業論文を激賞した。そうした信頼もあり『文学論』刊行に携わった中川であったが、森田によればそれ以後「同君は先生の御機嫌を損じて、すっかり恐縮してしまったらしい。その後木曜会にもあまり顔を出さなくなり――もっとも、『虞美人草』を書くために先生のほうで一時木曜の面会日を閉鎖されたこともあったように思うが――さらに九月先生が早稲田南町へ転居されてからは、ほとんど同君の顔を見なくなってしまった。（略）私は中川君の失敗を気に病むのはいいが、気に病みすぎて、だんだん先生から離れていったことを返す返す惜しいことだと思っている。そして、本当にお気の毒だと思っている次第である」[15]という。

（12）「〔Ⅰ-4　Life に就て〕」、「〔Ⅲ-1　Art に就て〕」（『定本　漱石全集』二一、岩波書店、二〇一八）とその脚注を参照。

（13）漱石の英文学研究は留学中だけではなく、帰国後も続いている。岡三郎は第一高等学校図書館旧蔵タッカーマン『イギリス小説史』（Bayard Tuckerman, *A History of English Prose Fiction*, Newyork & London, 1899）への書き入れが漱石によると立証したうえで、「明治三十六（一九〇三）年夏の時点で漱石がこのような文献に出会ったことで、のちの『文学論』の第五編の集合的Fについての〔英文学史的〕叙述の見通しがいっそう確実になったものとみることができよう」とする。岡三郎『夏目漱石研究　第一巻　意識と材源』（国文社、一九八一）、八‐九章参照。

（14）二〇〇三年一〇月、漱石の長男（純一）の妻、嘉米子が八六歳で亡くなり、その息子房之介が高輪の実家の整理に手間取っていた際、「カノックスのSプロデューサーが夏目さんと番組をやりたいと思って「家捜し」をやったことから」資料が発見された。S氏の「『文学論』そもそもが構想されたことをトレースしたい」というアイディアにもとづいてテレビドキュメンタリーが製作された（山登義明「漱石の孫のリポート」、ブログ『定年再出発』二〇〇六年六月三日付、http://mizumakura.exblog.jp/3982768/）。夏目房之介『孫が読む漱石』（実業之日本社、二〇〇六）にも経緯が記されている。

中川が漱石の怒りを買ったとすれば、一つは第五編の原稿作成の問題、もう一つは校正の問題によると考えられる。はじめに原稿作成の問題について、第五編を記録する唯一の学生受講ノートである金子健二のノートと、漱石書き下ろし原稿にもとづく現行の本文（『定本　漱石全集』一四）、中川草稿の三者を比較してみると、中川草稿が格段に痩せ細った本文をもつことがわかる。[16] また、中川草稿には章の区分がない。金子ノートのほうがよほど現行の本文に近い。たとえば、漱石が第五編の中心概念である「集合的F」の「F」の定義について、とくに断わりなく「F」というときは（F+f）を意味すると改めて確認している箇所はどうか（『定本　漱石全集』一四、四一九頁）。この重要な断わり書きは金子ノートの対応箇所に徴して講義でも言及されたとわかるが、中川草稿からは抜け落ちている。これでは第五編の論理展開に誤読の可能性を生じてしまう。中川のいう「整理の際省略に過ぎ論旨の貫徹を欠く節」とはこうした小さな、しかし重大な省略の積み重ねによるものであろう。

一枚のみ写真が残っている第五編第七章「補遺」に相当する講義草稿（二七七頁参照）と中川草稿を比べても、格段に中川草稿の記述は簡略である。作品の価値以外で作品の命運を左右する条件について三項目にわけて述べた箇所（刊本五三二頁）を比較してみると、講義草稿では三項目いずれも詳しく語っている（第三項目は冒頭しか映っていないが）のに対し、中川草稿は第二項目を非常に短く切り詰めている。しかも「祖先の位牌」を例に挙げる文を書きかけて抹消線を引き、意図的に本文を切り詰めている形跡がある。

こうした原稿作成の裏側をめぐっては、これまで研究者の間にも混乱が見られた。中川が原稿作成に用いたのが自身の受講ノートか、漱石筆の講義草稿かを確定することは、いずれの資料も大部分が失われているため不可能である。他方、『文学論』の中川芳太郎序には作業遅延の要因の一つに、「原稿整理の嘱をうけし余に日々の業務ありて時間の全部を以て、これに当る能はざりしこと」とある。

漱石の書簡から中川の動向を追うと、卒業論文を提出し終わった頃に「御願の文学論はいそぐ必要なし」（一九〇六年五月一九日中川宛）と依頼の確認をされており、卒業（七月一一日）後、求職のために上田敏を訪ねたり、漱石の試験の採点を代わりに行なったりしたことがわかる（七月二四日）。間もなく郷里愛知県の父親が病で喀血（八月五日中川宛）。ロンドンで購入したフロックコートを漱石から贈られたり（九月五日森田草平宛）、女役者が『吾輩は猫である』を上演したのを観に行ったり[17]（一〇月一〇日若杉三郎宛）、一〇月一八日、一一月八日に木曜会に顔を出したりしていた（一〇月二一日森田草平宛、一一月九日小宮豊隆宛）。このすぐあとの一一月一一日高浜虚子宛書簡には、「今日は早朝から文学論の原稿を見てゐます。中川といふ人に依頼した処先生頗る名文をかくものだから少々降参をして愚痴たら〴〵読んでゐます」とある。また一一月二九日には、「ホト、ギスの方も漸《ようやく》の事で十二月二十日〔迄〕待つて貰ひました。夫から学校の試験をして文学論の校正をして大晦日迄働く積りであります」（片上伸宛書簡）ともある。以上でいう「校正」は中川が作成した『文学論』原稿に対する赤インクでの加除訂正のことである。漱石は来客（とりわけ寄稿を求める出版関係者）に対して『文学論』の修正を口癖のように持ち出していたという[18]。

原稿は漱石の校訂を経たところから順次印刷所に回されていたようで[19]、中川は原稿作成と校正刷りの確認を並行して行なっていたと思われる（一二月一九日中川宛書簡）。また校正を行ないながら漱石の転居先を探す手伝い

---

(15) 森田草平『夏目漱石（二）』（講談社学術文庫、一九七九）、一〇三頁、三一三—一四頁。初刊は『続夏目漱石』（甲鳥書林、一九四三）。

(16) 『文学論』第五編の本文比較についての詳細は、服部の博士論文『夏目漱石『文学論』をめぐる総合的研究——東京帝国大学講義と初期創作を視座に』（慶應義塾大学、二〇一九）、第七章、第八章、巻末資料を参照。

(17) 森田草平「『坊ちゃん』の芝居（上）」（『東京朝日新聞』一九二七・一一・九、朝刊五面）に「何でも『猫』が有名になつた当時、三崎座——今の神田劇場か何かで『猫』の中のある場面をだしたことがある。もつとも、これは作者に無断でだしたので、先生は自分の作を芝居にされることが大嫌ひであつたから、二三日でおやめになつたらしい」とある。この公演は、一九〇六年九月一三日の『都新聞』三面によれば一六日初演、岩井米花、松本綿糸、沢村紀久八らが登壇した（赤井紀美氏のご教示による）。

もしていたようで（一二月一九日中川宛書簡）、その翌日の木曜会に訪れていた（一二月二三日小宮豊隆宛）。ここまでのところ、中川は忙しいのか呑気なのかわからない。

一九〇七年一月三日の木曜会には森田らとともに中川もいた（同日付金子健二日記）。また二月四日の木下利玄日記には、帝国大学の玄関で中川に遭遇し、「御父さんが病気で国へ帰つて居られたさうだ。いづれそのうち家へ見えると云つて居た」と記されている。[20]先に引用した中川序の日付は「明治四十（一九〇七）年三月」である。なお漱石は三月二八日に京都旅行に発っている。

以上の資料のみでは中川の「日々の業務」の内実は不明であるが、少なくとも「文学論序」が先行公表されており、おそらくは大倉書店に催促を受けながら、原稿作成・校正を急いでいたであろうことは想像に難くない。その時期に、父親の病気、それに伴う帰省があったことも事情として踏まえておきたい。

『文学論』刊行直後、刷り上がった『文学論』を目にした漱石の怒りについては、誤植の実態も含め次節で詳論する。一九〇七年五月一七日『東京朝日新聞』一面、同日『読売新聞』四面には『文学論』正誤表配布の広告が掲載されていた。それは中川の署名により、「余其校正の責任を全部負担したるものなりしが不注意の為め此著世に出づるや意外の誤謬多かりし」と責任の所在を明らかにし陳謝するものだった。実際に配布された正誤表にも次のようにある。

> 余の校正周密を欠き先生の原意を損せし事一二に止まらず。殊に巻尾数章の如きは印刷を急ぎ校を重ぬる事能はず誤植算《さん》なし。よりてこれを訂正し同時に全編の小瑾と行文の拙なる節をも修正し一葉の正誤表に収め第一版の読者に頒ち責任のあるところを明にして謝意を表す。
>
> 中川芳太郎

ちなみにこの頃、漱石は一九〇七年五月二六日中村古峡宛書簡で、「君が中川の序文を訂正したのを見た学生が最後の所を読んで痛快だと云ふた。中川は必ずしも傲慢不遜といふ男ではないのだらう。只日本文をかきつけないから、あんなものが出来たのだらう。僕は序に対しては君程苛酷な考は持つて居らん」と書き送っている。これより先に中村による中川批判の書簡が届き、漱石宅を訪れた学生の間で回覧されたのであろう。批判が想定できる点といえば、中川が序文で「先生が原稿に加へし改訂増補も其身辺の事情の推移に伴ひ、章節により著しく精粗の差あり、而して其精ならざる章にありては議論の発展に滑かならざる跡なきを保せず」と『文学論』本文の読みにくさに対する漱石の責任に触れているところだろう。このあと漱石と中川は疎遠になったと思われ、『文学論』原稿作成について参考となるものは管見のかぎり見当たらない。

一九〇七年九月、学年始めの時期になっても就職の決まらない中川を漱石は「一体熊本へ行くのかな。何だか些とも分らない」と気遣っていた（九月七日畔柳芥舟宛書簡）。なお、中川は一九〇八年に新設された第八高等学

---

(18)　藍微塵「漱石山房の一時間」（『文章世界』二・六、博文館、一九〇七・五・一五）は漱石宅に寄稿を求めにいくと、「主人の云ひ草は何時も極まつてる。「何うも此文学論の校正で忙しくてな」と小供を甘へか《（ママ）》さような口振りで断をいふのだ」と記している。

(19)　原稿に赤インクで「?:」を記したり「訳文句をなさず改むべし」と修正指示があることから、漱石の校訂後、一旦中川の手に戻ったと推測される。なお、『文学論』原稿第二冊の一五五頁に切手と消印（東京、四月一日、午後二―三時か）が捺された箇所も見受けられるが、詳細はわからない。

(20)　中川序の日付（一九〇七年三月）の後と思われるため余談に属するが、三月二一日の木下日記に「昨日の能に夏目さん中川君も居たと川村孜の話」とあるのも恐らく芳太郎のことであろう。また同日記の四月二七日には「中川さんは高等学校の夏目さんの補欠で出られるのださうな」とあり、学年の途中で辞めた漱石のあとを中川が受け持ったことがわかる。ただし『第一高等学校一覧　明治四〇―四一年』の職員一覧に中川の名前はないため、七月一〇日まで、三カ月の代講だったと考えられる。

校（愛知）に英語講師として迎えられる（九月一一日学年始）。漱石没後、一九三五年一一月二五日の中川の発言として、「私は講義もとき〴〵すつぽかしたほどで、真面目な学生ではなかつたんですが、個人的な煩悶がありまして信頼する人の批判を仰ぎたいと思ひはじめて先生の玄関を訪れるやうになつたのですが、万事御相談しましたところ裁決が極めてわが意を得たのですきになり、それからひんぴんとお邪魔するやうになつたことでした。（略）私はボストンに滞在してハーバート大学《ママ》に入学しましたがその年の十二月九日亡くなられたことを、日本の新聞で知りました」とあるくらいのものである。[21]

漱石没後、縮刷版『文学論』（大倉書店、一九一七）の校訂にあたった森田草平は「漱石先生の文学論について」（『文章世界』博文館、一九一七・九・一）という文章のなかで次のように中川に言及している。

前号のゴシップ欄に夏目先生の『文学論』に関する話が乗つてゐました。[22]（略）八高の石川教授とあるのは〇〇〇〇〇君[23]のことであらうと思ひます。が、現在大倉書店から出てゐる『文学論』は決して〇〇君の備忘録《ノートブック》を台本にしたものではない。先生の講義の草稿がちやんと厳存してゐる（今あるから、其時でもあつたに相違ない）のにわざ〳〵〇〇君の備忘録《ノートブック》なぞ借用する必要はない。事実はかうです。先生の草稿は蟻のやうな小さな字で西洋紙一杯に、真黒に書いてある。これでは活版所へ遣る原稿に成らぬのと、一つは言文一致で書いてあつたので、それを文章体に改めて大きな字で原稿用紙に写すことを〇〇君に先生が課されたのです。（言文一致で一向差支えないものを、わざ〳〵文章体に改めたのは、当時論文は未だ文章体で書くものと云ふ習慣があつたためか、〇〇君が田舎者で同君の言文一致に先生が信用をおかなかつた為か、どつちか解らない。）なほ草稿のなかには文芸上の術語を始めとして、英語を挿入したものが非常に多い。それを〇〇君に日本語に訳させたのです。それから外国人の説を引用した場合、それも原語のまゝ草稿に乗つてるのを日本語に訳させたのです。〇〇君はこれだけの仕事をした。そして〇〇君の書いた物を後から先生が最一《（もいち》

度《ど》見た。そして、間違つてるところや不明の箇所に?点を施して、最一度〇〇君に調べさせようとした。然るに書肆が発行を急いだためか、兎に角さう云ふ所を少しも直さないで本にしてしまつた。私が今度『文学論』に手を入れたのはさう云ふ所を〇〇君に代つて、先生の草稿と対照して訂正したまでゞある。(24)

縮刷版については『文学論』の中国語訳と関わらせる形で次章で詳論する。講義草稿を森田が目にしたことは、

---

(21)「子弟が見た漱石　中川芳太郎氏談」(『名古屋新聞』一九三五・一二・三―四)。この他、中川の教え子、本多顕彰《あきら》「解説」(『夏目漱石全集』五、創芸社、一九五五)によれば、「筆記者中川芳太郎は、(略)篤学の士であるけれども、『文学論』を自分の筆記をもとにして整理することをまかされるには、まだ学力が十分でなかつたであろう」と記した(「筆記をもとに」の根拠は示していない)。中川存命中に会うことはあっても、漱石の話はお互いに出なかったという。

(22)「文壇ゴシップ」(『文章世界』一二・八、一九一七・八・一、一九頁)に「先達《せんだつて》、改版された夏目さんの『文学論』は七《ママ》高の石井《ママ》教授を扶けるために、当時生徒であつた石井君の筆記を、そのまゝ本にしたものであつて、誤植や、大分、ひどい間違ひが各処にあるものを、森田草平君が、今回、少し手を入れたものである、森田君の手許にあつた、夏目さん自身の草稿を見た人の話に、大判の西洋紙へ、極めて、精細な、周到な下書がされてあつて、何処までも、先生の、用意を覗ふことが出来るものだといふ。追々に、夏目家から出版される『漱石全集』の際には、本物の草稿によつて、本物の『文学論』が、改めて、出される事にならう。それに、『我が《ママ》輩は猫である』と、『文学論』は、野上臼川君の、手で、整理する筈になつてゐるから、我々の予期通りのものとなつて現はれる事に違ひない」とあり、かなり事情に通じた情報提供者がいたものと思われる。なお、皆川正禧は『英文学形式論』「はしがき」で野上豊一郎(臼川)から講義について問い合わせを受けたことを書いていた。

(23) 伏字には八高教授「中川芳太郎」が入る。一九一六年五月二七日―一九一七年一一月二七日の任期で「英語及英文学」研究のため文部省によりアメリカ留学に任じられているため、この時期日本にいない(文部省専門学務局編『文部省外国留学生表 大正六年』文部省専門学務局、一九一七、非売品・国会図書館蔵)。

(24) 森田草平「漱石先生の文学論について」(『文章世界』博文館、一九一七・九・一)。記事末尾に八月一五日付の署名あり。

「言文一致」であることへの言及から確かであると思われる。漱石による『文学論』前半の朱筆校訂の入った原稿（「間違つてるところや不明の箇所に?点を施して」ある）や、後半の差し替え原稿についての右の感想（「元の草稿とはすつかり別物」）は正確である。繰り返すが、受講ノートと講義草稿のどちらがどの程度、中川による草稿執筆を支えていたのかは未解明である。

続いて、『漱石全集』編纂に関わった小宮豊隆が一九三六年に記した記事を見ておきたい。小宮はいう。

> 漱石が是〔『文学論』の原稿〕を自分で書かずに、他人に書かせたという事は、漱石第一の失敗であつた。（略）その七月にやつと大学を出ようとしてゐる、若い中川芳太郎にとつて、この仕事が到底背負ひ切れない重荷だつた事は、云ふまでもない事である。漱石は、『十八世紀英文学』（後に『文学評論』と改題）の講義こそ「蠅頭《ようとう》の細字」で原稿を作り、教場ではそれを朗読するだけの事にしてゐたのだから、是こそほんとに浄書するだけで事足りたのであるが、然し『文学論』の講義の草稿は、それほど体裁をなさず、従つてその「章節の区分目録の編纂其他一切の整理」の仕事は、単なる学識のみならず、頭の相当な内面的成熟を必要とするものであつた。中川芳太郎は、それに必要な材料や、自分のノートや、恐らく他の学生達のノートを、十分参酌して「一切の整理」に当つたには違ひない。（略）漱石は、まだ中川芳太郎の仕事に目を通さない前に、この序文〔「文学論序」〕を書いたものに違ひないと思われる。[25]

関東大震災（一九二三年）による『漱石全集』の紙型[26]焼失を経て新たに編纂《へんさん》された第三次『漱石全集』（漱石全集刊行会、一九二四・六・五―一九二五・一一・五）以降は、森田草平にかわって小宮が監修の中心となり、岩波書店員による綿密な本文校訂が行なわれた。「文学論」講義草稿の写真が掲載されたのはその直後の普及版『漱石全集』第一一巻（『文学論』）に附属した「月報」第九号（岩波書店、一九二八）である。右の文章を書いた一九三六年四月一九日には、既に小宮は「文学論」講義草稿を目にしていたと考えられる。そのうえで小宮は、講義草稿があったとしても『文学論』原稿作成の任が困難なものであったことを推測したのであろう。

一九四三年、『文学評論』出版の原稿の整理を担った際の経験を回想しながら、森田草平は中川について次のように記した（執筆は序文によれば一九四二年一〇月―四三年六月）。

今度の仕事は『文学論』と違い、先生の草稿そのものがりっぱな文章になっていたから、私達のやる仕事としては、ただ横のものを縦に書き直すだけであった。というのは、先生は講義の草稿を作るのに、いつも蠅頭《ようとう》の文字で横書きにされる。（略）それを縦にして普通の文字に書き直すだけだから、本当に造作《ぞうさ》はない。いや、まだもう少しはあった。元来《がんらい》講義の草稿だから原語が遠慮なく使ってあるのを、書き直しながら日本語に翻訳していくのと、もう一つ、ところどころに引用してあるポープならポープ、スウィフトならスウィフトの本文《テキスト》を翻訳しておくことである。その他はいっさい手をつけてくれるなという先生の命令であった。これはしかしながら中川君の『文学論』に懲《こ》りられたからには相違ないが、校正まで自分でしようと言われたのは、まったくすまない気がした。（略）のちに先生の手を入れられた原稿を見せてもらったが、やはり中川君の原稿同様真っ赤になっていたことを覚えている。(27)

(25)　小宮豊隆「文学論」（『漱石の藝術』岩波書店、一九四二。初出は決定版『漱石全集』の解説で、記事末尾に一九三六年四月一九日の記載あり）。また同じく『漱石の藝術』所載「文学評論」も参照。

(26)　紙型とは「「活字組版など凸版の複製版をつくるときに使う厚紙の母型」（日本大百科全書）のことで、そこに鉛を流しこんで紙型鉛版を鋳造する。紙製だから軽く、薄いから場所もとらずに保存でき、必要におうじて「複製版をつくる」ことができる」ものであるとともに、異本出来の装置でもあったという（磯部敦「紙型と異本」『書物学』八、勉誠出版、二〇一六・八）。

漱石が「一八世紀文学」講義草稿の作成に腐心していたことは書簡からも窺える。たとえば一九〇五年九月一六日中川芳太郎宛書簡で「泥棒が講義の草稿を持つて行つたら僕は辞職する訳だが」と冗談をいい、同年一二月六日野間真綱宛書簡でも「草稿をかくのでいそがしい」と述べ、一九〇六年八月頃の書簡には講義草稿が書けていない苦しみが度々見える。「一八世紀文学」講義草稿のほうは「りっぱな文章」になっていたと森田がいうのだから、「文学論」講義草稿は「りっぱな文章」でなかった、あるいは粗密にばらつきがあったということになろう。

とすると、一九一七年の森田は自身の校訂作業とその成果である縮刷版『文学論』の意義を強調するあまり、中川に対して厳しい物言いになっていたのではあるまいか。後年の回想では、中川への批判はトーンダウンして、講義草稿がそのまま本にできるものではなかったことを認めているようにも見える。とはいえ、すでに金子ノートとの比較から明らかなとおり、中川が「他の学生達のノートを、十分参酌」したという小宮の推測は第五編については当たらない。

では、校正者中川は漱石のいうとおり「不埒」だったのだろうか。この問題を考えるには、印刷所を視野にいれて誤植の問題を検討する必要がある。

三　〈「不都合なる活版屋」騒動〉

漱石が秀英舎を相手に『東京朝日新聞』紙上で起こした騒動を、発端となった記事の名から〈「不都合なる活版屋」騒動〉と呼んでおく。筆者・校正者・出版社・印刷所という関係が透けて見えるこの〈騒動〉を軸に、そこまでの怒りを買うほどの誤植とはいかなるものだったのかを検討する。

「文学論正誤表」は一九〇七年五月中に完成し、新聞広告により配布告知された[28]。これを見ると、その誤植の膨大さが、原稿作成と校正を兼任した中川一人で抱えきれるものでなかったことは一目瞭然である。全八頁の冊子「文学論正誤表」は七頁末尾で訂正漏れを補っており、八頁で「文学論正誤補遺」と題して全体にわたる訂正漏れを再び列記するという混乱ぶりで、計五三〇カ所以上が訂正されている。その上この「文学論正誤表」そのものにも誤植や指示箇所の誤りがある。そして初版から一月ほど経た一九〇七年六月二〇日発行の『文学論』改訂第二版が刊行された。清水康次は小宮豊隆宛漱石書簡に「文学論二版御蔭にて出来深謝」(一九〇七年七月三日)とあることから、これに小宮が関与したと推定している[29]。ただしこの改訂にも漏れがあった。これらの混乱ぶりから、誤植・脱落などを生じる印刷所の方にも問題があったことは否めない。

この再版発行日直後の六月二四日付鈴木三重吉宛書簡で漱石は、「あの中に肯定と否定の間違が四五ケ所あつて普通の誤植とは思へぬ程念の入つたものであるにより。大倉を以て秀英舎へ掛合つた所。秀英舎は責任なしと威張つて居る由。僕よつて之を朝日新聞紙上に於て筆誅せんと欲するに就ては例の虞美人草祟りをなして筆を執る事面倒なり。どうか君僕の代りに書いてくれ玉へ。間違の箇所は僕の所にわかつてゐるから序でに来て見て呉れ給へ」と依頼している。二日後の三重吉宛書簡では朝日新聞社の渋川玄耳を巻き込んで話が進展する。しかし、いざ投書を受け取ると難色を示した渋川に対し、七月二日付書簡で漱石は「小生の立場としてどうしても出して頂かねばならん事情になつて居ります。(略) 其代り科学でも医学でも色々〔記事執筆者の〕周旋をやります」とまで掲載を懇願した。

(27) 森田(前掲)、三一四―三一五頁。
(28)『読売新聞』(一九〇七・六・一、六頁)に「◎読者に告ぐ　夏目漱石著文学論の正誤表出来致候間御入用の方は最寄の書肆より御受取を乞ふ」と大倉書店が広告を出している。
(29) 清水康次「単行本書誌」(『漱石全集』二七、岩波書店、一九九七)、四七五頁。

その二日後に掲載された無署名記事「不都合なる活版屋」（『東京朝日新聞』一九〇七・七・四、三面）は次のように訴えた（圏点は原文。以下同じ）。

種々の著作が活字の誤植より飛んだ煩《わづら》ひを受くる事あり単なる誤植又は生物識《なまものしり》の丁寧過ぎたるお切介《せつかい》は先づ以て是非なけれど活版屋が何か為にせんとして著者に災ひを計企《たく》みたるにはあらざるかと疑はるゝものありとせば捨置難き事共なり、夏目漱石氏の文学論は秀英舎の印刷に係るものなるが一篇中例へば千里が千里、話頭が活頭となれるが如き幾十百の誤謬は単に誤植として許すべきも或肯定的の記事が丁寧なる補添により て否定的となされ否定の命題がわざ〳〵肯定的に変ぜられて一章一段の所説全く意義をなさざるが如き到底頭脳の意味ある指図なくしては出来し難き複雑なる誤植続々として見出し得らるゝ由而して右秀英舎は只有り得べき錯誤なりと做《な》し且つ其責任は全く著者側の校正者に帰すと号し恬然《てんぜん》たりといふ奇怪なる事あり

翌日の同紙三面には「弁駁　秀英舎より左の申越あり」として次のようにある。

七月四日貴紙第七千四百九十八号第三面に御掲出の秀英舎に関する記事は事実相違の廉有之候に付茲に其冤を雪《〔そそ〕》ぐ為め聊《〔いささ〕》か弁解致し候其記事の主眼たる夏目漱石氏著の文学論誤植の点に付棒大なる筆誅を蒙りたるも初版の校正は著者親しく再校三校若しくは五校を重ねたるものなるが故に当舎は夫れに信頼し命の儘に作業したるのみ其証左今尚ほ保管しあり初版の印刷物は斯くの如くして最も深重に上梓せり而して其再版に際しては其の訂正増補の個所は注文先の書肆に於て鉛版の象眼を施し其の製版を齎《〔もたら〕》して単に印刷丈けの注文を受けたるものなるに付若し著者の意に充たざる所ありとせば此の場合に於ける欠点と看るの外なし是れをしも独り印刷所にのみ責を負はしむるは甚だ酷評と云ふべし由来著者は重《〔お〕》もに書肆を介して印刷所に注文す

るより両者の間往々意思の疎通を欠くことあり其結果想はざる不満を著者に与ふることあり本書の如きも或は其一たらざるなきかと想察せられ候に付此全文を掲げて世の妄評を解かれんことを希上候也

これに対し同月八日二面で[30]「文学論の誤植に関する夏目氏の談話」という題の記事が掲載される。

「不都合なる活版屋」と題せる本紙去る四日の記事に対し秀英舎は五日所載の如き弁駁を為し来れりこれに就き本社は記事の対当者たる夏目漱石氏の意見を質せる所下の如し。元来文学論の著者は実際校正の任に当らずしてこれを著者の門下生某々等に一任したるものなりされば文学論の校正に就きての不都合は著者が校正者に対して言ふ可き事にして活版屋が著者に対して云々すべき理由なし唯著者は著者の原稿と活版屋の植字とを比較して其誤植の多きを責めんとす殊に其誤植たるや単に普通の誤植たるに止らず又単に誤植の異常なる夥多数なるのみに止らず、其遂に校正の範囲を踰越《ゆえつ》して反対なる意味を構成するが如き殆んど悪意とも見ゆべき誤植を責めんとするなり由来活版屋は著者の原稿を原稿の如く正直に活字に起すべき職責を有す活版屋が其一字も誤なからんことを自ら責むるものは著者に対する義務にして社会に対する大なる徳義なり、活版屋は何等の理由を以てするも、校正あるが為めに誤植あるも無責任なりと主張し得べき商売にあらず活版屋は著者側の校正の有無に拘はらず普通の誤植に対してさへも十分依頼者に謝すべき理由を有す況んや上述の如き大なる不都合ある場合をや然るに秀英舎は書肆大倉の照会に対して全く自己の責任なく校正者の責任なりと放言せりといふに至りては余は捨て置き難き横着の振舞なりと信ぜんとす云々

---

(30)『東京朝日新聞』の朝刊（夕刊は一九二一年から発行）では、一九〇五年元日から一九四〇年八月末まで一面は全面広告ページであったため、二面から実際の記事紙面。

以上が紙面上で交わされた論争である。朝日入社第一作の『虞美人草』の連載が六月二三日に始まって一週間足らず、『文学論』の書評が出始めた頃でもあった。[31] そしておそらくこの段階で、秀英舎と事を構えておくという判断も故なきことではなかった。結果からいえば、この騒動と相前後して、漱石の著作の単行本重版の印刷所が秀英舎から大倉印刷所などへシフトする。[32]

秀英舎と漱石の関わりについて補足すれば、そもそもデビューの場であった『ホト、ギス』の印刷所が秀英舎である。たとえば山下浩は『坊っちやん』について、初出誌『ホト、ギス』で印刷所による本文改変があったことを指摘している。「バッタだらうが雪踏《せった》だらうが、非はおれにある事ぢやない」の「雪踏」の部分は、原稿では「足踏」と表記されていた。この異同は、漱石が校正をしておらず印刷まで間がなかったことも鑑みて、文選（活字を拾う職人）によって生じたと考えられるというのだ。山下はいう。

『坊っちゃん』の初出が不正確であることをとりたてて強調するのは間違っている。それは、『ホトトギス』における漱石の他の作品に比べれば水準が低いが、当時の文学作品の特に単行本、たとえば漱石自身の『漾虚集』初版や『坊っちゃん』を収録する『鶉籠』の印刷に比べてみて劣るとはいえないからである。一般的に、雑誌の初出は概してそれ以降の単行本の本文より印刷が正確で、原稿の特徴をより多く留め、「不純物」が少ない（unsophisticated）本文だといえる。[33]

とすると雑誌初出よりも初版単行本が問題だということになる。この秀英舎を印刷所として『吾輩ハ猫デアル』上中下篇（服部書店・大倉書店、それぞれ一九〇五・一〇、一九〇六・一一、一九〇七・五）、『漾虚集』（服部書店・大倉書店、一九〇六・五）、『文学論』（前掲）が刊行された。『吾輩ハ猫デアル』については、雑誌初出本文の信頼度が非常に高く、「初版〔単行本〕の植字職人の技術水準は、『ホトトギス』に比べ非常に劣っている。／校正についても、初版はお座なりであった」と山下はいう。[34] 単行本『吾輩ハ猫デアル』について森田草平は三冊とも「先生自ら校正された」が「寧ろ校正がしてないと云つて可い位」の誤脱が散見されたという。[35]『漾虚集』もまた漱石自身による校正であったが「誤字誤植沢山有之大に恐縮致居候。校正はしても活版屋が直してくれないのも大分有之厄介千万に候」と書簡にみえる（一九〇六年五月二九日付内田魯庵宛書簡）。こうした一連の不満を背景として、五三〇カ所以上の訂正を要した『文学論』は漱石の怒りを買ったのである。

なお悪いことに、先述のとおり「文学論正誤表」そのものに誤植や指示箇所の誤り及び初版誤脱の見落としがある（筆者調べによると、これらの問題点は八〇カ所以上）。典型例を挙げておこう。「正誤表」には一三二頁一〇行目、四七三頁一四行目ともに「勃牢→勃窣」と指示されているが、正しい熟語は「勃窣」であってこれは第二版で適切に訂正されているのだから「正誤表」自体の誤り。しかも一三二頁一〇行目と指定しているが正しくは一一行目であるから指示箇所も誤っている。また四三〇頁八行目「強勢のｆ」とあるべきところ、初版の「ｆ」一字欠字を見逃しているが、これは単行本第二版〜第四版でも欠落、縮刷本『文学論』（大倉書店、一九一七）でようやく補訂される（五七二頁二行目「吾人」の「人」一字欠落も同様）。四五八頁一一行目「平凡なる境界→非平凡なる境界」、五七一頁二行目「失念せざるが如し→失念せるが如し」は先の談話にいう「反対なる意味を

(31) 登張竹風「漱石の文学論を評す」（『新小説』一九〇七・七）。金子筑水「夏目氏の文学論に因みて」は同月の『中央公論』に掲載予定であったが「病気の為め長論文を草せらるゝこと能はず」不掲載となっている。
(32) 清水（前掲）にある通り、一部例外がある。『文学論』第四版も例外。
(33) 山下浩『本文の生態学——漱石・鷗外・芥川』（日本エディタースクール出版部、一九九三）、八五頁。
(34) 山下（同上）、五七頁。
(35) 森田草平「十三号室（二）」（『帝国文学』一九一八・二）。

構成するが如き殆んど悪意とも見ゆべき誤植」にあたろう。

第二版（一九〇七・六・二〇）では正誤表の未反映箇所に加え、新たな誤脱も発生してしまう（秀英舎によれば改版の訂正は大倉書店が象嵌によって行なった）。顕著な例は、誤字を訂正しようとして行ごと脱落させてしまった四三一頁九行目、四五八頁一一行目である（いずれも第三版で修正）。また第二版の特徴として紙貼り修正箇所がある。今回参照した第二版の二冊（早稲田大学図書館津田左右吉文庫所蔵本、同館所蔵大倉書店寄贈本）では、八八頁四行目に「*Pilgrims'*」（*Pilgrim,s* → *Pilgrims'*）、八九頁七行目「Thou」（thon → Thou：ただし大倉書店寄贈本には紙貼りがない）、二八〇頁一行目「an」（autiquity → antiquity）と紙貼り修正が行なわれているのだ。

第三版（一九〇七・七・二五）でかなりの部分が修正されるが、それでも誤脱は残る。五七一頁一行目「後等→彼等」という修正を一文中で二箇所反映すべきところ、第二版で二箇所とも直したにもかかわらず、第三版では文頭が「後等」と再び誤っている。欠字の未補訂があり、第二版での紙貼り修正「Thou」が未反映となっている。

続いて大倉書店は『文学論』第四版（一九一一・四・一五）について「本書品切れの処今回第四版発売又品切れとならざる内速に購求あれ」（『読売新聞』一九一一・五・一二、一面）と広告したが、文字通りの「品切」であるかどうか。大倉書店の火災（一九〇九・八・一六）と秀英舎工場全焼（一九一〇・四・二五）により、紙型とともに『文学論』第三版の在庫も焼失したと考えうる。やはり秀英舎の手により組まれ、単行本最終版と推定される第四版ではまったく新たな誤植が発生している。二六頁五行目「I. chap. XIV)」の部分が一八〇度回転していたり、九五頁一行目「gaudy :」が欠落したりしている（「正誤表」により「gandy → gaudy」と訂正された部分）。また「正誤表」訂正前の初版の誤字が復活してしまう例も多々見られる。たとえば二一七頁一四行目「数語→言語→数語」、二二〇頁三行目「僉弁→詭弁→僉弁」（この箇所「正誤表」自体に誤植あり）、二二三頁一〇行目「祖裼→袒裼→祖裼」といった具合である。

以上の誤植の概要を踏まえれば、先行して序文が発表され刊行を急ぐなかで、原稿作成と校正を一手に引き受ける困難さの一端を推し量ることができる。

四　アカデミズムと入門書

続いて、本章冒頭の問いに戻ろう。『文学論』は漱石没後に縮刷本、全集刊行によって多くの新しい読者を得ていった。その際、どのような読者の広がりがあったのだろうか。そこで、同じく英文学者である小泉八雲、厨川白村の著作に目を配りたい。

漱石が没した時点で、『文学論』刊行から一〇年が経とうとしていた。この頃、すでに近代文学研究はイギリス、アメリカ、日本で時差や地域の特性を生じながらも、それぞれに新しい局面を迎えようとしていた。早世したトルストイ研究者、石田三治（一八九〇―一九一九）は一九一七年二月の段階で『文学論』を次のように評していた。

クローチエを祖述したコロンビヤ大学のスピンガーン氏〔Joel Elias Spingarn, 1875-1939〕に『新批評論』〔一九一二〕と云ふのがある。次の句は漱石氏らの意見に向つては正に頂門の一針だ。「吾々は曾て文学を批評するに当ツて次のやうなことで煩はされた。其は喜劇的だとか、悲劇的だとか、崇高だとか云つたやうな、其種の漠然たる抽象的概念の軍勢に依てだ。[36]〔…〕」と云ふのである。小泉八雲氏の詩の如き講義から、夏目

（36） J. E. Spingarn, *The New Criticism: A Lecture Delivered at Columbia University, March 9, 1910*, New York: The Columbia University Press, 1911, p. 23.

漱石氏の理智の『文学論』に移つた時、例の有名なF+f式の議論に驚畏敬服したもんだと、其当時学生だつた松浦先生の述懐であるが、あれなども、随分隙のある議論だと思ふ。[37]

ここで引き合いに出されているスピンガーンの邦訳書に、『創造的批評論――天才と趣味との同一性を論ずる諸論文』（遠藤貞吉訳、聚芳閣出版、一九二五）、『新批評』（小川和夫訳注、研究社、一九六七）の二著がある。『新批評』の訳者小川和夫はその序言で、「一九四〇年代に盛んになったいわゆる「新批評」（New Criticism）と名前は同じであっても、混同してはならない」としながら、「当の芸術作品から離れて、環境や時代や人種や、詩的流派の研究に向かう歴史的批評」や作者の伝記を用いた「心理的批評」、外在的な尺度による「独断批評」、印象主義批評のいずれをも批判し「芸術作品は芸術作品として鑑賞しなければならぬという彼（スピンガーン）の主張は、T. S. Eliot やのちの「新批評派」（New Critics）に明らかに影響をあたえているものと考えられる」とした。[38]

のちにジョン・クロウ・ランサム（John Crowe Ransom, 1888–1974）によってニュー・クリティシズムとして再編される批評の先駆となるこうした研究動向が、一九三〇年代の国文学者に注目されていたことも確認しておきたい。その先触れとして、たとえば裁断批評を批判し帰納的批評、科学的批評を主張したシカゴ大学の文学理論・解釈コースの教授（一九〇一年に「英語英文学教授」から改称）、リチャード・グリーン・モールトンの著作が英文学者によって紹介され、国文学者にも影響を広げていたことなどを視野に入れるのがよいだろう。[39] モールトンの主著（*The Modern Study of Literature: An Introduction to Literary Theory and Interpretation*, Chicago, IL: The University of Chicago Press, 1915）は抄訳が蘆田正喜訳『文学形態論』（宝文館、一九二三）として刊行され、新訳として本多顕彰訳『文学の近代的研究』（岩波書店、一九三二）が出版される。

蘆田訳に序文を寄せていたのは国文学者・国語教育学者垣内《かいとう》松三であった。垣内は原書刊行当時から講義や文章で人に薦め、「若い人たちから、その名を自分の綽名として用いられた」ほどであったという。[40] なお、垣内の主著『国語の力』(不老閣書房、一九二二)にはモールトンのほか、漱石『文学論』の集合意識論なども援用してある。[41] またモールトン紹介(主に世界文学論など)の立役者となったのは土居光知[42]『文学序説』(岩波書店、一九二二)であった。はやくも国文学者久松潜一は「元禄時代と文芸復興」(『国語と国文学』一九二四・一〇)でモールトンとその立場に立つ学者の議論に賛同を示していた。久松の動向の背景については、衣笠正晃の次のような指摘がある。

西欧文化圏のいわば周縁にある日米両国では、一九世紀後半に近代的な大学制度が整備されるなか、文学に関しても「科学的」体系と方法論とが必要とされた結果、ドイツへの留学者たちによって文献学が移入され、人文学における覇権を確立した。そして二十世紀、とく第一次大戦後にいたって、今度は文献学的研究に対

(37) 石田三治「夏目漱石氏の文学と文学論」(『大学評論』一九一七・二)。
(38) こうした注意書きが必要だった背景に、訳書が刊行された一九六〇年代後半に小西甚一が中心となって国文学界へのニュー・クリティシズム紹介を行なっていたことが関係していよう。たとえば『国文学　解釈と鑑賞』第三〇巻第七号は佐伯彰一・篠田一士・小西甚一の鼎談を含む特集「文学研究とニュー・クリティシズム」(至文堂、一九六五・六)、第三二巻六号は小西の巻頭論文、巻末の文献解題とに挟まれた特集「古典文学の分析批評」(一九六七・五)が組まれていた。
(39) たとえばルクサンドラ・マルジネアン「能研究における新批評(New Criticism)の影響」(『演劇研究センター紀要Ⅲ　早稲田大学21世紀COEプログラム〈演劇の総合的研究と演劇学の確立〉』二〇〇四)が参考になる。
(40) 垣内松三「解釈学片影(四)」(『国文学誌』二・一二、不老閣書房、一九三二・一二)
(41) 野地潤家による『国語の力』成立過程研究(『野地潤家著作選集』一一、明治図書、一九九八)を参照。
(42) 土居光知は『英文学研究方法論』(研究社英米文学語学講座、研究社、一九四〇)で「英文学を親密に味読せんとする者の手引・入門書としては、Lafcadio Hearn の東大における講義ほど適当なものはない」といい、『文学研究と科学』(研究社、一九五四)で八雲の研究態度を「ペイタアににており、夢の現象、有機的記憶、詩的形象の連関に深い興味を持ち、精神分析的であった」と評している。

する反発が文学部のなかで大きくなる。その際アメリカ・日本のいずれにおいても「批評」が大きな役割を演じることになった。アメリカでは、久松が〔「批評史の研究に就いて」『国語と国文学』一九三六・一〕で注目したバビット〔Irving Babbitt, 1865-1933〕とスピンガーンが、新人文主義と審美主義という立場の違いはあるものの、共通して文学そのものに高い価値を認めるという点で、文学作品を文献資料として扱う文献学に対して一種の共闘勢力を形成し、（略）両者の主張はそのまま、次世代のいわゆる「新批評」（New Criticism）へと取り込まれることになる。新批評こそはまさに新たな「科学的」文学研究として文献学の代替物となり、批評をアカデミアの王座に据え、その後長く教育・研究の両面で影響力を振るうこととなったのである。(43)

アメリカでの研究動向については、次のような政治的文脈も指摘されるところである。

第一次世界大戦のプロパガンダの成功を契機として、意味システムの研究が盛んになった。とりわけ一九三〇年代後半、次の戦争の足音が聞こえる時期になると、新聞やラジオや映画などのメディアにおける言語の働きに注目が集まっていった。言語の働きに注目して新批評の発展に絶大なる影響を与えたI・A・リチャーズは、この文脈のなかに「輸入」された。

「伝達の状態と危険と困難」とを研究し、伝達の水準を高める教育を行うことが重要であり、また、「言語研究が刻下の急務」（二五〔頁〕）であるという問題意識に基づいた言語研究の書、『意味の意味』（一九二三）は、とりわけアメリカでは切迫感をもって受容され、コロンビア大学などの学校でテキストとして採用され、リチャーズ自身も英国から渡米して協力した。プロパガンダに惑わされぬための言語学習方法を探るべく、プロパガンダ分析研究所、ハーヴァード・コミュニケーション委員会が設立され、リチャーズは後者に深く関わった（略）。この流れのなかで、英語を精緻に読む技術こそ民主主義の維持につながるとする考え方が出てくる。言語への注目や「精読（close reading）」という、後年新批評の特徴とされるものが国家の要請となっていった。[44]

こうした戦前戦後を跨ぐ英米文学研究と国文学研究との関係は、日本近代文学研究の成立を考えるうえでも重要な論点になるはずだが、他日を期したい。

一方でアカデミズムにおける反・文献学的な批評の領分が求められるなか、大衆読者に開かれた文学概論書のニーズもまた、拡大していく。柳田泉が、大正時代に厨川白村『近代文学十講』（大日本図書、一九一二）が広く読まれたことにつづけて、「あれ以上となると夏目さんの「文学論」を読んだ」と回想したことに再び注目しよう。「あれ以上」という認識の根拠は本文の形式からも覗える。そもそも『文学論』は帝大講義をもとにした書物であり、文中に「余が現在の知識と見解とはこの点に向つて一箸《いっちゃく》をだに下し能はず。徒らにこの大問題を提供して研究の余地を青年の学徒に向つて指示するに過ぎざるは遺憾なり」（第四編第八章「間隔論」）という文言があることから、出版に際し幅広い読者に向けて書き改めることはせず、夥しい英文引用を読みこなすことができるような、受講学生に準じるエリート読者を想定していたことがわかる。反対に、厨川白村の第三高等学校での講義をもとにした『近代文学十講』は引用文に訳を付し、本文中に用いられる外国語には日本語を添え、人名・作品名の綴りの上にルビで片仮名読みを示すなど、日本語さえわかれば読み通すことができるような工夫があった。『近代文学十講』は好評をもって迎えられ、同様の講義録出版が相次いだという。[45]

（43）衣笠正晃「国文学者・久松潜一の出発点をめぐって」（『言語と文化』五、法政大学言語・文化センター、二〇〇八）。
（44）越智博美『モダニズムの南部的瞬間――アメリカ南部詩人と冷戦』（研究社、二〇一二）、八五頁。

そうした機運にあって、アメリカで小泉八雲の講義録 John Erskine (eds.), *Interpretations of Literature*, 2 vols., New York: Dodd, Mead and Company, 1915 などが出版されたとの報に接し、白村は八雲の講義に賛辞を寄せた。『小泉先生そのほか』（積善館、一九一九）で白村は、八雲講義を「日本人の詩観、日本人の思考法に適するやうに」「日本人の為に、日本人の美感に訴へやうとして説かれた西欧文学の講説」であり、「情緒本位の文学教授法」であるとして、次のようにいう。

> 一通りパラフレイズで本文の説明を終り、難解の語句を釈して後（出版せられた講義集には説明解釈の部分は大抵省略されてゐる）、先生は自分の美しい言葉で美しい詩の句を批評し、その芸術的意義を説かれた。（略）講壇に立つて理を説き事実を伝ふるに巧みなる人は多からうが、詩文を説いて貴き霊感を与へ、之によつて青年学徒を指導し得る教授は、天下果して幾人あるだらう。（略）年々歳々題目を新にして、沙翁以後幾百幾十の作家と作品に就いて、毫も受売でない自己の鑑賞《アプリイシエイシヨン》を語り得る者が、多士済々たる英米の学界に於てすら果して何十人あるだらうか。（略）この講義集に用ゐられたる英語は、中学卒業程度の語学力を以て何等の苦痛なしに理解し得る極めて平易明快なるものである。単に詩文のみならず、晦渋《くわいじふ》なる哲学思想の解説に於てすらも、先生は殆ど難解の語を用ゐずに説かれてゐた。評隲《ひやうしつ》論議の書にしてかくも平明なる文辞を用ゐたるものは他に多く類例は無いが、これは学殖文才共にすぐれた小泉先生の如き人にして始めて出来る藝当だと思ふ。（略）私は平易なる英文を読み得る凡ての日本の読者に向つて、この珍らしい講義の書を最良の文学入門書として、或は手引草として推薦するに躊躇しない。(46)

この賛辞から数年のうちに、一九二一年に小泉八雲の英和対訳著作集全九巻、一九二六年に邦訳全集全一八巻が刊行され、その流れに連動して小泉八雲講義録の翻訳刊行が相次ぐ。

八雲の日本（人）論を正宗白鳥は「作者の異常の努力にかゝはらず、彼の手からは現実が逃げて、捉へられたものは、ハーン好みの夢であることが多い」と批判しつつ、彼の講義録について「東京の大学で講じた英文学史、その他いろ〳〵の西洋文学論などこそ、日本の学生に取つて、良好の指導者として役立つのである」と評した[47]。また芥川龍之介のスウィンバーン受容やボードレール受容にも、八雲の講義録が関わっていたとされる[48]。

一連の講義録日本語訳出版のうち最初期のものは、アースキン版に先だって刊行された、田部隆次による評伝『小泉八雲』（早稲田大学出版部、一九一四）の付録の講義抄訳三編である。アースキン版以後、八雲帝大講義録の日本語訳がさまざまな訳者により刊行される。その後、アースキン版の恣意的な校訂方針に対して、完全版を冠した田部隆次・落合貞三郎・西崎一郎による校訂版講義録（*Complete Lectures*）が北星堂より一九三二―一九三八年の間に四巻本で刊行された（一九四一年に四巻セット筐入りの改訂特装版刊行）。八雲自身は専門的教育を受けた学者ではなく、講義の重心を研究者養成に置かなかった。文学についての知識を増やすことを、子供のように注意深く想像力を働かせる良き読者であることと両立させねばならず、またどんなに既存の表現を学んでも子供

(45) 工藤貴正『中国語圏における厨川白村現象――隆盛・衰退・回帰と継続』思文閣出版、二〇一〇、二二一―六一頁を参照。
(46) 厨川白村『小泉先生そのほか』（積善館、一九一九）。
(47) 正宗白鳥「ラフカディオ・ハーンの再評価」（『国際評論』二・九、日本外事協会、一九三三・九）。
(48) 澤西祐典「芥川龍之介と卒業論文‘Young Morris’――旧蔵書中のウィリアム・モリス関連書籍を手掛かりに」（『京都大学國文學論叢』三四、京都大学、二〇一五）によれば、芥川旧蔵書中「アンカット本であるラフカディオ・ハーンの講義録 *Appreciations of Poetry* を見ると、William Morris, Rossetti に加え、Swinburne の詩について論じた章はすべてカットされ、読める状態になっていた」という（一六頁）。また小谷瑛輔「芥川龍之介「煙草」と切支丹物の出発――ラフカディオ・ハーン以降の日本のボードレール受容を視座として」（『へルン研究』二、富山大学へルン［小泉八雲］研究会、二〇一七・三）は、芥川が扱う「南蛮趣味や「悪魔」表象が、ハーンから受け継がれてきているボードレールのモチーフの流れを汲んでいる」ことをさまざまな文献を博捜して跡づけている。

のように新鮮な心で自分の言葉を創り出していかなければならない。そのように創作者としての社会的使命を説く八雲の所説は、文学を研究する学生たち、あるいは創作を志す青年たちにうってつけの「文学入門」であっただろう。膨大なリーディング・リストを課すのではなく、知識や技能の習得という刻苦精励の徹底を求めるのでもなく、学びつつ子供らしさを保つという心がけの問題に課題がスライドするのだから。

五 〈通俗科学〉の時代

小泉八雲講義録の邦訳出版物の一つ、『文学入門』（今東光訳、金星堂、一九二五）のタイトルは非常に興味深い。最高学府での講義が〈入門〉として一般読者に販売されたことを意味するからだ（他方、落合貞三郎訳は『文学論』と題しているし、*Complete Lectures on Art, Literature and Philosophy* も奥付には「小泉八雲「文学論」」とある）。白村や八雲らの文学講義録がわかりやすい「入門書」として広まっていった時代は、科学啓蒙書が隆盛する時代と重なっている。たとえば岩波書店の売上げを安定して支えていたのは、哲学系叢書と科学系の通俗叢書のシリーズであったことが推測されている[49]。一般読者に向けた著述活動と学問との結びつきは、近代日本においてはじめから自明であったわけではない。たとえば鷗外『舞姫』には留学中の太田豊太郎の眼を通してアカデミアの外にある学知への新鮮な驚きが次のように語られている。

我学問は荒みぬ。されど余は別に一種の見識を長じき。そをいかにといふに、凡そ民間学の流布したることは、欧洲諸国の間にて独逸に若《し》くはなからん。幾百種の新聞雑誌に散見する議論には、頗る高尚なるも〔の〕多きを、余は通信員となりし日より、曾て大学に繁く通ひし折、養ひ得たる一隻の眼孔もて、読みては又た読み、写しては又た写す程に、今まで一筋の道をのみ走りし知識は、自ら綜括的になりて、同郷の留学生などの大かたは、夢にも知らぬ境地に到りぬ。彼等の仲間には独逸新聞の社説をだに善くはえ読まぬがあるに。[50]

ここでいう「民間学」について、竹盛天雄は「役所の長官が憎んだ「学問の岐路に走る」という豊太郎の知的関心の広がりは、一元的なものに局限されまいとするその底部にある生命活動の豊かさとも切り離せないだろう。その方向性が、「大学」という場所にあって追究されている「学問」からは縁遠くなってしまったけれども、別の「一種の見識」を獲得してゆく通路に彼をみちびいていったと考えられる。豊太郎は、その通路を「民間学」のことばであらわしたわけだ」という。[51] また鷗外の他の著述やメモなどを当たったうえで、鷗外のいう「民間学」の二つの側面を論じている。それは第一に「学問の専門化、精密化の歴史的流れのなかで、いかに綜合的な視野を養ってゆくべきか」という学者に対する啓蒙普及、第二に専門学者でなく「世の字を識り文を学びしもの」にむけた啓蒙活動であるという。[52] また、松村友視は右の『舞姫』の記述の背景をなすものとして、一八八七年頃にベルリンで書かれたと考えられる鷗外のメモ「Ideensplitter」(「想片」)に「Populäre Vorträge を専門とし福沢の政学に於ける如く日本にて働かば其利大ならん○独逸では du Bois-Reymond, Helmholtz 等あり」という記述に注目している。松村はいう。

(49) 山本芳明『漱石の家計簿——お金で読み解く生活と作品』(教育評論社、二〇一八)、二九七—三〇〇頁。
(50) 森鷗外「舞姫」(『水沫集』春陽堂、一八九二)、九〇頁。
(51) 竹盛天雄「豊太郎の「民間学」——『舞姫』について(十五)」(『国文学 解釈と鑑賞』六七・一、至文堂、二〇〇二・一)。
(52) 竹盛天雄「留学体験の夢としての「民間学」——『舞姫』について(十三)」(『国文学 解釈と鑑賞』六六・一〇、至文堂、二〇〇一・一〇)。

> 鷗外蔵書中に、デュ・ボア＝レイモンの著作と並んで、ペッテンコーフェル著 *Populäre Vorträge* (1877) があることも、鷗外における「民間学」の位置付けをうかがわせるに足るだろう。（略）デュ・ボア＝レイモン伝の序文に鷗外は「彼の我医道をして、自然哲学の羈絆を脱し、実験研究の鋪路に就かしめし、率先者の随一たる、エミル、ドユ、ボア、レーモン」との位置づけを示していた。（略）シェリングの「自然哲学」が内包していた綜合的・有機的な認識構造を維持しつつ、なお厳密な自然科学的方法に身をゆだねる困難なありようを体現する自然科学者のモデルとして、デュ・ボア＝レイモンは「率先者の随一」の役割を担って鷗外の前にあったと考えられる。
> 鷗外がデュ・ボア＝レイモンに託した両価的な構造は、自身を厳密な「自然科学」に向かわせるための論理でありつつ、同時に「Seele」（魂）の領域を傍らに確保するための論理でもあった。(53)

このように、鷗外にとって「民間学」は自身の医学と文業（言論・創作）との「綜合」を図るための示唆を与えるものであった。鷗外がイメージした「Populäre Vorträge を専門とし福沢の政学に於ける如く日本にて働」き社会に利益をもたらすという活動が、商業ベースで実現を見るのはもう少し先のことになる。すなわち、大衆読者の登場と、非専門的読者に向けた知の発信、「通俗科学《ポピュラー・サイエンス》」の隆盛である。

科学者向けに書かれた「科学専門書」に対比して、科学知識を難解な専門用語を使わずにわかりやすく一般大衆に向けて書いた科学書を「通俗科学《ポピュラー・サイエンス》」書と呼ぶ。その代表例の一つ、マイケル・ファラデー『ロウソクの科学』（Michael Faraday, *The Chemical History of a Candle*, London: Griffin, Bohn, and Company, 1861）は一八四七年末から一八四八年初め、一八六〇年末から一八六一年初めの二度、一般市民や子供に向けて行なったクリスマス連続講義のうち後者の筆記にもとづく。通俗科学書として今日に至るまで世界的に親しまれ、日本では通俗科学の先駆者寺田寅彦[54]の弟子、矢島祐利の翻訳『蝋燭の科学』（岩波文庫、一九三三）以来、根強い人気がある。科学エッセイで知られる寺田寅彦の他、日本の通俗科学を考えるうえで石原純《あつし》を外すことはできないが、矢島はこの両者の強い影響下にあった。寺田寅彦について矢島はさまざまな回想を残し、評伝『寺田寅彦』（岩波書店、一九四九）を纏めるに至るが、歌人という共通点から石原についても短歌論などの著述がある。そのなかには、次のような回想がある。

　親しくお目にかかったのは昭和六年、岩波書店から雑誌『科学』が刊行されるようになったときである。石原先生がその編集主任になられ、私にも仕事の一部を手伝うよう先生から依頼を受けたのであった。[55]

石原純は岩波書店の「科学叢書」では第一編『相対性原理』（一九二一）、第六編『自然科学概論』（一九二九）を、「通俗科学叢書」では第一編『エーテルと相対性原理の話』（一九二一）、第二編『現代の自然科学』（一九二四）と、いずれも叢書の第一編ともう一編を手がけており、一九三一年に寺田寅彦らと雑誌『科学』を創刊するなど、名実ともに岩波書店の通俗科学の象徴的存在であった。

　こうした岩波書店の動向は、先行する「通俗」を冠した科学書の隆盛を受けての対応と見ることができる。他方、文学分野において「通俗」の語は、奥村信太郎『通俗文学汎論』（博文館、一八九八）などのわずかな例外を除き文学一般を概説する書物には冠されてこず、文学作品の平易なリライトという意味を持っていた。文学につ

(53)　松村友視『近代文学の認識風景』（インスクリプト、二〇一七）、一一五―一一七頁。
(54)　岩波茂雄は岩波書店の科学出版物を支えた寺田寅彦に対する大きな尊敬を持っていた。山本芳明（前掲）、二九八―三〇〇頁参照。
(55)　矢島祐利「石原純と短歌」（『短歌』角川書店、一九八一・一〇）。

いての「講義録」は出版されていたが、そちらは外形的には専門家養成のためか、一般読者向けか判断しにくい。漱石『文学論』、白村『近代文学十講』、八雲『文学入門』の想定読者には差がある。文学についても、書名に「通俗」が冠されているか否かは措き、自然科学にかぎらない広い意味での通俗科学として入門的な文学概論書を捉えてみることができるのではないだろうか。

「科学性」を標榜する文学研究の代表的著作に注目するだけではなく、その裾野として、それらの枠組みを密かに取り入れて書かれもする「通俗科学」的文学入門に注目することもまた、研究史・批評史記述にとって重要な視点である[56]。文学研究が「批評」や「鑑賞」を入り口として通俗的な普及を図る道と、実証性と明晰な論理性を兼ね備えた専門化の方途を模索する道とが二つながら意識されるなか、一九三〇年代後半には国文学者の間で「鑑賞主義論争」が戦わされることになる[57]。

本章では『文学論』の漱石没後の受容を考えるうえで、文学概論書の裾野の拡がりの一端を概観した。それらの概論書は西洋に学び、帝国日本の言語で書かれていたために、さらなる受容の拡がりを獲得することとなる。

（56）戦後日本の「文学入門」については、岩松正洋・飯島洋・大浦康介・西川貴子「「文学入門」という商品」（大浦康介編『日本の文学理論　アンソロジー』水声社、二〇一七）や、小平麻衣子『夢みる教養――文系女性のための知的生き方史』（河出書房新社、二〇一六）の一五四―一六一頁を参照。

（57）小平麻衣子「文学の教養化と作家の効用――国文学・鑑賞主義論争にふれて」（日本近代文学会関西支部編『作家／作者とは何か――テクスト・教室・サブカルチャー』和泉書院、二〇一五）参照。

第九章　張我軍訳『文学論』とその時代——縮刷本・『漱石全集』の異同を視座に

夏目漱石『文学論』は一九〇七年五月、大倉書店から発行された。そして漱石没後の一九三一年一一月、はやくも張我軍《ちょうがぐん》（一九〇二—一九五五）による中国語全訳が上海の神州国光社から発行された。[1] この時間も空間も離れた二つの出来事はどのように関係しているのだろうか。この問いを漱石受容という視座に限定せず、中国語圏における日本文学・理論の受容と変容の一端として考察するため、議論の基盤を形成することが本章のねらいである。そこで、原著と訳書の成立要件——とりわけ現在まで十分に顧みられることのなかった『文学論』の本文と翻訳の問題について、基礎的な考証と見通しを提示したい。

一　中国における受容

林少陽《りんしょうよう》は、漱石が『文学論』を著わした頃には、今日言われるような「近代的／ナショナルな枠組みにある「中国文学」」がまだ存在しなかったことに注意を促した上で、次のように述べている。

漱石が『文学論』を発表した前後の時期には、「文学」とは何かという問題が〔章炳麟ら〕中国の知識人の間でもやや異なる形で問題になっていた。（略）漱石や清末中国の知識人によって展開された「文」「文学」の定義を巡る議論とは、どちらも、翻訳概念としての「文学」との遭遇によって引き起こされたものだったのである。（略）このような「文学とは何か」という問いの生起とは、東アジアにおける「漢文学」の終焉の予兆であったのと同時に、漢字圏における近代的な「X国文学」の萌芽でもあったということは改めて強調しておきたい。(2)

こうした背景から、とりわけ一九二〇年代半ばの中国では、「文学とは何か」「小説とは何か」を定義・説明する概論書が数多く出版された。工藤貴正は厨川白村、本間久雄らの著作（の翻訳）がこうした概論書の多くに深い影響を与えていると指摘している。(3)大橋義武は、こうした概論書について、「文学を志す人々や一般の読者にとって——反発を生んだりする場合まで含めて——一つの「基準」となるものであって、いわば文学が社会のうちにある種の「制度」として定着する際の指標と言い得るものでもある」と、注目を促す。(4)こうした書物の浸透がうかがえる一節が、張我軍訳『文学論』所載の周作人《しゅうさくじん》による序文にある。

私〔周作人〕が東京へ行った当初、夏目が雑誌『ホトトギス』（これは子規の意味）に発表した『吾輩は猫で

(1) 入手の便を考え、本書では同書を横組みに編集して復刻した『文学論』（民國文存32、北京：知识产权出版社、二〇一四）に拠る（ただし図版は原本を参照）。
(2) 林少陽「漱石と中国文学」（『世界文学としての夏目漱石』岩波書店、二〇一七）、七二―七四頁。
(3) 厨川の一連の著作および、本間久雄『新文学概論』（新潮社、一九一七）とその増補『文学概論』（東京堂書店、一九二六）。工藤貴正『中国語圏における厨川白村現象——隆盛・衰退・回帰と継続』（思文閣出版、二〇一〇）参照。
(4) 大橋義武「中国新文学と「小説」概念」（『埼玉大学紀要　教養学部』二〇一六）、二頁。工藤と大橋はそれぞれ、一九二〇年代から中国で出版された文学概論書の膨大なリストを載せている。これらの書物のなかのいくつかに『文学論』の引用が含まれることは確認できているが、未調査。

ある』という小説がちょうど評判になっていて、単行本の上巻もやがて出版された。それから彼の大学での講義も次々と本屋に渡って印刷に付されたが、それがこの『文学論』と、イギリスの十八世紀文学を講じた『文学評論』である。（略）私は以前、『文学評論』をはなはだ愛読した。その資料を広く引用して、切実で分かりやすく説明する方法は学生に外国文学を教えるには実に極めていい方法で、どこか小泉八雲の講義に似ているような気がする。ただ小泉の老婆心は時にはちょっと細かすぎる。(5)

八雲の講義と漱石の「文学論」講義を受けた金子健二は講師八雲を詩人、講師漱石を冷徹にメスを振るう「文学解剖教室の外科主任」(6)と評したが、どちらの講義も受けていなかった周作人が類似性をいう点が興味深い。『文学評論』は『文学論』よりも遙かに伸びやかな文体で綴られており、後者より前者を好む者は多い。

劉岸偉によれば、八雲は *Glimpses of Unfamiliar Japan*（『知られざる日本の面影』ロンドン・ニューヨーク：ホートン&ミフリン社、二巻本、一八九四）以来、日本を題材とした著作により欧米の読書界で好評を博し、「ドイツ、フランス、スウェーデン、デンマーク、フィンランド、西班牙、伊太利亜、オランダなどの西洋諸国のほか、東欧のチェコ、ハンガリー、ポーランドやロシア、中国など」の十数カ国語に翻訳が行なわれ、「ハーンの著書が中国語に翻訳され、中国の読書界に広く迎えられたのは、一九三〇年代だったように思われる」という。(7)さらに劉はいう。

ちょうどこの時期に日本研究の機運が高まり、日本論の名作として、『日本與日本人』（胡山源訳〔上海商務印書館、一九三〇〕）や『心』（楊維銓訳、上海中華書局、一九三五年）〔いずれもハーン著〕のような訳業も現れたが、ハーンに関する翻訳紹介は、別の文脈で行われた。

三〇年代に入ると、「五・四」以来の新文学は、ここまですでに十年近くの蓄積があり、ほぼ不動の地位を確立した。外患と内乱に苦しめられていた時代ではあるが、波瀾の政局の隙間に、文学、芸術の芽を育み、花を咲かせた、ささやかな自由の天地があった。その後に続く日中戦争、国共の内戦、共産党政権の樹立といった中国近代史の全景を背景に振り返ってみれば、中国文壇の三〇年代は、異様な活況を呈した、いわば「豊饒な黄昏」であった。疾風怒濤のごとく、外国の思想と文芸が文壇を席捲する一方、咀嚼する暇もなく、人々がそれをむさぼるように摂取した清末や「五・四」期と違って、理論と創作の両面にわたって成熟さと穏健さを保ちながら、西洋の文学思潮、芸術流派の受容においても、きめ細かい理解と深い共感を示していた。ハーンはこの時に、西洋文学の批評家として中国人読者の前に現れたのである(8)。

こうした中国における八雲受容のなかで、八雲講義録の英語原書・日本語訳を通して中国文壇へ紹介や翻訳が行なわれた。劉によればハーンの著述は『語絲《ごし》』や『奔流』といった雑誌に訳載されたほか、多くの単行本にまとめて出版された。講義録単行本としてはJohn Erskine (eds.), *Interpretations of Literature*, 2 vols., New York: Dodd, Mead and Company, 1915に主にもとづいた侍桁《じこう》(訳)『西洋文芸論集』(上海:北新書局、一九二九)が早かったという(9)。発売前に『語絲』(五・三一、北新書局、一九二九・一〇)に掲載された同書の広告には次のよう

(5)『文学論』(民國文存32、北京:知识产权出版社、二〇一四)、一―二頁。ただし訳は、于耀明『周作人と日本近代文学』(翰林書房、二〇〇一)、一五、一七頁による。
(6) 金子健二『人間漱石』(いちろ社、一九四八)の章題による。
(7) 劉岸偉『小泉八雲と近代中国』(岩波書店、二〇〇四)、一一六頁。
(8) 劉岸偉、同上、一一五―一一七頁。
(9) 工藤貴正によれば、侍桁は一九二八年に雑誌掲載した訳文で今東光による日本語訳『文学入門』を用いており、魯迅は今東光訳『文学入門』を一九二六年二月二三日に、三宅幾三郎・十一谷義三郎訳『東西文学評論』(聚芳閣、一九二六)を同年六月一九日に北京の東亜公司で購入したという。工藤(前掲)、二一四頁。

にあるという。

小泉八雲は日本で最も著名な文芸評論家である。本書は彼が日本の大学で行った英文学講義録の中から選び、翻訳したものである。欧米各国の小説、散文、文芸批評および各作家について、みな精緻な研究と評論がなされている。講義の文体なので、語り口が平易流暢で生き生きとしている。文学の愛好者はこの本を読んで、決して期待はずれに感ずることはないであろう。(10)

こうした表現からも、小泉八雲が世界を代表する文豪であるという評価と、文学を学ぶために有用であるという講義録評価とがセットで流通していたことが窺える。八雲の講義録は、日本では文芸批評の際に引用を行なうことで自らの立論を強化する足がかりではなく、学生および一般読者のための文学入門と鑑賞の世界への入口が期待されたといえるが、中国の文壇では一九二〇―三〇年代に文芸批評のなかで用いられた（詳細は劉の研究を参照していただきたい）。いわば通俗的入門書として扱われていた八雲講義録は、文芸批評のツールとして中国であらたな光を当てられたといえる。こうした日本語を介した文芸批評の受容という拡がりのなかで、漱石『文学論』は中国語に訳されたのである。

二　張我軍の翻訳活動と時代状況

張我軍は台湾に生まれ、日本語教育を受けて育ち、のちに中国大陸に渡った文学者、翻訳者、教育者である（表3〔三二八頁〕）。とはいえ、作家としての張我軍は台湾新文学史の草創期、一九二〇年代に名を刻むのみで、(11)北京に移ってからは活動の主軸を日本語の翻訳と教育にシフトする。洪炎秋《こうえんしゅう》によれば「我軍兄は〔一九二七年一月に、北京）師範大学に編入してから、日本文学の大家周作人、銭稲孫《せんとうそん》と知り合った。彼らの紹介を経て、やがては直接、訳文を雑誌と新聞に発表できるようになり、本にして出版できるときもあって、名声はどんどん高まった」(12)という。一九二九年からは北平師範大学（「北京」から改称）、北京大学ほかで教壇に立つ。張我軍は当時の旺盛な翻訳活動を次のように回想している。

> 当時私が本を訳した目的は、実は文化の紹介という偉大で立派なものではなく、本当をいうと、わずかな原稿料を得て空腹を満たすためだったのです！　原書はある程度入念に選択をしたとはいえ、ただ商売のこつにもとづいて選ぶにすぎません。こうした目的のために、第一に時代にいくらか合う内容を選ばなくてはならず、身の程知らずにいろいろな学問を訳して回りました。第二に速くなくてはならず、文章を推敲する暇がありませんでした。しばしば一日一万字余りを訳しました。生活のためとはいっても、このような濫訳は、私自身現在も思いだすたびに、背中にびっしょり汗をかかずにいられないし、慚愧に堪えないものです！
>
> しかし、自分を弁護するためにいえば、これまでの翻訳は、不注意や学力不足で冒した誤訳はもとより避

---

(10) 劉岸偉（前掲）、一二〇頁。
(11) 陳芳明『台湾新文学史』（下村作次郎・野間信幸・三木直大・垂水千恵・池上貞子訳、東方書店、二〇一五）、上巻、六一頁を参照。
(12) 洪炎秋「懷才不遇的張我軍兄」（『傳記文學』一九七六・四）。引用は『老人老話』（台中：中央書店、一九七七）により、拙訳。
原文：我軍兄轉到師範大學以後，就認識周作人，錢稻孫這些日文大家，經過他們的介紹，他的譯品漸漸可以直接發表於雜誌和副刊，有時還可以成册出版，名氣隨而愈來愈大（…）。

表３　漱石・張我軍 関連年表

1902.10.7	張我軍（生名張清栄）、台湾台北の板橋に生まれる
1903.9〜1905.6	漱石、帝大で「文学論」講義（General Conception of Literature）の第２部、「内容論」を講じる
1906.5	漱石、大倉書店の求めに応じ、この頃中川芳太郎に原稿作成を依頼か
1906	魯迅・周作人兄弟、夏頃に渡日
1907.5.7	大倉書店より『文学論』初版刊行
1907.6.23〜1907.10.29	漱石、「虞美人草」連載。魯迅は『東京朝日新聞』を通して愛読
1908.4	魯迅・周作人、許寿裳らと西片町の漱石旧宅に移り共同生活
1909.8	魯迅帰国
1911夏	周作人帰国
1916.12.9	漱石没
1917.6.3	大倉書店より縮刷本『文学論』初版刊行
1918.12.30	漱石全集刊行会より第１次『漱石全集』第８巻『文学論　文学評論』刊行
1920.7.10	第２次『漱石全集』第８巻『文学論　文学評論』刊行（本文同じ）
1921	張、厦門に転任。五四新文化運動の影響を受ける。我軍に改名
1925.1	張、前年10月台湾に戻っていたところ、『台湾民報』編集を担う。旺盛な執筆活動開始
1925.3.5	第３次『漱石全集』第８巻『文学論　文学評論』刊行（新たな本文校訂）
1925.9.10	郁達夫、「介绍一个文学的公式」（『晨报副镌・艺林旬刊』第15号）で『文学論』を紹介
1927.1	張、北京師範大学国文系に転入
1927.4.18	蒋介石、南京国民政府成立宣言。陳銘枢は国民革命軍総司令部政治部副主任に任命される
1928.9.10	大倉書店主大倉保五郎、夏目純一および岩波茂雄を提訴
1928.11.5	普及版全集第11巻『文学論』刊行（本文は第３次全集に同じ）
1928.12	陳銘枢、広東省政府主席着任
1929.6	張、北京師範大学を卒業。北平師範大学、北京大学、中国大学の講師となる
1930	陳銘枢、神州国光社を支配下に置き、王礼錫を主編に任じる
1930.8.30	岩波が大倉から『吾輩は猫である』『漾虚集』『文学論』『行人』の出版権を買う
1930.9	上海：神州国光社より柔石による中国語訳・ルナチャルスキー『ファウストと都市』刊行、魯迅による編者序文
1931.2.7-8	柔石ら５名の左翼作家聯盟員が国民党政権により処刑される
1931.9.18	柳条湖事件
1931.11	上海：神州国光社より張我軍による中国語訳・漱石『文学論』出版
1932.2	上海：世界書局より趙景深『文學概論』出版。張訳『文学論』や郁達夫「介绍一个文学的公式」を引用
1937.7.7	盧溝橋事件。日本の侵略に反対する北京大学教員は長沙臨時大学へ移転。周作人や張我軍は残留
1941	張、周作人を訪ね身の処し方に助言を請う。『夜明け前』翻訳を斡旋される
1942.11.3-9	第一回大東亜文学者大会。華北代表として張我軍来日。藤村や実篤らと交流
1943.8.25-27	第二回大東亜文学者大会。華北代表として張我軍来日。22日に亡くなった藤村の告別式に出る

けがたいとしても、良心をごまかした好い加減な翻訳をやったことなど決してありません。これは私にとってささやかな慰めです。(13)

実際に張我軍の翻訳活動は「濫訳」といってよく、『文学論』を含む四冊の訳書を立て続けに神州国光社から出版したほか、並行して複数の出版社から訳書・著書を刊行していた（表4(14)〔三三〇頁〕）。神州国光社は一九〇一年に上海で設立され、当初は美術書の出版を中心としていたが、一九二〇年代に経営不振に陥る。折しも、国民政府の軍人、陳銘枢は蒋介石を支え、一九二八年末に広東省政府主席に着任、軍から身をひいて統治に尽力していた。在任中の一九三〇年、陳は神州国光社を買収した。買収に際して主編に任じられた王礼錫は、文化事業の政治作用を意識していた陳銘枢に、共産党系をも含む左翼文学者への発表の場を作るべきだと提言し、事実少なからぬマルクス主義的書物の出版が企画された(15)。佐治俊彦は次のように言う。

(13) 张我军「日文中译漫谈・关于翻译」（『中国留日同学会季刊』創刊号、一九四二・九）。引用は『张我军全集』（北京：台海出版、二〇〇〇）により拙訳。
原文：当时我译书的目的，并不是什么文化介绍那种伟大堂皇的，实在说，只是为卖得若干稿费充饿而已！虽然原书倒也经过一番挑选，不过这也是本生意经。为了这种目的，第一要选些迎合时代的内容，所以不自量力，三教九流无所不译了。第二要快，所以文字也顾不得推敲，往往一日译到万余字，虽说是为了生活，但是这样的滥译，使我自己现在每一想到，未尝不汗流浃背，羞愧难当也！不过，说句辩护自己的话，便是以往的翻译，因疏忽或因学力不逮而致的误译自是难免，至于昧着良心的胡翻乱译却还没有敢做过，这是足以自慰的一点小事。

(14) たとえば一九二九年に訳書三冊、三〇年に訳書三冊（うち一冊は千葉亀雄『現代世界文學大綱』神州国光社）、三一年に二冊（三月に西村真次『人類學汎論』、一一月に『文学論』をいずれも神州国光社から出版）、これに加えて雑誌掲載の訳文や著述がある。神州国光社からは他に一九三四年に長野朗『中国土地制度的研究』を刊行した。

(15) 陈铭枢「〝神州国光社〟后半部史略」（『陈铭枢纪念文集』北京：团结出版社、一九八九）。

表４　張我軍著述・翻訳目録（1926-1936）

（『張我軍全集』［台海出版社、2000］をもとに作成）

著述	危哉台湾的前途		台湾民报86号	1926.1
著書	中国国语文做法		台北自费	1926.2
著述	南游印象记		台湾民报91～96号	1926.2
訳文	爱欲	武者小路实笃	台湾民报94-95号	1926.2
訳文	弱少民族的悲哀	山川均	台湾民报105-115号	1926.5-7
著述	《李松的罪》后记		台湾民报117号	1926.7
著述	头彩票（小说）		台湾民报123～125号	1926.9
著述	《少年台湾》发刊词及编辑余言		少年台湾创刊号	1927.2
著述	《少年台湾》的使命		少年台湾创刊号	1927.2
著述	台湾闲话		少年台湾创刊号	1927.2
著述	少年春秋		少年台湾创刊号	1927.2
著述	白太太的哀史（小说）		台湾民报150～155号	1927.3-5
著述	诱惑（小说）		台湾民报255～258号	1929.4
訳文	创作家的态度	丰岛与志雄	上海《北新》半月刊3卷10期	1929.5
訳書	生活与文学	有岛武郎	上海北新书局	1929.6
訳文	洋灰桶里的一封信	叶山嘉树	上海《语丝》周刊5卷28期	1929.7
訳書	烦闷与自由	丘浅次郎	上海北新书局	1929.9
訳書	社会学概论	和田桓谦三	上海北新书局	1929.11
訳文	创作家的资格	武者小路实笃	北平《华北日报副刊》	1929.11
訳文	小小的王国	谷崎润一郎	上海《东方杂志》27卷4期	1930.2
訳文	文学研究法——最近德国文艺学的诸倾向	高桥祯二	上海《小说月报》21卷6期	1930.6
著述	从革命文学论无产阶级文学		新野月刊	1930.9
著述	《新野》月刊卷头话和编后话		新野月刊	1930.9
訳文	高尔基之为人	黑田乙吉原	《新野月刊》1期	1930.9
訳書	卖淫妇	叶山嘉树	上海北新书局	1930.12
訳書	现代世界文学大纲	千叶龟雄	上海神州国光社	1930.12
訳書	现代日本文学评论	宫岛新三郎	上海开明书店	1930.12
訳書	人类学泛论	西村真次	上海神州国光社	1931.3
訳文	俄国批评文学之研究		北京《文艺战线》周刊1-15期	1931.9
訳文	自考古学上观察东西文明之黎明	滨田耕作	《辅仁杂志》2卷2期	1931.9
訳書	文学论	夏目漱石	上海神州国光社	1931.11
著書	日语基础读本		北平人人书店	1932
訳書	俄国近代文学		北平人文书店	1932
訳書	人性医学（附恋爱学）	正木不如丘	北平人文书店	1932.7
著書	日本语法十二讲		北平人文书店	1932.9
訳文	法国自然派的文学批评	平林初之辅	上海《读书》月刊2卷9期	1932.9
訳書	法西斯主义运动论	今中次磨	北平人文书店	1933.2
訳書	资本主义社会的解剖	山川均	北平青年书店	1933.2
訳文	法国现实自然派小说		上海《读书》月刊3卷2期	1933.2
訳文	黑暗（剧本）	前田河广一郎	文艺月报1卷2期	1933.7
著述	为什么要研究日文		《日文与日语》创刊号	1934.1
著述	日文与日语的使命		《日文与日语》创刊号	1934.1
著述	日文与日语编者的话		《日文与日语》创刊号	1934.1
著書	高级日文自修丛书（1～3册）		北平人人书店	1934.3
著述	为日文课程告学校当局		《日文与日语》第5期	1934.5
訳文	文学与政治	青野季吉	北京《文史》双月刊创刊号	1934.5
著書	现代日本语法大全：分析篇		北平人人书店	1934.8
訳書	中国人口问题研究	饭田茂三郎	北平人文书店	1934.10
訳書	中国土地制度的研究	长野朗	神州国光社	1934.10
著書	日语基础读本自修教授参考书		北平人人书店	1935.1
著書	现代日本语法大全：运用篇		北平人人书店	1935.3
著書	高级日文星期讲座（1～3册）		北平人人书店	1935.4,10,12
著述	日本罗马字的问题		《日文与日语》第3卷1期	1935.7
著述	日本的文章记录法与标点符号		《日文与日语》第3卷6期	1935.12
著述	民国25年以后的工作		《日文与日语》第3卷6期	1935.12
著述	别矣读者		《日文与日语》第3卷6期	1935.12
著書	标准日文自修讲座（1～5册）		北平人人书店	1936.4

当時の上海文壇はまさに左翼全盛の時代だったが、一方で蒋介石の支配が固まっていく時期でもあり、二九年二月の創造社出版部閉鎖に始まる言論弾圧が強化の一途を辿っていた。やや背景が胡乱でも、左翼文学者にとってこの〔王礼錫の〕動きは渡りに舟だったのではあるまいか。左翼文壇の将魯迅も、馮雪峰を介しての頼みに、現代文学《ママ》叢書を主編することを快諾した(16)。

しかしこの現代文芸叢書から、魯迅による編者後記を付してルナチャルスキー『ファウストと都市』（『浮士徳与城』神州国光社、一九三〇・九）を翻訳出版した柔石は、まもなく処刑された。「忘却のための記念」という魯迅の文章によっても知られるとおり、一九三一年の二月七−八日、柔石を含む五人の左翼作家連盟員が国民党政権により処刑される。一九三一年九月一八日には柳条湖事件によって日中関係が緊迫し、国民党内部の軋轢《あつれき》も強まっていく(17)。やがて陳銘枢と神州国光社は、国共内戦構図の空隙を縫って第三勢力の結集を目指すこととなる。

張我軍は柳条湖事件を受けて一月ほど北京から上海・杭州へ避難した。訳書『文学論』が刊行されたのは同年一一月のことである。その後の日本の大陸侵攻については周知の通りだ。一九三七年、北京大学が日本の支配下に置かれてからも、張は教員職に留まった。一九四一年前後には周作人に身の処し方を尋ね、島崎藤村『夜明け

---

(16) 佐治俊彦「『読書雑誌』の人々の見た中国の明日——陳銘枢と王礼錫を中心に」（小谷一郎・佐治俊彦・丸山昇編『転形期における中国の知識人』汲古書院、一九九九）。

(17) 抗日・反蒋・反共を旗印に結集を図った第三勢力については、張集歓「一九三〇年代における国民党党内権力闘争の一側面——寧粤対立の中の蒋胡合作構想」（『北海道大学大学院文学研究科研究論集』一五、北海道大学文学研究科、二〇一五）、とくに神州国光社構成員が果たした役割については、周偉嘉『中国革命と第三党』（慶應義塾大学出版会、一九九八）、第六章を参照。

前』を翻訳するよう勧められたりしたという(18)。その後、大東亜文学者大会の華北代表として二度来日するなど、日本の大陸政策に従ったことでも知られる。張我軍と日本語・日本文学の関係については、山口守が次のように論じている。

張我軍は日本帝国主義の植民地支配に反発し、中国人意識を鮮明に持ち、植民地台湾を脱出して大陸中国に渡って中国人として生きることを選択したが、逆に大東亜共栄圏では、植民地台湾出身者であるために日本語能力が高く、高等教育機関で日本文学を教授するほど日本理解の深い中国人として、帝国日本に利用される運命に陥る。だが彼自身においては、その日本語能力にも関わらず、日本語で文学創作を行わず、研究者・翻訳者として日本文学をあくまでも対象として考えるという姿勢で、韜晦に似た迂回路で二重言語者としての主体性を確保する方法を選択したと推測することはできる(19)。

張が『文学論』を翻訳するに至った経緯には、周作人の漱石評価が影響しただろう。ただし、直接の契機となったのは奇しくも、同じく台湾出身で北京に学んだ作家・教育者、洪炎秋の日本語・日本文学の教養であった。洪は次のように回想する。

ある日彼〔張我軍〕は翻訳する本を捜しに我が家にやって来た。私はちょうど『漱石全集』を買ったばかりだったので、中から『吾輩は猫である』を取り出し、「とても面白い小説ですよ」と言って彼に渡した。彼は翻訳しようとせず、こう言った――自分の経験によれば、各種類の書籍のうち、自然科学は最も翻訳しやすく、次は社会科学、一番難しいのは人文学であり、その中ではとくに小説が頭を悩ますのである。なぜなら、作者が置かれた歴史背景や地理環境をよく理解しなければならないし、ユーモアに富んでいる夥しいシャレやかけことばも知らなければならない。さらに辞書には載っていないたくさんの訛りや方言があり、〔小説の翻訳は〕実に骨折り損の仕事である、と。結局彼は一冊の厚い『文学論』を選んで持ち帰り、翻訳した。(20)

十重田裕一が『漱石全集』の「内容見本」をもとに論じたように、岩波書店を中心とした全集刊行会は「国民的作家にして又世界的作家」と謳って出版戦略を展開し、第一次全集以来外地・外国への送料を定めて予約募集をしていた（ただし十重田も指摘する通り第三次全集から第二次世界大戦までに刊行された全集の内容見本では、「外国」への送料規定が消える）。(21) よって、高い日本語リテラシーをもつ洪炎秋が『漱石全集』を手にしていたことにさほど不思議はない（『漱石全集』は予約出版物であった。あるいは古書流通で手にした可能性もあろう）。そのなかから張が『文学論』の巻を持ち帰って翻訳底本としたのだと、素直に読めばそう読める。しかし訳文を検討してみると、翻訳底本が他にあることがわかる（四節で詳述）。その詳細に立ち入る前に、次節では訳文の先行研究について検討する。

---

(18) 張我軍「『黎明之前』，尚在黎明之前」（『藝文』一巻三期、北京、一九四三）。

(19) 山口守「植民地・占領地の日本語文学——台湾・満洲・中国の二重言語作家」（藤井省三編『「帝国」日本の学知　第五巻　東アジアの文学・言語空間』岩波書店、二〇〇六）、四三—四五頁。

(20) 洪炎秋「再談翻譯」（『國語日報』一九七六・一〇・六）。『老人老話』（前掲）所収、ただし日本語訳は張欣「張我軍と大東亜文学者大会」（『アジア遊学』一三、勉誠出版、二〇〇〇・二）による。

原文：有一天，他到我家來，要找書翻譯，正好我買到一部「漱石全集」，我就抽出「我輩是貓」給他，説，據他的經驗，各書籍中，自然科學最容易翻譯，社會科學次之，人文學最難；人文學中尤以小説最叫人傷腦筋，因爲你要深通作者的歷史背景和地理環境，還要懂得好些富有幽默感的俏皮話和雙關語，另有許多字典找不出來的土語和方言，最是費力不討好的工作；最後他挑去一厚册的「文學論」去翻譯。

(21) 十重田裕一「内容見本のなかの漱石」（『漱石研究』一八、翰林書房、二〇〇五）。新聞広告も同様である。

三　その「原文」とは何のことか?

『文学論』はこれまで三度外国語に翻訳された。最初が一九三一年の張我軍訳『文学論』であり、原著の漱石序・中川芳太郎序をカットして周作人序を付したほかは、全範囲を翻訳対象としている。二度目が二〇〇九年のマイケル・ボーダッシュらによる英訳出版（Michael K. Bourdaghs, Atsuko Ueda, and Joseph Merphy (Eds.), *Theory of Literature and Other Critical Writings*, New York: Columbia University Press, 2009. 部分訳と要約を組み合わせたもの）。三度目は二〇一六年の王向遠による中国語全訳である（王向远［訳］、夏目漱石『文学论』上海译文出版社、二〇一六。漱石序・中川序含む）。日中比較文学研究や翻訳論など幅広い研究を手がける王は、張我軍の訳文を緻密に分析し批判を行ない、この新訳を完成させた。本節では王向遠の論文「〝翻訳度〟と欠陥翻訳、および訳文の老朽化――張我軍訳夏目漱石『文学論』を例として」の成果を確認したうえで、その問題点を指摘したい。[22][23]

王向遠は中国における『文学論』の伝播に貢献した張我軍訳の意義を認めつつ、批判的検討の必要性を説く。現代の基準から過去の訳者に過度な要求をするのではなく、翻訳論の一般命題に分析を加えるための一例として扱うというのである。それは、「翻訳度」（たとえば日本語原文の漢字熟語をそのまま訳文に用いるのは「翻訳度不足」で、中国語として不自然、あるいは意味が通じなくなることがある）、翻訳の欠陥（曖昧な翻訳、誤訳、訳し漏らし）、そして訳文が半世紀近くの時を経ると新しい読者にとって読みづらくなるという「老朽化」の問題である。これらの論点を説明するために、王は『文学論』から九カ所を取り上げ「原文」と張訳、王訳とを対比する。そして張我軍の訳文が読みにくいのは、「直訳」「逐語訳」を提唱しあえて生硬な訳文を草した魯迅・周作人の影響下にあるためであり、より根本的には、当時まだ、現代中国語にあるような純粋理論言語・厳密な思[24]

弁的言語が、その他の文体に比べて未成熟だったからではないか、と結論する。こうした王の研究は漱石研究史において革新的であると同時に、日中文学理論翻訳史の解明に貢献するものと評価できる。しかしながら詳細に検討すると、王の手続きには問題がある。例えば王は次の箇所を比較対照している（傍点、傍線、波線は引用者）。

原文　道学者にあらずして、而もあらゆる文芸に道徳的分子なかる可からずと主張する論者は文芸鑑賞の際に於て自己の心的状態を遺失せるものと云はざる可からず。(25)

張訳　不是道學者而主張一切文藝不得沒有道德要素的論者，不可不消說当當賞鑑文藝時，失落了自己的心的狀態的人。（一二一頁）

王訳　不是道学家，却主张一切文艺都要有道德成分的人，在文学鉴赏中势必会丧失自己的心理感受。(26)

(22) 漱石の序の訳文に、卢茂君（訳）、夏目漱石「『文学论』序」（『长城』二〇一四年四期、河北省文联、二〇一四・四）がある。

(23) 王向远「〝翻译度〟与缺陷翻译及译文老化――以张我军译夏目漱石『文学论』为例」（『日语学习与研究』第六期一八一号、对外经济贸易大学、二〇一五・六）。〈移訳〉などの王の造語については、王向远「以〝迻译释译创译〟取代〝直译意译〟――翻译方法概念的更新与〝译文学〟研究」（『上海师范大学学报［哲学社会科学版］』第四四巻第五期、上海师范大学、二〇一五・九）を参照。

(24) 魯迅は自らの「硬訳」を「死訳」と批判されて、「硬訳と「文学の階級性」」「「硬譯」與「文學的階級性」」（『萌芽月刊』第一巻第三期、上海：光華書局、一九三〇・三）で抗弁した。地図というものは、読み馴れていない者には、手探りで読まねばならず決して気持のいいものではないが、慣れた者には見ればわかる。自分の訳書は語法のつながりや位置を手探りで読まなければならないものだが、それは原文の力強い語気を保つためであって、無理にでも新しい文法を中国文に作らねばならないのだから、自身の「硬訳」はよりすぐれた翻訳者が現われて淘汰されるまでの過渡的なものとして必要なのだ――といった趣旨である。

張訳は総じて、日本語文中の漢字を無造作に移植し、語順や構文なども機械的な平行移動に頼りがちで、中国語として意味がわかりにくく、ときには原意をまったく伝えていない、と王は評する。筆者にとっても、この比較対照箇所は興味深い。まず傍線部に着目すれば、張訳は確かに、「原文」から多くの漢字をそのまま移植している。王の提出した対案を傍線部で比較してみると、文字の移植度合は低下している。さらに傍点部に注目すれば、一文に二つあった二重否定を張がいずれも二重否定で訳していたのに対し、王の対案は二重否定を二つとも消去している。私見によれば、二重否定の多用は漱石『文学論』の文体を晦渋にしている大きな要因であり、こうした処置は妥当といえる。ところで、このささいな一文のなかに、すでに筆者の指摘したい王の研究の問題点が現われている。それは波線を付したキータームが道徳的「分子」「要素」「成分」という具合に食い違っていることだ。のちに述べるとおり、これは翻訳底本と本文異同の問題に深く関わっている。

また王は、張による「訳し漏らし」を批判している。第一に、原著にあった序文の省略である。たしかに、自らの来歴を遡り『文学論』の着想に至るまでを語る漱石序、書物としての成立過程を語る中川序はいずれも今日からみれば有用な情報を含んでいる。ただし周作人序のなかに漱石序の祖述が含まれているため、重複を慮っての省略かもしれない。第二に、謡曲『藤戸』『俊寛』からの引用の「訳し漏らし」である。これは古文の漢訳が難しいから避けたとも考えられるが、張我軍が訳文の忠実さより伝わり易さを優先して省略したとも考えられる。王が指摘する通り「概括的真理」の例として漱石が挙げた諺「犬も歩けば棒にあたる」、「藪から棒」(いずれも一〇三頁)は、「天有不測風雲(、人有旦夕禍福)」(天に不測の風雲あり、人に一時の禍福あり)、「禍起蕭牆」(災いは内側から起こる)(いずれも六二頁)という中国の諺に置き換えられている。また同一目的を達するには経路が異なっても同じだという例に、漱石は電車でも徒歩でも「品川」(四二五頁)に着くのは同じと喩えたが、これを張我軍は「従北平到天津」(北京から天津へ)(三〇六頁)と置き換えている。これらの例が示唆するのは、張我軍が自らの訳文のみを手にする読者を念頭に置いて注釈なしで読めるよう工夫をこらしたことである。

王が「訳し洩らし」だとする最後の一例において、王の研究の問題点が顕在化する。実は、それは張の訳し漏らしではなく、翻訳底本においてそもそも脱落していたと考えられる箇所であった（四、五節で詳述）。付言すれば、王が「原文」と称して使用する『文学論』本文は岩波書店の一九六六年版『漱石全集』第九巻である。張我軍の翻訳底本と一九六六年版『漱石全集』の本文が同じである保証はない。それればかりか、一九九五年版『漱石全集』第一四巻以来巻末に付された本文校訂の方針説明および校異表は、一九六六年版には附属していない。二〇一五年の論文で一九六六年版を用いたことに、原著本文異同に対する王の無頓着さが現われている。その結果、張我軍の訳文ばかりか、「原文」という概念を曖昧に扱う事態に陥っている。その「原文」とは何のことか。原著の本文異同調査を含めた翻訳底本推定作業は、訳文研究が空中戦になるのを防ぐという重要な意義がある。とりわけ逐語訳的な張我軍の訳文にはこれが有効である。

四　本文の成立過程

王向遠は『文学論』の「流暢清晰」な「原文」を、張我軍が曖昧な理解にもとづいて訳し、原意を損なったと批判する。むろん、張我軍の訳文に今日からみて飽き足らない点があるのは確かであり、旧訳との格闘を通して作り上げられた王の新訳には教えられる点が多い。しかし、旧訳批判に連動し、「原文」なるものを単純化する

(25)『定本　漱石全集』（一四、岩波書店、二〇一七）、一八一頁。以下、筆者による原著参照は断わりのないかぎり同版による。
(26) 実際に刊行された王訳本（前掲、一三七頁）では、「却主张」ではなく、「而是主张」。

ことは避けねばならない。そもそも『文学論』原著の本文はそんなにわかりやすい文章だろうか。否、漱石自身が不満を抱いていたのではなかったか[27]。

書物としての『文学論』の成立過程をたどってみれば、『文学論』原著の本文とは、いうなれば、すでに何重もの翻訳を経て成り立った本文だということが見えてくる。詳しくは既に論じたため繰り返さないが[28]、英国留学より帰国後、東京帝国大学で講義したうちの一部が『文学論』のもとになる。当時の受講生中川芳太郎が原稿を作成し、漱石はそれに朱筆で字句の訂正を加え、後半部では大幅な書き下ろし原稿への差し替えを行なった。裏を返せば『文学論』前半部は中川芳太郎の文体といってよいし、統一を期して後半部の文体も前半部に半ば規定されたというべきであろう。書き下ろし部分（原稿赤インク筆記）で、漱石は自身の漢籍の素養を活かして「咫《し》尺《せき》の謀《はかりごと》に余念なき」[29]（三七九頁）、「数罟《そくこ》を洿池《おち》に張つて有らん限りの魚鼈《ぎょべつ》を捕へ尽す能《あた》はざるは明《あきらか》なり」[30]（四一八－四一九頁）、「天の未だ雨ふらざるに当つて門戸を綢繆《ちゅうびゅう》するの意なり」[31]（四一九頁）といった修辞を用いて格調を高めたが、続く『文学評論』では平明な文体に改めたことを併せて考えるべきであろう。

とりわけ文体に関していえば、漱石が講義で話した声を、受講者たちが筆記すること——まずこれを口頭言語から書記言語（とりわけ漢文訓読体）へのディスクールの変換と見ねばなるまい。幾人かの受講生のノートをみると、いずれも英語英文を鏤《ちりば》めた漢文訓読体で筆記してあるが、互いに文言が完全には一致しない。一方、漱石の講義の口調を、布施知足は次のように再現して描いた。

> 此の中で silver skin だとか golden blood だといふのは拙い metaphor ですね、こんな事を言つて印象を強くする処が、却つて感興を壊してしまふ、metaphor を使ふのならもつと適切なものを選んで用ゐなければ啻《ただ》に労して効なし処ぢやありません[32]、

こうした講述をそれぞれの学生が漢文訓読体に変換して書き取ったために、漱石自身の発話に本来存在しなかった言い回しがそれぞれ別様に混入し、結果として異なる本文が出来上がったのだ。その際、文章の言い回しはそれぞれの学生が内面化している語彙に左右された。つまり、『文学論』の文体を考えるにはまず、漢文訓読体の問題を考える必要がある。(33)

漢文の書き下し文であれば、中国語原典へと復元して訳すことができるが、原典のない漢文訓読体はそうはいかない。また漢字で書かれた語を漢語と和語どちらで読むかなど、語義が曖昧になるケースが生じる。たとえば『文学論』の第一編第一章第一文は「凡そ文学的内容の形式は（F+f）なることを要す。」だが、この「凡そ」とはどういう意味だろうか。和語でいう「およそ」は「おおよそ」の変化した語とされ、数量を伴う「大体、あら

---

(27) 一九〇六年一一月一一日付高浜虚子宛書簡に「中川といふ人に依頼した処先生頗る名文をかくものだから少々降参をして愚痴たら〳〵読んでいます」とある。

(28) 受講ノートについては本書第二章、中川芳太郎筆原稿については第八章を参照。

(29) 「文学論」原稿では一八九頁（赤インク）。「咫」「尺」は古代中国（周代）の長さの単位。張訳では「急於咫尺之謀」（二七二頁）、王訳では「急于想出対策」（三〇〇頁）。

(30) 「文学論」原稿では二〇四頁（赤インク）。『孟子』「梁惠王章句」、「數罟不入洿池，魚鱉不可勝食也」を踏まえる。張訳では「譬如張數罟於洿池，不能捕盡所有的魚鼈，是自明之理」（三〇一頁）、王訳では「譬如张网捕鱼，不能悉数捕尽一样」（三三一頁）。

(31) 「文学論」原稿では二〇四頁（赤インク）。『詩経』豳風の鴟鴞、「迨天之未陰雨，徹彼桑土，綢繆牖戶」を踏まえる。なお、張訳では「綢繆未雨之意」（三〇二頁）、王訳では「做到未雨綢繆」（三三二頁）。

(32) 布施知足「漱石先生の沙翁講義振り」（『定本 漱石全集』別巻、岩波書店、二〇一八）における『マクベス』講義の再現。同「教壇の夏目先生」（『英語青年』一九一七・一一・一五）には「一八世紀文学」講義の再現がある。

(33) 以下、漢文訓読体の性格については古田島洋介『日本近代史を学ぶための文語文入門――漢文訓読体の地平』（吉川弘文館、二〇一三）を参照した。

まし」という意味や、一般論を説き起こす際の「総じて、そもそも」という意味、否定を伴って「まったく、まずもって」などの意味を有している（『日本国語大辞典　第二版』）。しかし、漢語としての「凡」について、いま仮に漱石の講義に年代が近い『漢和大字典』（三省堂、一九〇三・二）を引くと、次のようにある。

①かず、（数）。②最計す〔合計する〕、あつめはかる、すぶ、かぞふ。③およそ。（い）要概、大指、あらまし、しめくゝり。（ろ）みな、（皆）、すべて、（総）、こと〴〵く、（悉）。④賤しきこと、軽きこと、すぐれてあらざること、なみ、なみ〳〵、つね。⑤つねなみのもの、かろ〴〵しきもの。⑥俗界。〔すべて用例は省いた〕

むろん字典によって差異はあるが、ここではさしあたり漢語としての語義を重視するとき、「あらまし」ばかりでなく「みな、すべて、ことごとく」という意味にとるべき場合もあることが確認できればよい（『文学論』初版の誤植に対して発行された「正誤表」中には、「全て」を「凡て」へと表記訂正する箇所が複数ある）。では、漱石は講義でどう述べていたのだろうか。学生の受講ノートの対応箇所を見てみよう。[34] 金子健二のノートでは「（F+f）……文学の内容（材料）は此形に reduce さるゝを得」とあり、森巻吉のノートでは「凡て文学の contents を（F+f）式に reduce し得る也」とある。さらに、『文学論』の原稿作成者、中川芳太郎の受講ノートには「art and literature contents は in most cases（F+f）なるを要す」とある。この例では受講ノートをもとにして教室での言葉遣い、いわば「漱石の声」を復元するのは難しいようだ。ただし、中川が『文学論』原稿に「凡そ」と書いた背景に中川ノートの「in most cases」があることは確かである。加えて、原稿を漱石が書き下ろした部分である『文学論』第五編に「文学的Fは必ず（F+f）の公式を具ふ」という記述があることから、件の「凡そ」を「すべて」の意味で取ることが解釈上成り立つ。このように冒頭一語をとってみても明らかな通り、『文学論』の本文は、講義における英語表現からの翻訳、多義性を生じる漢文訓読体の採用により、「漱石の声」からは幾重にも隔てられて成立したのだ。

よって、『文学論』本文を漱石の意図の現われと措定して、張の訳文の曖昧さのみを批判するのは生産的でない。むしろ「原文」自体が漱石の純粋な意図によって成り立った本文ではなく混成的なものであり、それゆえに文意のわかりにくい箇所が多々生じたのだということを認識すべきである。

五　複数化する本文

現行本文への無批判な依拠という問題点は、ひとり王向遠のみならず、原著『文学論』を論じてきた多くの研究者に共通して見られる。『文学論』の成立を考える上で重要な意義をもつ受講ノートや中川草稿などはここ一〇年余りで新たに発見されたが、等閑に付されてきた。漱石自筆資料に固執するのではなく、他筆の諸資料を活用して『文学論』の本文の成立過程を捉えることの重要性は論を俟たない。しかしそうした資料に遡ることで、唯一の起源である「漱石の声」、ひいては当初の意図を復元するべきだと主張したいのではない。むしろ、学生たちが講義を筆記するときから既に『文学論』の本文は複数化を始めている。その複数性にこそ目を開くべきである。諸版本間の異同もまた、本文を考えるうえで無視できない。

張我軍訳『文学論』の翻訳底本に迫るためには、王向遠が批判した張我軍の機械的な文字移植こそが手掛かり

（34）金子健二のノートは金子三郎編『記録　東京帝大一学生の聴講ノート』（リーブ企画、二〇〇二）に拠る。森巻吉のノートは東京大学大学院総合文化研究科・教養学部駒場博物館蔵、中川芳太郎のノートおよび『文学論』原稿は県立神奈川近代文学館蔵（いずれも引用は筆者翻刻）。

となる。翻訳底本の言い回しの名残を留めるからだ。張我軍訳の底本については、顏淑蘭が「基本的には一九一七年六月に大倉書店から出版された縮刷本を底本としている」が、「単行本に基づいたと思われる例外な箇所もある」と指摘しつつ、単行本と縮刷本とに異同が生じた経緯、訳文に両者の特徴が現われる経緯については不明としている。[35] そこで本節では、諸版本間の異同の見取り図を描きたい。

大倉書店から一九〇七年五月に刊行された『文学論』初版単行本には夥しい誤植があり、第三版までに修正を重ねた。大倉書店の火災を経て、あらたに版を組んだ第四版が刊行されるが、新たな誤字やスペルミスなどを発生させた問題のある版である。それ以降単行本の重版は確認できていない（詳しくは前章参照）。

さらに事態を複雑にするのは、森田草平校訂により漱石没後に刊行された縮刷本『文学論』（大倉書店、一九一七・六・三）だ。その出版広告（『東京朝日新聞』一九一七・六・九、一面）には「訂正改版」と大書して、「生来本書の原本は意味を捕捉するに苦しむ箇所少なからず。偏《ひとえ》に難解の書を以て目されしが、今次縮刷増版成るに当つて、先生が大学講堂に於る講義の草稿と対照して、厳密なる校訂を経たれば、最早難解の患《かん》は一掃されたりと云ふべし。「文学論」は此縮刷を以て世に出づると云ふも不可なき也」とある。一見全面的な改訂のように謳われているが、実物の縮刷本を見てみると全くそのようなことはない。従来の本文に、若干の字句の修正、文の挿入を加えた程度のことだ。たとえば原稿に漱石朱筆によって「？」や「訳文句をなさず改むべし」と書き入れがある箇所（すなわち単行本初版時に漱石が不満を抱きながら直せなかった箇所）や、講義で英語を用いた箇所（テクニカル・タームや文献引用）の翻訳を改めてある（表5〔三五一頁〕）。森田草平によれば「言文一致体」で「蟻のやうな小さな字で西洋紙一杯に、真黒に書いてある」「先生の草稿と対照して訂正した」が、引用文献の校正は十分でなく「全集の時の校正者にはそれを悉く原書と対照して貰ふつもり」だという。[36] だが不思議なことに、『漱石全集』所収の『文学論』には森田による修正の多くが引き継がれなかった（次節で詳述）。

縮刷本以降の諸版本について略述しておく。縮刷本と同じく漱石没後、弟子たちにより『漱石全集』の刊行が計画される。岩波茂雄が主導権を握って、漱石著作の版権をもつ大倉書店・春陽堂を抱え込んだ漱石全集刊行会を立ち上げ、実質的には岩波書店と漱石の弟子たちによる実務により第一次『漱石全集』が刊行された。

第一次全集の本文校訂は森田草平主導で、たとえば『吾輩は猫である』初出雑誌版や初刊単行本に見られる一人称の揺れ（「吾輩」「我輩」「余」「余輩」）を「吾輩」に統一する（漏れもあり）など、表現の統一・改変を行なった。後年悪名高い「漱石文法」[37]という規則化を計り事に当たったが、なし崩し的に標準がぐらついた不体裁な本文校訂であったといえる。これに収められたのが第一次『漱石全集』第八巻（『文学論』『文学評論』［一九一八・一二・三〇］）、その再刊である第二次『漱石全集』第八巻（『文学論』『文学評論』［一九二〇・七・一〇］）で、新発見書簡の増補・英文学関係の書誌の訂正などが行なわれている。

続いて、関東大震災による紙型消失を経て、新たに版を組み直したのが第三次『漱石全集』である。監修者が小宮豊隆に交代となり、本文校訂の方針は漱石原稿の尊重に傾く。ただし小宮の留学（一九二三・三―一九二四・九）中に配本が始まっていた第三次全集は、小宮帰国後配本分に回した『心』などに一段と綿密な校訂を加えた。岩波書店員和田勇と小宮が交わした本文校訂に関するやりとりの内実は、山下浩による資料紹介によって近年明らかにされた[38]。第三次全集の本文関係の資料には『心』の本文異同表のほか、和田・小宮間での意見交換を記録した大学ノート（一六〇×二〇〇ミリ）があり、一冊目は『道草』本文、二冊目は『心』本文、三冊目は『心』

(35) 顔淑蘭「夏丏尊の日本文学翻訳研究――翻訳と中国のモダニティ」（早稲田大学博士学位論文、二〇一六）、一四一頁。筆者は顔氏に張我軍訳『文学論』の存在を教わり、顔氏の研究に大きな示唆を受けた。
(36) 森田草平「漱石先生の『文学論』について」（『文章世界』一九一七・九・一）。
(37) 林原耕三『漱石山房回顧・その他』（桜楓社、一九七四）収録の「漱石文法稿本」参照。
(38) 山下浩「漱石初期岩波全集――編集の現場（連載第2回）」、ブログ「漱石　初期岩波書店　全集編集の現場　小宮豊隆」二〇一三年七月二三日公開記事。http://blog.livedoor.jp/sousekitokomiya-shokiiwanami/archives/2984271.html

『道草』『文学論』『文学評論』本文について、主に和田による質問や指摘に対し小宮が答える形でやりとりが行なわれている。本文校訂作業の具体的な手続きがわかる点で大変貴重な資料である。このように、原稿やこれまでの版本、第一次全集とも照らし合わせて本文校訂を行なったのが第三次『漱石全集』第八巻（『文学論』『文学評論』〔一九二五・三・五〕）だった。

さらに、折からの円本ブームを追うように、一冊あたり一円の普及版『漱石全集』が刊行される（初回配本は第一巻『吾輩は猫である』一九二八・三・一五）。普及版での巻立ての再構成により、『文学論』はようやく独立して第一一巻（一九二八・一一・五）に納められる（本文は第三次と同じ）。岩波書店に務めていた当時を小林勇は次のように回想している。

過去三回の「漱石全集」の出版は、読者の信頼を得たし、いろいろな意味で取次店および小売店に対して岩波書店の権威を認めさせる有力な武器となった。

先生〔岩波茂雄〕はたくさん出た円本には反感をもっていたが、このころしきりに「漱石全集」の普及版を出せという読者の要求があり、また夏目家には金が必要な事情があったので、とうとう普及版を出すことになった。(39)

また、「去年勢よく発足した岩波文庫は今年になって漸く返品が多くなって来た。その数は約二十万冊であって、倉庫はこの返品で一杯になった。また「芥川龍之介全集」は結局赤字となり、岩波講座の「世界思潮」も損失になった。岩波書店のこの年の赤字は五万一千円を越した(40)」ともいう。同年は岩波書店で労働争議が起こった年でもあった。(41)

この普及版全集刊行について、岩波書店は大倉書店・春陽堂へのすり合わせを行なっていなかったらしい。円本ブームはあちこちで著作権問題を引き起こしており、「東京書籍商組合は著作権法の改正を、東京出版協会は出版権の創設を求め、相共に国会審議を求めたが、結局昭和9年5月に改正著作権法第二章中に出版権の項目が挿入されてけりがつ」くことになるが、まさにこの著作権法改正を求めていた東京書籍商組合組長を務めていたのが大倉書店店主、大倉保五郎であった。(42) 一九二八年九月一〇日、大倉保五郎は「夏目純一氏および岩波茂雄に対し、損害賠償要求の訴訟を提訴。要求額は三万五〇〇〇円であったところ、結局一九三〇年八月三〇日に『吾輩は猫である』『漾虚集』『文学論』『行人』の出版権を岩波が一万円で買いうけることで示談となる。(43)

示談を受けて少部数刊行された普及版単行本『吾輩は猫である』(岩波書店、一九三〇・一〇・一五)の出版広告を掲載した『東京朝日新聞』(一九三〇・一〇・一四、朝刊一面)の紙面は象徴的である。最上段に岩波書店の巨大な『吾輩は猫である』『行人』(岩波文庫、一九三〇・一〇・一五)他の広告が掲載され、同じ紙面の左下のほうにやや小さく大倉書店による広告が「漱石の四大名著」「大衆普及の値下」「新定価　各一円五十銭」として、それぞれ縮刷版である『吾輩は猫である』『行人』『漾虚集』『文学論』を在庫処分せんとしているのだ。筆者の入手した縮刷本第一七版『文学論』(大倉書店、一九二八・一・二五)の奥付には、定価記載部分に「定価　金一

(39) 小林勇『惜櫟荘主人——一つの岩波茂雄伝』(講談社文芸文庫、一九九三)、一一七頁。
(40) 小林勇(同上)、一四三頁。
(41) 夏目家が経済危機に陥ったいきさつや岩波書店の状況については、山本芳明『漱石の家計簿——お金で読み解く生活と作品』(教育評論社、二〇一八)に詳しい。山本は「漱石の作品は夏目家(遺族)にとってまさに印刷すれば換金できる究極の商品となっていた。一方、岩波書店にとっては、ブランドの確立、取引上の地位の向上などといったことに貢献していたと見るべき」(二二六頁)としつつ、「岩波書店にとっての漱石の商品としての価値は、昭和戦前・戦中期には相対的に低下していた」(二九一頁)という。岩波書店が一九二八年からの経営悪化を脱するのは一九三四年だった(二九五頁)。
(42) 鈴木恵子「近代日本出版業確立期における大倉書店」(『英学史研究』一八、日本英学史学会、一九八五)。
(43) 『岩波書店百年［刊行図書年譜］』(岩波書店、二〇一七)、五五頁。

円五十銭」の紙片が貼られている。縮刷本『文学論』の重版は一九一七年の初版以来、一九三〇年八月三〇日付の第一九版まで続いたらしい。[44]普及版全集刊行中も版を重ねていたのだ。

普及版全集以降、岩波書店が『文学論』を発行するのは一九三五年のいわゆる決定版『漱石全集』中の『第十一巻　文学論』（一九三六・五・一〇）や、『文学論』（岩波文庫、一九三九）を待たねばならない。

六　原著の異同と訳文との照合

今回の調査では一九三一年までの漱石『文学論』諸版のうち、『定本　漱石全集』の異同表を手掛かりに、その調査対象外であった単行本第四版、縮刷本各版（第一七版まで確認。第五、七―九、一一、一四、一八、一九版は未見）、各次『漱石全集』所収版について異同調査・訳文との比較を行なった。その結果、『文学論』の本文は単行本第四版以降、〈大倉書店系本文〉（縮刷本各版）と〈岩波書店系本文〉（『漱石全集』各版）の二つに分岐することがわかった。そこで、諸本に固有の異同を確認し両系統の性格を説明するとともに、張我軍の訳文がいずれか一方の系統だけでは説明がつかないことについても考察を加える。

まず、『文学論』第一編第一章における意識には焦点があることを示す図は、『漱石全集』各版が単行本（図12）にもとづく一方、縮刷本だけは形状が異なっており（図13）、張我軍訳はむしろ後者にもとづいている（図14）。これだけをとっても、張我軍訳に縮刷本が用いられたことが示唆される。

次に、〈岩波書店系本文〉の詳細に入ろう。初めに確認すべきは、第三次全集の本文校訂に関して岩波書店員和田勇と小宮豊隆の間に綿密なやりとりが行なわれていたことだ。その際、和田・小宮は漱石の誤記に「原」を添えてそのまま示す方針を新たに採用したが、誤りを正した縮刷本、第一次・第二次『漱石全集』の表記が張我軍の訳文には採用されている（たとえば原稿・単行本五五六頁「二十七字」、第三次全集八巻四三二頁・普及版三六六頁で「二十七字[原]」となっているところ、縮刷本六一三頁・第一次全集四三二頁・張訳三二六頁では「二十八字」)。また、和田は従来刊本で第四編第二章「投入語法」の序盤の以下の二文が脱落していたことを『文学論』原稿から発見した[45]。

知的材料は無論、超自然的材料すら他の蔽護によりて始めて活動する事斯の如し。而して其蔽護の任にあたる投出語法は既に述べたるが故に之を反覆せず、投出語法と併立して存在するべき投入語法を説くが此章の目的なりとす[46]。

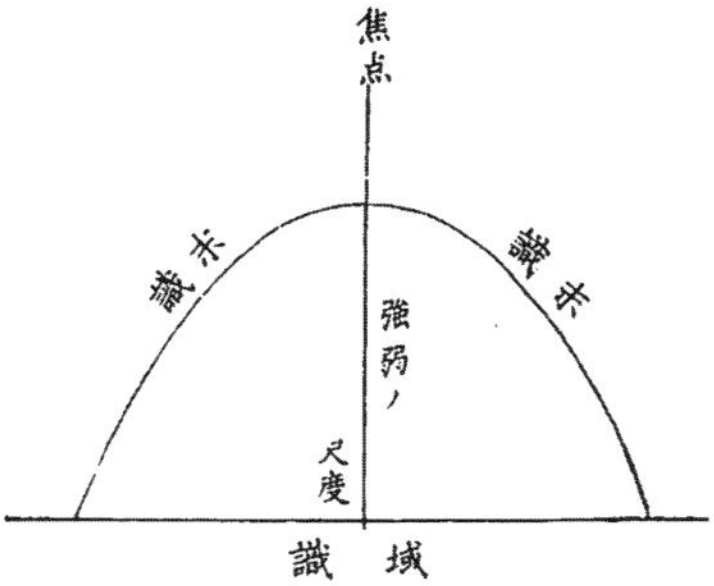

図12　単行本（1907）の意識の焦点の図

この二文は単行本初版・二版ではあるべき箇所から脱落し、第四編第三章「自己と隔離せる聯想」の序盤「……聯想意外に」（二八二頁七行目）のあとに竄入《ざんにゅう》。第三版ではあるべき箇所・竄入箇所ともに脱落。この第三版の状態がその後の諸本で踏襲されていた（『定本　漱石全集』二七七頁）。その二文が第三次全集の改訂により、初めて正常化されたのである。なお縮刷本は今回調査した各版で、単行本第三版と同じ二文脱落の状態であった（表5-①〔三五一頁〕）。

（44）　大倉書店が版権を持つ他の漱石縮刷本も同日付で最終版が刊行されたという。縮刷本最終版の版次、発行日については川島幸希氏よりご教示いただいた（筆者未見）。調査の機会が得られ次第、報告したい。川島幸希「夏目漱石の重版本」（『日本古書通信』八一・四、日本古書通信社、二〇一六・四）も参照のこと。

（45）　山下浩「漱石初期岩波全集──編集の現場（連載第2回）」、二〇一三年七月二三日公開ブログ記事。http://blog.livedoor.jp/sousekitokomiya-shokiiwanami/archives/29844271.html

（46）　この二文は『文学論』原稿（県立神奈川近代文学館蔵）では貼付け紙片に朱筆で書かれ、挿入箇所指示の記号がある。

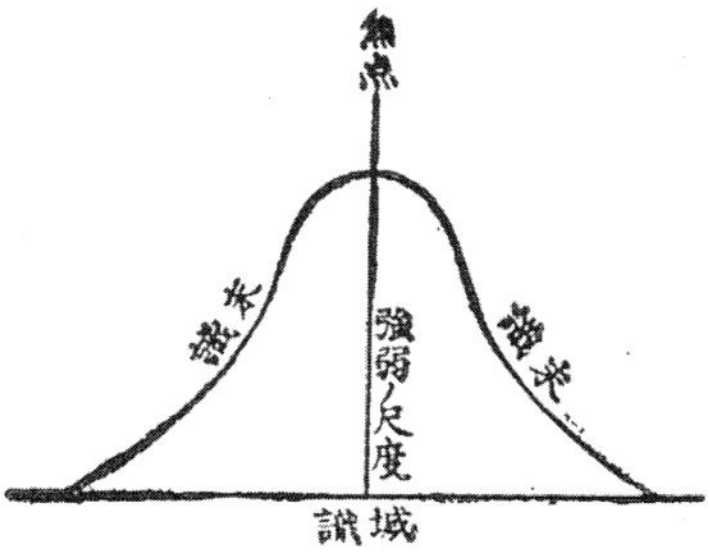

図13　縮刷本（1917）の意識の焦点の図

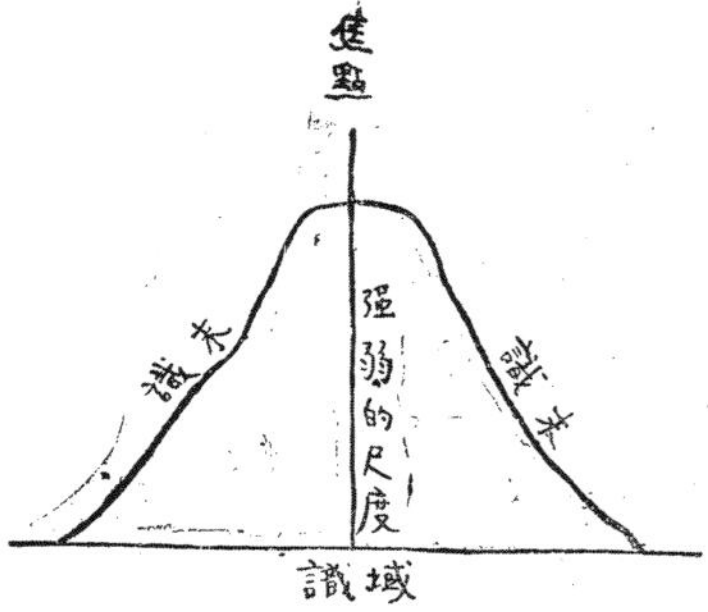

図14　張我軍訳（1931）の意識の焦点の図

これに対し、張我軍の訳文では上記二文があるべき箇所で脱落（一九五頁）、竄入箇所でも脱落している（一九九頁）。あるべき箇所での脱落は第三次全集・普及版全集が底本でないことを、竄入箇所での脱落は単行本初版・二版が底本でないことを示唆する。以上の理由からこの脱落は張我軍による「訳し漏らし」（王向遠）ではなく、底本の不備だった可能性が高い。

〈大倉書店系本文〉については、前節で述べたとおり縮刷本固有の修正箇所があり、訳文はこれらと漢字や言い回しが一致する（表5-②）。さらに受講ノートと併せて比較すると、〈大倉書店系本文〉の性格が明瞭になる。例えば第一節で確認した道徳的「要素」「分子」などの揺れについて、講義でのタームを確認しよう。実は、講義で「Supernatural element」「Religious element」「Moral element」とされたタームは中川の原稿作成時にそれぞれ「超自然的要素」「宗教的成分」「道徳的分子」と訳され、これが初版単行本以降、〈岩波書店系本文〉にも踏襲されている。この「element」の訳語不統一は縮刷本初版で「要素」に統一が図られた。その訳語変更済の〈大倉書店系本文〉にもとづいて張我軍は訳していたのだ（表5-③）。

しかしながら、縮刷本を唯一の底本と結論づけることはできない。第三編（『定本 漱石全集』二三九頁）で言及されるヘンリー・ジェイムズの作品名が「*The Golden Bowl*」とあるべきところ、原稿（一二〇枚目）・単行本各版、管見の縮刷本諸版では「*The Prince*」と編題が記されている（表5-

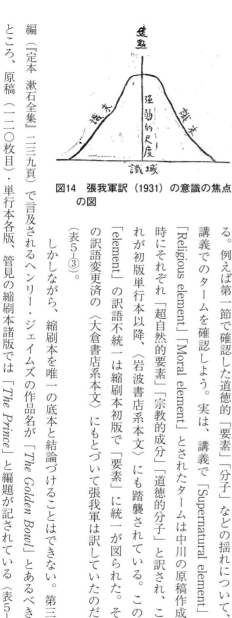

④）。この箇所は第一次全集ではじめて「*The Golden Bowl*」（二一七頁）と訂正されており、〈岩波書店系本文〉の特徴に数えることができる。張我軍訳『文学論』では、この箇所が「*The Golden Bowl*」となっている（一六六頁）。また第一次全集ではじめて、単行本・縮刷本ではごく一部の作品にしか明記されていなかった引用詩・劇の行数表記が大幅に増補されるが、張我軍訳中の引用詩・劇の行数表記は増補後の版にもとづく。

以上により、張我軍は翻訳において、主に縮刷本にもとづきつつ、第一次・第二次全集版のどちらかを併用したと考えられる。併用を前提として考えるなら、縮刷本にもとづきながら、詩行や*Golden Bowl*の箇所など局所的に第三次または普及版全集を併用した可能性も否定できない。未見の縮刷本第一八・一九版が全集版を参考に改訂していないかどうかは、引き続き調査を要する。

これまで『文学論』は作家研究的関心の下に、初版の年次や漱石の英国留学との関係で語られることがほとんどであった。しかし工藤貴正が明らかにした中国語圏における厨川白村の著作の熱狂的な受容[47]の規模には到底及ばないにせよ、『文学論』の受容年代・地域には広がりがある。『文学論』の流通・伝播を調査し、受容者とその時代状況に注目して分析することが今後の研究課題だといえる。次章でその一端を明らかにしたい。

張我軍訳『文学論』が刊行された一九三一年という時代の複雑な状況を語ることは筆者にとって依然困難であるが、さらなる調査のための見取り図を描いておきたい。神州国光社は社会主義文学に関わる刊行物だけではなく、幅広く文学芸術に関する出版を手がけていた。芸術理論叢書としてイポリット・テーヌ『芸術哲学』やジャン＝マリー・ギュイヨー『社会学上より見たる芸術』などの翻訳刊行も計画されたが、中止を余儀なくされた。これには政治的背景がある。一九三二年冬、同社の編集者らの多くが定期刊行物を停刊し福建人民政府の樹立に参画したが、同政府は間もなく瓦解した。蒋介石は同社を敵視し、北平・広州・南京・済南などにあった支店を

（47）工藤貴正『中国語圏における厨川白村現象――隆盛・衰退・回帰と継続』（思文閣出版、二〇一〇）。

封鎖、在庫を焚書に処した。上海租界にあった総発行所こそ難を逃れたものの、同社は窮地に陥り、出版計画は宙に浮いてしまったのだった。

このように、『文学論』が訳された当時の文学状況は一面では政治的緊張があり、一面では芸術理論が欲望されていたという両面から捉える必要がある。国共内戦下の第三勢力として社会民主主義的傾向を持ち、留日学生のネットワークを駆使して書き手を集めたとされる神州国光社にとって、日本語を介して学知を得ることは文字どおり自らの陣営の理論武装を図る政治的な選択であっただろう。これらのファクターが交わる位置に、訳書『文学論』があったのではないだろうか。

書誌情報は本文参照）

縮刷本初版	張我軍訳（民国文存版）	備考
3 次に加入すべきは是認の欲求とも称すべ、即ち全世界に自分一人、而も万人にまさりて讃えられたるものい愛を受くると云ふ自覚は、あらゆる過去の諸経験にも優りて是認の欲求を満足せるものと云ふべし	42 其次應該加入的，是可以謂之認定的要求；即全世界上只有自己一個人，而又是受那個超乎万人為人們所賞讚的人之愛這種自覚，可以説是比一切過去的各種経験，更能満足認定之要求的。	原稿朱筆：傍線を付し「訳文句ヲナサズ改ムベシ」
6 彼等の熱心は却て此興味を不朽にするものなればなり	44 他們的熱心是反而要將這種與味，弄成不朽的。	原稿朱筆：「同様」に疑問符
12 其副主人公Sancho	62 其副主人公散楚（Sancho）	
38-8 吾人の構造	75 我們的構造	
47 超自然的要素	80 超自然的要素	
48 宗教的要素	81 宗教的要素	
01 同様なりとす。これも表出の具合にて強弱の差あらんも、前の場合の如く性質の変化なし。但し希臘……	109 但附隨牠的几即大都相同，這也是由於表現的筆而有強弱之差吧，但是不像前面那些似的發生性質的變化。不過像往昔希臘似的……	
22 道徳的要素の抽出	119 道徳要素的抽除	
24 道徳的要素	121 道徳要素	
09 *The Prince*	166 *The Golden Bowl*	原稿朱筆：*The Prince* 第一次全集：*The Golden Bowl*
64 計るべからす。「知的材料は……目的なりとす。」が欠〕こゝに余が投入語法と称するものは……	195 未可料。〔「知的材料は……目的なりとす。」が欠〕我這裏所謂的射入語法……	第三次全集において「知的材料は……目的なりとす。」が活字化される。それ以前は欠

表５　校異対照表（抄）（数字は頁数［一部に行を付

	『定本 漱石全集』	金子健二ノート	森巻吉ノート	単行本第三版
②	76 次に加入すべきは是認の愛とも称すべく、即ち全世界より挙げられ、万人にまさりて賞したるもの丶愛を受くるの自覚にして、其力は全て過去の諸経験の上に出づ。〔スペンサー『心理学』の引用の訳〕	318 次に approbation の love（即ち人が他人をすて丶己れ丈を選み呉れしと云ふ考）	34 Next comes the love of approbation. 即ち他人を捨て、己のみを択みくれしことは非常な love of approbation を gratify さる丶ことなる也。	64 次に加入すべきは認の欲求とも称すべく即ち全世界に挙げられ万人にまさりて賞したものの愛を受くるの自にして、其力は凡て過の諸経験の上に出づべ
	78 仮に之を擯斥するものありとせば彼等は同様の熱心を以て之を排するに相違なければなり」。〔上に同じ〕	318 − or else rejects it with an eagerness still perpetuates the interest.	36 or else reject it with an eagerness which still perpetuate the interests.	67 彼等は同様の……違なければなり
	103 其主人公 Sancho	327 Quixote の従者 Sancho は無教育者なり	57 Selvantes の “Don Quixote” に甚だ多し。其中の従者 Sancho なるもの頗る無教育にして	98 其主人公 Sancho
	121-5 物体の構造	335 吾人の構造即ち structure	86 吾の structure	122-3 物体の構造
③	127 超自然的元素	337 supernatural element	94 supernatural elem.	130 超自然的元素
	128 宗教的成分	338 religious element	95 relig. Elem	131 宗教的成分
②	165 同様なりとす。但し希臘の昔時に於ける……	353 何れも同一ならん。故に representation の工合にて強弱の差を生ぜんも quality の変化は起らさらるべし。之れ前述のものと異なる所なり。強弱の差を生ぜざる所以のものは全く其源本に於て emotion の一致あるを以てなり。尤も希人の如く神を……	148 等しからん。只強弱の差は生ずべきも quality に差は起らざらん――滑稽的嘲弄的ならず真面目なるものとして treat すれば――尤も Gr 人の如く凡ての神を……	180 同様なりとす。但……
③	179 善悪の抽出	358 moral element の elimination	166 moral element の elimination	199 善悪の抽出
	181 道徳的分子	358 moral element	168 moral element	201 道徳的分子
④	239 *The Prince*	〔対応する言及なし〕	〔対応する言及なし〕	279 *The Prince*
①	277 計るべからず）。知的材料は……目的なりとす。こ丶に余が投入語法と称するものは……	390 Injective language の場合……Intellectual and supernatural elements は weak なるを以て……	276 或は Adjective 或は方向よりして Injective lang-e or Association……最も弱きは intellect. なる也。Supernatural は又……	328 計るべからず。〔「的材料は……目的なりす。」が欠〕こ丶に余投入語法と称するもの……

第一〇章 「文学の科学」への欲望——成仿吾の漱石『文学論』受容における〈微分〉

文学理論とは何か、という問いに答えるのは容易でないし、適切な問いかけとも言い難い。それでも興味深いのは、あるテクストが文学理論としてみなされ、名指されたのが、どのような言説編成の下であったのか、具体的な事例の分析を通して検討することだ。たとえばフランソワ・キュセは一九七〇年代アメリカで受容されたフランス現代思想が、時代の潮流、出版社の戦略や大学制度の状況を背景に「理論」として造り替えられていく過程を解きほぐしてみせた。キュセはいう。

> アントワーヌ・コンパニョンが言うように、引用とは「他者の言説《ディスクール》を別様に語る」ことであり、「誰の名においてでもなく」吹聴されることなのだから、結局は「他人の言葉よりも自分の言葉を見出す」ことを可能にする。（略）したがって、フレンチ・セオリーを発明するということは、フーコーやデリダを参照することではなく、むしろレトリックと言葉の策略を用いて、これらの作家を普通名詞化し、言説の息吹の一種とすることを意味している。引用は、組み立て分解可能な変形する建造物を造るために、絶えず再利用される材料であった。[1]

あるテクストが翻訳により言語の境界を跨ぎ、学問領域の境界を跨ぎ、別の言説を賦活するための材料として（つまり原著者の意図や文脈を幾分なりとも度外視して）特定の状況下で、ある意図（ないし欲望）を持った受容者たちによって断片的に引用されるという、キュセが描いてみせた「理論」の編成過程は、一九七〇年代のアメリカにかぎった話ではなく、おそらく文学理論の「系譜学」を構想するための一つのモデルとなりうるだろう。たとえば戸坂潤は一九三七年に、マルクス主義の公式主義、日本浪曼派的「日本文化論」、インテリの権威主義的な外国語文献崇拝などに通底する問題として、「引用」の濫用がもたらす疑似科学性を批判していた(2)。

とりわけ日本文学・理論の生成過程について考えるならば、帝国主義時代の関係諸国との間で生じた現象に目を向けない訳にはいかない。中国の新文化運動は五四運動、すなわち反帝国主義運動を背景に持つが、その中心的存在とされた魯迅や周作人らは日本語を介して学知を摂取してもいた。とりわけ「科学」受容とその表象の重要性を劉為民は指摘しているが(3)、ならば彼らの「科学」受容は日本語言説により事前に方向づけられていなかったのだろうか。

そこで本章では魯迅の後進世代にあたり、日本留学経験のある創造社同人・成仿吾《せいほうご》（一八九七―一九八四）が一九二〇年代前半の上海で行なった批評活動に注目する。成仿吾は評論中で、夏目漱石の『文学論』（大倉書店、一九〇七）中の概念をそれと断わることなく援用するだけではなく、独自に数学の〈微分〉と接合している。日本語・中国語という言語の境界のみならず、文学・数学・哲学など学問領域の境界も越えたこの翻訳・引用の事例は、文学理論の編成過程を検討する恰好の題材となるだろう。

あらかじめ筆者の立場を示しておくと、成仿吾による〈微分〉の使用法は標準的ではない。彼のいう〈微分〉

（1）フランソワ・キュセ『フレンチ・セオリー――アメリカにおけるフランス現代思想』（桑田光平・鈴木哲平・畠山達・本田貴久訳、NTT出版、二〇一〇）、七九頁。強調は原文。

（2）戸坂潤「科学的精神とは何か――日本文化論に及ぶ」（『唯物論研究』五四、唯物論研究会、一九三七・三）。

（3）劉為民「五四文學革命中的科學觀念」（『二十一世紀』五三・六、香港中文大學中國文化研究所、一九九九・六）、六三―七一頁。

を隠喩として捉えたとしても、それが彼の議論にとって不可欠な要素であるとは思えない（微分に〈　〉をつけて表記するのは、この立場を強調するためである）[4]。その上で、彼が〈微分〉を自らの議論の補強にしうると判断したその判断の条件、ないし欲望の条件を考察してみたいのである。

一　成仿吾の『文学論』受容と変容

郭勇《かくゆう》は中国の日本近現代文学研究において、二〇〇六年から一五年までの一〇年間で「最も盛んに論じられた上位四人は村上春樹、川端康成、夏目漱石、大江健三郎という順である」という[5]。漱石『文学論』は早くも一九三一年、上海の神州国光社から張我軍による中国語訳が刊行されており、張訳は北京中献拓方科技発展有限公司から二〇一二年に影印版が、北京の知識産権出版社から二〇一四年に本文を横組みに再編集した版が刊行され、二〇一六年には上海訳文出版社より王向遠による新訳が刊行されるに至った。概説書としては『文学論』解説に多くの章を割き、魯迅との比較、漱石が引用した中国文学への解釈などを行なった何少賢『日本現代文学巨匠夏目漱石』（北京：中国文学出版社、一九九八）がある。また『文学論』を重要な参照項として位置づける柄谷行人『日本近代文学の起源』（講談社、一九八〇）の趙京華訳『日本現代文学的起源』（北京：三聯書店、二〇〇三）は、広く読まれた[6]。漱石の創作の研究に比して『文学論』研究の数が少ないことは日本と同じであるが、中国では近年独創的な研究が現われ始めている。

方長安は二〇〇三年に、成仿吾の批評中に典拠を示さない『文学論』の借用があり、独自のアレンジが加わっていることを指摘した[7]。方長安が分析したのは、「「残春」の批評」（原題「「残春」的批評」『創造季刊』第一巻四号、一九二三・二）と、「詩の防御戦」（原題「詩之防禦戰」『創造週報』第一号、一九二三・五・一三）で、専ら後者が中心である。方長安の論考は最も重要な先行研究であるため、以下本章の論点に関わる部分の要約を述べる。

成仿吾は、五四文学が人生の真実を写すためと称して哲学的・抽象的な言辞を弄するようになったことを批判し、情緒を中心に据えた芸術的文学の必要を唱えた。その際名を伏せて用いた武器の一つが漱石『文学論』であったと方長安は言う。『文学論』を読んだという直接の証拠はないが、成仿吾が日本に滞在した一九一〇―二一年が知識人による漱石称揚の時代であったこと、テクスト比較の観点からも偶然の一致ではなく『文学論』の借用であるとわかるとして、方長安は「詩の防御戦」を取り上げて以下の四点を挙げている。

①成仿吾は符号Fとfを『文学論』とまったく同じ意味で用いた。

---

(4) たとえば、ヘルマン・コーエンを影響源の一つに持つジル・ドゥルーズの〈微分〉使用について、近藤和敬「『差異と反復』における微分法の位置と役割」(小泉義之・鈴木泉・檜垣立哉編『ドゥルーズ/ガタリの現在』平凡社、二〇〇八・一)は「例証」であって「不可避的な論証根拠」ではないとしつつ(九九頁)、一部の用語法については「比喩」であることを認めている(一〇一頁、注七)。だが本書の関心は、テクストやその著者の思想の全体像にあたう限り整合的に還元できるように〈微分〉を読み解くことにはない。むしろその異物性を強調し、異物であるはずのものが一定の説得力や魅力を帯びて流通しえた事態の条件に目を向けたいと考える。

(5) 郭勇「中国における日本文学研究状況」(『日本近代文学』九二、日本近代文学会、二〇一五・五)、一八四頁。

(6) 林少陽「「事件」としての『文学論』再発見――漱石『文学論』解読の思想史」(『文学』一三・三、岩波書店、二〇一二・五)は、日本での『文学論』研究史において、柄谷行人による「再発見」と小森陽一の研究を重要な転換点として位置づけている。

(7) 方长安「以他者话语质疑,批评〝五四〟文学非写实潮流――成仿吾对夏目漱石『文学论』的借用」(『武汉大学学报 哲学社会科学版』五七・四、武漢大学出版社、二〇〇四・七)、刊行年は前後するがこれに増補を加えた「五四文学発展与夏目漱石『文学论』」(『选择・接受・转化』武汉:武汉大学出版社、二〇〇三・六)、その繁体字版が「五四文學創型與夏目漱石的『文學論』」(『中國近現代文學轉型與日本文學關係研究』臺北:秀威出版、二〇一一・八)。以下、方長安の研究については最新の繁体字版に依拠する。

Ｆは私たちの印象の焦点（focus）または外包（envelope）を与える対象であり、ｆはこの印象の焦点または外包が喚起する情緒である。

（成仿吾「詩の防御戦」）

②成仿吾は漱石のＦとｆの関係を$\frac{df}{dF}$と表現した。

この〔詩の〕対象をいかに選ぶかは、Ｆが喚起するｆの大小によって決定することができる。簡単な数式で表わせば、われわれが材料を選択する際には、$\frac{df}{dF}>0$という条件を満たすことが必要である。もしこの微分係数がゼロより小さくなるならば、それはいわば蛇足である。この数式が表わす意味は、わかりやすい言い方をすれば、詩に一字や一句をつけ加えるとしたら、その一字一句が詩全体の情感を増すのでなければならないということである。(8)

（同前）

方長安によれば、この$\frac{df}{dF}>0$と$\frac{df}{dF}<0$、および暗示された$\frac{df}{dF}=0$の三分類は、漱石によるＦとｆの関係の三分類（「Ｆに伴ふてｆを生ずる場合」、「Ｆありてｆなき場合」、「ｆのみ存在して、それに相応すべきFを認め得ざる場合」）にそれぞれ対応する。漱石の表現は定性的関係を表わし、成仿吾の表現は定量的関係を表わしているという。

③上記の三分類中、成仿吾が重要視した$\frac{df}{dF}>0$と、漱石が「Ｆに伴ふてｆを生ずる場合」すなわち（$F+f$）を文学的内容になるに値すると重要視したことが一致する。

④微分係数の通常の表現は$\frac{dy}{dx}$か$\frac{df}{dx}$であって、成仿吾がそうしていないのは漱石の（F+f）を用いたかったからである。

「詩の防御戦」に関する以上の四点に加え、方長安は成仿吾による他の批評文にも簡単にコメントを加えている。たとえば「「残春」の批評」で「文学作品はいついかなるときでも、内容（すなわち事件）と情緒なしにはありえない」といい、幾何学の図形を用いて、

> 情緒は内容とともに増さなければならない。よってもし内容が増えるとき、それとともに情緒が少なからず増える。逆に、内容が増加するのに情緒が減少するのは、蛇足を添えることにすぎない。（「「残春」の批評」）

と成仿吾が説くのは、『文学論』において「fとFの具体程度は正比例をなす」などとされる（F+f）のことだと方長安は指摘する。「写実主義と庸俗主義」[9]では、『文学論』の文学的内容の四分類（感覚F、人事F、超自然F、知識F）と同じ分類をしており、漱石は「感覚F」を最重要としたが、成仿吾は「人事」「感覚世界」「理智」と「超自然」という順で序列化したという。

こうした方長安の先駆的な議論に本章の議論は多くを負うが、方長安はあまりにも素朴な疑問を回避しているように思われる。そこで、次のように問いたい。成仿吾は『文学論』を〈微分〉やグラフと結び付けることをいかにして着想したのだろうか。そしてなぜ、結びつけたいと思ったのだろうか。

（8）方長安は引用に際してこの文中の数式の挿入箇所を誤り、文意に矛盾を生じている。本章における成仿吾テクストは初出を参照し、断わりのない限り拙訳による。

二　〈微分〉と図示のレトリック

本節では、方長安が簡単な言及のみで済ませてしまった「「残春」の批評」を「詩の防御戦」と密接に関係する論文として再解釈する。というのも、「詩の防御戦」のやや言葉足らずな〈微分〉の援用を理解するには、三カ月前に発表された「「残春」の批評」と比較してみることが必要だと思われるからだ。

郭沫若の短編小説「残春」（『創造季刊』第一巻第二号、一九二二・八）に対し攝生《せっせい》「『創造』第二期を読んだ後の感想」（「読了『創造』第二期後的感想」『時事新報・学灯』一九二二・一〇・一二）が与えた批判について、介入したのが成仿吾「「残春」の批評」である。[10] 攝生による批判とは次の一節である。

> 郭沫若のこの「残春」は文章の構造における芸術的な手法がまずまずである点を除いて、私自身はこの小説に賛成しない。第一章、第二章と読み続けても、全篇のクライマックスがどこにあるかまったく分からない。総て無味乾燥なものである。章毎に、節毎に彼の現実の生活と感想を描いているに過ぎない。しかも、結末にも深い含蓄も脈絡もない。[11]

これに対し成仿吾は、内容と情緒の二面から答えている。文学の内容、つまり事件にクライマックスがなくてはならないというのは既成文壇の思い込みに過ぎず、事柄をmilieu（環境）[12]から切り離して単独でクライマックスとして盛り立てようとすることは作品の真実性、豊かさを損ないやすいという。そして文学の情緒についてもクライマックスがある必要はないという。そこで成仿吾は次の図を示す（図15〔三六〇頁〕）。

この図は「内容（すなわち事件）の進行」をX軸、「情緒の変遷」をY軸に取っている。原点Oからクライマックスの点Aを通り、情緒が減少に転じて点Bに到る実線は、クライマックスのある文学作品の情緒の推移を表わしている。これに対して点線OCは、クライマックスのない文芸である。文中では逐一説明されていないが、X軸に点Dで直交する半直線は文学作品の終わりを示していよう。この線上で比較するとき、つまり文学作品を読み終わったときの情緒で比較するとき、クライマックスのないほうがかえって豊かな余韻をもたらすこともある、だから多少平淡であって、クライマックスがないからといっても、斥ける理由にはならない、むしろ「われ

（9）成仿吾「寫實主義與庸俗主義」（『創造週報』五、創造社、一九二三・六）。倉持貴文「成仿吾とギュイヨー」（『中国文学研究』八、早稲田大学中国文学会、一九八二・一二）によれば成仿吾のこの評論は Guyau, Jean-Marie『社会学的見地から見た芸術』（*L'Art au point de vue sociologique*, Paris: Felix Alcan, 1889）、第一部第五章「写実主義――卑俗主義及び之を免るる方法に就て」に全面的に依拠して、文学研究会の主張するリアリズムを批判したものであるという（なおこの「卑俗主義」の原語は trivialisme）。また工藤貴正「近代文芸思潮の観点から見る「前期魯迅」の始まり」（『愛知県立大学大学院国際文化研究科論集』一三、愛知県立大学、二〇一二・三）によれば、成仿吾が入手して使えたのは大西克禮《よしのり》訳（内田老鶴圃、一九一四・一二、全七七七頁）であり、その批評の影響をうけて魯迅は北昤吉《れいきち》監修『社会学上より見たる芸術』（潮文閣、一九二八・四、全四六三頁）を一九三〇年三月一一日に内山書店で購入したという。漱石のギュイヨー受容は注29を見よ。また孟智慧「成仿吾前期文学批评与夏目漱石『文学论』之关系」（『文艺理论与批评』二〇一六・六、中国艺术研究院、二〇一六・一二）は〈寫實主義與庸俗主義〉中の「暗示的推移」に『文学論』第五編の影響を指摘するなど、本書では焦点化しなかった成仿吾の批評文にも目を配っている（ただし、分析はごく簡略なものに留まる）。

（10）郭沫若自身は「批評與夢」（『創造季刊』二・一、創造社、一九二三・五）でフロイトを援用して攝生に反論した。cf. Lydia H. Liu, *Translingual Practice: Literature, National Culture, and Translated Modernity—China, 1900–1937*, Stanford, CA: Stanford University Press, 1995, Chapter 5, Narratives of Desire: Negotiating the Real and the Fantastic.

（11）訳文は廖莉平「陶晶孫と精神医学――「剪春蘿」をめぐって」（『熊本大学社会文化研究』六、熊本大学、二〇〇八・三）、三八九頁による。

（12）Hippolyte A.Taine, *Histoire de la littérature anglaise*, Paris: L. Hachette et, cie, 1792, 1863-1864 は「環境」（milieu）、「人種」（race）、「時代」（moment）の三因子によって批評対象を分析する。

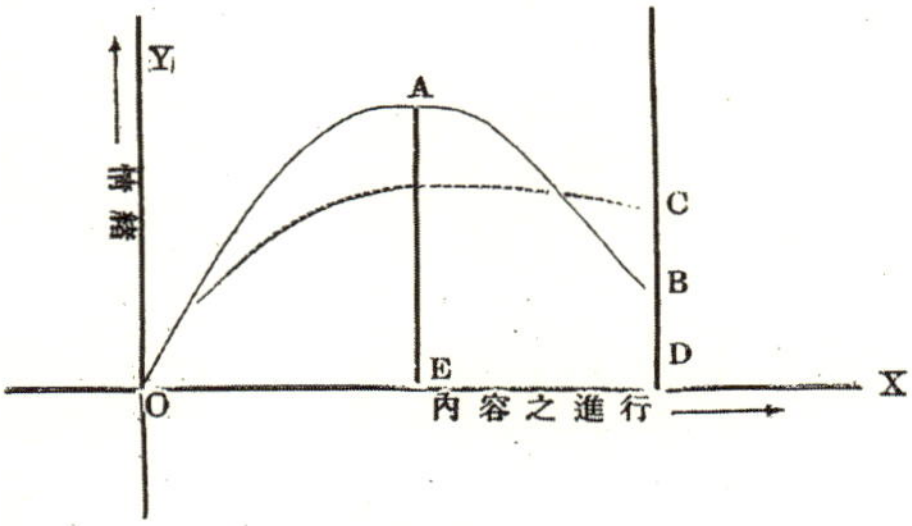

図15　成仿吾（1923）のグラフ

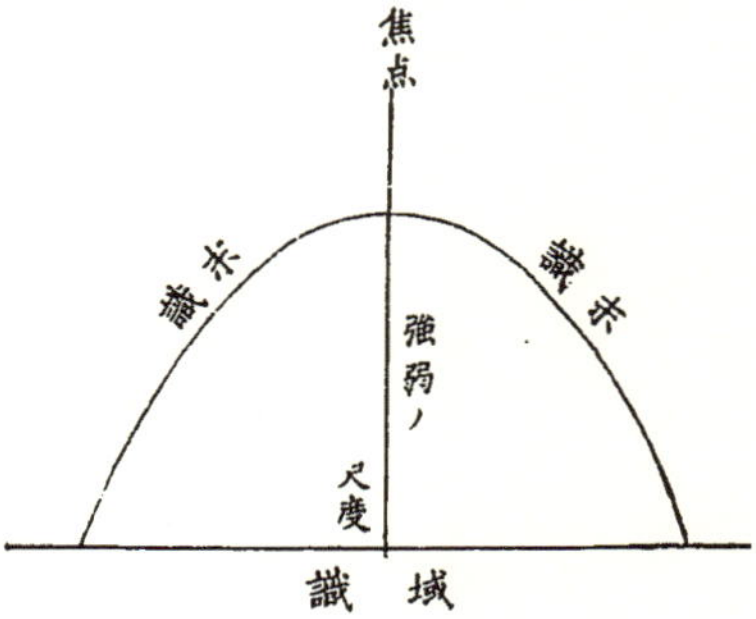

図16　漱石（1907）のグラフ

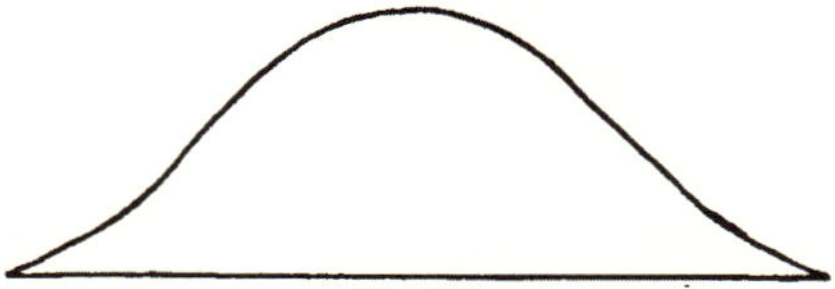
Fig 27.

図17　ジェイムズ（1890）のグラフ

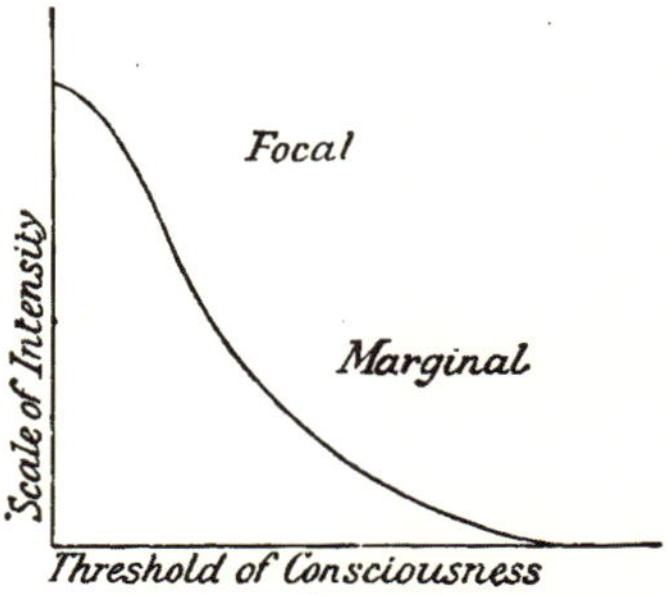

Fig. 4.

図18　モーガン（1894）のグラフ

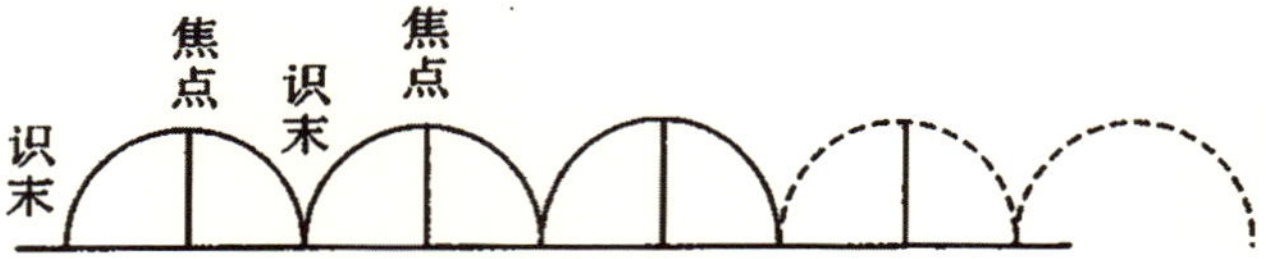

図19　郁達夫（1925）のグラフ

らを低徊享玩させる余韻」をもたらすものとして歓迎できるというのだ。このOABの曲線に即して内容の進行に伴う情緒の増／減を言うときに、成仿吾は$\frac{df}{dF}$がプラス符号／マイナス符号だという表現をしている。「詩の防御戦」における微分係数についての議論も、これと同一の趣向と捉えてよいだろう。つまり、『残春』の批評」および「詩の防御戦」で彼のいう「微分係数」云々は、増加／減少傾向の言い換えに過ぎない。これが微分を用いなければ議論できない論理とは考えがたく、隠喩としても効果的とは思えない。成仿吾の〈微分〉を科学概念の濫用による権威付けに過ぎないと批判し去ることは容易く、また「正しい」。しかしこれを文化現象として捉えるならば、いくつかの興味深い問いが喚起される。

〈微分〉とグラフを用いて文学を語ることが当時の書き手／読み手にとって仮に魅力的でありえたとすればそれはいかなる言説配置の下で生じたのか、ある概念をたとえ無理筋にもせよ拡張的に転用することが、文芸批評にインパクトをもたらしうるとすればそれはなぜか、またいかにして準備されたのか。それを検討していった先には、「文学」を語る者にとっての「科学」、あるいは「文学の科学」への欲望の現われを見ることができるかもしれない。

成仿吾の描いた図は、その隠れた典拠である『文学論』の冒頭の図を思わせもする（図16）。『文学論』中のこの図は意識の焦点が単一であることを示しており、意識の推移を論じた箇所に現われる。なお漱石の図もまた、ウィリアム・ジェイムズ（図17）(13)やロイド・モーガン（図18）(14)の心理学書に由来する。

加えて指摘しておくべき点として、『文学論』に注目した者が創造社同人中に他にもいたことだ。大東和重は、創造社同人郁達夫《いくたっぷ》が大正時代の日本文学や厨川白村のほか、「世界の文学は、どうしても以下の一つの公式を逃

（13） William James, *The Principles of Psychology*, New York: Henry Holt and Company, 1890, p. 257.
（14） C. Lloyd Morgan, *An Introduction to Comparative Psychology*, London: Routledge Thoemmes Press, 1894, p. 18.

れられない。F+f」と始まる「介紹一個文学的公式」(『晨報副鐫』一九二五・九・一〇―一一)で漱石『文学論』を紹介していることを指摘した。(15)

なお、郁達夫が付した図(図19〔三六〇頁〕)は、原著『文学論』にはないものだ。「人の意識は、大抵このような不断に継続する波が次々と絶えず押し寄せるものだ」としてこの図を示す郁達夫は、「我々の意識はしばしばこのように幾重にも重なり千変万化するので、もし一個の焦点をとらえて描写に尽力しそれで一編を価値ある作品にしたいと思っても、実際はうまくいかないものだ」とする。「F+f」を最も完全無欠の文学的公式と称揚し『文学論』第一編第一章への参照を促す末尾には、「一九二四年五月 W街で講ず」と日付が刻まれている。成仿吾の「『残春』の批評」「詩の防御戦」から一年後のことである。

以上の五つの図もまた、境界を跨いで変容した系譜であるといえる。増田展大は、一九世紀末にヘルマン・フォン・ヘルムホルツの感覚生理学やヴィルヘルム・ヴントの生理学的心理学を批判的に受容しながら実験心理学を立ち上げていったアルフレッド・ビネらの、被験者の心拍や脈拍を曲線へと変換したグラフ法による「心理の可視化」を論じている。増田によれば「ドイツや英米圏の心理学に比べて制度的配備が遅れたこと、哲学的伝統に対置された「新しい心理学」が生理学のみならず精神医学とも結びついたこと、さらに、実験方法として催眠や暗示を用いた臨床診断が交錯したことなど、フランス固有の複雑な歴史的背景」のもとで、「計量科学を裏打ちしつつも、疑似科学にも分岐しかねないグラフ曲線」がやがてビネの実験心理学に「生理/心理や正常/病理といった境界をすり抜け、意識の深層や言語、死後の世界にまで切り込もうとする」ことを可能にしたと述べている。(16)一九世紀には心理を科学の俎上に載せる際に、領域横断的にさまざまな対象が扱われた。また、ジェイムズ(図17)、モーガン(図18)らの計測結果ではなく理論にもとづいた概念的なグラフもあれば、ヘルムホルツやヴントによる実測値にもとづいたグラフもあり、心理学史上の差異や対立点も指摘されるところである。しかし、「心理の可視化」への志向がこれらの心理学者の間で共有されていたことは注目に値する。

漱石『文学論』におけるモーガン、ジェイムズに示唆を得た図〈図16〉を含む幾つかの図は、読書行為における個人意識の推移を心理学で説明する時、時代思潮や文学潮流の推移を社会学で説明する時、そして両者の絡み合う現象として読書行為を論じる時に用いられていた。言うなれば、図示こそがもっともアクロバティックな学問領域間の接続を支えるレトリックであったのだ。付け加えておけば、成仿吾の留学当時、東京帝国大学の講義をもとにした松本亦太郎《またたろう》『実験心理学十講』〈弘道館、一九一四〉が公刊され〈同書もまた図示を効果的に用いている〉、実験心理学の知見へのアクセス環境が整備されつつあった。漱石『文学論』の冒頭の図〈図16〉と、成仿吾の図〈図15〉とは、図示による「心理の可視化」というパラダイムを共有しているといえよう。漱石の図は意識の焦点とその推移を論じるためのものであって、文学作品の内容や読者の情緒の多寡を表わすものではない。しかし、同書の中川芳太郎序によれば、漱石は『文学論』後半部を書き直した後に前半部を再び書き直すことを望んだが、原稿が既に印刷に回っており果たせなかったという。実際に同書冒頭の意識論と、後半部で述べられる読書論〈特に第四編第八章「間隔論」で、読者個人が物語の進行に自らの意識の焦点を支配され、普段の常識的判断を抑制し、虚構世界に没入していく過程を論じる部分など。本書第二部第五章、第六章参照〉とが、現行本文において有機的に結びつけられているとは言い難い。むしろ成仿吾の図は、成仿吾が『文学論』における意識論と読書論の結びつきを読みとり、統合を試みたことを物語っている。それでも依然として疑問であるのは、心理学に由来する漱石の図示を変容するとき、成仿吾が持ち込んだのが〈微分〉であったことだ。

〈15〉大東和重『郁達夫と大正文学――〈自己表現〉から〈自己実現〉の時代へ』〈東京大学出版会、二〇一二〉、一二六頁。
〈16〉増田展大「心理の可視化――実験心理学とグラフ法」〈『表象』六、表象文化論学会、二〇一二・四〉、一八八―二〇四頁。

三　成仿吾と大正教養主義

本節では、成仿吾の日本留学時代というコンテクストを遡ってみたい[17]。成仿吾は一九一四年に入学した岡山第六高等学校では理工系、一九一六年に入学した東京帝国大学では工科大学造兵学科に学んだ。『帝国大学一覧』を見ると、造兵学科の当時の必修科目には数学、力学や砲外弾道学などが並んでいる。しかし、彼の高校時代の成績表によれば、総合成績は学年最下位クラスであった[18]。そのこと自体は留学生であることを差し引いて考えるべきとしても、とりたてて数学が得意だったとは言えない。しかしそれは文学と科学の関係に思いを馳せることの妨げにはならなかったであろう。

成仿吾が東京帝国大学に入学した一九一六年はアルベルト・アインシュタインによる一般相対性理論発表の年であり、成仿吾が卒業・帰国した一九二一年の翌年にはアインシュタインの来日が実現する。アインシュタインに学び、彼の学説を日本に紹介し、来日講演の通訳をも務めたのが科学ジャーナリズムの先駆者と呼ばれる石原純《あつし》である。原子模型を確立し、理論物理学研究所を設立したニールス・ボーアがノーベル物理学賞を受賞するのも一九二二年のことだ。自然科学のめざましい革新に対し、哲学界の反応があったのもこの頃であった。

京都学派を代表する哲学者として西田幾多郎と並び称される田辺元（一八八五―一九六二）はこの頃、東北帝国大学での講義「科学概論」を元にした『最近の自然科学』（岩波書店、一九一五）、『科学概論』（岩波書店、一九一八）を刊行した。弟子筋の下村寅太郎によれば、田辺の「科学哲学」は当時大変多くの人に読まれたという。

『科学概論』は科学全般に亘《わた》る組織的な科学概論として最も広く読まれ、爾後永く我国に於ける唯一の科学哲学の書として尊重され、年々版を重ねた。（略）単に哲学志望の学生に限らず、寧ろそれ以上に理学に志す青年学徒に与へた影響は極めて大であつて、これを通じて哲学に対する関心を呼び起したことは、後年、同僚となつた多くの著名な数学者、物理学者、生物学者たちから親しく聞くことの出来た事実である。文科と理科の学徒に斉しく熱読された哲学書は恐らくこれが最初で、且つ爾後も稀であつたであらう。（略）本書〔『最近の自然科学』〕は波多野精一、西田幾多郎、朝永三十郎、大塚保治、夏目金之助、桑木厳翼、三宅雄二郎を顧問とし、上野直昭、阿部次郎、安倍能成を編輯者とする「哲学叢書」（全十二巻）の第二編として、大正四年、岩波書店から出版された。この「哲学叢書」は、我国に哲学知識を普及せしめる上に大きな貢献をした歴史的に記念さるべき文献である。その第一編、紀平正美《きひらただよし》『認識論』の再版の序に「本書が公にせられてより僅か二旬、既に初版の一千部が無くなつた」と記されてゐる如く、この叢書は各巻ともすべて急速に極めて多くの版を重ねた。明治以来、一般読書界に哲学がかくの如く盛んな関心を呼んだことはなかつたであらう。哲学が一般知識人の教養となつたのはこの時期からであらう。(19)

(17) 同時期の日本留学生たちに視野を広げることも意義深い。波田野節子によれば、韓国の近代文学の祖とも言われる李光洙は、後年自らの読書歴を回顧して、漱石の小説のほか『文学論』を挙げている。「長編『無情』執筆のころは漱石を愛読していたが、その漱石の本は中学時代に洪命憙が自分にくれたものだと書いている。（『吾輩は猫である』だけは自分の金で買ったとことわっている）」（波田野節子『李光洙・『無情』の研究――韓国啓蒙文学の光と影』〔白帝社、二〇〇九〕、一三〇頁）。李光洙が洪命憙と知り合うのは日本留学中、一九〇六年四月大成中学校に入学して以降。『無情』は一九一七年一―六月、当時朝鮮で唯一の朝鮮語新聞『毎日申報』に連載された。漱石受容にかぎらず視野を広げるならば、和田博文・徐静波・兪在真・横路啓子 編『〈異郷〉としての日本――東アジアの留学生がみた近代』（勉誠出版、二〇一七）を参照。

(18) 名和悦子「岡山における郭沫若」（『中国研究月報』四九・八、一般社団法人中国研究所、一九九五・八）、一五頁に成仿吾の成績表が掲載されている。

(19) 下村寅太郎「解説」（『田辺元全集』二、筑摩書房、一九六三）、六六五―六六六頁。強調は原文。

下村の言葉どおり田辺の「科学哲学」が文科・理科の学生に広く読まれたとするならば、「哲学叢書」顧問の顔ぶれからも明らかなとおり、背景にはいわゆる「大正教養主義」の読書文化があるだろう。

一九一六年に漱石が没して後、弟子たちが大正教養主義を先導していくなかで漱石称揚の機運が醸成される。岩波書店の出版と結びついた一連の読書文化をのちに戸坂潤は「岩波＝漱石文化」と名付け、「岩波臭という一つの好みが、芸術や哲学や社会科学や自然科学の内にさえ発生している」と述べたが、[20] 成仿吾や郁達夫が留学していたのはこの機運のただ中であった。一九一三―二二年に日本に滞在した郁達夫については、「大正教養主義」を体現するように、さまざまな文学、文芸評論、哲学や美学の書物を耽読したことが記録から裏づけられている。[21] 一九一〇―二一年に日本に滞在した成仿吾については資料の制約から臆測に頼らざるを得ないが、東京帝国大学工科大学の学生となり、教養として科学的な読み物に手を広げたことは十分に考えられる。とりわけ田辺の「科学哲学」は手短な科学分野の紹介と、哲学的な解釈を織り交ぜたものであり、「大正教養主義」の哲学重視傾向にも合致していた。

ところで、一九一四年に田辺元が東京帝国大学の発行する『哲学雑誌』に発表した出世作となる論文は哲学的議論のなかに〈微分〉を持ち込み、視覚的にも印象的な誌面を構成している。次のようなものだ。

マールブルヒ派の創立者となつたコーエンは数学の微分の概念から思惟の本性を定めた。彼に従へばニウトンが力学の方面より、ライブニッツが解析の方面より新に唱へた所の微分の概念は啻《ただ》に数学、力学に於てのみ意義を有するものにあらずして思惟の根本原理である。今xを独立変数としyを従属変数とするy＝f(x)なる函数を取り、xの値の一定の変化を⊿xとし之に応ずるyの値の変化を⊿yとするならば、$\frac{⊿y}{⊿x}$は両変数の有限差の係数商である。然るに⊿xを限無く小くすると考へるならば同時に⊿yも限無く小となり、$\frac{⊿y}{⊿x}$は一定の極限に限無く接近する。此$\frac{dy}{dx}$は即微分係数であつて、（略）原函数の変化の法則を表はすものである。今幾何学の例を取るならば$y=f(x)$なる方程式は一の平面曲線を表はす。然らば$\frac{dy}{dx}$は何を表はすかといふに、此は其曲線上の任意の点に於ける切線の方向を表はすのである。其故此切線の方向を表はす誘導函数の変化を規定する法則を示すものといふて差支え無い。（略）線は点から生ぜられたのであるから、点は内に生産的の原理を有する所の根源《ウルスプルング》である。之を一般に云へばdxはxの根源、微分は有限量の基礎となる。思惟の本性は正に此の如き無限小の根源より其自身の法則に従つて生産的に発展する連続的の過程であつて、自然は之に由つて生産せられるのである。(22)

ここで紹介されたヘルマン・コーエンら新カント派は、自然科学をカント的認識論によって基礎づけようとした運動とされる。またコーエンの数学理解の誤りが批判を集め、論理実証主義（のちの分析哲学）と大陸哲学とへ哲学が分裂する契機となったともいわれる。(23) コーエンを紹介した後、田辺の数理哲学、科学哲学がどのように展開したか、それをどう評価すべきかという問題は措く。コーエンを紹介した田辺の論文は、当時の日本哲学界にとって最新の「知」の潮流、いわば「現代思想」であった。そして次々と数学、物理学などを援用して議論を行なった田辺元が論客として華々しく耳目を集めたとすれば、その幾分かは上記にみる〈微分〉のような、科学的概念の幻惑効果にあっただろう。一九三七年に戸坂潤が回想する所によれば次のとおりである。

---

(20) 戸坂潤「現代に於ける「漱石文化」」（『都新聞』一九三六・一一・一八―二一、朝刊）。
(21) 大東和重（前掲）、第五章。
(22) 田辺元「認識論に於ける論理主義の限界（上）――マールブルヒ派とフライブルヒ派の批評」（『哲学雑誌』二九・三二四、哲学会、一九一四・二）、四―五頁。
(23) 林晋「田辺元の数理哲学」（『思想』一〇五三、岩波書店、二〇一二・一）。

近代的技術学との連関に基く「自然科学」なるものは、日本に於ては全く新しい文化内容であったから、それに関する科学論は、他よりおくれて世界大戦前後に初めて始まるのである（田辺博士の小著『最近の自然科学』はその意味で特徴的なものだろう）。（略）だが、この独自の歴史を持った所謂「科学論」は、日本に於てはあまりに独自すぎる条件の下に、つまり科学そのものから孤立隔絶した条件の下に、輸入されたのである。（略）自然科学論もまたその頃は、石原純・田辺元等の諸氏の業績にも拘らず、何等専門家に真の関心を強いるものではなかった。ヨーロッパでは必ずしもそうでなかったに拘らずである。[24]

文化・教養としての「科学論」が注目を集めたその時期に、成仿吾は日本で学んでいた。柳田泉は大正期に厨川白村『近代文学十講』（大日本図書、一九一二）が啓蒙的に読まれ、「あれ以上となると夏目さんの「文学論」を読んだものです。これは、半分わからなくてもみな読んだふりをした」と回想する。[25]成仿吾が留学期間中に漱石『文学論』や田辺の「数理哲学」を読んだとしても不思議はない。少なくとも、成仿吾が『文学論』の概念と〈微分〉を結び合わせたことはまったくの独創ではなく、同時代日本語言説の「岩波＝漱石文化」と呼応するものとして解釈する必要があるだろう。

四　漱石／漱石受容における「文学の科学」への欲望

『文学論』が漱石没後に少なからぬ読者の欲望を喚起しえたのは、漱石の作家としての名声に加えて、その科学的装いによるところも大きかったのではなかったか。いわば、「文学の科学」への欲望を投影する記号として『文学論』が流通したとはいえまいか。この作業仮説を立証することは資料的にいって難しい。だが、漱石その人もまた「文学の科学」への欲望と葛藤を抱え、表明してもいたことを概観しておきたい。

漱石はイギリス留学中に化学者池田菊苗との交流から「学問をやるならコスモポリタンのものに限り候（略）僕も何か科学がやり度《たく》なつた」[26]（一九〇一・九・一二、寺田寅彦宛書簡）というが、同じ留学期のメモには次のようにも書き留めている。

（6）intellect は cosmopolitan なる故に取捨し易し
（7）只ある established science の外には妄《みだ》りに西洋の intellect を信ずべからず。lawless science の〔↓は〕tentative なり。気を付けべし
（8）intellect 以外の faculty を用ゆる取捨は猶厳重に慎まざる可らず
（8）文は feeling の faculty なり
（10）feeling の faculty は一致し難し
（11）故に西洋の文学は必ずしも善いと思へぬ
（12）之を強て善いとするは軽薄なり
（13）之を introduce して参考するは可なり[27]

（24）戸坂潤「最近日本の科学論――緒論の部―一般的特色について」（『唯物論研究』五六、唯物論研究会、一九三七・六）。
（25）柳田泉・勝本清一郎・猪野謙二編『座談会大正文学史』（岩波書店、一九五六）、六四八頁。ただし、柳田（一八九四年生れ）に対し、瀬沼茂樹（一九〇四年生れ）は「僕は学生時代に読んだのですが、僕らの時代には読む人がもう少なかったが、いい本ですね」と答えている。
（26）『漱石全集』（二二、岩波書店、一九九六）、二三七―二三八頁。
（27）『定本　漱石全集』（一九、岩波書店、二〇一八）、一二二―一二三頁。

ここでは、実証科学という知に対し、仮説的な知が「lawless science」という言葉で名指されている。いずれの知も趣味判断を介入させずに正否や分かりやすさ／分かりにくさで取捨選択できるという意味ではコスモポリタンである。では西洋の「lawless science」を無暗に信じてしまうことと、東洋と西洋の「feeling」は容易に一致しがたいという趣味判断の問題とはどう関係するか。そうした思考の軌跡は、一九一四年の講演（初出「私の個人主義」『孤蝶馬場勝弥氏立候補後援現代文集』実業之世界社、一九一五）において明確に定式化されている。

たとえば西洋人が是は立派な詩だとか、口調が大変好いとか云つても、それは其西洋人の見る所で、私の参考にならん事はないにしても、私にさう思へなければ、到底受売をすべき筈のものではないのです。（略）風俗、人情、習慣、遡つては国民の性格皆此矛盾の原因になつてゐるに相違ない。それを、普通の学者は単に文学と科学とを混同して、甲の国民に気に入るものは屹度《きつと》乙の国民の賞賛を得るに極《きま》つてゐる、さうした必然性が含まれてゐると誤認してかゝる。其所が間違つてゐると云はなければならない。たとひ此矛盾を融和する事が不可能にしても、それを説明する事は出来る筈だ。さうして単に其説明丈《だけ》でも日本の文壇には一道の光明を投げ与へる事が出来る。――斯う私は其時始めて悟つたのでした。(28)

「甲の国民の気に入るものは屹度乙の国民の賞讃を得るに極つてゐる、さうした必然性が含まれてゐる」という誤認は、甲の基準により乙の「遅れ」を測定する発想と軌を一にする。すなわち、高度に進歩した西洋文化・文明に対して遅れた東洋、両者の関係は優勝劣敗であるという社会ダーウィニズム的発想を招き寄せる。漱石はそうした意味での疑似科学的な文学鑑賞論を否定する。

もう一つ漱石が斥けたものに、キリスト教的普遍主義がある。レフ・トルストイは『芸術とはなにか』（*What Is Art?*, New York: Haskell House, 1898）において、キリスト教芸術を普遍と措定したうえで、感情の伝達（感染）を芸術の本質とした。藤尾健剛は漱石留学中のトルストイ批判と読み替えの過程に、いわゆる「自己本位」の理路の矛盾と限界を見いだしている。

> 漱石が観賞・批評における〈自己本位〉を口にするとき、彼自身が意識するしないにかかわらず、文化を同じくし、〈場〉を共有する多くの他者たちとの連帯と共同性を含意していたのである。にもかかわらず、同じ〈自己本位〉が文学者や知識人の理想とされるとき、人々との絆は切断されてしまう。「模倣」に甘んじている「凡人」や「平民」と対照的に、「天才」や「能才」、文学者は、完全に自己完結的・自立的な精神法則に支配されているかのごとく思い描かれている。いったい彼らの思考材料、彼らの「趣味」はどこから供給されるのだろうか。（略）彼〔漱石〕はロマン派的な独創性の神話を脱却しきっていなかったようである。（略）漱石はトルストイの「感染」を「模倣」に変え、その社会的機能を愛の結合を与えることから、人々を教化し啓蒙することへと転じて受け取った。だが、そのことは、水平方向の連帯を説くトルストイとは逆に、文学者と読者、知識人と大衆との間に垂直方向の階層性と分断を導き入れることでもあった[29]。

つまり漱石は、特定の文化を普遍性の基準として前提にすることなく、文明・文化によって養成された「趣味の差違」を乗り越えて趣味はいかに伝達可能であるか、構想を巡らせていたと考えられる。だが藤尾がいうように、そこには「教化」と「啓蒙」の論理が滑り込む余地があった。そのことを漱石が自覚し表明したのは一九一

（28）『定本　漱石全集』（一六、岩波書店、二〇一九）、六一二―六一三頁。

（29）藤尾健剛「トルストイからギュイヨーへ？――夏目漱石『文学論』成立の一背景」（『大東文化大学紀要』三六、大東文化大学、一九九八・三）、一〇頁。

○年のことである。

文学を科学的に研究するという漱石の主張には、言い淀みが付きまとう。『文学評論』（春陽堂、一九〇九）序言で漱石は、「文学上の作物も亦科学的態度を以て之に臨むことが出来る」すなわち「批評的鑑賞（critico-appreciative）」を説いて、「文学は固《もと》より科学ぢやない、然し文学の批評又は歴史は科学である。少くとも一部分は科学的にやらなければならぬ。出来るか出来ぬかは勿論別問題である」(30)という。「出来るか出来ぬかは勿論別問題」という留保は、一九一〇年に自身の留学期の計画を回想した際にも影を落とす（「鑑賞の統一と独立」『東京朝日新聞』一九一〇・七・二一初出）。漱石が留学期に計画した著述は、実証科学と同じ「必然性」では文学の趣味判断は計れないことを「趣味の差違」という題目で証明することであったという。しかし一九一〇年の漱石は、他人と文学作品の評価が異なる時に、「彼にして我ほどの鑑賞力があつたなら必ず我に一致するだらうにと云ふ己惚《うぬぼれ》がある」と気づいて、次のような感慨を洩らすことになる。

> 作物の評価には統一がありたきものである。又統一があるべき筈であるといふ気に充《み》ちてゐる。（略）昔は他の権威に堪《た》へぬ結果、自己の舌で冷暖を味はねばならぬと主張して、人は人、我は我の極差別観を立てようとした余が、夫《それ》で正鵠《せいこく》を得たものと思ひ過ごした今日迄も立脚地を立て直す必要も見認《みと》めないのに、自身はいつか冥々《めい〱》のうちに自分一個の批判を大《だい》なる権威として他《た》の鑑賞力の上に被《かうぶ》らさうと冀《こひねが》つてゐた。しかも夫は正しい事と信じてゐた。（略）余は此自家頭上《このじかとうじやう》の矛盾を一度に意識した。意識しながらも何方《どちら》か一方に片づけなければなるまいと云ふ理由を発見するに苦しんでゐるのは不思議である。各自《めい〱》の舌は他の奪ひがたき独立した感覚を各自に鳴らす自由を有つてゐるに相違ない。けれども各自は遂に各自勝手で終るべきものであらうか。己れの文芸が己れだけの文芸で遂に天下のものとなり得ぬであらうか。それでは情ない。心細い。散り〴〵ばら〳〵である。何とかして各自の舌の底に一味《み》の連絡をつけたい。さうして少しでも統一

の感を得て落ち付きたい。（略）余は此《この》暗示を今確的《かくてき》に客観的に指摘する程《ほど》頭の焼点〔→焦点〕が整はないのを憾《うら》みとする。さうして此矛盾を理路を辿《たど》つて調和する力のないのを残念に思ふ。(31)

この「己れの文芸」を「天下のもの」とするため「各自の舌の底に一味の連絡をつけたい」という言葉はさしずめ、自らの固有の趣味判断体系を他者へ会得させうる技法を、「知」を通して求めているということになる。いわばそれは、成しえなかったものとして語られる「文学の科学」である。

五　移動が理論をつくる

エドワード・サイードが「移動する理論」と名づけたように、理論は伝播・再編成の過程で設計者の意図を外れて転用されうる。サイードは「原点」「わたった道のり」「受容／拒絶の条件」「新たな時点・空間における新たな位置づけ」という四つの段階でその現象を捉えようとした。しかしその新しさをどの視点から価値づけするのかという段になると、サイードの筆致にはオリジナルが曲解され、あるいは脱政治化されていくといわんばかりの口吻が見られた。のちに「移動する理論・再考」で当初の理論が持っていた思想・実践の強度が失われることもあれば、反対に潜在していた可能性が引き出されることもあると彼は見解を修正することになる。(32)しかし、

(30)『定本　漱石全集』(一五、岩波書店、二〇一八)、二六、三〇、三六頁。
(31)『定本　漱石全集』(一六、岩波書店、二〇一九)、三三七―三三八頁。
(32) エドワード・サイード「移動する理論」(『世界・テキスト・批評家』山形和美訳、法政大学出版局、一九九五)、同「移動する理論」再考」(『故国喪失についての省察2』大橋洋一・近藤弘幸・和田唯・大貫隆史・貞廣真紀訳、みすず書房、二〇〇九)。

「理論」を旅する主体と捉えているかぎりは、「理論」の成長物語という一面性から逃れがたい。そこでリディア・リュウの概念に倣い図と地を反転させ、「移動する理論」＝客《ゲスト》を迎え入れる〈主方言語《ホスト・ランゲージ》〉側を視座にして考えるならば、原典の価値を前提として潜在性を引き出したか否かで計る必要すらなくなるといえる[33]。

そこで再び成仿吾の文脈に戻ろう。「詩の防御戦」は、『創造季刊』よりも機動性の高い拠点となるべき『創造週報』の創刊号において、記事末尾に他でもない「五月四日」の日付を記した宣戦布告であったといえる。ではその「戦い」は何からどのように詩を守ることだったのか。

> 試みに私たちの詩の王宮がいまどうなっているか見てみよう。
> かつての腐敗しきった宮殿を私たちが打倒し、ここ数年かけて新たに建造しているところの王宮を。何ということだ、王宮の内外至る所に雑草〔原文では「野草」〕が蔓延《はびこ》ってしまった。可哀相な王宮よ！　痛ましき王宮！
> （「詩の防御戦[34]」）

成仿吾はこのように述べ、胡適ら既成文壇の詩を「雑草」として容赦なく切り捨てる。さらに、近年の詩壇の傾向を「小詩」と「哲理詩」に代表させ、両者に執心することを批判する。より興味深いのは最も具体的な批判を行なっている「小詩」についてである。

方長安は成仿吾が『文学論』受容に際し、漱石の意図ではなく、自らの用途に引き付けて大胆に再解釈を行なったことに注目する。漱石は『文学論』で、短歌・俳句は一瞬を写す「断面的文学」であり、「簡単にして、実質少なき故を以て其文学的価値を云々するは早計なり」（二二七頁）と擁護した。周作人らは和歌・俳句の紹介、それに想を得た「小詩」の製作に努めた。しかし、成仿吾は和歌や俳句は時代遅れで現代人の情緒を呼び起こせないとし、情緒は文学の骨子であるという『文学論』の観点から否定を下したのだ（方長安、注7）。外国文学の模倣を戒め、新文学建設にあたっては「我々の天稟《てんぴん》」を活かし、形式に縛られず、真摯な熱情によって創造を行なうべきだと成仿吾は唱えた。『文学論』は確かに「情緒」を重視したが、「熱情」のみを称揚するのは成仿吾による主体的な意味づけである。その傾向は結論部に至ってはっきりする。「天才」の創造による詩ならば、「小詩」は優美な抒情詩になり、「哲理」は真情と調和する——だから「内心の要求」なしに「小詩」や「哲理詩」の模倣に苦心してはならないと、青年詩人に決起を呼びかけて彼は編を閉じた。ここに浪漫主義的傾向を見て取るのは容易い。しかし「理論」受容者の言語・文化環境をより重視するならば、帝国の学知への両義的な態度は見逃せない。

成仿吾の『文学論』受容と〈微分〉の問題において、固有名や文脈から引きはがすような流用《アプロプリエーション》・合成・主体的な意味づけは高い日本語リテラシーと留学経験により可能となった言語横断的実践である。いわば「詩の防御戦」は、二正面作戦であった。それは既成文壇の創作への攻撃であると同時に、日本文学を盲従的に受容することに対しての異議申し立てでもあった。いずれの論点においても既成作家たちによる趣味判断や慣習から文学を解放するための力が必要であり、だからこそ成仿吾は「文学の科学」を欲望したといえる。だが彼が夏目漱石の名を伏せ、「科学」のアナロジーで「文学理論」を捉えたことには、自らの理論がもつ日本語言説との抜きがたい関係を不問にする効果があった。

また今日の視点から精査すれば、彼による概念の転用は「文学理論」なる言説の断片を引用することの不安定さ——ときには正反対の結論を導くために転覆されうるという「文学の科学」の困難を物語っている。しかし実

（33）リディア・H・リュウ「言語横断的実践・序説（上）」（宮川康子訳、『思想』八九九、岩波書店、一九九九・五）、同「言語横断的実践・序説（下）」（『思想』九〇〇、一九九九・六）。

（34）訳文は秋吉收「魯迅『野草』誕生における〝批評家〟成仿吾の位置」（『野草』九六、中国文芸研究会、二〇一五・八）、四頁にもとづく。成仿吾と魯迅との関係については同論が非常に精緻に論じている。

際にはその不安定さが顕在化することはなく、彼の欲望が伝播するかのように、かえって『文学論』の権威は強化され、幾人かの中国の文学者たちの間で読み継がれ、名前を挙げて引用されていくことになる。

以上、本章では成仿吾の漱石『文学論』受容における〈微分〉に注目し、言語の境界、および実験心理学や数理哲学などの学問領域の境界を越えて拡がる「文学の科学」への欲望を系譜づけてきた。しかしながら、一九二〇年代の中国における「文学の科学」を考察するうえで残された課題は多い。

一九二九年一二月一〇日、モダニズム詩誌『詩と詩論』第六号（厚生閣書店）に成仿吾「詩の防御戦」（黄瀛《こうえい》訳）が掲載された。(35) 同号を一九三〇年一月に内山書店で購入した魯迅の胸に何が去来しただろうか。成仿吾「『吶喊』の批評」（『創造季刊』第二巻二期、一九二四・二）の厳しい魯迅批判は、生涯にわたる敵対心を魯迅に根づかせたが、その九カ月前に発表されたのが「詩の防御戦」であった。しかし一九三〇年には、状況は変化していた。

一九二七年四月、蔣介石の反共クーデターにより国共合作は崩壊する。それと相前後して創造社はマルクス主義的傾向を鮮明化し、一九二八年には革命文学論争が開始されるが、成仿吾は同年五月に出国、八月に中国共産党に入党し、文芸批評から離れていった。創造社初期の中心人物が相次いで脱退した創造社は、一九二九年二月、国民政府によって閉鎖される。この間急速に、マルクス主義芸術理論というもう一つの「文学の科学」が、上海の文芸界を席巻していた。こうした時代背景も踏まえれば、本章では扱うことができなかったマルクスをはじめ、テーヌ、トルストイ、フロイトなどの受容（とその日本語言説との関わり）へと視野を広げて転用の連鎖を積極的に取りあげ、言語や学問領域の境界を越えた「理論」生成の系譜をより一層、長期・広域に捉え直す必要性は言を俟《ま》たない。(36)

(35) 佐藤竜一『宮沢賢治の詩友・黄瀛の生涯――日本と中国　二つの祖国を生きて』（コールサック社、二〇一六）、六一―六九頁によれば、黄瀛が創造社同人の作を中心に中国の詩や評論の翻訳を行なっていたのは創造社同人・田漢の影響によると考えられるという。田漢の訳した黄瀛の詩は魯迅の目に留まっており、また魯迅は多くの日本の芸術家から黄瀛の噂を聞いていた。魯迅は一九二九年六月、翌年一月に黄瀛による記事が載っている『詩と詩論』を購入、一九三四年頃内山書店で黄瀛との対面を果たす。国共対立に阻まれることになるものの、二人は束の間の親しい交友を結んだという。

(36) たとえば成仿吾よりも早く、一九二四年にはマルクス主義の「信徒」を自認し生理学研究者の道を捨てた郭沫若は、「革命と文学」（『創造月刊』一・三、創造社、一九二六・五）において「革命文学＝F（時代精神）」「文学＝F（革命）」として、時代精神、革命の意義が変わればそれに従って文学は変化すると述べた。ある時代の革命文学は、次の時代には反革命文学に転じうるというのだ。この「F」は「函数」（function）、すなわち「y=f(x)」が直接のモデルと考えられる。他に、工藤貴正『魯迅と西洋近代文芸思潮』（汲古書院、二〇〇八）、同『中国語圏における厨川白村現象――隆盛・衰退・回帰と継続』（思文閣出版、二〇一〇）、Heekyoung Cho, *Translation's Forgotten History: Russian Literature, Japanese Mediation, and the Formation of Modern Korean Literature*, Cambridge, MA: Harvard University Asia Center, 2016 などを参照。

おわりに

本書はこれまで、夏目漱石が取り組んだ「文学とは何か?」という大きな問いにもとづく『文学論』を読み解いてきた。第一部では、漱石があまりに頼りない地盤に立ってその探究をはじめなければならなかったことと、後年「自己本位」として定式化される思想の原点を跡づけた。すなわち、西洋文化の単なる受売りではなく、非ネイティヴとしてオリジナルな見解を打ち立てる必要性を説く「自己本位」の思想そのものが、西洋の先行研究に学んで打ち立てられていたのである。また、帝大講義開講当初の漱石が、音声や文字形状という観点も含めて、日本文学の基礎づけを企図していたことを明らかにし、「英文学者」に収まり切らない漱石の学問的構想の拡がりを示した。第二部では、漱石の理論の生成と初期創作との相互作用を取り出した。観劇・読書慣習の形成をめぐる問題や、虚構と嘘の区別、作品世界への読者の没入と視覚的表現や説得力の関係、読者(たち)の無意識への働きかけなど、その観点は多岐にわたる。それぞれ理論と創作がせめぎあうように進展していく過程を、本書の読者が追体験できるように描き出すことを心がけた。第三部では、漱石没後の『文学論』受容の諸相を分析しながら、「『文学論』はどのように生成したのか、何が書かれているのか」という問いを、「テクストはどのようにして文学理論とみなされるのか」という、より広い文脈につらなる問いへと変形することを試みた。第三部の議論は、筆者の置かれた研究状況を捉え返したいという問題意識に根ざしている。この点について、もう少し詳しく述べることで、しめくくりとしたい。

本書の冒頭で、理論家夏目金之助、小説家夏目漱石、そして過渡的な部分のある講師夏目金之助という視座を示した。その錯綜を具体的に追うのが本書の目的であったが、最後に指摘しておきたいのは、『文学論』を「文学理論」（Literary Theory）とみなして再解釈すること自体が、今日的な視座にもとづくものであることだ。

林少陽によれば、『文学論』研究史に画期をなしたのは、柄谷行人『日本近代文学の起源』（講談社、一九八〇）や小森陽一『漱石を読みなおす』（ちくま新書、一九九五）による『文学論』の「再発見」であるという[1]。あわせて想起したいのは、柄谷行人・小森陽一・石原千秋の三名が同席した『批評空間』（八、福武書店、一九九三・一）の「共同討議　夏目漱石をめぐって――その豊かさと貧しさ」（他に蓮實重彦・芳川泰久・浅田彰が出席）、同年やはり三人がおこなった『漱石研究』創刊号（翰林書房、一九九三・一〇）の「鼎談　日本に閉じられない／世界で通用する漱石の探究を」のいずれにおいても、『文学論』が重要なトピックとして挙がっていたことだ。つまり、文学理論、批評理論と呼ばれる多様なテクスト群が盛んに翻訳・紹介され日本近代文学への応用が進んだ一九七〇年代後半以来の潮流と、『文学論』の「文学理論」としての再発見は連動している[2]。日本近代の文学理論の起源として『文学論』が召喚された、といってもいい[3]。

さらに、〈理論と実践の統一〉を漱石にみる発想が『文学論』受容史には透けて見えてくる。『文学論』の著者漱石をはっきりと「理論家」と名指した早い例は、決定版『漱石全集』刊行に合わせた『思想』（一六二、岩波書

（1）林少陽「「事件」としての『文学論』再発見――漱石『文学論』解読の思想史」（『文学』一三・三、岩波書店、二〇一二・五）。

（2）たとえばこれに先だって、一九六〇年代にはニュー・クリティシズム受容との関係からI・A・リチャーズとの比較対照がなされたことにも留意したい。高田美一「漱石、俳句、リチャーズ」（『英文学』二四、早稲田大学英文学会、一九六三・一二）、塚本利明「『文学論』の比較文学的研究」（『日本文学』一六・五、日本文学協会、一九六七・五）、吉田精一「夏目漱石4（評論の系譜70）」（『国文学　解釈と鑑賞』三八・五、至文堂、一九七三・四。のち『近代文芸評論史　明治編』［至文堂、一九七五］に収録）、外山滋比古「俳句における近代と反近代」（『国文学　解釈と教材の研究』二一・二、學燈社、一九七六・二）などを参照。

店、一九三五・一二）誌上の漱石特集における小泉信三「理論家漱石」（のち小泉信三『文学と経済学』〔勁草書房、一九四八〕に収録）である。戦後、『現代日本文学全集一一　夏目漱石集』（筑摩書房、一九五四・一二）の巻末解説に小泉は同じ論旨を組み込んだ。この巻末解説を読んで三浦つとむは『文学論』に関心を持ち、[4]のちに「夏目漱石における『アイヴァンホー』の分析」を発表した。[5]それに先だつ一九六五年一〇月執筆とされる文中で三浦はこう記している。

このごろ、吉本隆明がその講演のなかで、漱石について語り、『文学論』を高く評価していると聞いて、さすがだと思い、漱石を研究している文学評論家たちは『文学論』をどう扱っているか、彼にたづねてみたことがある。しかし積極的にとりあげて評価している評論家はなく、中野重治に至っては軽蔑的に扱っているとのことであった。抽象的で空虚な創作方法論の横行とこの漱石の仕事に対する評価とを思い合せ、革新的な文学運動の弱さがどこから来ているかをいまさらのように思い知った次第である。[6]

ここでいうとおり、中野重治は『文学論』を「完成された愚鈍」と呼んでいた。[7]一方、鮎川信夫は六〇年安保闘争後の混乱のなかで吉本隆明が『言語にとって美とはなにか』（勁草書房、一九六五〔初出は『試行』一九六一－一九六五〕）を執筆したことを留学中の漱石の姿に重ね合わせた。[8]同じ重ね合わせを、のちに柄谷行人もまた吉本に対して行なった。[9]柄谷は吉本の『言語にとって美とはなにか』における「自己表出」と「指示表出」を『文学論』冒頭の数式「(F+f)」の言い換えだとも述べる。[10]当の柄谷は『日本近代文学の起源』（講談社、一九八〇）の第一文を『文学論』への言及から始めており、のちに自身の滞米体験を、やはり漱石の留学と重ね合わせた。[11]こうして、〈理論と実践の統一〉が困難さを増し、理論がしばしば空転する時代に、理論へ沈潜することが同時に実践になりうるという通路が、漱石と『文学論』に仮託されてきたのであろう。[12]しかしそのどちらにも行ききらない、講師夏目金之助の姿こそが、忘れ去られてきたのではなかったか。文学を大学で「教える」という近代的制度下に身をおき、旧来の学問を批判・解体するのみならず、限られたリソースのなかで新たな知的枠組みを構築しなければならなかった講師、夏目金之助。本書はいわば、講師夏目金之助がどのような難問に悩まされていたのか、それを理論家夏目金之助がどれだけ切り落としていったのかという試行錯誤の軌跡を明らかにしたことになる。あまりに壮大な未完のプロジェクトの輪郭線が、ようやくはっきりしてきたのではないだろうか。理論家夏目金之助の夢見たものは、創作家夏目漱石の実践と相即し、最晩年まで変容し続けたものと思われる。では、さまざまな新しい知識をもつ後世の私たちは、漱石に何を投げ返せるだろうか。

『文学論』という「立派に建設されないうちに地震で倒された未成市街の廃墟」(「私の個人主義」)は、抽象度が高く、領域横断的で、不完全でもあり、だからこそ、数々の読者にとっていつも新しかった。そして今なお、

(3) 大浦康介「文学理論」(大浦康介編『文学をいかに語るか——方法論とトポス』新曜社、一九九六)は、「日本初の文学理論の書と言えるのは夏目漱石の『文学論』(一九〇七年)だろう。(略)このきわめて早熟な企てはしかしながら孤独な試行に終わった。ひとつの学として学界で一時期を画したのは、やはり外国に発するものだった」(一七頁)という。

(4) この経緯は三浦つとむ「夏目漱石の「空間短縮法」」(『三浦つとむ選集(四)芸術論』勁草書房、一九八三)冒頭に述べられている。

(5) 三浦つとむ「夏目漱石における『アイヴァンホー』の分析」(同上。初出は『現実・弁証法・言語』国文社、一九七二)。

(6) 三浦つとむ「夏目漱石の「空間短縮法」」(前掲)。ただし一九六五年一〇月に執筆したが未発表のままになっていた論文で、『三浦つとむ選集』掲載に際して「わずかの補筆を行った」という。

(7) 中野重治・吉川幸次郎・中野好夫「鼎談　漱石・作品・学問」(『図書』一九六六、岩波書店、一九六五・一二)。

(8) 鮎川信夫・吉本隆明「対談　意志と自然」(『現代思想』青土社、一九七四・一〇)。

(9) 柄谷行人「解説　建築への意志」(吉本隆明『改訂新版　言語にとって美とはなにかⅡ』角川文庫、一九八二)。

(10) 柄谷行人「飛躍と転回」(『文学界』文藝春秋、二〇〇一・二)。

(11) 柄谷行人「文庫版あとがき」(『日本近代文学の起源』講談社文芸文庫、一九八八)。

新しいはじまりを待っている。

(12) 小森陽一の漱石研究が社会運動と相即していく過程は、こうした困難に対する一つの応答と理解することができる。研究誌『漱石研究』の終刊(二〇〇五年)は、小森の「九条の会」事務局長就任の翌年であった。以来、「九条と漱石を重ねて話すようになった」という小森は、自らの漱石研究の原点に大岡昇平「漱石と国家意識」(『世界』三二六、岩波書店、一九七三・一)を位置づけ、「「九条の会」事務局長を務めながら漱石を読み返してきたなかで、漱石がそう言っていたという意味でなく、私が漱石をどう引き受けるかということにおいて、私は戦争を阻止するためにこの後の人生を生きていきたいと考えています」と述べる(「小森陽一さん東京大学最終講義　戦争の時代と夏目漱石」『週刊金曜日』一二三一、株式会社金曜日、二〇一九・五・一〇)。五味渕典嗣は、「小森陽一は、研究者である以上に「知識人」になった。自らの社会的な責任を誠実に引き受け、「知識人」というあり方に対する歴史的な反省と、にもかかわらず求められる役割との間で文字通り引き裂かれながら、懸命に発信を続けていると私には見えていた。そんな小森陽一の姿に飽き足りなさを感じた研究者は多くいたはずである。しかしそれでも、この道すじを選びきることが、小森陽一にとっての「文学」だったのではないか」(五味渕典嗣「研究者としての小森陽一」〔同上〕)という。ここに「はじめに」で引用した、小森の提示による理論家/創作家としての漱石夏目金之助像の残響を聴きとることができる。

あとがき

大学に入って目標を見失っていたころ、出席するのが楽しみでしかたない授業がひとつあった。シェイクスピア映画を観て自由に議論する授業だった。ある日『ロミオとジュリエット』（ジョージ・キューカー監督作、一九三六）を観て、すっかり驚いてしまった。なにせ、私にとってロミオといえばレオナルド・ディカプリオ（バズ・ラーマン監督作『ロミオ+ジュリエット』が撮影された一九九六年当時、二一歳）だったのに、その映画では四〇代の俳優が演じていたのだ。「当時の監督・観客は、ロミオがこんなオジサンでいいと思ったの？」「演劇であれば役柄の年齢と役者の年齢の差をさほど気にしないのに、映画だと若者の役を若い役者が演じなくてはならないと自分が感じるのはなぜ？」という具合に、次々と疑問が湧いてくる。考えてみると、さまざまなフィクションには、ジャンルごとに固有の「お約束」があるものだ。いちいち目くじらを立てていると興ざめしてしまう。しかしどうして、そんな「お約束」が出来上がってきたのだろう？　と教養のない私はかえって素朴なところから物事を考えるきっかけを見いだしたのだった。

さっそく柄谷行人『日本近代文学の起源』を手に取って、さて「文学」についてもイチから考えてみよう、と意気込んだ。同書に誘われるまま、漱石の『文学論』をはじめて手に取ったときは、何のことやらわからず途中で読むのをやめてしまった。『文学論』にもう一度向き合おうと決めたのは、大学院の修士課程を終えて、博士課程に進んでみたはいいものの、一向に「文学」や「文学研究」とは何なのかが、よくわからなかったからだ。複数の研究者が注目している第四編第八章「間隔論」から読み進めてみると、意外にもすんなりと読み進めることができた（はじまりから読まない方がよい本もある）。すると、漱石もまた演劇や美術の「お約束」を参考にしながら、「文学」固有の「お約束」の成立やその仕組みを解き明かそうとしていたらしいことがわかってきた。自分がなんとなく興味を持っていたものどうしが後からどんどんつながっていくのが、文学研究の不思議なところでもあり、面白いところでもある。私はすっかり『文学論』に魅せられた。

その後、「『文学論』がわかりづらいのはぎごちない文体で草稿を書いた中川芳太郎のせいにちがいない、受講ノートをみればもっとわかりやすいはずだ！」と独り決めした私は、全国各地に残る漱石講義の受講ノートを撮影して回った。ところが受講ノートも同じような堅苦しい文体で書き写されていて、当初の目論見は外れてしまった。しかし、受講ノート間の文言が一致しないことから、どれも漱石の言い回しをそのまま書き写したノートではないのだということに気づいた。調べてみると、ほんのごく一部を除いて、漱石の講義草稿（読み上げ原稿）は伝わっていないことがわかった。当然ながら、録音もない。二度と復元することができない漱石の講義風景に、とても興味が出てきた。そのうち、受講ノートのなかにこれまで知られていなかった内容が多々含まれていることに気づいた。受講ノートと『文学論』はだいたい同じだろうと高をくくっていたのは私だけではなかったと思う。「生成」という観点から『文学論』を捉え直すというアイディアは、受講ノートの悪筆をひたすら解読しつづける日々の果てに突然訪れた。ようやく自分の研究テーマがみつかった、と思った。博士課程も三年目の終わりにさしかかっていた。

「どうして今どき漱石なんて研究しているのか」と、研究を始めた頃はよく問われた。漱石研究が最先端の成果を争うアリーナだった時代は終わったし、作品研究はやり尽くされているのだから、今さら何をやるというのかと言わんばかりに。その問いにうまく答えられず、口惜しい思いばかりしていた。「物知りな漱石の後をついていったら何か面白そうだ」程度の考えで卒業論文に漱石を選び、国語教員になる前に研鑽を積もうと大学院に進学。国語教材との関係で「こころ論争」に関心を持ち、すでに終刊していた雑誌『漱石研究』を遡り小森陽一・石原千秋の論文にすっかり熱中した。文学青年でもなかった私が、遅れてきた「テクスト論者」としてゼミで得意げに横文字を振り回していた様は、さぞ滑稽であっただろう。今思い返しても、へんな汗をかく。それはともかく、博士論文をまとめる過程で、自分の研究テーマを練り上げていき、「今こそ漱石研究は面白いんです」とようやく自信をもって答えられるようになったと思う。先行研究の蓄積、ますます充実した『定本 漱石全集』によって、『文学論』や「文学論ノート」などの諸資料へのアクセス性は飛躍的に改善した。二〇〇〇年代に相次いで発見された受講ノートたちは、まだまだ研究の余地がある。「国立国会図書館デジタルコレクション」や「東北大学デジタルコレクション・漱石文庫データベース」(蔵書目録のほか、漱石の自筆資料の画像を見ることができる)、「漱石デジタル文学館」(県立神奈川近代文学館蔵の原稿画像などが見られる)といった国内のデータベースの充実はもちろん、グーグルが主導する形で世界各地の書物がデジタル化され、漱石がかつて読んでいた本を自宅にいながら読めるようになったことは画期的だ。以前なら、本書のような研究は大英図書館に通い詰めなければできなかったはずだ。それどころか、OCRをかけた本文検索の利便性がなければ、本書のいくつかの知見はそもそも生まれえず、調査を途中で断念していたかもしれない。英語圏・中国語圏の論文・研究書はデジタル化されて手軽に読めるようになり、これも助かった。また、国外出身の研究者と交流し、視野が狭くなりがちな自分の研究観をリフレッシュする機会が持てたことも時代の恩恵だろう。こんなさまざまな研究環境の変化のおかげで、「今ほど漱石研究が面白い時代はないはずだ」と思うのだ。嘘だと思うなら、試してみていただきたい。もちろん漱石研究以外だって、面白くなっているにちがいない。

一本の論文で小説を一作品取り上げるという暗黙の了解が根強い日本近代文学研究の慣習も、だんだん変わっていくといい。作家・批評家が書いた評論は、作品解釈用の資料にするだけではもったいない。評論それ自体を分析対象として、評論の評論、研究の研究がますます活性化していくことを望んでいる。そんな本が読みたくて、本書を書いたつもりだ。

*

本書は、二〇一八年一月に慶應義塾大学大学院文学研究科へ提出した博士論文「夏目漱石『文学論』をめぐる総合的研究——東京帝国大学講義と初期創作を視座に」をもとに、大幅な加除訂正と書き下ろしを加え、章立てを再構成したものです。同論文は慶應義塾大学大学院後期博士課程における二〇一三年度から二〇一七年度までの五年間で行なった研究の成果です。その過程で雑誌に発表した原稿と、本書との対応関係は初出一覧として巻末にまとめました。ご多用のなか博士論文の審査をご担当くださった佐藤道生先生、金子明雄先生、松村友視先生に厚く御礼申し上げます。

本書をまとめるまでの調査・研究に際しては多くの研究者、機関のお世話になりました。受講ノートの研究に際して、金沢大学附属図書館、県立神奈川近代文学館、東京大学大学院総合文化研究科・教養学部駒場博物館、東北大学附属図書館、山口大学図書館には貴重な資料を閲覧させていただきました。また受講生の調査に際して、小林信行さん、近藤哲さんにご助言をいただきました。版本の調査においては、慶應義塾大学三田メディアセンター・レファレンス担当者のご協力、川島幸希先生、山下浩先生のご助言を得ました。張我軍による訳書についての調査にあたり、顔淑蘭さん、山口守先生よりご助言をいただきました。博士論文をまとめる仕上げの時期に、山本貴光さんの『文学問題(F+f)+』刊行記念の対談相手に招いていただいたことも、大きな励みとなりました(『週刊読書人』三三二二、二〇一七・一二)。また、本書のタイトルは藤崎寛之さんの発案をもとにしています。そのほか、お名前を挙げきれないのが心苦しいのですが、研究活動のさまざまな局面でお世話になった方々に心より御礼申し上げます。

「『読むための理論』の「高橋修」がこのキャンパスで授業をしてるなんて!」と興奮して直談判し、大学院向けの授業にもぐらせていただいた生意気な学部生のころから、公私にわたり厳しさと優しさをもって励まし続けてくださった高橋修先生。このたび新曜社への紹介の労を取っていただき、先生と同じ出版社から自分の第一著作を刊行できることを大変光栄に思います。そして、高橋先生を信じて若輩者の著書刊行に踏み切ってくださった新曜社の渦岡謙一さん、オビに推薦の辞をお寄せいただいた小森陽一先生にもお礼を申し上げます。

大矢玲子先生には、シェイクスピア映画を題材に、学問に関心をもつきっかけを与えていただきました。大学院の演習では、安藤宏先生、小平麻衣子先生、金子明雄先生、吉田司雄先生に、細部に拘泥しどこまでも脱線していく私の論考を、懇切丁寧にご指導いただきました。ここまで研究を続けてこられたのは、先生方の御陰です。そして何より、学部四年生から修士課程・後期博士課程あわせて八年間にわたり御指導をいただきました松村友視先生に厚く御礼申し上げます。本書の大部分は松村先生と「松村ゼミ」の皆さんによる厳しく鋭い批判と多くの有益な示唆を得て書き進めたものです。そして研究の道に進むことを応援してくれた古くからの友人たちに、私の研究生活を彩り豊かなものにしてくれている研究仲間たちにも感謝します。とりわけ、研究がうまくいかなかった時期に励ましてくれた、青木言葉さん、富永真樹さん、副田賢二さん、松村良さん、栗原悠さん、木下弦さん、クリス・ローウィーさんには格別の感謝を。

本書のなかに、慌ただしい現代の時間の流れとは異なる、百年以上前の世界から吹くゆったりとした風が流れ込んでいるのを感じていただけたとしたら、それは私がささやかな自由を味わうことのできた研究生活を、物心両面から支えてくれた家族のおかげです。

二〇一九年八月

服部徹也

＊本研究は、「夏目漱石『文学論』の成立過程と本文の研究」（二〇一六年度 慶應義塾大学大学院博士課程学生研究支援プログラム）および、ＪＳＰＳ科研費 JP19K13072 の助成を受けたものです。

初出一覧（各章は刊行に際し、大幅な増補改訂を加えた）

はじめに　書き下ろし。一部は「夏目金之助の「文学論」講義――漱石出発期の背景」（『日本近代文学』九八、日本近代文学会、二〇一八・五）に基づく。

第1章　「帝大講師小泉八雲――講義「読書論」「創作論」「文学と輿論」を中心に」（『ヘルン研究』三、富山大学ヘルン研究会、二〇一八・三）

第2章　「帝大生と『文学論』――漱石講義の受講ノート群をめぐって」（『近代文学合同研究会論集』一二、近代文学合同研究会、二〇一六・一）

第3章　「『英文学形式論』講義にみる漱石の文学理論構想――「未成市街の廃墟」から消された一区画」（『國語と國文學』九四・一〇、東京大学国語国文学会、二〇一七・一〇）、「新資料・漱石「文学論」講義の序論「外国語研究の困難について」――森巻吉受講ノートからの影印・翻刻・翻訳と解題」（樋口武志との共著、『三田國文』六二、三田國文の会、二〇一七・一二）

第4章　「漱石「マクベスの幽霊に就て」を読む――幽霊の可視性をめぐるコンヴェンション」（『日本文学』六六・五、日本文学協会、二〇一七・五）、「夏目金之助の「文学論」講義――漱石出発期の背景」（『日本近代文学』九八、日本近代文学会、二〇一八・五）

第5章　「《描写論》の臨界点――漱石『文学論』生成における視覚性の問題と『草枕』」（『日本近代文学』九四、日本近代文学会、二〇一六・五）

第6章　「漱石における「間隔的幻惑」の論理――『文学論』を精読し『野分』に及ぶ」（『三田國文』五八、三田國文の会、二〇一三・一二）

第7章　書き下ろし。一部は「漱石『文学論』成立の一側面――中川芳太郎筆草稿「第五編　集合Fの差異」を視座として」（『三田國文』六〇、三田國文の会、二〇一五・一二）に基づく。

第8章　「漱石『文学論』成立の一側面――中川芳太郎筆草稿「第五編　集合Fの差異」を視座として」（『三田國文』六〇、三田國文の会、二〇一五・一二）、「「不都合なる活版屋」騒動からみる漱石『文学論』――単行本の本文異同調査を中心に」（『三田國文』六一、三田國文の会、二〇一六・一二）

第9章　「張我軍訳・漱石『文学論』とその時代――原著本文異同調査を通した翻訳底本推定を視座に」（『日本文学』六六・一二、日本文学協会、二〇一七・一二）

第10章　「文学の科学への欲望――成仿吾の漱石『文学論』受容における〈微分〉」（『跨境　日本語文学研究』四、東アジアと同時代日本語文学フォーラム・高麗大学校GLOBAL日本研究院、二〇一七・六）

おわりに　書き下ろし。一部は「夏目金之助の「文学論」講義――漱石出発期の背景」（『日本近代文学』九八、日本近代文学会、二〇一八・五）、「「不都合なる活版屋」騒動からみる漱石『文学論』――単行本の本文異同調査を中心に」（『三田國文』六一、三田國文の会、二〇一六・一二）に基づく。

ま　行

や　行

ら　行

わ　行

な　行

は　行

た　行

さ　行

事項索引

や　行

ら　行

わ　行

は　行

ま　行

た　行

な　行

さ　行

人名索引

あ 行

か 行

著者紹介

服部徹也（はっとり　てつや）

1986年、東京生まれ。

2018年３月、慶應義塾大学大学院文学研究科後期博士課程単位取得退学。

博士（文学）。

2018年４月より大谷大学任期制助教。専門は日本近代文学、文学理論。

共著に、西田谷洋（編）『文学研究から現代日本の批評を考える――批評・小説・ポップカルチャーをめぐって』（ひつじ書房、2017）など。

新曜社

はじまりの漱石
『文学論』と初期創作の生成

初版第１刷発行　2019年９月６日

著　者　服部徹也
発行者　塩浦　暲
発行所　株式会社　新曜社
〒101-0051 東京都千代田区神田神保町3-9
電話（03）3264-4973（代）・FAX（03）3239-2958
e-mail　info@shin-yo-sha.co.jp
URL　https://www.shin-yo-sha.co.jp/
印刷所　星野精版印刷
製本所　積信堂

ISBN978-4-7885-1643-4 C1090